MADDIE DAWSON

ACORDA PRA VIDA!

São Paulo
2025

Grupo Editorial
UNIVERSO DOS LIVROS

Diretor-geral
Alessandro Gerardi

Gerente editorial
Marcia Batista

Produção editorial
Letícia Nakamura
Raquel F. Abranches
Victoria Viana

Tradução
Monique D'Orazio

Preparação
Paula Craveiro

Revisão
Nathalia Ferrarezi
Thiago Bio

Arte
Barbara Garoli
Renato Klisman

Ilustração de capa
Gustavo Dilarri

Dados Internacionais de Catalogação na Publicação (CIP)
Angélica Ilacqua CRB-8/7057

D313a

Dawson, Maddie
Acorda pra vida / Maddie Dawson ; tradução Monique D'Orazio. -- São Paulo : Universo dos Livros, 2025.
352 p.

ISBN 978-65-5609-860-9
Título original: Snap out of it

1. Ficção norte-americana I. Título II. D'Orazio, Monique

25-4314 CDD 813

Universo dos Livros Editora Ltda.
Avenida Ordem e Progresso, 157 — 8º andar — Conj. 803
CEP 01141-030 — Barra Funda — São Paulo/SP
Telefone: (11) 3392-3336
www.universodoslivros.com.br
e-mail: editor@universodoslivros.com.br

Para Jim, que torna tudo possível.

01

Não que eu guarde rancor nem nada do tipo — porque com certeza não guardo —, mas, trinta e cinco anos depois, o que ainda me incomoda é que meu primeiro marido me trocou por uma mulher que o convencera de que ela era uma bruxa.

— Fui enfeitiçado! — anunciou ele, como se fosse um diagnóstico médico de impossível contestação. — Tenho que ser honesto com você. Sou um caso perdido. Um caso perdido! — Ele estava sorrindo, e até mesmo seu cabelo preto parecia eriçado, como pequenos picos de felicidade. Temi que ele começasse a fazer uma dancinha.

Era uma manhã congelante de dezembro, uma época do ano que deveria ser maravilhosa — alegrias natalinas e tudo o mais —, e, ahhh, ele estava tão convencido... daquela maneira culpada e orgulhosa dele, animado com o fato de que sua vida estava prestes a se tornar fascinante, enquanto eu sabia que a minha ia piorar muito.

Eu sabia quem o havia enfeitiçado. Sua professora de poesia da faculdade. O nome dela era Juliette Pierrot. O tipo de mulher que batia as pestanas quando falava, que usava blusas decotadas quase caricatas e um monte de colares prateados que ela chamava de talismãs. Ela achava que Shakespeare e Robert Frost apareceriam se você simplesmente recitasse algumas palavras para canalizá-los.

— Grande coisa. — Lembro de lhe dizer, com uma falsa bravata. Eu tinha uma avó que morava no interior da Flórida e sabia se livrar das verrugas das pessoas apenas desejando que desaparecessem e que uma vez transferiu as verrugas de uma pessoa para outra apenas por meio da concentração. Talvez não fosse exatamente uma bruxa de padrão internacional, mas, ainda assim, era alguém com quem você não gostaria de se indispor. — Não posso deixar você ir embora com uma mulher que acha que é uma bruxa só porque te deixou louco por ela — falei, embora ter que pronunciar essas palavras acabasse comigo. — Traga essa mulher aqui e *eu* vou dizer uma ou duas coisinhas a ela.

Victor jogou a cabeça para trás e riu, exibindo dentes brancos e alinhados.

— Ela nunca viria aqui — disse ele. — Não consigo nem imaginar o climão.

— Choque de realidade demais para ela, né? — retruquei. — Bem, alguns conseguem lidar com a vida real, outros não.

— Choque de alguma outra coisa — disse ele. E, quando olhou ao redor, pela cozinha bagunçada, para tudo derramado e para nossos reflexos no vidro cinza da janela, que mostrava meu cabelo cacheado e desarrumado, ficou claro que ele não via nada disso como a bagunça gloriosa que era. Não éramos mais *nós*.

Eu tinha vinte e cinco anos e estava acordada desde as quatro e quinze da manhã com a bebê. Eu a tinha amamentado e cantado músicas que a fizeram rir e havia preparado os muffins de canela que Victor acabara de devorar. E o desolador era que eu tinha me sentido tão *feliz* naquela madrugada, muito satisfeita e contente com a nossa vida bagunçada e fora do convencional, pensando no que comprar no mercado mais tarde e se a mãe de Victor precisava que eu trouxesse água com gás para ela de novo, e, ah, sim, eu precisava levar as latas de lixo até a calçada porque era dia de coleta de lixo, e eu também tinha que me lembrar de que minha mãe queria que eu subisse e levasse minha receita de barrinhas de limão, e onde estava o cartão daquela receita — na gaveta da bagunça? Minha mãe morava no segundo andar do nosso sobrado, e a mãe dele morava abaixo de nós, no térreo, e eu estava bem ocupada equilibrando essas duas mães, uma em cima e outra embaixo, ambas cheias de opiniões, infelicidades e necessidades. Eu era a mestra de tudo aquilo: malabarismo com as mães, a bebê e — por que não ser honesta aqui? — todo o sexo que meu marido insistia precisar apenas para sobreviver a cada dia. Eu gostava dessa parte.

Eu era uma feiticeira doméstica, caramba, responsável por uma caótica bagunça mágica.

E então, simples assim, ele me esmagou, sem mais nem menos, como se eu fosse um copo de papel.

Fiquei ali olhando para ele, ciente de que certos circuitos já estavam se desligando no painel de controle central do meu cérebro. A confiança foi a primeira a dar no pé, seguida por todos os bolsinhos de amor que eu mantinha escondidos dentro de mim e, então, foi a vez de a esperança cair na estrada, apagando as luzes ao se mandar. Doeu muito quando a esperança se foi.

Os minutos se passaram e ele ainda estava falando, falando, nem percebendo que eu tinha desligado. Olhei para a geladeira e vi o montinho cor de âmbar no piso, agora seco e endurecido. Era um símbolo de nós dois, aquele pequeno lugar no chão. Um ano antes, ele havia derrubado a garrafa de xarope de bordo, eu lhe pedira que limpasse, mas ele dissera que eu é quem deveria limpar, e eu dissera que também não limparia, que estava cansada de limpar a sujeira que ele fazia e de ser sempre a única a limpar tudo. Victor respondera que, bom, então aquilo com certeza era um problema, porque ele não ia limpar, e foi assim que ninguém nunca limpou e a mancha secou em algo tridimensional e liso. Algo contra o qual nosso pé batia quando parávamos na frente da geladeira.

Esse acontecimento havia se tornado uma história engraçada, um símbolo da nossa casa descontraída e boêmia. Apontávamos o xarope duro aos amigos, com um pouco de orgulho. *Somos assim. Não somos engraçados, divertidos e inteligentes na forma como não deixamos coisas idiotas nos incomodar?*

Mas, naquele momento, eu soube que não era bem isso que o fato dizia. Aquele pequeno volume duro de xarope de bordo realmente mostrava que éramos idiotas desenganados que nem mesmo conseguiam limpar um negócio que tinha escorrido no chão. Idiotas que nunca concordavam.

E se você simplesmente deixasse essa mulher ficar com ele?, ouvi a mim mesma pensar.

Desistir?, disse minha avó bruxa na minha cabeça. *Você está falando em... desistir dele... entregá-lo a uma mulher que nem consegue falar de olhos abertos? Ponha sua cabeça no lugar, minha filha.*

— Victor — chamei, dando um suspiro profundo que fez meu coração começar a bater de novo. — Você não vai me trocar por uma aspirante a bruxa e ponto-final. Eu me recuso a ouvir mais sobre essa ideia. — Limpei uma poça de leite no chão para que não sofresse o mesmo destino do xarope, mas, na verdade, fiz isso só para não ter que olhar para o rosto corado e apaixonado dele.

— Bem, *Billie* — disse ele com a voz tensa pela necessidade de explicar o óbvio —, não podemos exatamente continuar juntos se eu estiver apaixonado por outra pessoa. Que tipo de vida seria essa?

Eu respondi:

— Vou te falar uma coisa. Você pode ir embora daqui a dez anos, quando Louise, que eu batizei, sob grande pressão, em homenagem à sua santa mãezinha, estiver no Ensino Fundamental. Até lá, você tem que fazer a sua parte.

Ele empalideceu e olhou para Louise, que estava ocupada amassando pedacinhos de manteiga e muffin de canela e esfregando-os no cabelo. Eu sabia: ele achava que ela *nunca* chegaria ao Ensino Fundamental e que, mesmo que chegasse lá algum dia, essa bruxa-sexy-que-na-verdade-não-era-uma-bruxa não estaria mais esperando por ele com seu decote sedutor, lenços de seda, seus colares prateados e sua poesia.

— Além disso, seu cretino, caso tenha esquecido — disse eu, erguendo-me, endireitando a postura e fitando-o com um olhar selvagem para combinar com meu cabelo todo desgrenhado —, eu mesma devo ter herdado os genes de bruxa maluca da minha avó e não acho que você queira se envolver com duas bruxas, ainda mais quando aposto que só uma de nós tem credenciais genéticas legítimas, e por acaso essa é aquela com quem você está casado.

Bum.

Seis meses depois, ele se foi.

Gostaria de relatar que o vaporizei com meus olhos azul-aço ou que plantei verrugas em todo o seu corpo, mas a verdade nua e crua é que um dia ele terminou de restaurar o carro antigo em que estava trabalhando desde tempos imemoriais, entrou nele e meteu o pé — um Romeu indo em direção à sua fascinante Julieta. Os dois acabaram se mudando para a costa da França; foram escrever poesia, fazer amor à beira-mar e observar a vida como ele achava que deveria ser vivida: uma aventura selvagem, mágica e sem filhos, como ele dizia em seus poemas. *vida nas veias*. Sim, esse era o nome do seu livro, escrito todo em letras minúsculas, como se ele fosse um alecrim vanguardista. Os críticos o aclamaram como um "Walt Whitman moderno, só que com uma musa feminina".

Caso você esteja se perguntando se existe esse negócio de carma, acho que essa história prova de uma vez por todas que *não*.

Eu me viro na cama. O sol está brilhando nos meus olhos, e o relógio diz que são nove horas. Amanhã completarei meu sexagésimo aniversário e não me sinto feliz em descobrir que estou prestes a encerrar minha quinta década de vida acordando e pensando em Victor Steidley, o homem que superei há trinta e cinco anos. Como ele simplesmente se atreve a aparecer na minha cabeça numa hora dessas?

Então eu me lembro. Ele me enviou uma mensagem que chegou à meia-noite. A primeira mensagem de texto que já recebi dele. Já fazia dezessete anos que eu ouvira notícias suas — na ocasião em que ele me enviou o último pagamento de pensão alimentícia e me escreveu para parabenizar a si mesmo por cumprir seu dever de pai. O que importava que ele só tinha se dado ao trabalho de ver a própria filha três vezes desde o divórcio? Ele era o herói. Na própria concepção, era candidato a Pai do Ano.

Eu viro, pego o celular na mesa de cabeceira e o ligo, encontro meus óculos de leitura e leio a mensagem de novo, só para ter certeza de que não estou me lembrando de nada errado.

Mas não. Eu lembro perfeitamente.

a juliette morreu

Isso é tudo. Sem explicação. Sem emoção. Sem pontuação ou mesmo letras maiúsculas. Apenas essa única frase. Seria de pensar que um poeta fosse capaz de conseguir algo um pouco melhor. Talvez, como de costume, ele estivesse guardando suas melhores criações para outras pessoas. Mas por que me contar isso, afinal? Por que agora?

Eu me deito de costas nos travesseiros, esfrego os olhos. Costumávamos dormir juntos neste mesmo quarto. Na verdade, fiquei bem naquela porta ali, vendo-o guardar todas as suas camisas, calças e cadernos, jogando tudo nas malas de rodinhas, envernizadas e cor de creme, que ganhamos de presente de casamento. Vi-o descer aquelas escadas e sair pela porta da frente, depois de batê-la tão forte que o vidro estremeceu.

E, depois que partiu — quando ouvi o carro dele rugir rua abaixo —, eu me dei exatamente quinze minutos de fossa. Era todo o tempo que tinha, porque Louisa, sua mãe frágil, que já havia perdido um marido e dois filhos, estava choramingando, a bebê estava com os dentes nascendo, então tinha febre e queria ficar no colo o tempo todo, e minha mãe torcia as mãos e se perguntava o que seria de mim. Então, depois de me permitir quinze minutos de colapso pessoal nas escadas dos fundos, fui achar algo para fazer e joguei fora todas as coisas que ele havia deixado para trás: seus tacos de golfe, suas abotoaduras e seu smoking idiota.

Que seja, eu disse. *Passar bem, Victor Pior Marido de Todos os Tempos Steidley.*

Tudo o que ele havia tocado, qualquer coisa que tivesse algum significado para ele, foi direto para o lixo nos fundos da nossa casa. Voltei pela calçada pisando duro, endireitei os ombros e disse às duas mães que ficaríamos bem. Na primeira noite, minha avó indicou em um sonho que eu deveria colocar um pouco de sal nos cantos da casa, então o fiz. Uma semana depois, arranquei as cortinas bege manchadas e pendurei cortinas novas com estampa de magnólias, depois repintei a sala de estar com um tom amarelo-narciso bem forte, uma cor que Victor nunca teria permitido.

Estabeleci uma vida nova, aprendi a trocar o óleo do carro e a argumentar com os mecânicos. Em seguida, comecei a trabalhar em uma série de empregos malucos de meio período, remotos, para eu não ter que ficar longe de Louise. Nenhum emprego em tempo integral para mim. Cuidei de todas, até que a mãe de Victor faleceu alguns anos depois e minha própria mãe, que era mais jovem e ainda tinha possibilidades, mudou-se para uma das Ilhas Virgens, onde conheceu um capitão de navio e passou a trabalhar em seu bronzeado vitalício.

Certa noite, depois que ambas tinham partido, olhei para o rosto da minha filha e uma verdade me ocorreu: duas pessoas não eram o suficiente para formar uma família. Duas pessoas não eram o suficiente nem mesmo para um jogo decente de À Pesca no baralho. Assim, enchi a casa com novas pessoas, desamparadas, desgarradas e gente legal que eu conhecia no ponto de ônibus. Comecei um pequeno serviço de táxi autônomo e convidava as pessoas para virem à minha casa, se fossem legais. Comecei a cozinhar com dedicação e a fazer assados. A mesa da cozinha foi ficando maior e maior, com pessoas aglomeradas ao redor, e eu acendia velas, pendurava cordões de luzinhas e, de alguma forma, aperfeiçoei uma receita de massa de torta que ganhou alguns prêmios. Eu ria, dançava, chorava, arremessava coisas às vezes e praticava ioga e meditação. Eu me casei mais duas vezes: divorciei-me em uma e fiquei viúva na outra; sobrevivi a um episódio de câncer de mama e a duas rodadas de pneumonia. Tornei Louise bem próxima a mim e a criei para ser um ser humano adorável, e assim por diante, e isso basicamente nos leva até o dia de hoje, quando estou acordando com uma mensagem de Victor — e, sim, vou admitir que *existe* uma ridícula e residual pontada de pesar, é claro que há, mas é uma pontada tão minúscula que apenas serve para me lembrar de que estou bem. Melhor do que bem sem ele. Sem *todos* os meus maridos, na verdade.

Então, eu venci.

Venci porque ainda estou morando na mesma adorável casa desgastada e confortável, com sua varanda larga com balanço, sua fachada simples e bem-feita de ripas, seu carvalho na frente e o pequeno canteiro de horta atrás.

E venci porque divido esta casa com Calvin, que tem noventa anos e está aqui há oito, além de Marisol e Edwin, que são apenas as últimas pessoas a terem aparecido e se mudado enquanto esperam para descobrir o que a vida lhes reserva.

Venci porque Louise — aquela da experiência de muffin de canela no cabelo — ainda é a criatura mais inquisitiva que eu conheço e agora é casada com um fotógrafo chamado Leo. Mesmo eles não parecendo estar cientes de que, se vão ter filhos, deveriam começar logo com isso, ainda têm uma vida fabulosa, ocupados sendo famosos no Instagram como a dupla @lulu&leo. Louise está focada na perfeição, o que pode manter uma pessoa bem ocupada — e se é isso que ela quer fazer de sua vida selvagem e indomável, então tudo bem para ela.

Quanto a mim, nem vou mais tentar ser perfeita, ficar bonita para homens ou buscar amor, romance ou qualquer coisa do tipo. Não acredito que se apaixonar seja bom para as pessoas. Essa é a verdadeira realidade.

Minha grande vitória — e a razão pela qual decido desviar os pensamentos da mensagem de Victor e agora sorrir e pular da cama — deve-se ao fato de que, três meses atrás, aprendi algo verdadeiramente transformador. Eis: você precisa seguir seus impulsos, mesmo que um deles apareça em uma noite em que você ficou bêbada com sua melhor amiga e as duas inventaram um negócio que envolve você se vestir com uma fantasia de coelho de pelúcia e ajudar estranhos a curar suas desilusões amorosas ao levar embora todas as suas lembranças tristes e solitárias. Esse é *exatamente* o tipo de impulso improvável que você deve seguir, porque a vida é muito curta para ser entediante, e, de qualquer forma, você nunca sabe a vida de quem pode salvar como a Coelhinha dos Corações Partidos. Talvez até a sua própria.

Então, toma *essa*, Victor. Você, com suas mensagens pretensiosas e sem pontuação. Vou esquecer que sua notificação sequer chegou. E, com certeza, *não* vou contar para Louise.

02

O policial é novinho, parece até que tem uns doze ou treze anos; se bem que, hoje em dia, todos eles parecem, não é mesmo? Eu o observo pelo retrovisor enquanto ele se aproxima do meu carro, apertando a mandíbula e tocando o chapéu com a aba brilhante reluzindo ao sol. Caramba. Tenho total confiança na minha capacidade de encantar um policial mais velho — mas um rapaz? Este definitivamente não estará aberto ao meu tipo particular de encantos.

Luzes vermelhas e azuis giram em cima do carro dele. Outros motoristas diminuem a velocidade para poder presenciar adequadamente o nosso espetáculo.

E, por *"nosso", quero dizer "meu".*

Estou usando a cabeça de coelho, sabe? Faço mais uma tentativa desesperada de removê-la antes que ele chegue à minha janela, embora, é claro, ele já tenha visto, e ela não está saindo de jeito nenhum.

Isso não estava na minha agenda para esta manhã. Estou a caminho de um cliente da Coelhinha dos Corações Partidos, já com pressa — e agora isso. Abro a janela. Ainda dirijo meu Fusca amarelo 1971, o tipo de carro que faz uma declaração. Uma das declarações que ele faz é que não adere a essas janelas elétricas, acionadas por um botão e modernas demais. Dentro deste carro, você tem que fazer por *merecer* seu ar fresco.

— Bom dia, seu policial — cumprimento, sorrindo, mesmo que ele não possa ver meu rosto através da cabeça de coelho.

— Uhm. A senhora sabe por que eu a parei?

— Bom, com certeza não poderia ser porque eu estava acima do limite de velocidade. Não nesse trânsito — digo, em tom descontraído. — E, da última vez que olhei, minha placa ainda estava na traseira do carro, né?

Ele pisca e pigarreia antes de começar a falar. Vejo seu pomo de adão subir e descer. É do tipo pontudo.

— Eu a parei porque a senhora está conduzindo um veículo com um objeto na cabeça que eu acredito estar obstruindo sua visão.

— Ah, obrigada pela preocupação, seu policial. Mas não está obstruindo minha visão. É transparente.

Ele hesita, depois limpa a garganta corajosamente.

— Vou precisar ver sua carteira de motorista e o documento do veículo, e a senhora poderia, por favor, tirar essa... cabeça de coelho?

— Então, só tem um probleminha. — Inclino a cabeça em direção a ele e baixo a voz, como se fosse fazer uma confidência. — Você não vai acreditar, mas eu não consigo.

— A senhora não consegue?

— Não. Ela ficou presa. Viu? — Puxo-a. — Presa, presa, presa! Na verdade, se você tiver uma tesoura à mão...

Eu vesti a cabeça de coelho duas quadras atrás. Será que foi isso que ele viu? Ele provavelmente viu o momento em que enfiei a coisa na cabeça e meu carro dançou por um instante — ok, até mesmo se desviou para a outra pista, mas apenas por um instante. Dois segundos. Ok, *talvez* cinco. Ninguém correu perigo, mesmo que a caminhonete ao meu lado tenha buzinado e eu tenha endireitado o carro e acenado um pedido de desculpas para o outro motorista, que chegou a sorrir e me cumprimentou, mas quando tentei ajustar a cabeça de coelho, percebi que ela tinha sido amassada de alguma forma. Danificada. Eu realmente estava brigando com ela quando olhei para cima e vi as luzes piscando no meu retrovisor.

O policial Oliver Porter Jr. olha para dentro do meu carro como se estivesse à procura das coisas sobre as quais o alertaram na academia de polícia — várias agulhas hipodérmicas e armas carregadas. Mas só tem a bagunça usual que sempre parece me seguir por aí: uma caneca de café manchada que diz O AMOR DÓI, minha bolsa estilo cesta transbordando de papéis, um par de botas de inverno ruins, meu casaco de plumas, uma almofada que diz I AM THE WALRUS. Montes de guardanapos da Starbucks. Um frufru de cabelo. Um chinelo que caiu da minha mala há um mês, quando passei a noite na casa de Louise.

Olhamos um para o outro. Eu mexo o nariz de coelho.

Ele muda o peso do corpo para o outro pé.

— Por que a senhora está usando uma *cabeça de coelho*? — ele pergunta.

— Ah! Isso. Bem, sou conhecida como a Coelhinha dos Corações Partidos. Estou a caminho de atender uma cliente.

— A Coelhinha dos Corações Partidos. — Ele tira um bloco do bolso e anota isso. — E o que a senhora faz sendo uma... uma... Coelhinha dos Corações Partidos?

— Ajudo as pessoas a se desvencilharem do amor que deu errado. É meu trabalho. Tirar a desilusão de uma separação! Esse é o lema da empresa. Podemos mudá-lo, mas tem funcionado.

— Entendo, e quem é sua cliente?

— Bem, isso é confidencial. Eu não saio divulgando o nome das pessoas desiludidas. A vida delas já é difícil o suficiente, não acha? Com o acúmulo de todas as lembranças e tal.

Ele olha por cima do ombro e depois para mim. Vejo gotículas de suor se formando no seu lábio superior, embora seja janeiro, pleno inverno, e esteja frio pra caramba lá fora.

— Senhora, precisa me dizer o que está acontecendo, ou vou ter que te levar para a delegacia.

— Bem, Oliver, fico feliz em poder dizer. É a desilusão, claro. Com certeza você percebeu que o amor romântico é uma espécie de veneno — começo a explicar. — Não *veneno*, veneno — eu logo acrescento, porque agora ele está piscando rápido. Estendo a mão e toco seu braço. — Obviamente, não veneno de verdade.

Ele recua. Eu não deveria ter encostado nele.

Começo a falar com minha voz mais alegre e reconfortante.

— Enfim, eu ajudo as pessoas a se livrarem da tristeza do amor que deu errado. Removo objetos que elas estão usando como tortura.

Suas sobrancelhas formam uma linha reta de medo.

— Senhora, o que o traje de coelho tem a ver com a tortura?

— Ai, meu Deus. Eu disse “tortura”? Não tortura. *“Tortura”* foi a palavra errada. Tristeza! Foi isso que eu quis dizer. Você sabe como todos nós, humanos, *ingerimos* muito voluntariamente a mensagem de que o amor é tudo o que existe e de como jamais poderíamos viver sem ele, blá-blá-blá. Todas aquelas canções de amor! *Taaantas* canções de amor tocando na nossa cabeça por toda a vida! No rádio, na TV, nos filmes. Amor, amor, amor. Só existe amor! E o que acontece? Todos nós compramos a ideia perigosa de que a vida não vale a pena ser vivida se não tivermos o verdadeiro amor. E, falando sério, pense só nisso. Com que frequência o amor dá certo? Quase nunca. As pessoas sofrem. Elas se agarram a objetos para os quais ficam olhando e choram, e é aí que eu entro pulando como a Coelhinha dos Corações Partidos e levo embora todas as coisas que essas pessoas usam para se manterem infelizes.

Ele parece atordoado.

— Você leva coisas embora? O que, exatamente, você leva embora?

Ah! Claro, como policial, ele se fixaria nessa parte agora que resolvemos o problema da tortura.

— Ah, Oliver! Você *sabe*. Tipo fotos antigas, buquezinhos murchos de lapela e às vezes roupas. Sou contra a fossa. Eu digo: a fila anda. Livre-se dessa droga de tristeza. Na verdade, o nome da empresa que eu abri é Acorda pra Vida. Ltda.

Ele franze a testa, olha para o chão, como se estivesse procurando respostas ali no asfalto, e então se lembra de que ainda nem sequer concluímos a Tarefa 1, a entrega da minha documentação.

— Senhora, eu pedi sua carteira de motorista e o documento do veículo.

Puxa vida. Talvez eu não devesse ter usado a palavra *veneno*. Duas vezes. E dito a parte sobre levar coisas embora. E tortura.

Solto o cinto de segurança para conseguir me inclinar e fuçar nos papéis do porta-luvas.

— Minha amiga e eu que bolamos o negócio — conto a ele por cima do ombro, enquanto vou procurando entre várias notinhas de troca de óleo, folhetos de propaganda, *mais* guardanapos. Que fissura é essa que eu tenho com guardanapos?

Enfim, entrego a ele. Um guardanapo solitário da Starbucks se fixou ao meu documento, e eu tenho de puxá-lo.

— E, só para deixar claro, eu uso o traje de coelho para não parecer que sou uma *terapeuta* oficial ou algo assim — explico. — É arte performática, na verdade. Foi assim que minha amiga Kat e eu pensamos ser a melhor forma de fazer. Criamos esse negócio há uns três meses. Sabe como às vezes a gente tem uma grande inspiração e precisa seguir em frente com ela?

Omito o fato de que, na verdade, estávamos bem bêbadas quando pensamos nisso, sentadas na sala de estar dela depois que Bob, seu marido meio tedioso e decepcionante, tinha ido dormir, fofocando sobre uma amiga nossa que, no momento, estava se imolando no altar do amor por um homem muito mais jovem. Balançávamos a cabeça e nos lembrávamos de nossas próprias desventuras românticas — meus três casamentos e os dois dela — e de como ela e eu tínhamos pegado tantos homens problemáticos e os amado tanto que os consertamos, e então ficamos olhando, perplexas, quando eles levaram todo aquele amor e saíram pela porta para se unir a novas parceiras, deixando-nos com desilusão e filhos.

Nós nos animamos tanto que ficamos acordadas até as três da manhã, berrando de tanto rir, bolando o contrato social da Acorda pra Vida Ltda., gritando enquanto pensávamos em maneiras mais novas e escandalosas de combater a lamúria. Quando surgiu a ideia do traje de coelho, quase ficamos loucas. Kat disse que *ela*, pelo menos, era muito tímida para ir até a casa dos clientes, então pegou a função de coordenar e agendar as visitas, mas eu disse que ficaria feliz em me vestir de coelha e salvar os desiludidos. Eu seria anônima. Uma artista. Não atuava desde o Ensino Médio. Fiquei encantada.

Quando acordamos na manhã seguinte, ainda parecia a ideia mais maravilhosa de todas. Começamos a criar pôsteres e um folheto para pendurar em cafeterias e quadros de avisos de supermercados. Comprei uma fantasia de coelho. Até o fim da semana, eu tinha feito cinco visitas de coelha e adorado cada uma delas.

O policial leva meus documentos para a viatura.

Quando retorna, posso dizer pela sua expressão que as coisas deram uma reviravolta para o pior. Ele me pede para sair do veículo. Há o problema de algumas multas de estacionamento não pagas.

E, depois que *isso* acontece — com gente passando, acenando, encarando e gritando para mim de seus carros, e eu retribuindo, fazendo meu aceno de desfile, ainda feliz e confiante de que tudo ficaria bem —, as coisas dão *outra* reviravolta para o pior e... bom, parece que precisamos ir até a delegacia.

E então, depois *disso*, precisamos ligar para Louise.

Admito. Primeiro, tentei entrar em contato com Calvin, para ver se ele podia vir até a delegacia me resgatar, mas ele não atendeu — provavelmente estava no centro da terceira idade, entretendo todas as senhoras ávidas de lá. E meus outros colegas de casa, Marisol e Edwin, estavam trabalhando, e eu sabia que era melhor não os incomodar. Depois, tentei Kat, mas o celular dela caiu direto na caixa postal.

Logo, tem que ser Louise.

Eu suspiro. Neste momento, sendo dez horas da manhã, Louise e Leo provavelmente estão tomando seu café gourmet em suas canecas de cerâmica artesanal. Eles postaram sua foto "acordei assim", que é de praxe, e agora estão rolando seu feed, para calcular quantos seguidores perderam ou ganharam durante a noite, e planejando o que vão mostrar no blog hoje para atrair ainda mais seguidores. Moda? Minimalismo? A praia no inverno? Talvez um post sobre seu romance invejável?

Eles moram em Branford, a duas cidades de distância, em uma casa moderna, complicada e trapezoidal na praia, o tipo de casa perfeita para alguém que quer tirar fotos de si mesmo em salas cavernosas e frias com tetos inclinados... ou talvez em pé nas rochas olhando para o mar varrido pelo vento. Não é um lugar onde você gostaria de *viver*, sabe?

Acho toda essa vida "instagramável" algo misterioso; até mesmo horripilante. Ser uma influenciadora, da maneira como eu entendo, significa que seu cabelo sempre tem que estar bom, a cada minuto do dia. Isso, por si só, seria motivo para eu desistir. Além do mais, você é praticamente obrigada a tirar um milhão de selfies, posando com roupas diferentes e caminhando sob luzes brilhantes como eles fazem em grandes sessões de fotos para revistas — só que não há equipe em tempo integral: é só você.

E, *depois* disso, você precisa escrever posts inteligentes, editar as fotos e postá-las na internet — em *todas* as redes sociais —, e, *depois disso ainda*, você precisa responder aos seguidores que escrevem para dizer como você estava linda naquele vestido esvoaçante cor de pêssego, e eles precisam saber onde podem comprar um desses (que, afinal, é o objetivo da coisa toda) e dizem como você é sortuda por ter um marido tão bonito e como vocês dois parecem tão apaixonados. E também dizem que o post que você escreveu foi tão, tão inspirador. Aquelas citações! A maneira como você fez aquele latte magnífico com aquela máquina incrível! E como tudo é limpo e minimalista na sua vida perfeita e editada!

Blé. Sinceramente, eu preferiria viver em uma barraca na floresta e usar um banheiro externo todos os dias a ter a vida que Louise leva. Prefiro conversas presenciais com pessoas de carne e osso na fila do supermercado, que não envolvam nada de wi-fi. Mas Louise argumenta que o blog trouxe tantas pessoas para a vida dela, pessoas que se importam com a beleza e a serenidade, pessoas que são suas verdadeiras amigas. E que *isso* é a conexão na sua melhor forma.

Mas, bem, qual de nós está sentada neste exato momento na sala dos fundos da delegacia precisando de uma carona para casa? Então talvez ela seja a vencedora dessa rodada.

— Bom dia, querida! — digo quando ela atende ao telefone. Falo apressada, sabendo que provavelmente é melhor chegar aos fatos da maneira mais rápida e simples possível. — Eu sei que você está muito ocupada, mas se importaria muito de vir até a delegacia me buscar e depois me levar até o pátio para pegar meu carro?

Há um silêncio.

— Você disse que está na delegacia?

— Disse.

— Mãe! Está tudo bem? O que aconteceu com seu carro?

— Ah, não é nada, sério. A polícia me parou e o carro foi rebocado para o pátio. Tudo o que eu preciso de você é uma carona para ir buscá-lo.

— Mas *o que* aconteceu? Não é um pouco cedo para você estar metida em toda essa confusão? — diz ela.

— Foi tudo um mal-entendido, na verdade. Você vem ou não?

— Por favor, não me diga que tem algo a ver com você ser a Coelhinha dos Corações Partidos. *Tem?* — Não respondo nada. — Você foi parada porque estava vestida como uma coelha de pelúcia, não foi?

— A cabeça ficou presa. O policial achou que eu não conseguia enxergar com ela. E depois tinha umas multas de estacionamento que não foram pagas. Não é grande coisa.

— Parece ser, sim, na minha opinião.

— Olha, eu te julguei daquela vez que você ficou sem gasolina por três dias seguidos e teve que ser resgatada?

— Mãe! Isso foi quando eu tinha dezesseis anos e era recém-habilitada.

— Sabe de uma coisa? Eu vou só chamar um Uber.

— Não, estou indo. Você me encontra lá fora? Ou preciso assinar alguma coisa dizendo que serei responsável por você e não vou deixá-la dirigir com uma cabeça de coelho de novo? Porque...

— Eu vou te encontrar lá fora.

Quinze minutos depois, ela chega com o Tesla dela, e posso vê-la balançando a cabeça e rindo muito antes de chegar até mim. Estou lá em pé na calçada vestida com meu traje de coelho, com a cabeça agora guardada com segurança sob o meu braço — graças a um par de tesouras que o despachante permitiu que eu usasse.

— Olhe para você! — diz Louise. — Meu Deus, mãe! Já se olhou no espelho? Você realmente sai em público assim?

Escorrego para o banco do passageiro e coloco a cabeça de coelho no chão.

— Eu estava a caminho de um atendimento de coelha. O que mais eu ia vestir?

— Não sei — diz ela, olhando-me. — Suas roupas normais, talvez? Quem sai por aí vestido como um animal de pelúcia? Percebe que eu não posso contar a ninguém o que é o seu novo empreendimento? Não contei nem ao Leo o que você está fazendo! Ele acharia que você ficou maluca.

— Por mim, tudo bem. Nem conte se não quiser. Ele não precisa saber.

Ela me olha e suspira. Então me dá um tapinha na perna.

— Desculpe. Não estou ajudando, não é? Me conta o que aconteceu hoje de manhã.

— A cabeça de coelho simplesmente ficou presa enquanto eu dirigia, e, quando estava tentando consertar, o carro desviou no máximo *cinco centímetros* para a faixa do lado, e, acredite se quiser, um policial estava bem ali. Aí calhou que ele era novato na corporação e não entendia que duas multas de estacionamento não pagas e uma cabeça de coelho presa não fazem de alguém um criminoso. Então, tudo acabou se resolvendo, e acho que até o convenci de que o amor romântico é bobagem, e ficou tudo bem, exceto pelo meu carro ter sido rebocado *e* eu ter que remarcar todos os clientes de hoje e consertar a cabeça de coelho. Então, você poderia dirigir, por favor?

— Mamãezinha — diz Louise.

— O que foi, querida?

— Até quando você pretende continuar fazendo isso?

— Ser levada pela polícia? Espero que seja a última vez.

— Não. A coisa da coelha. Seja lá o que for isso.

— Ah, não sei. Até não ser mais divertido? Podemos ir?

Ela olha no retrovisor e coloca o carro em marcha a ré. O veículo se move para trás com um ronronar quase inaudível. Posso ver o estresse em seus belos olhos azuis. Ela está toda produzida, é claro, mesmo sendo muito cedo, e seu cabelo castanho brilhante está preso em um glorioso coque, e ela está com uma aparência perfeita, porque tem que estar: as pessoas a reconhecem. Já vi acontecer. As pessoas se aproximam dela e dizem: "Ahhhh, você é a Lulu!". E, pela maneira como seus olhos brilham, dá para perceber que elas acham que estão na presença de alguém da família real. Analisam a roupa dela, a maquiagem, o penteado — e talvez a mãe dela, a menos que a mãe tenha tido o bom senso de se esconder.

— Bem, posso te perguntar uma coisa? — ela diz, virando à esquerda para sair da delegacia. — Você está fazendo essa coisa de coelha por dinheiro? Está passando dificuldades financeiras? Porque se estiver, eu estava pensando...

— Primeiro de tudo, você sabe que eu não faço nada só pelo dinheiro — respondo. — Eu faço o que me deixa feliz.

Observo seu rosto, mas ela não mostra sinal de conhecer esse tipo de coisa. Louise diz:

— Eu só estava pensando que *se* você precisa de dinheiro, pode parar de fazer isso, e eu poderia te contratar para trabalhar com a gente no blog. Se juntar à nossa equipe. Sabe?

— Querida. Não, não, não! Deus, não. Obrigada, mas eu amo minha vida do jeito que está.

— De que exatamente você gosta no que está fazendo? Se conseguir expressar em palavras, é claro. Essa *sensação* que você tem se vestindo como uma coelhinha e pulando na casa das pessoas.

— Bem. Se você precisa saber, é gostoso deixar as pessoas abrirem seus corações partidos para mim e, depois, poder ajudá-las a agir. Tá? Estou conseguindo mais clientes a cada dia, as pessoas são agradecidas e eu amo o que faço. É uma coisinha mágica que eu manifestei, e estou orgulhosa dela.

— Eu gostaria que todo mundo no mundo decretasse um boicote ao verbo "manifestar". Meu feed do Instagram está lotado de pessoas manifestando isso e aquilo. O mundo não é feito de magia. Você não está manifestando nada. Com todo o respeito, você está *fantasiada*, caramba, e...

— O que dá às pessoas uma espécie de liberdade e anonimato — retruco.

— O que dá a *você* alguma liberdade e anonimato — diz ela. — Não a eles. Você consegue ver quem *eles* são.

— Bem, argumento aceito — digo. — Mas sei lá. Funciona para eles. É só o que posso dizer. Eu gosto. É a minha própria marca de mágica cotidiana. — Olho pela janela, começo a cantarolar para mim mesma. Por que eu *não* chamei um Uber?

— Se você quer ajudar as pessoas a superar relacionamentos ruins, por que não volta a estudar e faz um curso de Serviço Social, Psicologia ou algo assim? Por que tem que fazer essas maluquices, tirar coisas da casa das pessoas?

— Essa é uma pergunta excelente — digo, sarcástica. — Vou considerar seriamente assim que eu voltar do meu momentinho feliz pulando na casa das pessoas e levando embora suas lembranças ruins. O que vai ser amanhã, já que eu perdi os atendimentos de hoje.

— Além disso, francamente, não vejo por que afastar as pessoas do amor. Só porque você teve três maridos não significa que outras pessoas não possam ter sucesso no casamento! Não entendo por que acha que isso é seu trabalho, ser contra o amor.

Faço uma anotação mental novamente para nunca, *jamais* contar a ela que seu pai me mandou uma mensagem esta manhã. Sério, ela complicaria as coisas mais do que o necessário.

— Eu não sou contra o amor. Estou ajudando as pessoas a seguirem em frente.

— Ah, mamãe. Eu queria... Escute, por favor, e pense na minha oferta. Eu ganho o suficiente para te sustentar. Você poderia nos ajudar com o blog e não precisaria fazer nada desse negócio de coelha...

— *Obrigada*, querida. Você é *a melhor* por ter vindo me buscar! E quase nem me deu sermão. Quase nadinha!

— Mamãezinha.

— Ah, ah, ah! — Levanto a mão. — Não estrague tudo agora. Você deixou o sermão abaixo de dois minutos, e não queremos quebrar o recorde.

Três minutos de silêncio depois, enquanto estamos entrando no pátio do depósito, ela diz:

— Aliás, a gente se vê amanhã à noite para o jantar de aniversário, né? Eeee... — Ela sorri. — Tenho uma surpresa para você.

Espera. Eu ia para a casa dela amanhã à noite? As quintas são conhecidas como Quintas-feiras de Martíni na minha casa — a noite em que Calvin, Marisol, Edwin e eu preparamos receitas do livro original de 1931, *A alegria de cozinhar*, e, quanto mais extravagantes, melhor. Calvin faz coquetéis reminiscentes dos anos 1940, que, segundo ele, é a época em que homens e mulheres realmente sabiam viver. Todos nos arrumamos, trazemos o cristal e a prata boa e colocamos jazz para tocar no rádio. É a minha noite favorita da semana.

— Você esqueceu, não foi? — ela diz, vendo minha expressão consternada. — Mas você *sempre* vem para nossa casa no seu aniversário. Sempre blogamos sobre isso. Os fãs te adoram!

— Querida, eu... vou te falar uma coisa: que tal você e o Leo irem lá em casa? Vamos fazer um suflê de cogumelos com miúdos para o jantar, seja lá o que for isso. E o coquetel se chama Paixão Roxa, o que, você tem que admitir, soa divertido.

Ela franze a testa.

— Mas você não me ouviu dizer que tem uma surpresa?

— Uma surpresa? É...? Espera. Você não está... você está... *grávida*?

Seus olhos piscam, mas ela tenta fazer sua voz leve e cantarolante, como uma professora de jardim de infância falando com uma criança teimosa.

— Claro que não. Nenhum bebê por pelo menos mais dois anos, lembra? Temos muito trabalho a fazer.

— Ah, ok. Desculpe.

Tenho quase certeza de que conheço a razão real: Leo não é fã de bebês. Seguro a língua e reprimo meu impulso de lembrá-la das realidades da fertilidade e de como você não pode controlá-la tanto quanto gostaria. Por que começar uma discussão em um dia em que já estamos lidando com tantos assuntos delicados? De qualquer forma, não é da minha conta.

É só que eu costumava ser a especialista nesse ser humano em particular, e ela sempre disse que queria ter filhos. Há algo de muito frágil sobre ela esta manhã, alguma sombra no fundo de seus olhos. Como se ela estivesse tentando conter alguma coisa com muito esforço. Talvez — não tenho certeza — a vida esteja se afirmando, mostrando a ela que você nunca pode *realmente* gerenciar tudo ao extremo, como ela acredita.

— Pare com isso — diz ela. — Você está fazendo aquela coisa de se preocupar outra vez. Estou bem, mãe. É com você que a gente tem que se preocupar.

Ela me dá o sorriso do Instagram, e eu sorrio de volta e me inclino para beijá-la na bochecha.

A casa está silenciosa quando chego, então subo as escadas, sento-me no tapete de ioga e respiro. Chamo de volta para o meu corpo todas as minhas partículas de energia que parecem ter sido disparadas para todos os lados. Respirações profuuuuundas de ioga.

A verdade é que eu provavelmente mereço toda a preocupação de Louise. A vida talvez tenha sido um pouco caótica quando ela era criança, com todas as pessoas entrando e saindo da nossa casa. Depois que Victor nos deixou, eu estava determinada a não arrumar um emprego das nove às cinco que significaria creche em período integral para ela enquanto eu estivesse fora. Em vez disso, aluguei quartos e dei aulas na nossa sala de estar: ioga, escrita de memórias, caligrafia e... ah, qualquer coisa, o que quer que alguém quisesse aprender. Nossa casa sempre estava lotada.

Era por isso que havia um monte de pessoas disponíveis para me ajudar a criar minha doce filha ao longo dos anos. Sempre pessoas entrando e saindo, com suas vidas ziguezagueantes, suas lágrimas e risos, especialmente risos, na minha memória, mas talvez Louise se lembre de algo diferente. Às vezes, eu a pegava olhando para mim do outro lado da mesa durante algum debate acalorado sobre política, direitos das mulheres ou quem deixara o ketchup sem tampa, e eu tinha que piscar três vezes para tranquilizá-la. Esse era o nosso sinal secreto, o que significava: *mamãe diz que está tudo bem.*

Eu queria que ela fosse corajosa, que vivesse aventuras. Fui criada por pais ausentes que pareciam ocupados demais para mim e me deixavam com minha avó. Talvez fosse por isso que eu amava cuidar de Louise. Alguns dias eu a deixava faltar à escola só pela diversão e nós saíamos juntas. Um verão, por impulso, pegamos nossa barraca e sacos de dormir, e dirigimos pelo país inteiro, porque Louise não sabia que uma coisa dessas era possível. Cantamos músicas no carro, acampamos em parques, comemos em lanchonetes e fizemos amizade com caminhoneiros e garçonetes. Em outro verão, dirigimos até Cape Cod, e, como me esqueci de fazer reservas em um hotel e todos estavam lotados, dormimos na praia, ouvindo as ondas enquanto contávamos as estrelas cadentes. Partimos para trilhas com um desprendimento louco, até a vez em que estávamos subindo uma montanha e conversando tanto que perdemos o caminho e tivemos que ser resgatadas depois do escurecer por uma brigada de simpáticos guardas-florestais.

Apesar da necessidade de resgate, tudo acabou tendo um final perfeito. Ela não enxergava assim também?

Talvez não. Quando ela tinha nove anos, notei que Louise havia começado a colocar os temperos em ordem alfabética nos armários da cozinha e passar as fronhas a ferro. Em seguida, areou todas as panelas antigas até brilharem e depois pintou o guarda-corpo da varanda de branco. Quando tinha onze anos, consertou minha saia de retalhos, costurou novas cortinas para a cozinha e raspou a famosa poça de xarope endurecido no chão. Tudo sem fazer alarde.

Ela estava apenas se preparando para ser perfeita, era só isso. Não é preciso um diploma em Psicologia para saber que ela estava criando sua própria pequena linha de defesa contra o caos que girava ao meu redor.

E havia o romance. Sim, tentei manter os homens a um mínimo de distância, mas eu gosto de homens, e então *havia* uns caras de vez em quando que vinham jantar e depois ficavam. Eles dançavam com a gente na cozinha, contavam piadas, ajudavam Louise com a lição de casa, preparavam o café da manhã. Caras legais que beijavam o que precisava ser beijado em mim. Mas eles não permaneciam.

Então, no ano em que Louise completou treze anos, a solidão e a saudade entraram no meu coração como uma monção, derrubando todas as paredes que eu havia erguido cuidadosamente. De repente, percebi que não conseguia parar de pensar no instrutor de natação do clube. Eu estava obcecada por sua pequena sunga laranja e seus olhos castanhos profundos. Diabos, permita-me ser honesta aqui: eu cobiçava tudo nele, incluindo a curva da orelha e como ele ajudava as crianças a entrar e sair da piscina. Um dia, ele veio e encostou no meu braço, e uma corrente elétrica me fez estremecer até as obturações.

Peter Gagney.

Nós nos casamos naquele verão em uma cerimônia que Louise idealizou, com cestas de campânulas e tulipas, guirlandas de luzes e renda, e toalhas de mesa brancas nas quais as pessoas escreviam seus desejos para nós.

Meu desejo — vejo tão claramente agora — era que eu pudesse ter um marido sem todas as complicações do verdadeiro amor. Imaginava uma espécie de casamento de conveniência, que nos permitiria viver lado a lado, enquanto eu permanecesse a mesma.

Eu esperava que Peter quisesse se mudar para o nosso adorável sobrado geminado de três andares e assumir um lugar com a gente e todos os nossos inquilinos malucos. Imaginava que ele estaria disposto a ocupar a posição de "marido e pai" em nossa casinha, como se fosse alguém que tivéssemos contratado. Mas ele estava procurando um pouco mais do que isso no casamento. Ele achava que deveríamos comprar uma casa nova juntos, no subúrbio, um lugar com uma garagem anexa e talvez uma piscina. Como não conseguiu me convencer disso, pensou que pelo menos eu poderia expulsar os inquilinos e poderíamos ter minha casa só para nós, como "pessoas casadas normais", disse ele. Mas eu não consegui fazer nem mesmo isso.

Portanto, embora eu quisesse toda a estabilidade e o sexo que ele oferecia — e, meu Deus, ele era brilhante na cama —, no final, a beleza sexy de Peter Gagney não era páreo para penetrar o campo de força da Equipe Louise-e-Billie, e então nós fomos nos afastando. Tão sem sentido as palavras "nos afastando", já que, na verdade, foi um tipo de pouso forçado.

Eu via que não seria amada, nessa relação de um para um, pelo que eu era. Mas eu tinha minha filha. Tinha uma vida intensa. Deixei-o se afastar. Eu encontraria outra pessoa mais tarde, talvez. Ou não.

E encontrei. Dez anos atrás, casei-me pela terceira vez. Desmond Harrison.

— A terceira é a vez! — todos disseram. — Vai ser ótimo!

Ergo os ombros agora. Levanto-me do tapete de ioga. Esfrego os joelhos doloridos.

Desmond seria meu companheiro na velhice. Ele ficaria comigo, contaria piadas e nunca pediria mais do que eu poderia dar.

Meu celular apita na bolsa, e o pego.

ela morreu dormindo cinquenta e sete anos

03

No dia seguinte, depois de conseguir consertar a cabeça de coelho e dar um retoque no traje, parto alegremente para fazer meus atendimentos como Coelhinha dos Corações Partidos. Não há melhor maneira de passar um aniversário do que fazendo o que se ama, não é mesmo? Antes de sair, porém, faço Calvin, que completou noventa anos em junho passado, prometer ficar em casa e abrir a porta para o encanador, e imploro para que ele jure, por tudo que é bom e santo no mundo, que *não* vai tentar fazer o trabalho por conta própria, o que é um hábito dele. O piso do porão tem uma poça permanente perto da máquina de lavar, e eu o peguei descendo com um desentupidor de vaso e um martelo ontem, vestindo suas calças curtas e sua camisa social branca engomada de sempre. Precisei detê-lo e suborná-lo com brownies para que não fosse adiante. Ele ficou ofendido, pude perceber, e agora me olha com ar reprovador.

— Por que você sempre chama Reggie? Você sabe que eu conseguiria fazer esse trabalho — diz ele. — Poderíamos economizar um bocado de dinheiro, sabia? — Calvin trabalhou como professor de literatura em Yale, vale dizer. Especializado em Chaucer. Ele não era encanador.

Eu lhe digo a verdade:

— Você é talentoso demais para desperdiçarmos com esses reparos. Temos de guardá-lo para as coisas boas. — E então a outra verdade: — Além disso, Reggie precisa da gente.

— Antes que você se dê conta, vai dar um quarto para ele — diz Calvin. — Não sei por que simplesmente não o adota ou algo do tipo. Ele almoça aqui metade do tempo. Nem deveria estar te cobrando para consertar vazamentos a esta altura.

— Ele não cobra muito — digo.

— Você deveria cobrar o almoço *dele* — diz Calvin. Então, antes de sair, ele acrescenta: — Me mostre seu procedimento de pulo de coelho, por favor.

— Calvin…

— Preciso ver como você está progredindo. Três meses de Coelhinha dos Corações Partidos e eu quero ver como é o pulo. Você é autêntica ou só está encenando de brincadeira?

Então, eu pulo para ele, o que o faz rir.

— Encenando de brincadeira — ele declara. — Pelo amor de Deus, coloque as mãos embaixo do seu queixo. É assim que os coelhos de verdade fazem.

— Mas coelhos de verdade não carregam sacolas cheias de coisas — aponto.

— Talvez você devesse ser a Canguru dos Corações Partidos — ele sugere. — Aí teria uma bolsa.

Estou na garagem entrando no meu carro quando Calvin sai correndo no alpendre, balançando os braços.

— Não acredito que me esqueci de te desejar feliz aniversário! — ele diz de longe. — Você está completando sessenta anos hoje e eu nem disse nada!

— Será que precisamos contar para o bairro inteiro? — respondo.

— Sim, precisamos! Você tem sessenta anos e está orgulhosa disso! É uma coelha orgulhosa com seus sessenta anos e que só precisa de um pouco de ajuda extra no pulo!

Balanço a cabeça enquanto me afasto da casa.

Minha primeira cliente é Amanda Pearson, e percebo imediatamente que este será o meu tipo favorito de atendimento da Acorda pra Vida. Para começar, ela está com uma amiga — é sempre bom ter apoio moral — e elas já beberam duas xícaras de café aparentemente muito cafeinado e arrumaram uma caixa com as coisas do ex-namorado. Dispensam o formulário de consentimento que entrego a Amanda; ela assina sem nem dar uma olhada.

— Eu sei o que você faz — ela diz, descontraída. — Você esteve na casa da minha amiga Elaine no mês passado.

Ela me conta o que já sei pela ficha de cadastro: levou um *ghosting* de um cara com quem estava saindo por oito meses. Sem nenhuma explicação, ele simplesmente parou de responder às mensagens e não atendia ao telefone, e, quando ela foi até o apartamento dele só para ter certeza de que não estava morto e sendo devorado pelos gatos, ela o viu saindo com outra mulher. Ele nem olhou na direção dela. Pelo menos não até que ela tivesse saído do estacionamento, deixando um rastro de pneu queimado no chão, ela diz. *Isso* ele notou.

Às vezes, as vítimas do pessoal que some parecem atordoadas e incertas, com aquele olhar de alguém que sofreu um atropelamento seguido de fuga. Mas Amanda Pearson parece energizada com a perspectiva de, cerimonialmente, dar um pé na bunda desse cara.

E sua amiga Beth está *totalmente* a favor.

— Traga pinças, se necessário, e vamos tirar cada último resquício dele daqui! — diz ela. — Mal cheguei ontem à noite e já descobri um pente com os cabelos dele. Na *cômoda*, aliás, onde ela vê todos os dias.

Amanda abaixa a cabeça. Ela tem cabelos pretos curtos em um corte chanel com uma cortina de franja, está usando leggings e um moletom da Cornell, e carrega uma grande caneca de café.

— Esse pente, por acaso, é meu — diz ela para mim. — Mas Beth notou que tinha quatro fios de cabelo ruivo dele, então agora é considerado um artefato inimigo.

— Claro que é — diz Beth. — O cara passou noites o suficiente aqui para poluir o lugar com pelos corporais. Tenho recebido ligações chorosas desta pobre mulher aqui há semanas. E agora ela está discutindo pelo direito de ficar com este pente. — Ela olha para mim. — É normal as pessoas serem tão resistentes?

— Eu não sou resistente — diz Amanda, rindo. — Quero que ele vá embora! Só não percebi os quatro fios, é só isso. Olhem. — Ela aponta para a caixa onde colocou os objetos, as coisas todas organizadas em pilhas. Na verdade, todo o seu apartamento parece ter sido decorado por uma pessoa emocionalmente saudável: pisos de carvalho brilhantes com tapetes floridos, estantes cheias de livros e plantas, móveis coordenados em cores e livres de bagunça. — Revirei todo o lugar e me livrei de tudo em que pude pensar. Até o espremedor de alho dele.

— Bem, o espremedor de alho — diz Beth. — Será que isso realmente precisa ir embora? Para mim, não grita romance.

— Bem, para mim, sim — diz Amanda. — Ele sempre o exibia, dizendo que era prova de que *ele* era um cozinheiro melhor do que eu, porque tinha esse espremedor de alho caro e pi-pi-pi po-po-pó, enquanto eu me contentava em usar uma *faca*. — Ela olha para nós duas. — É uma questão para resolver, acredite em mim.

Coloco na caixa.

— Qualquer objeto que te faça se lembrar do relacionamento deve ser eliminado. E, aliás, "eliminar" deve ser sua palavra favorita agora, assim como é a minha.

— Ooooh, você se importa se eu fizer um videozinho disso? — diz Beth. — Quero mostrar para os nossos amigos, porque eles não vão *acreditar* que uma coelha veio aqui.

Amanda e eu encolhemos os ombros e dizemos que tudo bem, e sinto um momento de alívio por meu rosto verdadeiro não estar no vídeo. Quem vai saber que sou eu mesma?

Enchemos a caixa com algumas fotografias, um cartão com corações, um suéter volumoso masculino, o barbeador dele, um par de óculos aviador, uma meia. (É surpreendente quantas meias aparecem em pilhas de "Mandar para os quintos dos infernos". Acho que os homens devem largá-las de propósito, deixá-las embaixo da cama, como pequenas espiãs.)

Beth filma enquanto eu pulo ao redor do apartamento muito arrumado de Amanda, procurando coisas que poderiam ter escapado. Coisas às quais ela poderia estar secretamente se apegando. Um pedaço de papel com o número de telefone dele. Um bilhete no mural sobre a mesa dela. Normalmente, consigo farejar essas coisas logo de cara.

— Algo que você tenha pendurado nas paredes? Alguma destas fotos é dele?

— Não, todas são minhas — diz ela. — Pré-Matthew.

— Ok, então, podemos ver seus aparelhos eletrônicos?

— Meus aparelhos?

— Sim. Contas de Facebook, Instagram, Netflix? Não queremos que você cometa o erro de logar para ver a nova vida dele. Tem que dar *unfollow*. Quaisquer senhas suas que ele saiba precisam ser alteradas.

Nisso, ela fica um pouco pálida, mas se senta, abre o laptop e nos mostra que já desfez a amizade e parou de segui-lo no Facebook, no x e no Instagram.

— Netflix? — digo.

Ela hesita e depois olha para nós com uma expressão angustiada.

— Ah, *querida*... — retruco. — Eu sabia. Vocês compartilham a conta, não é mesmo? E aposto que você tem entrado para ver a que filmes ele assiste.

— É só que... bom, eu mostrei para ele alguns dos meus filmes românticos favoritos e agora quero saber se...

— Se ele está assistindo com outra pessoa. Muito comum — digo na minha voz mais reconfortante da Coelhinha dos Corações Partidos.

Amanda respira fundo e fecha os olhos por um momento.

— Ok. Sim. Eu fiz isso. Ele viu *Harry e Sally: Feitos um para o outro* e *Mens@gem para você*. Que ele nem gostou quando assistimos juntos.

— Ok, então. Se esta conta for sua, mude a senha. E, se for dele, cancele e faça sua própria conta da Netflix. Caso encerrado. Elimine. Elimine. Elimine.

Ela muda a senha.

Deixo uma cópia do contrato com ela e levo a caixa comigo quando saio. Ela vai ficar bem.

Kat me liga quando estou a caminho do próximo cliente.

— Bem, garota, temos uma novidade em mãos — diz ela. — Você olhou a ficha do segundo cliente de hoje?

— Só dei uma olhada. Um cara chamado Joey Davis. Vinte e três anos. Namorada o deixou há quatro meses.

— Sim, rotina. Só que acabei de descobrir que não foi ele quem ligou pedindo os nossos serviços. Foi o amigo dele, Zach, se passando por ele.

— Bom, *isso* é novidade — digo.

— Eu sei — concorda Kat. — Acabei de falar com Zach. Acho que ele estava com a consciência pesada. Ao que parece, Joey Davis sabe que tem algo acontecendo, mas não sabe o que exatamente. Então, não sei como você vai lidar com isso. Se não parecer que está funcionando, acho que deveria desistir.

— Eu dou um jeito — digo.

Assim que chego ao prédio de apartamentos, leio a ficha com mais atenção. Diz que Joey Davis trabalha em casa consertando computadores e não sai para um encontro desde que a namorada o deixou. Na maioria das vezes, não sai de casa para nada. Problemas de higiene.

"Estou preso, preso, preso e preciso de ajuda. Talvez até esteja acumulando as roupas íntimas dela. E, ah, sim, estou fedendo pra caramba." Consigo imaginar seu amigo rindo consigo mesmo enquanto escrevia essa última parte.

Ceeeerto. Coloco a cabeça de coelho e a arrumo no espelho retrovisor, pego uma das sacolas estampadas com o logo do nosso serviço Acorda pra Vida e me encaminho pela calçada rachada, passando pelas cercas vivas que encobrem as janelas, até a entrada principal. Os degraus estão esfarelando, e folhas do outono passado se acumulam na calçada. Em uma fileira de caixas de correio com interfones pretos, encontro a que diz J. DAVIS, fecho os olhos por um momento e faço uma pequena oração.

Há um silêncio depois de eu apertar o botão, mas então uma voz masculina diz sem entusiasmo:

— Eaê? O que cê quer?

Falo com a voz mais animada possível.

— Olááá? Sou Billie, a Coelhinha dos Corações Partidos. Vim ver Joey Davis.

— Você é... como é que é?

— A Coelhinha dos Corações Partidos.

— Não, obrigado. Não estou no mercado de corações partidos.

— Na verdade, estou aqui para consertar seu coração partido — digo.

Ele dá uma risada fraca.

— Espera. Você é a coelhinha que Zach mandou? Pensei que fosse uma piada.

— Acredito que sim.

— Ele não disse nada sobre *coração partido*. Só disse que uma coelhinha viria.

— Bem, ele deixou essa parte de fora, pelo visto.

Um longo silêncio segue enquanto ele aparentemente pensa sobre o que falamos. Apoio o corpo em um pé e depois no outro.

— Tudo bem — ele diz com um suspiro, e o interfone libera a porta.

Ajeito minha cabeça de coelho e entro. Ali no hall de entrada, aguarda-me um cara magro, desarrumado, de cabelos escuros, vestindo um moletom azul escrito ME PEGUE e uma calça de moletom folgada que um dia pode ter sido cinza.

Ele me olha como se eu fosse apenas a decepção número quatrocentos do dia de hoje.

— *Você* é a coelhinha que Zach mandou? Isso é alguma espécie de piada?

— Oi. Não é uma piada. Sou Billie, a Coelhinha dos Corações Partidos — digo, pegando da minha bolsa a papelada que entrego aos clientes. — Se você pudesse ler isso e assinar, por favor, antes de começarmos.

Ele pega o contrato e franze a testa para mim enquanto volta para o apartamento.

— Pensei que Zach fosse mandar alguém para me animar. Sabe como é? Sem ofensa, mas você é uma velha fantasiada de coelha. Um bicho de pelúcia.

— Você estava esperando uma coelha falante de verdade então?

— Não. Você *sabe* — ele diz.

Entendi. Isso acontece às vezes; pessoas achando que eu sou uma coelhinha da Playboy, que, até onde eu sei, não envia coelhas para a casa das pessoas, mas é surpreendente quantos caras jovens pensam que isso poderia existir na vida real.

— Aliás, como você sabe que sou uma velha? Estou completamente coberta.

— Sua voz.

— Você está querendo dizer que tenho voz de velha?

— Sem ofensa, mas sim.

— Bom, enfim. O serviço que estou oferecendo a você vai fazer mais bem do que... aquele outro tipo de coelha.

— Você tem certeza disso, hein?

— Não tenho certeza, mas sou a coelha que tem pra hoje. Então, é isso. Por favor. Leia o contrato — digo. — Vai te explicar tudo o que você precisa saber.

O contrato explica que estou aqui como representante da empresa Acorda pra Vida Ltda. e que só vou interagir com o cliente na persona de Billie, a Coelhinha dos Corações Partidos, não como eu mesma. Estou aqui para ajudar o cliente a se livrar de lembranças indesejadas de um amor que deu errado e recolher os itens que devem ser removidos. Esses itens podem incluir, mas não se limitam a, fotografias, lembranças, peças de roupa, joias, cartas, objetos que podem ser pendurados na parede, eletrodomésticos, brinquedos eróticos, livros, discos, CDs, DVDs e qualquer outra coisa que possa estar impedindo o cliente de se reintegrar à vida. Os itens serão armazenados por no máximo trinta dias na sede da Acorda pra Vida — também conhecida como a minha casa —, após o que serão descartados ou doados, a critério da empresa. O cliente será informado sobre o destino desses itens e, nesse momento, poderá solicitar reavê-los ou enviá-los para a outra parte envolvida. No entanto, recomendamos descartá-los, não os recuperar para olhar uma segunda vez, o que, muitas vezes, pode ser trágico.

Ao contrário de Amanda, que apenas assinou e afastou essa folha de papel, Joey Davis a examina muito atentamente, com a testa franzida, e então diz que eu posso entrar. Olhando ao redor, consigo perceber que ele é claramente o que Kat e eu rotulamos como um caso de Nível Três, que é o próximo ao mais grave. Normalmente, lido com casos de Nível Dois, no máximo. Este lugar todo tem o cheiro acre de falta de esforço, e os papéis e os livros espalhados por toda parte praticamente gritam seu abandono.

Num piscar de olhos, vejo xícaras de café (três) com mofo flutuando em líquido marrom; um sanduíche de mortadela vintage, pela metade, em um prato de papel; e uma almofada verde rasgada que saiu do sofá e decidiu descansar contra a parede, ao lado de uma torre de latas de cerveja Bud Light, ameaçando cair no chão caso haja algum movimento brusco.

Olho para ele lendo e franzindo a testa. É evidente que não tem tomado banho ultimamente, e esse moletom parece ter se fundido ao seu peito magro e côncavo. Seus grandes olhos castanhos, afundados e com as bordas vermelhas, percorrem a página, e então ele me olha com suspeita.

— Você vai levar coisas? As coisas dela?

— Esse é o propósito, sim.

— Eu pensei que fosse para me animar.

— Você terá que falar com Zach a esse respeito, porque ele achou que seria bom para você — digo. — Mas acho que ele está preocupado com você e quer te ajudar a seguir em frente. Agora, se concorda e se está pronto para começar, vou pular por aí e dar uma olhada. Se houver objetos que você queira remover, coloque-os aqui. Senão, vou olhar e discernir o que acho que pode te ajudar se for removido.

Ele parece chocado.

— Tudo bem? — digo.

— Sei lá.

Ah, há objetos, sim. Pulo até a estante e imediatamente pego duas fotos emolduradas, uma de uma viagem de esqui — Joey com o braço em volta de uma garota loira e miúda em um macacão azul-casca-de-ovo com neve — e outra em que a mesma garota, num vestido de festa, está sorrindo para a câmera e segurando algum tipo de certificado. Aparentemente, ele tinha uma mulher *laureada*.

Voltando ao sofá, noto um chinelo de cetim rosa espiando de uma almofada. Na mesa de centro, há um cinzeiro com bitucas de cigarro com batom. Uma calcinha de renda preta, bem ali, exposta. Ele faz uma careta.

Eu pego a calcinha sem fazer comentários e coloco na sacola enquanto ele se apoia na parede, com os braços cruzados, parecendo sem vida.

— Para onde vão essas coisas?

— Você leu o contrato que te dei?

— Li.

— Então você sabe.

— Eu poderia... você sabe... recuperar tudo isso algum dia?

— Isso também está explicado no contrato.

— É uma maluquice! — ele diz. — E se eu não conseguir dormir sem essas coisas aqui?

Deixo a sacola no chão e o encaro.

Ele pode realmente ser um Nível Quatro, agora que estou vendo mais de perto. Eu nunca tive um Nível Quatro até agora.

— Posso entrar no quarto? — pergunto.

Joey solta um grande suspiro derrotado.

— Faça o que quiser. Eu não me importo.

Ele me segue pelo pequeno corredor até um quarto minúsculo, escuro e com cheiro de cabelo não lavado. Ligo a luz, um anel fluorescente que começa a zumbir imediatamente, então eu a desligo e pulo até as cortinas, abrindo-as. A luz do sol entra. Um colchão com cobertores de flanela marrom amontoados está no centro do quarto, cheio de papéis, livros e um laptop com decalques do Megadeth por toda parte. Ao lado da janela, há uma bicicleta ergométrica tombada e coberta de roupas. Um cardigã preto de mulher está pendurado em um dos guidões, arrastando no chão, deixando um rastro de lantejoulas pelo caminho. Na cama, há um urso de pelúcia. Eu dou uma olhada para Joey.

— Dela?

Ele acena com a cabeça e morde o lábio.

Na ponta dos pés, passo por cima de algumas camisetas amassadas e alguns copos da Starbucks e abro o armário. Um quimono vermelho está pendurado ali sozinho e, no chão, ao lado de alguns tênis masculinos bastante usados, está o par do chinelo rosa e um brinco pendente de brilhante.

Na caixa.

Ele limpa a garganta.

— Ela me largou pelo chefe dela. Zach te contou essa parte?

Balanço a cabeça, negando. Kat e eu decidimos desde o início que, além de discutir objetos, eu não me envolveria em discussões sobre o término. Não sou uma terapeuta. É por isso que, quando pensamos neste trabalho, decidimos que eu me vestiria com uma fantasia de animal para deixar essa delimitação clara. *Não estou aqui como sua amiga ou como uma profissional licenciada. Eu sou uma artista performática.*

— Então, coelhinha. Quer saber o nome dela? — pergunta ele. Eu consigo ficar em silêncio. — Bem, eu quero te dizer. É Delícia.

Dou um breve e neutro aceno com a cabeça, mas sinto meus olhos se arregalarem sob a cabeça de coelho.

— Ela estava saindo com o chefe dela por seis meses antes de eu descobrir. E você sabe o que eu mais odeio, além de tudo?

Coloco o suéter na minha sacola. Uma chuva de lantejoulas cai no fundo.

O rapaz dá um suspiro profundo e trêmulo.

— O que eu mais odeio é que ele é uma pessoa terrível, uma daquelas pessoas que enganam os outros e pensam que são muito espertas por fazerem isso. E é recompensado por agir assim, então nunca vai aprender. Ele consegue tudo o que quer. E um dia ele decidiu que a queria, então a roubou.

Oho para Joey e dou de ombros. Agora, se fôssemos amigos — ou se ele estivesse sentado na minha cozinha, por exemplo —, eu lhe diria um fato importante da vida, que, fora de situações de sequestro, as pessoas não são roubadas. Mas eu sou a Coelhinha dos Corações Partidos, não uma amiga, então apenas abro uma gaveta grudenta. Dentro dela, encontro uma confusão de cuecas e camisetas masculinas, e, em cima, um sutiã verde-neon com estampa de cobra — credo! Eu o pego com a ponta dos dedos e o coloco na sacola.

— Ei, pare! — diz ele. — Esse sutiã. Não coloque na sacola! Na verdade, todas essas coisas… espere um segundo. E se ela voltar? E se perceber que o cara é um idiota e se arrepender?

Eu balanço a cabeça para ele e abro a gaveta seguinte.

— Não! Tire esse sutiã da sacola. Estou falando sério! — diz ele.

Viro e olho para ele, inclinando a cabeça. Ele está apontando para o sutiã, então dou de ombros e o coloco de volta na gaveta. Estou vasculhando a próxima gaveta, uma confusão de meias e camisetas descoordenadas, quando ouço algo.

Viro de novo e o vejo no chão com a cabeça entre os joelhos. Abro a quarta gaveta, que parece vazia, exceto por uma almofada térmica e uma joelheira. É possível que sejam dela, suponho. Mas as deixo e olho para ele, que chora como uma criança de cinco anos que acabou de descobrir que sua mãe não vai mais voltar para casa e que pararam de vender sorvete em todo o mundo.

Fico totalmente imóvel. Talvez eu tenha ultrapassado algum tipo de limite aqui.

— Escute — começo. — Eu não deveria discutir seu relacionamento, mas quero que você saiba que tudo vai ficar bem de verdade.

— Como pode saber disso? E se eu não ficar bem? E se ela nunca voltar?

Eu coloco a sacola no chão e suspiro.

— Querido, ela *nunca* mais vai voltar, e ainda assim você vai ficar bem. Você vai. Essas coisas... elas melhoram. Você vai sair mais forte disso. Na verdade, um dia vai olhar para trás e se sentir feliz por não ter ficado com essa pessoa. Confie em mim.

Ele funga, algo meio nojento, cheio de muco, então vou até a mesa de cabeceira e pego um lenço para ele. Há um milhão de lenços amarrotados na mesa, além de três fotos de Delícia — o que, desculpe, parece o nome artístico de uma dançarina exótica.

— E mais uma coisa: você já pensou que deveria ficar preocupado com que tipo de pais daria o nome de Delícia para uma filha humana? Quer dizer, que negócio é esse? E o filho chamava como? Treta?

Ele faz um som. Continuo:

— Tendo crescido com esses pais, ela pode ter sido privada de uma bússola moral e do senso de realidade, e é claro que te faria acreditar que foi *roubada* por outra pessoa e te deixaria aqui igual a uma pilha de roupa suja, acreditando nisso. — Ele fica quieto, então eu acrescento: — Bem? Você pelo menos deve considerar o que eu estou falando.

— Quero que você coloque tudo de volta como estava — ele diz, muito sério, e assoa o nariz.

Algo me toca sobre o modo como ele assoa o nariz, à maneira de uma criança, fechando os olhos com força. E então eu vejo seus pulsos pálidos e magros saindo das mangas do moletom. Meu coração se aperta um pouco por ele, e eu suspiro.

— Gostaria que essa fosse a resposta, colocar tudo de volta no lugar — digo a ele. — Mas, com todo o respeito, acho que talvez seja hora de você voltar à vida normal. Você já passou bastante tempo sofrendo e agora precisa superar. Vamos pensar em outras coisas que podem ser mais importantes na sua vida do que isso.

— Era para me *ajudar*? — ele diz e olha para mim com o rosto manchado de lágrimas.

— Olha, meu anjo. O amor *nem sempre* é do tipo que deveria durar. Às vezes, o coração se prende a algo e então... puff!... acaba. Simples assim. Acontece com todo mundo. Mas a gente aprende coisas sobre nós mesmos e segue em frente. E, acredite em mim, você vai acabar muito melhor do que jamais sonhou. Vai encontrar outra pessoa, alguém que talvez não use um sutiã com estampa de cobra, é verdade, mas...

— NÃO! NÃO! NÃO! — ele grita, e sua voz reverbera pelo quarto. Ele bate no joelho com o punho. — Me escuta! Eu e ela, a gente ia se *casar*. Eu era a alma gêmea dela, e esse cara simplesmente a roubou. Tínhamos tudo planejado. Eu tinha... tinha *pagado* tudo. Até a escultura de gelo idiota que ela insistiu que queria. Terminado de pagar. *Eu* paguei.

— Uma escultura de gelo? — repito, sarcasticamente. — Ela queria uma escultura de gelo? Ah, *entendi*. Não tinha ideia de com quem estávamos lidando. Logo você vai me dizer que ela também queria que soltassem pombos de uma gaiola.

Ele me olha, furioso.

— Como você sabia? — Ele obviamente não entende sarcasmo.

— Sinto informar que eu conheço esse tipo de pessoa. — Recolho um colar de strass que vejo no chão, o tipo que pesa meio quilo, e o jogo na sacola. — Isso não deve ter sido barato também, todos esses acessórios idiotas.

— Nem me fale. Também não foi barata a lua de mel em Cancún, que eu também já paguei e que, aliás, para onde descobri que ela foi com aquele babaca do chefe dela.

Eu me endireito e olho para ele.

— Espera. *Eles* fizeram a viagem que você pagou?

— Fizeram. Com certeza fizeram. — Seu rosto se contorce.

— E você quer essa moça *de volta*?

— Não foi ideia dela fazer isso. Foi dele!

— Não. *Ela* fez isso com você. Você tinha planos com *ela*, não com ele. Ele foi apenas um oportunista que se aproveitou, mas foi *ela* quem passou a perna em você.

Ele não responde, apenas começa a chorar outra vez. Soluços altos e profundos. Eu mudo meu peso para o outro pé, penso em quanto meu nariz coça por baixo da cabeça de coelho. Ele está no chão, gemendo e choramingando com seu coração partido. Fecho os olhos, vejo a estúpida Delícia com seu cabelo loiro e sorriso brilhante, e a vejo com seu chefe, brincando nas ondas de Cancún, arremessando o coração partido de Joey Davis entre eles como uma bola, e então... bem, não há nada a fazer, se você se considera um ser humano decente, a não ser tirar a cabeça de coelho, sentar-se ao lado desse menino doente de amor e tentar pensar em algo para dizer que pudesse ajudá-lo. Então, é isso que eu faço.

Meus joelhos doem de tanto pular, então estico as pernas na minha frente e faço uma pequena massagem.

— Me conta: quanto tempo fazia que esse casamento ia acontecer? — pergunto.

Ele não ergue os olhos, mas para de chorar. Depois de um momento interminável, ele diz:

— Quatro meses, duas semanas, cinco dias.

— Sim, e quantas horas e minutos? — pergunto. De novo, com sarcasmo. Não consegui me conter.

— Eu... eu não sei.

— Ah, bem, pelo menos *isso* é um bom sinal.

— Por que é bom?

— Porque, se você soubesse as horas e os minutos, teríamos que nos preocupar seriamente aqui com o seu nível de patologia. Mas agora eu acho que existe esperança para você. Precisamos te colocar de volta nos trilhos, só isso. — Ele funga alto e molhado. — E, sem ofensas, mas você também precisa assoar o nariz. Não aspire essas coisas de volta para o seu sistema. Isso te faz mal.

— Quem é você? Minha mãe?

— Aparentemente, sim. E, agora que sou sua mãe, preciso que se levante para a gente limpar este lugar. Tenho uma alta tolerância à desorganização, mas o jeito que você está vivendo é nojento. Isso está te impedindo de progredir. — Eu me levanto. — Além disso, aí vai uma verdade difícil de engolir: o que eu acho perturbador é você *cogitar* aceitá-la de volta. Porque isso, meu amigo, só mostra que você está ávido por castigo. Se existe alguém que não merece uma segunda chance de esmagar seu coração, só pode ser essa mulher idiota. Como poderia confiar nela outra vez, mesmo que ela voltasse? Pense *nisso*.

Ele não se mexe e eu fecho os olhos, não querendo pensar no que Kat dirá quando ficar sabendo. A Coelhinha dos Corações Partidos agindo como uma mãe para um cara. Depois de um longo momento, Joey assoa o nariz sem me olhar e então abaixa a cabeça de novo nos joelhos. Olho para seu cabelo sujo e comprido, e novamente para os braços finos e pálidos que aparecem por baixo das mangas. Aquelas mãos. Meu coração se parte um pouco. As unhas dele parecem tocos ensanguentados.

Digo:

— Caramba, essas unhas devem estar doendo. Eu me lembro de quando meu primeiro marido me deixou. Eu roía as unhas até o talo todos os dias, como se fosse meu trabalho.

— A dor nas minhas unhas é o *menor* dos meus problemas — ele diz sem olhar para cima. — Além disso, sem ofensa, mas seu primeiro marido foi para Cancún em uma viagem de lua de mel que *você* pagou? E, odeio te dizer, Senhora Coelhinha, mas isso nem foi a pior parte!

— Bem, então, vamos ao fim dessa história toda. O que mais aconteceu?

— Depois da cena toda de término, ela me prometeu que pediria ressarcimento do depósito adiantado que fizemos para o casamento, mas sabe o que fez?

— Vou supor que ela não pediu ressarcimento do depósito.

Ele abaixa ainda mais a voz, para uma região que soa como se tivesse uma estrada de cascalho formada na sua laringe.

— Não. Ela não pediu. — Ele começa a mexer em alguns fiapos na meia e diz com uma voz tão baixa que eu quase não ouço: — Ela se *casou* com ele. No casamento que eu paguei.

— Meu Deus, Joey. Você disse... *você* acabou pagando pelo casamento deles?

— Foi. De zero a dez, que nota a vida ganha por chutar a nossa bunda?

— Isso... Bom, isso é realmente, realmente o fundo do poço.

— Não é? — Ele me olha com os olhos marejados, as bochechas vermelhas e o queixo trêmulo. — E a maneira como descobri *isso* foi que liguei para o lugar eu mesmo e pedi o dinheiro de volta, e a moça do telefone me disse que eu devia estar enganado, porque aquele casamento *tinha* acontecido.

— Ok, Joey Davis, isso agora foi além do aceitável. Levante-se do chão! Vamos consertar sua vida! Levante-se!

— Não consigo.

— Olha — digo, por fim. — Isso é um sofrimento bem, bem grande. Eu entendo. É enorme! Mas você realmente quer desperdiçar mais da sua preciosa vida pensando nisso? Você não ganha pontos extras por permanecer na fossa, sabe? Não é como se atingisse certa meta de horas gastas na fossa e aí ela voltasse num passe de mágica.

— Sim, eu sei que sou patético — ele diz e desvia o olhar. — E, só para você saber, não contei a ninguém além de você que paguei pelo casamento deles. Nem para Zach, nem para o meu pai, porque aí eles saberiam que sou o maior perdedor do mundo. O que eu realmente sou.

— *Ela* é a maior perdedora do mundo, não você. Eu a odeio com todas as minhas forças, e não odeio ninguém há anos.

— Sim, mas, e se ela foi enganada por ele e temporariamente esqueceu o que a gente tinha, porém depois vai lembrar e querer voltar?

— Joey, nã-na-ni-na-não. Ela não vai voltar. Além disso, você não a *quer* de volta. Você não vê que essa não é a maneira como pessoas decentes se comportam? Essa mulher... Eu quero ir até a casa dela e, sei lá, furar os pneus do carro e então mandar entregar, tipo, noventa pizzas na casa dela para ela ter que pagar, e, ahhh, depois disso, talvez...

— Nós íamos ter três filhos e morar em Boston, e ela disse que eu era o único que realmente a *entendia*. Que eu era a alma gêmea dela.

— Ok, escuta, docinho, já chega dessa mulher — digo. — Acabou. Já estou *farta* dela. Fiquei sabendo disso tudo há apenas dois minutos, e ela já me deu dor de cabeça. Vamos lá, levante-se. A primeira coisa que vamos fazer é limpar este lugar, jogar fora todas as roupas íntimas idiotas dela e aquelas fotos horríveis dela sorrindo, e então... Bem, *então*, vamos atrás do sanduíche de mortadela petrificado, do qual estou com medo, se você quer saber a verdade. Depois disso, *você*, meu amigo, vai comigo para a cozinha, vamos encher a máquina de lavar louça com essas canecas horríveis e ligar a danada.

— Eu...

— Não. Não diga mais nem uma palavra sequer. Levante-se. Sinta sua coluna. Você está oficialmente partindo pra outra.

Ele se levanta, relutante, mas sorri um pouco.

— Aqui — digo. — Pegue isso. Pegue essas camisetas e as coloque na cesta de roupa sujas, a menos que sejam dela, porque aí você me dá para que eu possa rasgá-las com as minhas próprias mãos.

Ele realmente ri, um som seco e rouco, e pega as roupas espalhadas pelo chão. Eu termino de enfiar os itens na sacola e digo:

— Além disso, aquele sutiã que você me fez devolver. Desculpe, mas ele precisa ir embora. É uma arma letal. — Ele ri novamente, mas vai até o sutiã verde com estampa de cobra na gaveta e o coloca na sacola. — Boa — digo. — Toca aqui. Você está oficialmente no caminho da recuperação.

Eu o levo para a sala de estar, onde fazemos uma varredura na mesa de centro — ou melhor, eu faço; ele basicamente só se apoia na parede. Coloco a almofada do sofá de volta e faço uma pilha com os livros perto da estante. A torre de latas de cerveja cai, e eu aceno com a mão para ela.

— Isso tem que ir para o lixo! Vamos colocar essas latas em uma sacola e você pode levá-las para a reciclagem — eu digo. — Além disso, só para o seu conhecimento, ter uma torre de latas de cerveja é brochante.

Nenhuma mulher em sã consciência vai querer namorar você com essa coisa aqui.

— Ninguém quer me namorar de qualquer maneira — ele diz.

— Elas vão querer. Acredite em mim. Desculpa, mas você ainda não chegou ao fim da sua história com as mulheres.

— Como *você* sabe?

— Porque eu sei sobre o amor — digo. — Ele sempre aparece de novo, como uma moeda falsificada. Está sempre aparecendo em busca de qualquer problema que possa causar.

— Nem *sempre* é problema.

— Na maioria das vezes é. Noventa por cento das vezes, na verdade, segundo meus cálculos. Mas, antes de você sequer pensar em amar outra vez, temos que recuperar seu poder desse *suposto* amor.

— Eu não tenho nenhum poder. *Ela* era o meu poder.

Minha avó desperta dentro da minha cabeça. *Meu Deus, Billie*, ela diz, em alto e bom som. *Por quanto tempo você vai deixar isso acontecer? Sabe o que precisa fazer.*

Eu sei que ela está certa.

— Escuta — digo. — Vamos fazer uma coisa que vai trazer todo o seu poder de volta para você, onde é o lugar dele. — Meu coração está batendo meio rápido. Umedeço os lábios, sentindo nervosismo. Estou bem além dos meus limites aqui. — Primeiro, você precisa fechar os olhos e se imaginar aterrado. Respire fundo. Sinta o poder fluindo de volta para você. Vá em frente. Imagine.

Ele fecha os olhos.

— Não consigo sentir nenhum poder.

— Você vai sentir. Respire fundo. Agora ligue o interruptor na sua cabeça que permite que seu poder volte.

Ele dá uma respiração trêmula, mas então vacila. Quase consigo ver Delícia na cabeça dele. Fazendo caretas. Acenando com alguma outra peça de roupa com estampa de cobra.

— Ok, como dissemos, essa é uma barra muito, muito grande. Vai precisar de um pouco de magia. Tudo bem para você usarmos magia?

— Não posso acreditar que acabei de dizer isso. Paro na frente dele e ajusto meus ombros.

Ele pisca.

— Acho que sim.

— Não, você não pode apenas achar. Isso é magia de verdade. A gente precisa de intenção por trás dela.

Seus olhos se abrem um pouco.

— Ok… estou dentro.

— Ótimo! Ok, primeiro vamos precisar de sal.

— *Sal?*

— Sal.

— Ok, você que sabe. Vamos pegar batata frita para colocar embaixo do sal?

— Viu só? Isso é bom. Você fez uma piada. E não, não vai ter batata frita.

Ele me encara por um momento, percebe que estou falando sério e então vai à cozinha e volta com um recipiente azul de sal Morton. No rótulo, uma menina de vestido amarelo com um guarda-chuva ao lado. *Quando chove, é um dilúvio.* Sempre achei profundo para uma embalagem de sal.

Explico que vamos colocar em todos os cantos dos cômodos, onde o espírito dela permanece. Vamos afastá-la, tirar a essência dela daqui de uma vez por todas.

— Isso é o que fazemos para casos difíceis — digo a ele com confiança, como se fosse um procedimento-padrão com cada cliente da Acorda pra Vida. A verdade é que não faço isso desde que Victor partiu. — Espíritos indesejados não gostam de sal. Eu mesma já tive tempos em que precisei manter sal nos cantos de todos os cômodos da minha casa. Apenas por precaução. Inferno, durante um ano eu usei sal em volta do pescoço em uma bolsinha de seda — digo a ele.

Pego seu braço e o conduzo passo a passo até os cantos da sala de estar, como se ele fosse um inválido muito amado. Em cada canto, solenemente lhe peço para espalhar um pouco de sal. Finjo saber a quantidade certa, às vezes o incentivo a espalhar um pouco mais, às vezes balanço a cabeça quando é hora de parar. O sal se mistura com os rolinhos de poeira nos cantos. Ambos olhamos para os aglomerados de poeira/sal como se estivéssemos em um funeral, observando os restos sagrados. Em seguida, vamos para o quarto e também espalhamos um pouco de sal lá. Há um silêncio no apartamento; nossos passos no carpete são os únicos sons. Lá fora, um caminhão liga o motor, mas está muito longe. Há apenas este espaço, esta tristeza.

Minha avó me diz: *Agora... vamos lá... faça o resto.*

— E agora seguramos as mãos e recitamos este pequeno encanto que minha avó me ensinou quando estava se livrando de verrugas — digo.

— *Verrugas?* — Ele ri.

— Viu só? É engraçado! Sim. A tristeza, neste caso, pode ser uma espécie de verruga. Acredite em mim, funciona para qualquer coisa de que você precise se livrar.

Enfim... Talvez seja verdade.

E quem sabe as palavras exatas que ela costumava dizer? Eu gostaria de ter ouvido, mas ela dizia baixinho. Eram para todas as ocasiões, agora que me lembro — ela e suas amigas bruxas tinham palavras para fazer um sinal de trânsito ficar verde, algumas para a água ferver mais rápido e aquelas que faziam as baratas saírem do local. Ela não pensava duas vezes antes de recorrer à magia sempre que precisava. Começo; as palavras se alinham na minha cabeça e eu as digo em voz alta enquanto elas se desenrolam, invocando as forças do bem para eliminar essa infelicidade da vida dele. Sinto a energia fluindo através de mim.

— Agora, dez vezes para realmente absorver — digo. — Chamando o universo para nos ajudar.

Sinto as mãos dele úmidas nas minhas. Percebo seu pulso acelerando um pouco agora. Balançamos enquanto entoamos o encanto. Meu sangue pulsa nos meus ouvidos, e meus olhos estão fechados. Joey diz as palavras em voz alta também, e sua voz vai ficando mais forte a cada repetição. E talvez seja por isso que não percebo alguém parado na porta do quarto. Ouço um som baixo, e meus olhos se abrem de repente.

Então:

— Ô de casa! — diz uma voz... uma voz de homem alegre, quebrando o feitiço.

Joey e eu damos um pulo e soltamos as mãos como se tivéssemos sido pegos injetando heroína ou algo assim.

— Ai, Deus, é meu pai — diz Joey entre os dentes. O que é bom, penso eu. Pelo menos não estamos prestes a ser assassinados por um fantasma que inadvertidamente invocamos com o encanto. Não que eu acredite nesse tipo de coisa, mas a gente nunca sabe.

Olho para o homem. Ele se parece com Joey, na verdade — uma versão mais velha, não arrasada. Para começar, ele tem uma cabeleira de cabelos grisalhos bonita e limpa. É bronzeado e está usando jeans e um casaco azul-marinho. E sorrindo de uma maneira que considero hostil, haja vista que ele quase nos matou de susto *e* tem um filho desolado que não deveria ser submetido a um sorriso tão brilhante. Além disso, de um jeito meio nojento, seus olhos brilham como se ele soubesse que é o símbolo da beleza daquela fase entre o fim da meia-idade e o início da velhice e estivesse acostumado a ser reconhecido por essa conquista. Decido nunca mais olhar na sua direção.

— Então, o que é *isso*? — ele diz alegremente.

— Pai! — Joey grita, furioso. — Pelo amor de Deus, pai! Você não tocou a campainha!

— Usei minha chave — diz o homem, olhando de um para o outro, com um sorriso levemente confuso, como se estivesse pronto para participar da piada.

Recuso qualquer contato visual a princípio, mas consigo sentir meu rosto esquentando. Droga! Por que não saí daqui mais cedo?

— Então me deixa adivinhar o que está acontecendo — diz ele com uma voz de barítono divertida. Uma voz treinada, se quiserem minha opinião. Profunda e acolhedora. — Não me diga... não me diga. Uma mulher vestida de coelho está... ah... te ensinando dança de salão, filho?

Ah, piadas de tiozão. Não é à toa que Joey não contou a verdade ao pai dele. Entendi agora. Ele é filho de um piadista.

Joey faz uma careta.

— Não. Ela é... uh... ela está...

— Não, filho, vamos lá. Você me conhece; aquilo foi uma piada. Estou te provocando. Na verdade, ouvi o que está acontecendo — diz o pai dele com sua rica voz aveludada. — Na verdade, estive aqui o tempo todo enquanto seus olhos estavam fechados. Vocês estão se livrando de Delícia, e eu digo que já estava na hora. Por qualquer meio necessário. Magia, o que quer que você precise fazer... embora eu realmente recuse sacrifícios de animais. — Ele ri e me lança um olhar significativo, com as sobrancelhas erguidas. (Ok, admito que olhei.) — A verdade, senhora vestida de coelho, é que estamos desesperados aqui. Qualquer pessoa disposta a vir e fazer algo... um exorcismo, acho que você chamaria... eu digo vá em frente. A propósito, sou Mason Davis, o pai desse pobre coitado.

Não consigo pensar em nada que eu gostaria mais do que desaparecer — eu e minha boca de repente seca. E talvez seria interessante dar um chute na canela do pai desse *pobre coitado* no caminho de saída, mas a polícia já está de olho em mim, então faço a segunda melhor coisa, que é ir até lá e pegar minha cabeça de coelho. Sinto que estávamos à beira de um avanço, então estou ainda mais furiosa. Tão furiosa que não consigo colocar a cabeça de coelho, não na frente do pai dele. Em vez disso, finjo ser alguém que está muito atrasada — muito atrasada e muito irritada.

Mas esse cara de cabelos prateados não está ajudando.

— A propósito — diz ele, tranquilamente —, agradeço seus esforços aqui. — Ele está ao lado de Joey agora e bagunça o cabelo do filho, o que é corajoso, considerando que pode haver quatro meses de óleo ali. — Tento vir aqui e incutir um pouco de otimismo nesse cara algumas vezes na semana, contar algumas piadas, talvez o convencer a assistir a um filme, não é, parceiro? Mas nunca tinha pensado no esquema de lançar um feitiço. Isso é bom. — Quando diz "lançar um feitiço", ele faz aspas no ar.

Eu odeio aspas no ar.

— Prazer em conhecê-lo — digo friamente. — Na verdade, eu estava de saída. E, só para constar, não ajuda nada chamar alguém de pobre coitado.

Joey me lança um olhar de gratidão.

— Peço desculpas. E qual é a *sua* graça? — pergunta o pai.

— Pai, por favor... melhor não? — pede o filho.

— Só quero saber o nome dela. É uma pergunta razoável, nada muito intrusiva, eu acho. Ela pode lidar com isso.

— Eu sou Billie — digo, murmurando. — Da empresa Acorda pra Vida Ltda. Tenho que ir!

— Não, não, fique. Desculpe te interromper. Não quer ficar e me contar tudo sobre o que você faz? O que significam as palavras?

— *Pai*, não era para ela falar. Ela é a Coelhinha dos Corações Partidos. Ela remove objetos, é só isso.

Ai, Deus. Mais essa agora!

— Adeus — digo. Levanto a sacola com os pertences de Delícia. — Joey, se cuida. — Passo por Mason Davis, que me olha com olhos brilhantes de fascinação, e ando pelo corredor... vinte passos mais, depois dez, cinco, e finalmente estou na porta, minha mão girando a maçaneta.

— Espera — ouço Mason Davis dizendo. — Só quero conversar com você! Me deixa fazer o encantamento também! A Acorda... o quê, empresa?

— Acorda pra Vida... acho que ela disse — responde o filho. — Tem um contrato... aqui...

Saio, deixando a porta bater com força atrás de mim, e agora estou livre. Piscando em meio ao brilho do sol frio de janeiro. Respiro fundo.

Assim que estou no meu carro, ligo para Kat e deixo uma mensagem de voz.

— Kat! Me liga. Tem um nível acima do Nível Quatro, e não é brincadeira. Santo Deus! Eu *transcendi* todos os protocolos de coelhinha. Escuta! Esse cara... ele é o cara mais triste de que se tem notícia! Quando nada realmente estava funcionando, tirei a cabeça de coelho e só... me conectei com ele. Eu o fiz encher a lava-louças e o convenci a jogar as latas de cerveja no lixo reciclável, e então... bom, então me inspirei e fiz um encanto que minha avó me ensinou, para se livrar de verrugas! Juro que minha avó do Sul começou a falar no meu ouvido, e foi *maravilhoso*! Como se eu estivesse no piloto automático ou algo assim, canalizando minha avó; eu simplesmente sabia qual era o passo seguinte que o ajudaria. Foi incrível e libertador, e eu amei! Espalhamos sal nos cantos de todos os cômodos dele e então fizemos um pequeno encantamento juntos, e você teria morrido de rir, mas ele estava realmente respondendo ao encanto.

Teríamos continuado com certeza, mas aí o pai dele entrou! Esta é uma nova direção para o negócio, e estou tão animada! Me liga!

Estou indo para casa, repassando tudo na minha cabeça e me sentindo completamente empolgada, quando um choque percorre meu corpo. De repente, percebo quem é o pai de Joey Davis. Ele é *aquele* Mason Davis, o apresentador do programa matinal do Canal 12. Calvin assiste todas as manhãs enquanto faz o jogo de palavras cruzadas e come sua aveia. Mason Davis lê as notícias com a aura de um barítono cujo mundo conhece apenas a calma. Ele é conhecido por suas pequenas reportagens de histórias-supostamente-engraçadas-e-talvez-sejam-mesmo: o veado que pulou pela janela da casa de uma família em North Haven e ficou olhando para dentro da sala, piscando, enquanto eles se preparavam para o trabalho. A senhora de setenta e cinco anos que entrega jornais todas as manhãs em sua scooter. O garoto que arrecadou cinco mil dólares para uma família sem teto pintando cartões de felicitações e vendendo-os de porta em porta.

Ele faz a vida parecer algo que pode ser facilmente resumido em quadros de quatro minutos que trazem bem-estar. Mason Davis é o tipo de pessoa que tentaria transformar a vida de seu filho em uma história de interesse humano com uma lição, uma moral e um slogan.

Não é de se admirar que seu filho não tenha conseguido contar a ele a verdade sobre o término de seu relacionamento.

04

Vivo em um sobrado de madeira um tanto deteriorado com três andares em New Haven, Connecticut. (Meio deteriorado, na verdade, pelos padrões modernos, mas completamente dilapidado pelos padrões de Louise, mesmo que ela tenha crescido aqui — felizmente, devo acrescentar.) Sempre há algo precisando de conserto, o que é típico das casas antigas, acredito. O piso de carvalho na sala de estar da frente, no térreo, já viu dias melhores, e a varanda da frente inclina-se levemente em direção aos três degraus de madeira lascada. Precisa de pintura, por dentro e por fora, e de calhas decentes. Mas essa casa tem seu charme. Possui janelas altas, e há uma amoreira ao lado da entrada da frente e árvores de bordo nos fundos — tudo está desfolhado agora, é claro, mas o quintal fica cheio de cor e sombra na maior parte do ano. O balanço da varanda ainda está pendurado, e há duas cadeiras de balanço de vime que provavelmente deveríamos ter trazido para dentro no inverno, mas não somos do tipo que traz coisas para dentro; gostamos que tudo esteja pronto para ser usado. E se um dia de primavera inesperado chegasse e as cadeiras de balanço estivessem escondidas no porão? Preferimos nos poupar desse tipo de transtorno.

Kat me liga assim que estaciono na garagem, entrando na vaga espremida que sobrou ao lado da caminhonete do encanador — REGGIE MCMILLAN: ARRUMAMOS O QUE SEU MARIDO CONSERTOU está escrito em letras vermelhas na lateral.

— Meu Deus, Billie! — ela diz, rindo. — Não posso falar muito, mas acabei de receber sua mensagem e, meu bem, você ficou louca? Quer limpar a casa das pessoas? A Coelhinha dos Corações Partidos deveria ser divertida. Uma brincadeira. Arte de per-for-man-ce, querida! Entrar, tirar alguns objetos, sair correndo. Lembra-se disso? Não há nada no folheto sobre operar a lava-louças.

— Eu sei, eu sei. Parece loucura, mas acontece que a loucura era achar que isso era apenas uma performance. Isso é *real*, Kat. Agora vejo que poderíamos fazer algum bem verdadeiro! Uma espécie de mistura entre ouvir, a magia e a diversão, tudo em um só. Eu estava pensando que até poderia tocar música enquanto passo pela casa procurando objetos para jogar fora. Músicas de vingança! Poderia ter playlists diferentes, dependendo do gosto musical dos clientes. E então os cânticos... para espantar as energias ruins. Celebrar o afastamento da tristeza!

— Billie, querida, talvez você não perceba, mas tenho *filtrado* as pessoas que você visita. Se parecem psicóticas quando ligam, digo que estamos com a agenda lotada. Você só tem atendido pessoas que já estão mais ou menos bem e só precisam de *um* pequeno impulso divertido, uma pequena visita metafórica de coelho para fechar o negócio, declarar o fim do relacionamento.

— Algumas pessoas precisam de mais. Existem pessoas além do Nível Quatro, Kat. Elas precisam da gente.

Kat diz:

— Aliás, acabei de ouvir que alguém postou um vídeo seu no TikTok e agora está ganhando vários likes e compartilhamentos...

— TikTok? Você disse TikTok?

— Sim. Acabou de ser postado. Duas mulheres no vídeo e você...

— Ai, Deus — digo. — Deve ser Amanda. Foi hoje. Eu não tinha ideia de que ela ia postar aquilo. Me diga uma coisa. Como ficou a minha bunda no vídeo?

— Meu Deus, Billie! Quem sabe? Eu amo que essa seja sua preocupação. Estou literalmente rindo alto e te amo muito. Mas, querida, você não acha que precisamos ser um pouco cuidadosas aqui? Quero dizer, e se as coisas não forem sempre tão simples? E se mexer com magia acabar despertando alguma estranheza nas pessoas? Você me entende?

— Eu sei, eu sei. Mas e se isso realmente ajudar? Hoje, enquanto fazia essas coisas, senti que estava realmente fazendo algo bom.

— Escuta — diz ela. — Eu sei o que Bob vai dizer. Ele vai perguntar: qual é a nossa responsabilidade? E se você fizer feitiços mágicos, o cara não superar seus problemas e depois te responsabilizar?

— Sem ofensa, mas seu marido é um chato. Ele não acredita em manifestação e magia como a gente.

— Sim, mas…

— Mas nada. Vamos dizer a ele: e se nada disso acontecer? E se der tudo certo?

Depois de entrar e trocar minha fantasia de coelho, encontro Calvin no porão, informando utilmente Reggie, o encanador, sobre o estado dos canos de água quando ele era garoto e vivia na Filadélfia. *Aquela* foi a era dourada do encanamento. Reggie está resmungando e iluminando com sua lanterna os recôncavos profundos perto da máquina de lavar, um lugar que apenas aranhas e Reggie conhecem.

— O que você acha? — digo.

— Raízes, sabe. Vou tirar.

Nossos problemas sempre são causados por raízes. Esta casa deveria se chamar Raízes e Entupimentos.

— Onde você estava? — Calvin me pergunta. — Demorou demais coelhando. — Ele olha para mim atentamente. — O que houve? Parece que você acabou de ganhar na loteria ou algo assim.

— Estou animada — digo. — Novos rumos para o negócio da Coelhinha dos Corações Partidos.

— Ah — ele diz. — Bem, vamos almoçar e falar sobre isso. Reggie, você vai se juntar a nós hoje?

— Não, tenho que fazer algum trabalho de verdade — ele diz. — Preciso ajudar umas pessoas que saíram de férias e esqueceram que a casa delas tinha canos que precisam de calor.

No andar de cima, Calvin pega os sanduíches de salada de frango que fez — porque é meu aniversário, ele diz, ele os fez bem chiques cortando as bordas como sua mãe fazia para chás da tarde formais — e eu esquento a sopa de pimentão vermelho que preparei ontem e coloco a chaleira no fogo. E, assim que nos sentamos, ele diz:

— Então, me conte.

— Bommm — digo —, é *possível* que o negócio da Coelhinha dos Corações Partidos tenha dado um passo além hoje. — Eu pego uma colherada de sopa e assopro. O cheiro é divino. Está lindo aqui, com a neve começando a cair lá fora. Posso vê-la se acumulando nos galhos do bordo.

— Impossível. O negócio da Coelhinha dos Corações Partidos já *começou* exagerado.

Então eu conto toda a história e, quando chego à parte sobre espalhar sal nos cantos do apartamento de Joey Davis, segurar as mãos dele e fazer o cântico, Calvin começa a gargalhar.

— E a Coelhinha dos Corações Partidos se transforma novamente em Billie. Eu estava pensando quanto tempo isso levaria.

— Sim, bem. Ficou *ainda pior*, receio.

— Ficou pior? Vou descobrir que você alugou meu quarto para ele?

— Não, mas, Calvin, aí o *pai* dele entrou e viu o que estávamos fazendo. Você pensaria que ele teria ficado horrorizado ao encontrar o filho pulando por aí com uma coelha dançante, mas não! Na verdade, ele queria participar da ação, o que eu não permiti. E depois, quando eu estava dirigindo para casa, percebi que ele é Mason Davis! Do Canal 12!

— Mason Davis? Não brinca. Putz grila.

— E ele é tão bajulador na vida real quanto diante das câmeras. Homem odioso e horrível. Fica exalando aquela vibe tipo "Sou tão lindo que nem me aguento". Ele perguntou meu nome e então quis saber sobre a Acorda pra Vida...

— Deplorável — diz Calvin. — Como ele ousa?

— Não é? — respondo. — Espera. Você está zombando de mim, não está?

Ele tenta esconder um sorriso.

— Se me permite, eu diria que não compartilho da opinião de que Mason Davis seja um homem odioso e horrível. Ele é bastante conversador e engraçado na televisão.

— Ele é mascarado demais. Enfim, de qualquer forma, quando eu o vi lá, olhando para nós daquele jeito, parei de fazer o feitiço. Só que aí, quando eu estava indo embora, me dei conta de uma coisa: aquilo era exatamente o que a Coelhinha dos Corações Partidos deveria fazer! Era para isso que tudo sempre estava convergindo, mas eu não enxergava. Estava destinada a fazer aquilo. Sabe o que acabei de perceber? Nos anos anteriores, esse cara, Joey, teria sido o tipo de criança desgarrada que eu teria levado para casa comigo.

— Só um parêntese — diz Calvin. — Todo mundo é o tipo de criança desgarrada que você quer levar para casa.

— A gente poderia realmente o ter ajudado, Calvin. Poderia tê-lo ensinado a cozinhar e você poderia ter recitado uns poemas para ele, e então talvez ele tivesse usado a rede lá nos fundos quando chegasse o verão, eu estaria cozinhando, olharia para fora e o veria ali dedilhando no ukulele e se sentindo em casa.

— Você não acolhe ninguém há muito tempo — diz ele. — Não desde a Marisol.

— Eu sei. Achava que precisava reduzir um pouco. E então conheço alguém assim.

— *Esse* é um dos seus impulsos mais profundos — diz Calvin com voz rouca. — Fazer esse tipo de coisa.

Nossos olhos se encontram. Bem, sim. Na verdade, foi assim que "consegui" Calvin.

Oito anos atrás, eu tinha um pequeno negócio (ilegal, como descobri) de dar carona às pessoas, e Calvin era um cliente que eu deveria ir buscar. Então estacionei o Fusca em frente a um prédio de apartamentos e observei aquele homenzinho idoso e digno, vestindo um sobretudo bege e calçando sapatos pretos brilhantes, sair, fechar e trancar a porta com um clique. Ele deu uma corridinha devagar pela calçada carregando uma grande mala marrom. Pulei do banco do motorista e o ajudei, e então ele se sentou no banco de trás com muito cuidado. Ele me disse com voz solene que eu deveria levá-lo ao asilo, onde o esperavam. E então ficou em silêncio, recostando-se e olhando pela janela com as mãos cruzadas no colo.

Asilo! Eu nunca tinha levado ninguém para o asilo antes, então fiquei olhando para ele pelo espelho retrovisor, caso quisesse conversar.

Coloquei algumas músicas das antigas bandas de jazz no rádio, pensando que, se ele fosse se mudar para um lugar definitivo como aquele, talvez precisasse ser auxiliado no caminho por uma música de viagem. Uma vez, nossos olhos se encontraram no espelho e eu sorri para ele, que sorriu de volta, só um pouquinho.

Então, quando estávamos quase na saída para o asilo, ele se inclinou para a frente e pigarreou. Queria saber se, antes de deixá-lo lá, eu me importaria de levá-lo para ver alguns de seus antigos lugares preferidos pela última vez.

Bem, dirigimos por todo o estado, subindo e descendo ao longo da costa e pelas estradas secundárias até a parte rural do leste de Connecticut, onde ele tinha vivido quando era adolescente. Observamos a parte externa das casas onde ele havia morado e alguns lugares onde tinha trabalhado — um posto de gasolina; uma mercearia familiar que, ele ficou satisfeito em ver, ainda estava funcionando; e uma velha casa rural de madeira que pertencera aos seus avós.

— Agora eu quero ter algumas lembranças do beisebol — disse ele, alegremente.

Coloquei umas músicas do Frank Sinatra e do Tony Bennett, e fui para os campos de beisebol onde ele havia rebatido *home runs* uma ou duas vezes, e então para o antigo local de um cinema de rua, onde ele havia perdido a virgindade com uma garota de bochechas vermelhas chamada Virginia.

— Virgindade! — ele exclamou. — Lembra como isso era uma coisa enorme? A gente não sabia se devia se manter casto ou não. E, se a gente se entregasse, será que seria para a pessoa errada? E se você tirasse a virgindade de outra pessoa e depois se arrependesse? Houve dois anos inteiros em que não pensei em mais nada além de como lidar com a virgindade.

Minha geração, eu disse a ele, em tom bem-humorado, não tivera esse problema específico. Víamos a virgindade como algo a ser eliminado o mais rapidamente possível. Contei sobre os primeiros amassos com Victor e como eu sabia que tinha que me casar com alguém que soubesse beijar tão bem, e Calvin me disse que, depois que Virginia perdera a virgindade com ele, ele pensou que lhe devia um anel de diamante, uma casa com quintal e alguns filhos. Mas então eles se separaram, disse ele, e ela pegou os filhos deles — um menino e uma menina — e se casou com outro cara, um vendedor que os levou para a Califórnia, e, embora Calvin escrevesse cartas para os filhos, nunca foi vê-los porque ele e Virginia estavam muito zangados um com o outro. A pior decisão que já tinha tomado, disse ele.

Calvin prendeu a respiração.

— E então, três anos depois, todos morreram em um grande acidente de carro na rodovia.

— Seus filhos? Eles... morreram? — perguntei, minha garganta apertada enquanto pronunciava a palavra.

— Eles se foram. Desse jeito.

Comecei a dizer todas as coisas que dizemos nessa situação, o quanto eu lamentava, como era injusto, como era trágico, mas ele ergueu a mão.

— Não, não — disse ele. — Não é o principal. Não mais. É apenas uma parte de quem eu sou. — Depois de um momento, limpou a garganta. — Você já sabe o que é isso, eu percebo. Sabe como é recomeçar. Uma peça musical toca ou a luz se inclina um pouquinho assim. Você vê que perdeu pedacinhos do seu coração, mas depois, sem a sua permissão, outros pedacinhos começam a voltar.

Conversamos então sobre nossos casamentos e quase casamentos, e contei a ele sobre Desmond, meu terceiro marido, aquele que me fez acreditar em segurança pela primeira vez; aquele que me veria passar pela velhice. Tínhamos apenas cinquenta anos quando nos casamos, mas eu havia planejado tudo: como passaríamos a velhice andando pela casa com nossas pantufas e nossos roupões velhos e surrados, e pegaríamos no sono, de boca aberta, babando, em nossas cadeiras de balanço iguais na varanda.

Mas então, havia três meses, eu disse, ele morrera na mesa de cirurgia removendo uma pequena pinta. Não tínhamos idade suficiente nem para recebermos aposentadoria.

Calvin disse que entendia perfeitamente como era isso.

Depois, comemos sanduíches de frango frito no carro, pingando maionese nos bancos, e expliquei a ele minha antiga filosofia de amor romântico.

— Depois que Victor foi embora, decidi não ter mais romance na minha vida — continuei. — Parecia a única coisa sensata a fazer. E, agora que Desmond também se foi, não quero nada daquela bobagem de me apaixonar, que ocupa toda a nossa vida. Todo esse drama acabou para mim.

— Muito inteligente — disse ele, sorrindo. — Sabe, por outro lado, ouvi dizer que todo mundo que entra na nossa vida talvez nos traga algo de que precisamos, se formos sábios o suficiente para aceitar.

— Não, não, não — eu disse e limpei uma gotona de maionese do volante. — Não, a menos que a sabedoria que essas pessoas tragam seja que o amor verdadeiro é muito mais problemático do que vale a pena, além de extremamente raro, se é que existe.

— Bem, tenho que concordar com você pelo menos nesse ponto — disse ele. — É definitivamente raro.

— Enfim — continuei.

— Enfim — disse ele.

E sorrimos um para o outro.

— Espíritos afins — eu disse. Ele não respondeu.

Quando concordamos nesse ponto, o sol já estava se pondo no céu, então lhe perguntei timidamente se ele gostaria de vir à minha casa tomar uma xícara de chá antes de irmos para o asilo. Nós nos sentamos nas cadeiras de balanço na minha varanda e, depois de um tempo, ele disse que tivera uma epifania. Não acreditava que estava pronto para ir para o asilo, no fim das contas. Os médicos lhe disseram que ele tinha dois meses de vida quando o encaminharam para uma clínica de cuidados paliativos, mas ele não acreditara nisso nem por um segundo, porque havia algum tempo já acreditava que poderia ter uma remissão e preferia tê-la fora desse asilo do que dentro.

Coloquei-o no antigo quarto de Louise. Ele passou a noite lá e então passou a noite seguinte também, e a noite subsequente e a próxima; oito anos depois, ainda não foi embora, e o que quer que fosse o motivo para os médicos o considerarem um paciente "terminal" parece ter sumido. Eu não entendo, e ele também não, mas, além de às vezes ser um pouco esquecido, ele me parece um espécime saudável. E agora é meu melhor amigo homem no mundo, aquele por quem dou um jeito em tudo, aquele sem o qual eu realmente não poderia viver.

O que quero dizer é que ele me escuta sem revirar os olhos e acha que estou bem do jeito que estou, embora conheça todos os meus defeitos. Não desvia o olhar, não muda de assunto quando começo a reclamar nem acha que me visto estranho ou que meu cabelo é muito curto (pode ser), além de acreditar que meus dois ex-maridos eram loucos por me deixar e que meu marido que morreu ainda está me enviando mensagens do além. Calvin diz que duas de suas esposas falecidas também fazem isso.

Todas essas pessoas de quem sentimos falta. Calvin sabe como é. Nem precisamos colocar em palavras.

Reggie vem se arrastando escada acima e decide que, afinal, quer comer um sanduíche de salada de frango. Ele se larga na cadeira de madeira diante de mim e anuncia, taciturno, que não queria dizer isso antes, mas que sua esposa o está traindo.

— Evidências, por favor — diz Calvin.

— Bem, ela comprou perfume novo e nunca usa perfume. Ela sabe que nem ligo para perfume.

Calvin faz soar a campainha que os game shows usam para indicar que a resposta está errada.

— Não. Conheço Cynthia e ela é devota a você.

— Mas e se não for?

— Ela é.

— Tudo bem. Eu não queria contar essa parte, porque é particular, mas… — Ele abaixa a voz para um sussurro. — Ela também quer pôr silicone nos peitos.

— Para você — digo.

— Mas eu nem ligo para peitos.

Calvin suspira.

— Então fale isso para ela.

— Eu não deveria ter que falar isso para ela. E se eu falar e ela disser que quer pôr o silicone para outra pessoa? E aí?

— Ela não vai dizer isso — insisto. — Não tem nada de outra pessoa.

— Pode ser que tenha.

A mim, parece plausível que possa ter — tudo pode acontecer com os humanos —, mas, pensando em Cynthia, que é a humana menos aventureira que você encontrará na vida, não consigo imaginá-la desenvolvendo de uma hora para a outra um lado totalmente novo de sua personalidade e largando Reggie.

Calvin arrasta a cadeira para trás, vai até a geladeira e pega o pacote de batatas fritas de cima.

— Se ela disser que há outra pessoa, volte e nos diga que ela está te traindo, e vamos te ajudar a descobrir o que fazer. No momento, volto a dizer: não, não tenho evidências suficientes — diz ele.

Eu acrescento:

— Acho que você está meio paranoico, porque já estamos no alto inverno e você fica sempre meio inquieto no inverno. Precisa levar Cynthia para passar férias em algum lugar quente. Afaste-se dos canos congelados. Você odeia canos congelados.

— É isso mesmo. Ela *foi* passar férias em um lugar quente. Com a irmã dela. Ela *falou.*

— Por que você não foi?

Ele dá de ombros, e seu celular toca nesse momento. Ele o tira do bolso. São mais alguns canos congelados chamando, diz ele.

— Posso levar meu sanduíche de salada de frango para viagem? — Reggie pergunta, então eu preparo o sanduíche para ele e o coloco em um saco de papel pardo.

— Se quiser, traga Cynthia e Micah amanhã à noite e a gente pode jogar bingo ou algo assim — digo a ele. — Uma noite agradável e normal da década de 1950. Somos especialistas nisso por aqui.

Depois que ele sai, começo a tirar a mesa e lavar a louça.

Calvin fica sentado ali, tamborilando os dedos na mesa.

— O que foi? — pergunto. — Desembucha.

— Eu só estava pensando em quando você me contou sobre aquele garoto hoje... Seu rosto se iluminou como eu não via há muito tempo. Você é assim. A sua bondade.

Eu me sento de novo à mesa.

— Mais ou menos. — Eu rio um pouco. — Na verdade, você quer saber como fui má? Eu lhe disse que ele tem fome de punição. Levantei um sutiã que ela havia deixado para trás e chamei de arma letal. Até disse que a odiava. De verdade, usei a palavra *"odeio"*. Além disso, falei que nenhuma mulher se interessaria por ele se não se livrasse da torre de latas de cerveja, que eu o fiz tirar dali. Marchei para lá e para cá como se fosse a mãe dele ou algo assim. Obriguei-o a lavar a louça. E então, quando estava desesperada porque não conseguia pensar em mais nada para fazer, eu o coloquei para fazer feitiços comigo. Entoei o feitiço que a minha avó costumava fazer para se livrar das verrugas e falei para ele que também funcionaria para um caso de desilusão amorosa.

Ele balança a cabeça.

— É a sua cara!

Eu ri.

— Bem, tenho que admitir que adorei. Adorei que, pela primeira vez, esse cara pareceu estar fazendo alguma coisa por si mesmo. Ele não ia mais ficar deitado no sofá deixando a comida apodrecer na mesa à sua frente. E eu sei, eu sei. Ele ainda pode aceitá-la de volta se tiver alguma chance. E isso meio que acaba comigo, para falar a verdade.

— E daí se ele a aceitar de volta? Isso é exatamente o tipo de coisa que os humanos fazem — diz ele. — Mas, *talvez*, porque uma coelha o convenceu a colocar sal nos cantos da casa, amanhã, quando preparar os ovos mexidos, ele vá perceber que acabou o sal, dirigir até o supermercado e dizer alguma coisa gentil para a moça do caixa, e ela vai sorrir para ele, ele vai sorrir de volta e eles vão se apaixonar e, mais ou menos nesta época, no próximo ano, eles estarão casados, com uma hipoteca e um filho a caminho. E vai ser por sua causa.

— Coitado do rapaz. Eu não desejaria isso nem ao meu pior inimigo.

— Sim, mas você está esquecendo que o amor também nos salva. Nós *queremos* que esse cara encontre alguém bom e que retribua o amor dele.

— Mais frequentemente, porém, o amor nos machuca, e você sabe disso — digo a ele. — Sinto como se estivesse andando pelo mundo uns setenta e cinco por cento de coração partido, e você também. Veja só meu histórico: dois divórcios, muitos casos amorosos e finalmente encontro um homem legal, e então ele morre. E quem sabe? Talvez, se ele tivesse sobrevivido, eu também teria descoberto que ele era um cara mau.

Os olhos de Calvin estão arregalados para mim.

— Você desviou totalmente do assunto. Ouça. Concordo com você sobre como a maioria dos romances não dá certo, mas Desmond era um cara legal. E, se ele estivesse aqui, sei que estaria dizendo que você deveria encontrar alguém novo para amar. — Ele coloca a mão no ouvido como se estivesse ouvindo. — O que você diz, Desmond? Sessenta anos é muito jovem para desistir em definitivo? Sim, vou tentar contar para ela.

— Não — respondo. — Nem comece com isso. Já tive minha cota de paixão e foi ótimo, mas tudo no meu corpo está flácido, enrugado ou ressecado, e não vou ficar pelada com ninguém de novo, a menos que ele tenha um diploma de médico ou eu esteja inconsciente.

— Bem — ele diz. — Só queria dizer que o clima no centro da terceira idade é que as pessoas só estão vivas até morrerem. E todas elas querem amor. Nudez e tudo.

— Não. Minha nova posição é que ninguém com mais de cinquenta anos deveria sequer considerar tal coisa.

Seus olhos estão dançando.

— Ok, talvez este não seja o momento perfeito para te contar uma coisa, mas vou contar mesmo assim. Fiquei meio apaixonado por uma senhora chamada Bernice Coggins. E nós temos um... acordo. — Ele sorri maliciosamente.

Eu olho para ele com atenção.

— O quê? Não acredito — digo. — Está brincando comigo? Ai, meu Deus, Calvin. Imagino que queira que eu só diga como isso é maravilhoso, mas você e eu sabemos que essas coisas são contos de fadas. Ainda mais no centro da terceira idade.

Ele dá de ombros.

— Sim. Pode ser um conto de fadas de um centro da terceira idade, mas estou nele — diz Calvin. — O que tenho a perder? Estar apaixonado é divertido.

Às vezes, não consigo deixar de me preocupar com ele.

05

Naquela noite, pego o carro e levo Calvin até a casa de Louise para minha festa de aniversário, porque não acho que pessoas na décima década de vida deveriam dirigir depois de escurecer. Ainda mais se acabou de nevar um pouco.

— Ok, então essa tarde, enquanto você estava no centro da terceira idade beijando sua amiga no quartinho de limpeza — digo a ele —, fiz uma playlist de músicas de vingança, de mulheres fortes e de superação do amor, em diferentes gêneros: country, rock, *easy listening*, sofrência.

— E o que você planeja fazer com isso, se mal lhe pergunto?

— A Coelhinha dos Corações Partidos vai pôr para tocar todas as músicas necessárias enquanto joga fora todos os objetos que sejam fonte de tristeza — respondo. — Talvez a gente até cante e dance, o cliente e eu.

— Isso é ótimo, mas você se esqueceu de colocar ópera e, diga-se de passagem, só para você saber, não nos beijamos no quartinho de limpeza.

— Suponho que começaram a se beijar ali mesmo na mesa de bridge?

Ele está me estudando do banco do passageiro.

— Fique sabendo que nós, idosos, somos perfeitamente capazes de sair para trás do prédio e partir para alguma ação, como fazem os adolescentes.

— E ouvi dizer que suas estatísticas de IST são igualmente altas — digo. — Por isso, se previna.

Aperto o botão, e "Roar", de Katy Perry, sai rugindo dos alto-falantes. Aumento o volume e bato no volante, cantando junto. Então me volto para Calvin.

— Viu só? Isso neutraliza todas as canções de proselitismo romântico que existem por aí! — Tenho que gritar para ser ouvida acima do volume da música. Ele concorda. — Além do mais, talvez eu faça uma lista de filmes para os clientes assistirem e neutralizarem os efeitos das comédias românticas. E alguns livros também. As pessoas precisam saber que existe outro universo a ser experimentado. Nem todo mundo precisa de romance na vida! Existem outras coisas.

— Mas nada tão divertido — diz ele. — Você tem que admitir.

— Divertido até que não é mais — digo. — Aliás, como você pode acreditar na Coelhinha dos Corações Partidos e *também* no amor romântico?

Ele dá de ombros.

— Sou uma metamorfose ambulante.

Minha querida filha única mora em uma casa situada — *precariamente* situada, vou te dizer — na encosta de uma colina que desce até a orla. Não é uma metáfora perfeita para pais e mães? Desde o dia em que sua filha nasce, você faz de tudo para protegê-la, e então ela vai morar em uma casa que todos os dias parece cogitar um salto para dentro do estuário de Long Island. Foram os pais de Leo que compraram a casa para eles. A família dele ficou rica há gerações, quando o bisavô imigrante veio para os Estados Unidos com vinte dólares e um plano para inventar algo básico como o cortador de unhas — e eles são ricos desde então.

Vou colocando meu carro com cuidado em uma vaga entre cinco outros carros no topo da vasta entrada circular. Por um momento, Calvin e eu ficamos ali sentados em silêncio, olhando para o céu e para a neve que cai suavemente, e então ele diz:

— Ah! Tenho uma surpresa de aniversário. *Eu* vou dividir com você um dos meus cigarros de canabis medicinal obtidos muito, muito legalmente, em homenagem ao fato de você estar completando uma idade tão avançada. E vamos ficar sentados neste carro dando algumas baforadas antes de entrar. Que tal?

— Calvin, ninguém chama isso de "cigarros de canabis" nem diz "dando algumas baforadas". Ninguém, nem mesmo os idosos.

— Que pena. É assim que meus amigos do centro da terceira idade chamam — diz ele, acendendo o baseado.

O odor imediatamente enche o carro, levando-me de volta aos meus dias com Victor, que sempre guardava um estoque na gaveta de cuecas porque, segundo ele, a polícia nunca pensaria em procurar lá se fizesse uma batida. Depois que Louise dormia, ele fechava todas as persianas e pegava o arsenal. Ele o chamava de "nosso veneninho diário".

Assim que penso nele, meu telefone toca — e, sim, é Victor. Minha avó me ensinou sobre esse tipo de coisa: sincronia. Você pensa em alguém e então essa pessoa aparece, dizia vovó. Vale a pena ter cuidado antes de pensar em alguém. Eu gostaria que a vida tivesse um botão de retrocesso e eu pudesse *despensar* em Victor agora mesmo.

feliz aniversário é seu aniversário certo e você está entrando em uma nova década de possibilidades e estou com saudades

Mataria esse cara usar uma letra maiúscula? Desligo o celular e pego o baseado que Calvin me entrega.

— Você dá a primeira baforada — diz ele. — Por ser seu aniversário e tudo o mais.

Eu trago, enchendo meus pulmões, e então os olhos de Calvin se arregalam tanto que começo a rir.

— Como você faz *isso*? — diz Calvin. — Inspirar tanta fumaça!

— Pratiquei muito quando era nova — digo.

E então ele faz a mesma coisa, e nós dois rimos. Ele diz:

— De quem era essa mensagem?

— Que mensagem?

— Você sabe que mensagem. Essa que te deixou tão furiosa que você mal conseguia esperar para tirar da frente.

— Ah… — digo. — Essa. Bem, era de Victor, se quer mesmo saber. Ele tem me enviado muitas mensagens ultimamente. Estou ignorando.

— Depois de todos esses anos? O que ele quer?

— Só Deus sabe. A esposa dele morreu e, de uma hora para a outra, ele está terrivelmente preocupado em manter contato. — Dou outra tragada, basicamente para não ter que reagir ao olhar direto de Calvin. — Por sinal, só para você saber, hoje percebi o outro motivo pelo qual não quero me apaixonar por ninguém nunca mais.

— Porque Victor partiu seu coração em dois pedaços, pisou nele, jogou no lixo e depois ateou fogo?

Eu ri.

— Não. Embora ele tenha feito todas essas coisas. A outra razão não tem a ver com o Victor, em quem nunca mais quero pensar. O que me ocorreu foi que, assim que você ama alguém, precisa começar a se preocupar com essa pessoa. Amor é igual a preocupação, se a gente quiser resumir bem a coisa.

Ele está carrancudo, prendendo um pouco de fumaça.

— Errado!

— Não. Muito certo. Tipo, toda vez que amei alguém, tive que me preocupar se ele tinha colesterol alto e se era cuidadoso o suficiente quando mudava de faixa no trânsito, e logo eu estava monitorando as consultas médicas, se tinha ligado para os filhos no aniversário deles e se tinha feito declaração de imposto de renda.

— Huh — diz Calvin. — Sem ofensa, mas você pode ser um pouco mais estranha do que a maioria das pessoas.

— Admita. Você já está começando a se preocupar com essa Bernice do centro da terceira idade, não está?

Ele dá outra tragada e depois fica olhando para o baseado por um longo tempo enquanto prende a fumaça. Em seguida, diz:

— Quer saber? Na verdade, não estou preocupado com Bernice. Acho que existe um músculo da preocupação e um músculo do amor, e são dois sistemas diferentes, sabe? E você não pode apreciar nada de verdade se também estiver se preocupando com isso o tempo todo. Então, prefiro apenas a amar em vez de me preocupar com ela.

Eu me lembro de que ele perdeu toda a família num acidente de carro. Talvez, depois de passar por algo assim, a pessoa descubra a diferença entre o músculo do amor e o músculo da preocupação.

Eu me inclino e lhe dou um beijo na bochecha.

Só quando chegamos à porta da frente, aperfeiçoando nossos sorrisos e tentando parecer respeitáveis e nem um pouco chapados, é que Calvin de repente me diz:

— Então, você vai contar para Louise?

— Sobre eu nunca ter a intenção de me apaixonar novamente? Acho que ela sabe.

— Não, sua malandra. Sobre o pai dela ter mandado mensagens pra você.

— Não. Eu não vou. Absolutamente não. Ela não precisa se envolver com a tolice dele.

— Bem — ele diz. — Eu estava aqui pensando. Porque talvez...

Bem nesse momento, Louise atende à porta, toda vestida com um cafetã lilás e longos brincos prateados, abrindo um enorme sorriso quando nos abraça, e Calvin para de falar e a abraça também. Estou aliviada em ver que ela está usando o Sorriso Genuíno da Louise, não aquele ensaiado para o Instagram. Então Leo, bonito, taciturno, sempre com cara de trabalho, aparece por trás dela com seu equipamento fotográfico, arrastando luzes dignas de um estádio, e diz:

— Oi, Calvin. Oi, Billie. Feliz aniversário! — Ele me beija na bochecha e aperta a mão de Calvin.

Em seguida, Louise diz:

— Leo, essas luzes não. Não são os tons quentes que eu queria para esta foto.

— Essas luzes estão ótimas. O que você *disse* foi que queria registrar o momento da recepção, e estas são as luzes que eu tenho agora.

— Mas essas luzes vão fazer sombra. Você não pode simplesmente buscar as outras? Não vejo por que a gente tem que se contentar com essas.

Calvin murmura um "Vixe" para mim, e nós dois quase começamos a rir. Então, como ele vive uma vida encantada e não precisa ser fotografado para *nenhuma* coisa nas redes sociais, foge e entra na festa, que, pelo que parece, já está a pleno vapor na sala. É onde eu quero estar também. Olho para Leo, cujo queixo está cerrado.

— Olha — diz ele. — Eu sei o que estou fazendo, Lulu. Vou filmar de um ângulo diferente. De qualquer forma, o pessoal vai olhar é para as expressões deles.

— É melhor a gente nem tirar foto se for para fazer com as luzes erradas — diz minha filha, rispidamente. — Você pode, *por favor*, fazer do meu jeito pelo menos uma vez?

Leo não tira os olhos do rosto de Louise, mas sorri para ela e balança o dedo de brincadeira na sua direção.

— Me deixa te perguntar uma coisa. Quem é o cara que ganha a vida tirando fotos? — diz ele. — E, só para você saber, sra. Perfeição, isso *não é* um ensaio de moda.

— Ah, pelo amor de Deus. Isso nem é um ensaio de moda mesmo! — digo, rindo. — De qualquer forma, o que isso importa? Tenho sessenta anos! Nenhuma iluminação vai me resolver.

— Você é perfeita — diz Leo, ainda sem olhar para mim. — Acredite em mim, você não é o problema. — Enquanto Louise revira os olhos, ele sorri friamente e passa a mão pelos cabelos.

Ele é alto e magro, com uma franja quase branca na testa alta e pálida e olhos azul-gelo. Quando eles começaram a namorar, tenho que admitir que fiquei impressionada com o comportamento cuidadoso e comedido de Leo. Ele e eu nunca nos demos bem como eu esperava que seria com um genro; eu não o conquistei. Ele sempre parece um pouco desconfiado dos meus exageros, da minha disposição de simplesmente mergulhar nas coisas sem pensar duas vezes. Talvez quando eles tiverem um filho e ele perceber como as crianças amam minha espontaneidade, passe a me valorizar. Se algum dia conseguirem ter um filho, é claro.

— Viu? É por isso que você é meu genro favorito — digo a ele, porque sou incansável na minha busca para encantá-lo. — Louise, e se a gente pular essa recepção e toda aquela coisa da imagem e apenas confiar na memória? Além disso, preciso de uma bebida.

— Mãe. Só me dê um minuto — diz ela, franzindo a testa. — Você se importaria de sair e entrar outra vez? Leo, eu sei o que você está dizendo, mas estou certa neste caso. Preciso dessa postagem!

— Ai, pelo amor de Deus — digo. E saio de novo.

Uma música começa a passar pela minha cabeça. É "Mamães, não deixem seus bebês crescerem e se tornarem caubóis", de Willie Nelson, mas do jeito que estou cantando é "Mamães, não deixem seus bebês crescerem e se tornarem blogueiras".

Se eu estivesse em casa, estaríamos comemorando as Quintas-feiras de Martíni, e Marisol provavelmente estaria correndo escada abaixo agora mesmo, rumo ao porão, procurando os guardanapos de linho, e eu estaria trabalhando em nossa próxima receita do *A alegria de cozinhar* — suflê de cogumelo com pães doces, servido com salada de peixe "moldado", que consiste em despejar água fervente sobre salmão enlatado. (Não parece delicioso e horrível ao mesmo tempo?) Edwin, que sempre faz batatas assadas, não importa o que mais estejamos cozinhando — ele as chama de "nosso alimento seguro" —, já estaria com as batatas prontas, untadas com óleo e cobertas com suas capas de papel-alumínio. Calvin estaria perguntando sobre a validade do creme azedo; ele diz que não pode ser usado se tiver mais de três dias, enquanto eu digo que já está azedo — por isso chamam de *creme azedo* — e que diferença faz? E haveria música: Frank Sinatra ou Dean Martin, talvez, tudo em homenagem a Calvin, que ainda pensa nos Beatles como jovens revelações.

Respiro fundo. Quero ser feliz, mas há apenas um minúsculo nozinho de tensão no meu estômago: é a velha preocupação familiar de Louise. Fico nervosa se ela briga com Leo, especialmente quando parece que ela só se preocupa em deixar tudo com uma *aparência* perfeita para receber muitos cliques. Fecho os olhos e coloco todos os sentimentos de angústia em uma bolha, como minha avó me ensinou, e então, como ela teria aconselhado, desejo que eles desapareçam, fazendo a bolha flutuar sobre o estuário de Long Island.

A porta da frente se abre, e vejo que Leo instalou uma série de luzes quentes, todas brilhando bem na porta. Eu entro, enfim, e Louise me cumprimenta oficialmente, e minha foto é tirada pelo menos dez vezes, enquanto estou sorrindo e abraçando os dois. Então, e só então, Leo apaga as luzes, Louise agradece, pega minha mão e vamos para a sala.

— Mal posso esperar para você ver a surpresa! — ela diz.

Na sala de estar — uma sala assimétrica de pé-direito alto que dá a sensação de uma sala raramente usada —, os convidados são poucos, mas, mesmo assim, dividiram-se em dois grupos separados, como sempre parece acontecer nas festas. Calvin está no canto, com Edwin e Marisol, e seus olhos estão vidrados, parecem faróis altos, de tanto que brilham. Este é Calvin, alegremente chapado.

— Olha, mamãe, quem está aqui! — diz Louise, e vejo um grupo de mulheres jovens bebendo vinho e conversando.

Então, ai, meu Deus, de repente percebo quem são: as amigas de Louise do colégio, garotas que passavam quase todas as tardes na minha cozinha naquela época e que não vejo há anos. Todas elas sumiram quando foram para a faculdade, encontraram seus namorados e suas vidas em outro lugar — e agora aqui estão elas!

— *Billie!* — elas gritam, quase em coro.

E então estamos todas nos abraçando e rindo. Elas se inclinam na minha direção, beijando minha bochecha, segurando suas taças de vinho como cetros enquanto nos abraçamos.

— Não te vejo há séculos! — diz uma mulher sorridente, de cabelos escuros, usando legging com estampa de oncinha e um longo suéter preto. Miranda Thomas! Minha querida Miranda. Sua mãe morreu quando ela tinha quinze anos e, durante todo o ano seguinte, a única coisa que fez sentido para ela foi fazer pão na minha cozinha. Sovamos e enrolamos a massa, assamos e comemos todos os tipos de pão, untados com manteiga e geleia, de todos os jeitos que pudemos imaginar, com Elvis cantando "Love Me Tender" repetidamente ao fundo.

E aqui está Hildy Kaufman, a irônica e sarcástica Hildy, em um macacão de veludo roxo e acariciando sua barriga redonda, compacta e grávida. Seu cabelo loiro tem um corte chanel, e ela usa brincos longos de pingente e delineador demais.

— Olha só no que eu me meti e… — diz ela. — Aparentemente, estou no negócio de fabricar humanos agora.

E Phoebe Adamson. Phoebe, ainda a atleta, com a arrogância que é sua marca registrada, magra e intensa, e que praticamente não mudou nada, vestindo jeans rasgado e exibindo um cabelo curtinho e repicado.

Ela foi apelidada de Igualdade de Gênero, porque estava sempre tentando entrar no time de beisebol masculino do colégio. Sem dúvida, era boa o suficiente, mas as regras diziam que não era permitido.

Ah, essas meninas... Elas eram hóspedes barulhentas e cheias de opiniões. Naquela época, eu gostava de me considerar a amiga mais velha e mais sábia de todo mundo, mas agora entendo que, na verdade, eu era apenas a mãe que as buscava em um encontro que tinha dado errado, aquela a quem elas podiam perguntar sobre sexo e relacionamentos sem julgamentos. Conversávamos sobre tudo: sexo, amor e flerte, como se dirige na estrada, como se troca um pneu e como é verdade que os meninos também têm sentimentos.

Neste momento, olhando para essas garotas depois de todo esse tempo, agora com trinta e poucos anos e cheias de vida... Bem, tenho vontade de agarrar suas mãos e fazê-las dançar "Billie Jean" ou Backstreet Boys mais uma vez comigo.

— Aceita um vinho? — pergunta uma jovem de uniforme preto e branco.

Seu crachá diz que ela é Michelle. *Funcionária contratada?*, eu me pergunto. *Louise achou que precisava contratar alguém para trabalhar na minha festa de aniversário?*

— Sério, obrigada, mas pode deixar que eu mesma pego — eu respondo.

Ela balança a cabeça e sussurra:

— Louise me mataria; é o meu trabalho.

— Não podemos permitir que Louise te mate, então uma taça de vinho tinto, por favor — digo.

Ela se dirige a um bar de mogno montado no canto ao lado da lareira. Louise, corada e elegante, está conversando sobre a lua com Calvin, que não consegue parar de sorrir. Ele está explicando sua teoria sobre a lua cheia e seu significado na literatura. Ou alguma coisa assim. Lobisomens são mencionados de passagem. Ou talvez não, certamente não. Aceito minha taça de vinho, sorrindo. James Taylor canta sobre Sweet Baby James no sistema de som. Pela janela, vejo os flocos de neve flutuando como diamantes alados.

— Você está linda, como uma sra. Generosa — digo a Hildy. — E o… ah… o sr. Hildy está simplesmente encantado?

— Blé — diz ela, ainda sorrindo e tirando o cabelo loiro dos olhos. — Eu não saberia, já que ele me abandonou durante o ultrassom de nove semanas. Perto do Dia de Ação de Graças.

— Ele te abandonou *durante* o *ultrassom*? O quê? Foi buscar o carro para te levar e nunca mais voltou? Como aqueles homens de quem a gente ouve falar, que costumam sair para comprar pão e nunca mais voltam?

— Era *pão* que eles iam comprar? — Ela ri e quebra o quadril de lado, agitando as mãos. — Achei que fosse cigarro. Enfim, foi mais porque ele vomitou na lata de lixo quando apareceu a foto do feto na tela, e aí me disse que não podia ser pai. Admitiu estar apaixonado por outra pessoa. Algo que ele talvez tenha se esquecido de mencionar enquanto estava me engravidando.

— Meu Deus! Hildy! Eu sinto muito. Para *onde* o mundo está caminhando? — Inclino-me para a frente e digo em voz baixa: — Foi a mesma coisa com meu primeiro marido, só que ele esperou para conhecer o bebê antes de ir embora. Fingiu que realmente poderia ser pai. Só que não.

— Esse era o pai de Louise? — ela pergunta.

— O próprio.

— E ficou fora de cena todos esses anos, não foi? — diz ela.

Eu hesito. Nós duas olhamos para Louise, que é a perfeição de um desabrochar. Sinto uma leve pontada, perguntando-me se talvez eu esteja errada por não lhe contar sobre as mensagens de seu pai. Alguns podem argumentar que ela ainda tem o direito de saber que a madrasta faleceu. Só que Juliette nunca fez realmente parte de sua vida. Mesmo nas duas vezes em que Louise foi visitá-los na França, ela disse que Juliette quase não prestava atenção nela. E, também, não é como se Victor tivesse feito muito esforço. Eu precisava lembrá-lo de cada aniversário para que ele enviasse um cartão. Por que eu deveria perturbá-la?

— Ele não tem mantido muito contato — digo a Hildy.

Ela balança a cabeça.

— Veja o que ele perdeu: essa filha maravilhosa que nunca se preocupou em conhecer — diz ela.

Louise ainda está conversando com Calvin. Uma vez, ela me disse que Calvin é como o avô que ela nunca conheceu, embora ele só tenha entrado na vida dela quando se tornou adulta. *Todos nós precisamos de família*, reflito. *Cada um de nós.*

Volto-me para Hildy.

— Sim. Enfim. O que você vai fazer? Esses caras têm que conviver com a perda, não têm? — digo.

Seus olhos estão tristes.

— Bem. Estou lidando com a situação. Você também lidou. — *Ela não está conseguindo lidar de forma alguma.* Coloco a mão em seu braço. — Na verdade, não. Eu vou ficar *bem*. Minha mãe vai me ajudar com o bebê. Até vai fazer as aulas de parto comigo. E, segundo ela, vamos recrutar toda uma *comunidade* de pais para ocupar o lugar daquele canalha. Bonitos, inclusive.

Calvin, que terminou de explicar a lua, materializou-se ao meu lado. Ele diz a Hildy:

— Sabe, é bom você contar à Billie sobre isso, porque, como ainda não deve ter percebido, ela é a Coelhinha dos Corações Partidos e é especialista em ajudar com essas coisas... isso de amor que deu errado.

Phoebe se vira e diz:

— Espera! *Você* é a Coelhinha dos Corações Partidos? Não paro de ver panfletos da sua empresa. Louise! Ei, Louise! Por que você não contou pra gente?

Louise abaixa a cabeça.

— Ah, eu esqueci. Além disso, para ser sincera, parecia que era algo temporário.

— Uma espécie de insanidade temporária? — digo com alegria, por causa do meu estado de consciência alterado.

Michelle me entrega outra taça de vinho e tomo três grandes goles.

— E agora passou de uma insanidade temporária para uma insanidade *contínua* — diz Kat, que, de repente, aparece atrás de mim, como se a menção da Coelhinha dos Corações Partidos a tivesse convocado do nada. Ela nos dá beijos no ar e exclama como é incrível que as meninas tenham crescido. Tenho certeza de que está pensando na filha, Kelly, que às vezes também costumava sair com Louise e as outras, pelo menos até o segundo ano, quando começou a se relacionar com um público mais acadêmico. Atualmente, ela mora no sul da Califórnia e tem uma empresa de tecnologia.

— Oi — cumprimento Kat. — Não te vi aqui antes. Onde você estava?

— Ah, eu estava no toalete. — Ela ajeita o cabelo loiro com mechas e sorri para nós. — Entrei lá porque meu celular não parava de tocar. Tem umas cinco mensagens novas para a coelha. — Ela aperta meu braço. — Escute só: uma mulher disse que viu você parada na beira da estrada com um policial ontem e, quando ela contou às pessoas no trabalho sobre ter visto uma mulher fantasiada de coelha de pelúcia recebendo uma multa, a secretária dela disse que ela sabia tudo sobre o seu trabalho. Então te procurou e quer marcar um atendimento.

— Ah, não, não, não — diz Louise. — Poderíamos simplesmente... não?

— Mas por quê? — diz Miranda, que então quer saber como funciona todo o sistema da Coelhinha dos Corações Partidos.

Infelizmente terminei minha taça de vinho e não deveria tomar outra, então não há nada a fazer a não ser tentar explicar sobre como entrar e sair, remover itens sentimentais, blá, blá, e como tudo isso serve para ajudar as pessoas a perceberem que não precisam ficar emperradas na infelicidade por causa de algo bobo como *relacionamentos amorosos*. Mais de trinta clientes satisfeitos, digo.

— Se você quiser uma explicação científica e sociológica de por que isso funciona — diz Calvin com um brilho nos olhos —, *eu* acho que há algo de extravagante em uma mulher adulta fantasiada de coelha, e isso permite que as pessoas saibam que não precisam levar tão a sério. A situação grita: a vida nos reserva muitas surpresas.

— Mas, como você certamente poderia admitir, Calvin, é um pouco ridículo como *profissão* — diz Louise. — Era apenas uma brincadeira, nunca uma coisa de longo prazo, pelo que entendi.

— Certo, e isso é porque inventamos essa empresa quando estávamos *bêbadas*, se isso te diz alguma coisa — afirma Kat. — Mas agora, muito além de qualquer razão, ganhou vida própria. E você pode imaginar o quanto isso vai explodir quando as pessoas perceberem que você também está oferecendo um pouco de bruxaria como brinde?

— Bruxaria? — diz Louise, com os olhos arregalados. — Ah, mamãezinha, o que você está *fazendo*?

Não consigo parar de rir.

— Ah, não é nada sério, Lulu — digo a ela. — Só um pouco de sal jogado nos cantos... Isso aconteceu hoje pela primeira vez, e...

— E alguns feitiços cantados — acrescenta Calvin. — Da sua avó, eu acredito.

Kat faz que sim.

— Aaaah, acredito que também aconteceram umas atividades *práticas*. Tipo, você carregou ou não a máquina de lavar louça do cara? E limpou a sala dele? — Seus olhos estão animados.

— Ela também levou embora uma torre de latas de cerveja, pelo que ouvi — diz Calvin. — Um santuário para sua infelicidade bêbada.

— Parem, parem — digo, rindo. — Vocês vão fazer Louise desmaiar, e aí como o jantar vai ser servido?

— Espera, mamãe. Por que você está *fazendo* isso? — diz Louise. — Parece que foi muito além de apenas se vestir como uma coelhinha, o que já era uma loucura, e agora está fazendo *feitiços mágicos*?

— E limpando casas! — diz Kat. Todo mundo olha para mim.

— Foi parte do processo de cura para ele — digo. — O rapaz estava vivendo em uma espelunca. Pude ver que ele precisava de um pouco de esperança. Alguma esperança sobrenatural. Sugiro um brinde à esperança sobrenatural!

— À esperança sobrenatural! — diz Kat, e todos nós levantamos nossas taças.

Exceto Louise.

— Eu já estava pensando que você seria presa por roubo — diz ela. — E agora tem tudo isso... essa coisa *mágica* que está acrescentando à situação?

— Eu sei — respondo. — Isso não para de crescer na minha cabeça. Para onde quer que eu olhe, tenho muitas ideias de como tornar isso ainda melhor.

Miranda acrescenta:

— Bem, para mim parece maravilhoso. E acho que poderia ser muito útil para nossa Hildy aqui.

— Eu já disse, estou perfeitamente bem — diz Hildy.

— Ah, queridinha, como você pode estar bem? — diz Miranda. — É com a gente que você está falando. Não tente reprimir os sentimentos ruins. Eles sempre voltam para puxar seu pé.

— Bem, como *você* pode estar bem? — diz Hildy. — Você também parece não ter encontrado nenhum amor na sua vida desde Moe Waggoner. Não consideraria seu divórcio um coração partido?

Miranda ri.

— Não tenho um cara na minha vida porque estou concentrada na minha carreira e estou bem, obrigada. Meu divórcio foi uma bênção disfarçada.

É quando Phoebe diz alegremente:

— Não que alguém esteja perguntando, mas *eu* estou com o coração partido.

Olho para ela, para as duas manchas coloridas em suas bochechas, para seus grandes olhos castanhos, para o modo como ela fez beicinho com os lábios. É assim que me lembro dela, sempre com os sentimentos levemente magoados, sempre precisando ser a favorita. Lembro que ela tem quatro irmãos mais velhos, e sua mãe exausta não tinha tempo para uma filha, especialmente uma que estava sempre brava por não ter a liberdade que seus irmãos tinham.

Coloco o braço em volta dela.

— Por que você está de coração partido, sua fofolete? Nem me diga que *também* é algum homem. Sério, vamos ter que reexaminar a utilidade desse gênero específico.

Ela desvia o olhar.

— Não, eu tenho o cara certo. Agora estou tentando ter um filho, mas até então nenhum bebê entrou na fila para nascer de mim. — Ela faz uma careta. — Tenho que fazer muito, muito esforço para não sentir inveja de todas essas pessoas que não param de procriar como se não fosse nada de mais. — Ela gesticula para Hildy.

— Espera um pouco. O que é *isso*? Eu não saio por aí procriando — diz Hildy. — Este é apenas o primeiro, e eu ainda nem o trouxe ao mundo. A parte mais assustadora ainda está por vir.

— Você vai se sair muito bem, como sempre, e sabe disso — diz Phoebe. — Você consegue tudo o que deseja. Espere só. Vai até fazer com que um desses pais substitutos acabe se casando com você e criando esse filho.

— Há quanto tempo está tentando, querida? — pergunto.

— Ah. Uma eternidade. Quase um ano.

— Viu? Isso não é nada — diz Hildy. — Eles nem começam a pensar que é infertilidade antes de passar mais de um ano.

— Eu não *disse* que era infertilidade, disse? Pode não ser infertilidade, mas ainda assim é uma droga. Todo mês eu fico decepcionada. E, de qualquer forma, em breve vai completar um ano... e depois?

— Eu sei que é difícil — digo.

— É Louise quem tem o cara perfeito *e* a vida perfeita — diz Hildy. — E quantos seguidores você tem agora, Lulu? Da última vez que olhei, havia meio milhão de pessoas famintas pelos detalhes da sua vida deslumbrante para que pudessem tentar copiar você e seu guarda-roupa fabuloso. E aqui estou eu, vestindo os macacões de gravidez usados da minha irmã para ir a uma festa, como uma espécie de desleixada. Eu deveria me envergonhar de mim mesma.

Michelle aparece bem nesse momento, batendo palmas e anunciando o jantar. Todos nós vamos para a sala de jantar e eu ando ao lado de Louise, que coloca o braço em volta de mim. Ela cheira a rosas, e seu cabelo castanho brilha à luz dos abajures. Ela se inclina e diz algo no meu ouvido sobre como espera que eu goste das vieiras — e como é maravilhoso ter toda a antiga turminha reunida novamente. Fiquei surpresa. Elas estavam muito entusiasmadas por eu comparecer.

Sua voz falha um pouco e seus olhos estão meio brilhantes demais. Algo que só uma mãe veria. Aperto a mão dela.

O jantar é perfeito, mas estou terrivelmente cansada de tudo *perfeito.* Estou cansada de ouvir essa palavra, cansada de isso ser tão importante, mas o jantar é exatamente assim, e todo mundo faz questão de declarar: perfeito, perfeito, perfeito. Vejo a leve contração da mandíbula de Louise e a intensidade em seus olhos enquanto nos observa reagir à beleza que ela espalha: a toalha de mesa de linho bege, a enorme peça central de rosas bege e tulipas brancas (quem, exceto Louise, consegue encontrar rosas *bege*, eu te pergunto? No meio do inverno!), a louça de porcelana branca, os guardanapos de linho (sim, bege-dourado) pregueados em pequenas pirâmides, as taças de cristal para água. Velas brancas longas e cônicas por toda parte! Cada lugar na mesa tem quatro garfos e três colheres — e facas de manteiga, facas afiadas, facas sem ponta! Parece uma butique para artigos de mesa. E tudo isso é realçado pelas grandes janelas do chão ao teto que dão para o estuário, com a noite tão clara que dá para ver as luzes cintilantes de Long Island. A lua é crescente e brilhante, suspensa do lado de fora da janela como se tivesse sido contratada para aparecer ali.

— Queria saber quanto custou para ela encomendar aquela lua na janela — Kat sussurra para mim.

— Muito, pode ter certeza — digo.

Como convidada de honra, consigo um lugar na cabeceira da mesa, com Louise de um lado e Hildy do outro. Procuro Leo, mas Louise me diz que ele está lá em cima trabalhando.

— Então ele não vai jantar? — pergunto, e ela revira os olhos.

— Está *tudo bem* — sussurra. — Ele só está com um humor estranho esta noite.

— Será que não é fome? Até os prisioneiros de guerra são alimentados e hidratados.

Seus olhos escurecem.

— Mãe. Ele está na cozinha trabalhando há *trinta e sete* minutos fotografando as *taças de vinho*, que são apenas fotos genéricas que podemos usar para qualquer coisa, nada a ver com esta noite. Sendo que deveria estar aqui fotografando tudo isto. A festa. Mas não. Ele acha que eu deveria simplesmente fazer uma "maldita festa de aniversário" sem que fosse um evento de mídia social. Então, ele que coma mais tarde se quiser assim.

— Bem — começo e, percebendo que estou me arriscando muito aqui, acrescento: — Talvez ele tenha razão, sabe?

— Nã-não. Não comece comigo — ela diz, mas está sorrindo, e dá um tapinha na minha mão. — É um *estilo de vida*, não esqueça. Ele que escolheu.

Olho em volta para todos sentados com tanta expectativa, sorrindo, esperando enquanto Michelle serve tigelas de sopa de abóbora. Há um despojamento e uma precisão nos jantares de Louise — admiráveis, na verdade — que nunca fui capaz de dominar.

Michelle e seus dois colegas uniformizados trazem as saladas, recheadas com tomate e acelga, crocantes com alface exótica. Depois vem o prato principal: vieiras e filé bovino, aspargos com molho *hollandaise,* beterraba recheada com queijo de cabra e rolinhos de floco de neve quentes e fofos com manteiga.

Por um momento, olhando para a expressão intensa de Louise enquanto ela espera pela nossa aprovação, mal consigo engolir. Eu gostaria... eu gostaria de poder tirá-la daqui e, ah, não sei, voltar no tempo e levá-la para outra *roadtrip* pelo país ou talvez apenas caminhar com ela até a praia, onde iríamos procurar vidro marinho na areia, ou observar o céu para encontrar meteoros, como fizemos todos aqueles verões atrás. Eu pretendia mostrar a ela que a vida poderia ser divertida e espontânea, mas será que havia espontaneidade *demais*? Será que tinha sido tudo muito rápido? Muito louco? É por isso que ela quer tudo organizado tão perfeitamente? É por isso que precisamos de *tantos* malditos garfos?

O que houve na nossa vida que te fez precisar buscar a perfeição, meu amor? Onde eu te assustei?

Olho para seu rosto preocupado e penso na vida estressante que ela escolheu, medindo seu sucesso pelo número de cliques e comentários. Sempre se exibindo, sempre sendo julgada e criticada.

Eu gostaria que ela percebesse que só precisa agradar a si mesma e que sua vida poderia ser muito divertida.

Calvin limpa a garganta.

— Gostaria de fazer um brinde e mal posso esperar pela sobremesa, porque meu prazo de validade já venceu — diz ele, e todos riem. Ele ergue o copo e sorri, pronto para um pequeno espetáculo. — Um brinde a Billie, que é sempre ela mesma. É sua vocação mais profunda ajudar outras pessoas a descobrirem onde está a diversão. E, se às vezes você tiver que invocar um pouco de bruxaria de remoção de verrugas para resolver um caso de desilusão amorosa de um estranho, que assim seja!

— A Billie! — diz Marisol, e todos levantam as taças.

Depois que terminamos de comer, os pratos são empilhados e retirados, e a sobremesa é servida por Michelle — é a famosa mousse de chocolate, uma celebridade por direito próprio, que recebeu 325.689 curtidas esta manhã, segundo Miranda, que sacou seu celular para verificar. Não há dúvida de que as pessoas em todo o país estão agora com inveja do meu bolo de aniversário. Alguns talvez estejam até correndo para comprar os ingredientes para chegarem mais perto da maravilhosa sobremesa feita por @lulu&leo.

— Estou tão brava que Leo não está fotografando isso — murmura Louise baixinho, e eu sussurro que é melhor assim.

— Podemos muito bem comer e não ter que nos ver online com glacê na cara — digo a ela.

Como todos vemos que temos uma anfitriã triste, elogiamos a mousse repetidas vezes e, finalmente, saímos do nosso estupor alimentar. Afinal, é uma noite de semana. É hora de seguir em frente. Nós nos levantamos, tomamos a última bebida e começamos a murmurar sobre o próximo encontro. Abraços são dados. Nós nos movemos como um só organismo até o hall de entrada, onde são murmuradas despedidas educadas e votos de feliz aniversário. Louise está com um sorriso tenso. Pego meu casaco. Hildy se aproxima e sussurra que as amigas vão ficar juntas mais um pouco — e será que eu ficaria também? Calvin diz que vai para casa com Edwin e Marisol, então penduro meu casaco mais uma vez.

Então todos eles vão embora, e o grupo que ficou para trás — que Miranda declara ser o "comitê diretor confidencial", composto de Louise, Hildy, Miranda, Phoebe e eu — segue em direção à sala, que é meu cômodo favorito nesta casa. Eu a adoro por sua cafonice prepotente. Tem paredes com painéis de madeira laminada e contém não apenas um sofá de veludo cotelê azul com almofadas em cores primárias, mas também pufes e mesinhas laterais e de centro. Não consigo imaginar como esse espaço escapou do frenesi de decoração de @lulu&leo, mas, de alguma forma, conseguiu.

Olho para baixo e percebo com surpresa que minha taça de vinho está cheia outra vez. Hildy sorri com conhecimento de causa e ergue a garrafa.

— Estou bebendo indiretamente, o que acredito que não fará mal ao bebê — diz ela.

Tiro os sapatos para passar os dedos dos pés pelo tapete felpudo verde-abacate e dourado, deixado pelos proprietários anteriores, por volta de 1968. É um tapete horrível e inescrupuloso que você pode ver que está tentando dominar tapetes mais calmos, gabando-se de não apresentar nenhuma sujeira, e sempre me surpreende como fico feliz em revê-lo.

— Este tapete é exatamente igual aos tapetes da minha época — digo. — Peludo e felpudo, escondendo todos os segredos. Tudo bem se eu me esticasse e rolasse?

— Extremamente bem — diz Miranda. — Mas, por outro lado, precisamos que as pessoas de sessenta anos mostrem a nós, de trinta e poucos, que não precisamos de inibição.

— Se eu pegar no sono nisso, continuem suas vidas ao redor de mim e tentem não me chutar, tá? Me acordem quando for a hora de voltar para casa.

— Você está brincando? Eu esperava que isso se transformasse em uma festa dançante — diz Phoebe.

— Além disso, mamãezinha — diz Louise —, não vou deixar você voltar para casa dirigindo de jeito nenhum. Precisa passar a noite aqui. Mandei fazer a cama do quarto de hóspedes para você.

— Bem — digo. — Tudo bem. Obrigada. É porque tomei três taças de vinho e não tenho condições de dirigir ou é porque você vai tentar arrancar de mim todos os meus segredos de bruxaria?

— As duas coisas — diz ela. — Primeiro, vou me sentar aqui e respirar fundo enquanto você me explica exatamente como diabos a Coelhinha dos Corações Partidos chegou a fazer feitiço em um cara hoje.

— Por que isso é tão importante? Tudo o que fiz foi dizer algumas palavras que minha velha avó bruxa deve ter dito uma vez e nem tenho certeza se vai funcionar. Só... só ajudou no momento. Pude senti-lo recuperando um pouco de sua energia, e isso me fez pensar que todos nós podemos nos valer de um pouco de pensamentos sobrenaturais de vez em quando.

— Mas sua avó era louca! — diz Louise. — Ela achava que conseguia tirar as verrugas das pessoas!

— Ela conseguia — insisto. — Você nunca a conheceu, minha querida.

— Sim, mas a vovó disse que isso era um completo mito. Ela disse que a mãe dela adorava assustar pessoas de quem não gostava. Não teve uma vez que ela mandou uns sapos para a festa de aniversário de uma amiga quando não foi convidada?

— É tudo lenda familiar — digo. — A vovó nunca foi mesquinha assim.

— Mas que palavras *você* disse? — pergunta Miranda. — Para o cara de hoje.

— Não tenho ideia. Mesmo naquela hora, era como se eu estivesse entoando algumas palavras que me ocorreram. Como se eu estivesse canalizando-as. Você se lembra de como ajo por impulso, querida.

— Ai, Deus — diz Louise. — Viu? Não é real. Então pare de encorajá-la, pessoal.

— É fascinante — diz Hildy. — Você sabe que é fascinante, Louise.

— Não, eu não sei. E nem acho que a ideia da Coelhinha dos Corações Partidos seja tão boa assim — diz Louise. — Tipo, como você *sabe* que os outros deveriam parar de amar as pessoas que amam? Talvez elas devessem aguentar, ser persistentes, continuar tentando.

— Elas não deveriam — digo.

— Mas quem é você para decidir?

— Louise, filha, eu não decidi. Alguém terminou com essas pessoas e partiu para outra. A coisa *acabou*. Pessoas que não param de voltar... Bem, é uma forma de transtorno mental. Não faz sentido chutar cachorro morto, como a vovó costumava dizer. Então, eu ajudo essas pessoas a superar. Só isso.

— E como você sabe que elas simplesmente não voltam logo depois que você sai?

— Ai, meu Deus, não tenho ideia se elas voltam imediatamente aos velhos hábitos. O resto da vida depende delas. Eu só forneço uma forma diferente de ver as coisas. Se estiverem prontas, elas verão. Acredito que você pode provocar mudanças abrindo os canais de energia, imaginando o que quer e, então, permitindo que a magia flua.

— Se é verdade que você entendia de feitiços o tempo todo, por que nunca fez nenhum para fazer Victor voltar? — indaga Louise.

— Bem — começo. — Já pensei nisso, mas não é certo fazer qualquer tipo de manipulação para levar as pessoas a agirem contra sua vontade. Isso é considerado magia das trevas. Não se faz. Eu nunca faria algo assim.

Ela está olhando para mim com olhos desconfiados, os braços cruzados sobre o peito.

— Tá. Me diz uma coisa: você pelo menos *tentou* fazer com que ele ficasse com a gente? Não com magia, mas com palavras? Você não tentou, né?

Sinto meu rosto esquentar. Talvez seja por causa do vinho. Mas também estou pensando nas mensagens de Victor, todas enfileiradas no meu celular. A última, enviada antes do jantar, dizia:

> quantos anos joguei fora em sonhos que permaneceram natimortos no meu travesseiro nunca florescendo como pensei que floresceriam e agora estou no cemitério de tudo que achei que me manteria

Você acredita numa coisa dessas? Eu não respondi nada; claro que não. Mas será que vou ter que bloquear o número dele? O que Louise pensaria se soubesse que ele estava me escrevendo depois de todo esse tempo?

Miranda diz:

— Homens! Qual é o *problema* dos caras, afinal? Olha só quantos homens não parecem saber amar. Olha como você teve que começar um negócio inteiro baseado em desilusão, tudo porque os homens estão sempre indo embora! O que está acontecendo?

— Não são apenas homens — digo. — Eles também sofrem, acredite. É o sistema que estabelecemos de alguma forma: é isso que está defeituoso, esse que diz que os relacionamentos amorosos devem ser dramáticos e cheios de suspense, e que, se você não sentir certa agonia, então não é amor de verdade. O que quero saber é por que o amor romântico tem que ser essa meta vitalícia que todo mundo *precisa* conquistar, considerando que é tão exagerado e fadado ao fracasso. E então, quando não dá certo, e quase nunca dá, todo mundo se sente como um fiapo descartado de um tecido. Digo que devemos parar com tudo isso. Prestar atenção nas coisas que nos fazem felizes. Por que vincular nossa felicidade a algo tão passageiro? Por que não descobrir o que *nos* faz feliz?

Phoebe limpa a garganta.

— Bem, eu, por exemplo, não tenho nenhum problema com magia. E não seria incrível se Billie fizesse um feitiço para eu engravidar?

Todo mundo olha para mim. Miranda bate palmas.

— *Seria* incrível, mas não sei como fazer um feitiço desses — explico, depois de um momento.

— Mas poderia descobrir! Você tem algum tipo de poder rolando aí, então pode descobrir como torná-lo mais forte — diz Hildy. — Todas nós poderíamos fazer um círculo e, talvez, com todas as nossas intenções misturadas, invocar um bebê.

Phoebe ri.

— Sim! Vamos invocar um bebê.

Louise joga a cabeça para trás e revira os olhos.

— Não acredito que isso está acontecendo — lamenta ela.

— É porque você está completamente ancorada aqui na terra — diz Miranda. — Sempre esteve. Você se preocupa com perfeição, organização e com quantos seguidores tem. A propósito, como foi a recepção das fotos desta noite?

Louise pega o celular e passa a tela, e seus olhos escurecem.

— Ah, pelo amor de Deus, ele não postou nada! — Louise diz enquanto olha para a tela, as sobrancelhas formando uma linha de raiva. — Se eu soubesse que ele não ia postar, pelo menos poderia ter tirado algumas fotos no meu celular. E agora tenho cinquenta e seis mensagens de pessoas querendo saber se estou bem. — Ela percorre as mensagens com a ponta do dedo indicador, uma unha pintada de gel roxo especial que descobriu em um evento de instagrammers na semana passada, algo sobre o qual ela postou com uma série de pontos de exclamação e brilhos. — Ai, senhor. Olha a @Lucy34 querendo saber se eu fui para a clandestinidade, já que não teve notícias desde as dez da manhã. Grr! — Ela digita algo rapidamente, depois desliga o celular e esfrega as têmporas.

— Você quer nos dizer que não consegue tirar nem um dia de folga? — questiono. — Isso é verdade?

— *Não*, mãe. Não posso tirar nem um dia de folga. As pessoas estão esperando para ouvir notícias nossas. E Leo sabe que temos que postar certo número de vezes, e ele não postou nada desde hoje de manhã. — Ela suspira e desliga o celular. Todas nós ficamos sentadas em silêncio. — Não importa — Louise diz e olha para as amigas com olhos cansados. — O que você estava dizendo, Phoebe?

— Eu estava dizendo que tudo que quero é um pouco de esperança — responde ela. — Então, você acha que a gente conseguiria? Todas nós nos reunimos e fazemos um feitiço para mim?

— Tudo bem, mas com a ressalva de que não sei *realmente* o que estou fazendo — declaro.

— Ainda não sabe — diz Phoebe com um sorriso. — Mas vai saber. As palavras certas vão chegar até você, assim como aconteceu hoje.

Olho para seu rosto doce virado para cima.

— Minha avó se livrava de coisas como verrugas; ela não invocava bebês — digo. — Mas você está certa. Posso trabalhar na convocação da energia para trazer um bebê. Quando é a lua cheia? Acho que definitivamente deveríamos trabalhar com a lua neste caso.

Phoebe pega o celular e passa a tela.

— Na outra terça-feira — diz ela. — Poderíamos nos encontrar então?

Todas verificam seus dispositivos e dizem que podem ir.

Meu celular toca do outro lado da sala, na minha bolsa. Uma mensagem de texto. Louise olha para mim, mas eu balanço a cabeça. Acho que sei de quem é e não quero convidar a energia em letras minúsculas de Victor para a sala.

— Sim, mas e se o feitiço não funcionar? — questiona Louise. — O que você vai fazer?

— Mas e se funcionar? — diz Phoebe. — E qual seria a diferença se não acontecesse? Não ficarei pior. — Ela sorri para mim.

Meu celular toca mais uma vez.

Ocorre-me que pode ser importante. Calvin, Marisol e Edwin partiram há muito tempo e estava nevando. Meu coração dá um pulo no peito quando vou até lá e vasculho minha bolsa.

Percebo um movimento atrás de mim.

— Ai, meu Deus, acabei de lembrar que é quinta! — diz Hildy. — Tenho uma consulta médica amanhã dedo.

Kat me enviou uma mensagem.

— E tenho que estar no trabalho às nove — diz Miranda. Todo mundo se levanta, bocejando e se espreguiçando.

— Quem é, mamãe? — diz Louise.

Afundo de volta no sofá.

— Ouçam isto — digo a elas. — É de Kat. Ela encaminhou uma mensagem de Mason Davis, o âncora matinal do Canal 12. Diz: "Coelhinha dos Corações Partidos, aqui é Mason, que você conheceu hoje de manhã. Quero apresentar a Coelhinha dos Corações Partidos no programa matinal do Dia dos Namorados. Uma nova abordagem às habituais histórias de rosas e corações que fazemos nesta época do ano, porque os relacionamentos amorosos são perigosos. E, também, meu filho e eu tivemos a primeira conversa produtiva em anos. Queria que você soubesse. Então, obrigado. Por favor, me ligue".

— Então lá vamos nós — diz Louise, jogando as mãos para cima. — Ai, meu Deus, vocês. Por que me preocupo em tentar fingir que venho de um lar normal?

Miranda se aproxima e lhe dá um abraço.

— Por quê, hum? Talvez você não seja o centro desse assunto, Lulu, minha querida. Essa é a marca da fama da sua mãe.

— Mas eu não quero fama — digo.

— Exatamente — afirma Louise. — Ouviu só? Ela não quer fama alguma.

— Talvez seja tarde demais para isso — diz Hildy, segurando o celular e rolando a tela. — AI, MEU DEUS! Você viralizou, Billie. Quer ver um vídeo seu no TikTok? Porque, famosa ou não, você ficou uma gracinha. E tem onze mil cliques.

06

Acordo na casa de Louise e Leo na manhã seguinte, no quarto de hóspedes que ela chama de Quarto Santa Fé — e deixe-me dizer: o clima não está bom. O ar está furioso, é assim que está, escapando por baixo da porta e ao redor das saídas de aquecimento. Consigo ouvir um murmúrio de vozes irritadas vindo do quarto ao lado, como cães rosnando. Passos pesados ecoam pelo chão. Uma porta bate.

Jogo para trás as cobertas e coloco as pernas para fora da cama. Minha cabeça dói um pouco e minha boca está ressecada. Ah, sim. Bebi vinho demais. Talvez vinho demaaaaais. Vejamos: nesta ordem, preciso de um gole de água, café, mais um gole de água, um banho, um ibuprofeno, um pouco de proteína e ir para casa para beber mais água. E tenho que ligar para Mason Davis e dizer que adoraria participar do programa dele.

Até agora, ter sessenta anos está se mostrando complicado.

Observo o quarto de hóspedes por um longo tempo, absorvendo o que há ao meu redor. Desde a última vez em que fiquei aqui — provavelmente há uns quatro meses —, foi redecorado para parecer um cenário do catálogo Sundance; as paredes agora são um estuque áspero, caiadas em branco puro, e há um aparador desgastado e rústico na cor de troncos de árvore contra a parede, além de uma colcha de musselina em azul-índigo, azul-petróleo e terracota pendurada sobre um suporte de roupas. Um quadro na parede mostra uma velha caminhonete quebrada estacionada no deserto.

Respiro fundo.

Agora ouço Louise dizendo alto, no corredor:

— E a nossa "Acordei assim", Leo? Você nem vai fotografar *essa*?

Ouço ele rindo.

— Louise, Louise! A foto de "Acordei assim" é a pior! É exatamente sobre isso que estou falando. Você *não* acordou assim. É uma foto falsa, artificial, em que gastamos meia hora todos os dias. Quem precisa disso? Por que a gente faz uma coisa dessas?

Ai, Deus.

— As pessoas gostam — ela diz bem perto da minha porta. — É nossa marca registrada, Leo, caso você não se lembre. As pessoas dizem que olham a foto todas as manhãs antes de começar o dia. Sabe quantas curtidas recebemos só nesse tipo de postagem diariamente?

Ouço a risada amarga de Leo novamente.

— Por que somos responsáveis por começar o dia de alguém? Como isso se tornou nosso trabalho? O *meu* trabalho? — Sua voz some ao longe. Eu o ouço descendo as escadas.

Então ela grita:

— Tá bom! Tá bom, então. Faça o que quiser. Quem se importa com o que você faz? Vou tirar a foto com meu celular. Isso é perfeito, Leo, simplesmente perfeito.

Há um silêncio e, depois, ela bate à minha porta.

— Está acordada?

Como se alguém pudesse dormir com essa barulheira.

— Pode entrar — digo com certa apreensão.

Aliso as cobertas para criar espaço para ela e, com toda certeza, ela entra e pousa na minha cama com um baque. Seu cabelo é um amontoado de cachos, já arrumados e brilhantes, e ela está usando um quimono florido e meias roxas. Louise se senta na beira da cama, estica as pernas à sua frente e mexe os dedos dos pés. Então se vira e olha para mim.

— Você está de ressaca? — pergunta. — Está, não está?

— Eu, hum, parece que estou aproximadamente noventa e dois por cento de ressaca. E você?

— Eu estava, mas não mais. Já estou acordada há horas. E brigando com Leo.

— Deu para ouvir.

— Então você provavelmente ouviu que está impossível de lidar com ele. — Ela se joga para trás na cama e depois se ajeita, repousando sua cabeça no travesseiro ao lado do meu. — Você viu como ele estava ontem à noite. Está passando por uma crise de meia-idade ou algo assim. Não vou gastar energia com isso. É o que você sempre diz para fazer, não é? Apenas retirar nossa energia dessa situação?

— Essa é uma forma de encarar.

Ela se aproxima de mim, aconchegando-se, e apoia a cabeça no meu ombro. Massageio suas têmporas, como costumava fazer quando era pequena, na época em que tudo era complicado demais para ela na nossa casa. Então ela diz:

— Ele está cansado de fazer "Lulu e Leo".

— Entendi. E há quanto tempo isso está acontecendo?

— Não sei. Há um tempo, eu acho, mas está piorando. Ele diz que ser um influenciador do Instagram é tudo fake e artificial, de qualquer forma, que não estamos fazendo nada para ajudar as pessoas e ele continua se questionando se isso é *honesto*. Diz que já ganhamos dinheiro o suficiente e que deveríamos pensar em fazer algo diferente.

Massageio suas têmporas.

— E você não quer sair disso?

— *Não*, eu não quero sair! — Ela se apoia em um cotovelo. — Por que eu sairia? Sinto que estou no auge da minha carreira aqui. E, só para constar, nós *estamos* ajudando pessoas. Não consigo te dizer quantas respondem ao blog todos os dias, e então *ele* vai lá e diz que também é tudo fake. Diz que estamos apenas nos gabando das nossas vidas, mas não é isso. Doamos toneladas de dinheiro. Apoiamos fundações que ajudam mulheres, crianças e o meio ambiente. — Ela se joga de volta na cama. — O que não é real nisso tudo? É isso que eu quero saber!

Bem, eu penso. Olho novamente para o aparador. Este quarto é perfeito demais. Um pouco artificial, com suas paredes de estuque falso, mantas com motivos indígenas e a imagem emoldurada da velha caminhonete no deserto. Mas não digo isso. No lugar, comento:

— Talvez os dois só precisem de um tempo. Vocês têm trabalhado muito. Que tal fazerem uma viagem juntos?

Ela suspira.

— Não podemos tirar um tempo de folga, mãe. Isso é exatamente o que não se pode fazer com as redes sociais. Estamos nisso e temos que permanecer.

— Não podem simplesmente dizer aos seus fãs que você e Leo precisam de um tempo juntos, um pouco de tranquilidade? As pessoas respeitariam isso. Elas até poderiam se identificar.

— Você não entende — ela diz. Louise se senta, afastando-se de mim. — Nós temos patrocinadores. Temos pessoas que contam com a gente. Somos uma história de amor. Você não entendeu? Somos uma mercadoria.

— Uma mercadoria! — digo. — Nossa. Isso é pesado. Eu preferiria ser um casal humano a ser uma mercadoria. E você sabe como me sinto em relação a ser um casal humano.

— Vou ter que ter uma conversa séria com ele. Sinto que está chegando o momento. — Então ela sorri na minha direção e endireita os ombros. — Mas sou forte, empoderada e confiante. Esse é meu mantra. Forte, empoderada e confiante.

— Mas, querida... Não tem problema ter um mantra, só que talvez haja um meio-termo. — Consigo ouvir o gelo trincar... o gelo em que estou pisando neste momento na conversa.

Com toda certeza, ela se volta para mim.

— Sim. Claro. Eu digo que sou forte, empoderada e confiante, e você imediatamente diz que eu deveria encontrar um meio-termo. Está se ouvindo? — Ela esfrega os olhos. — Esqueça que eu disse alguma coisa. É uma conversa que preciso ter com ele e vou ter; as coisas vão se resolver como sempre se resolvem, e *você* não deve passar mais um segundo se preocupando, você com seus olhos de Coelhinha dos Corações Partidos me olhando.

— Não estou te olhando com olhos *da Coelhinha dos Corações Partidos*.

— Está, sim. Eu te conheço. — Então ela se levanta, vai até o espelho antigo e mexe no cabelo, virando a cabeça de um lado para o outro, colocando os cachos atrás da orelha. — Ei, quer tirar uma foto minha? Para a postagem do "Acordei assim"?

— Eu?

— Claro. Aqui está meu celular. — Ela volta para a cama, e eu saio dela. — Ooh, essa vai ser boa. Acordei assim no Santa Fé! — Ela ajeita o cabelo, mas só um pouco. Em teoria, é uma foto de como ela acordou, afinal. Arruma as almofadas azul-turquesa e laranja, e depois se inclina contra elas. — Veja se consegue pegar a caminhonete na foto também.

— Ok, ok, segure a emoção.

Levanto o celular e olho para ela ali, sorrindo e se esticando. Tiro uma com os braços dela no ar, cruzados sobre a cabeça, e outra com ela em uma posição "de gatinha", com as mãos encurvadas logo abaixo do queixo. Ela consegue fazer o rosto parecer sonolento e sexy ao mesmo tempo.

Ah, minha querida Louise.

— Ok! — ela diz quando mostro o telefone. — Ficou ótimo. — Joga as cobertas para trás e sai, de repente energizada. — Então, *eu* vou postar isso e escrever o texto, e provavelmente vou ignorar Leo um pouco mais, e você... o que acha? Quer tomar um banho? Instalamos jatos de hidromassagem neste banheiro, então você está prestes a ter um banho excepcional. Vai limpar aquelas teias de ressaca no seu cérebro e no seu corpo! Depois você desce e tomamos café da manhã. Dolly vem limpar por volta das onze, então temos bastante tempo. Um café da manhã tranquilo e relaxado hoje! Parece bom?

— Parece bom — digo, com a voz fraca.

— E não se preocupe mais com Lulu e Leo — ela diz e me dá um beijo na bochecha. — Porque tudo vai dar certo do jeito que deve ser. Não é nisso que você acredita?

— É nisso que eu acredito — digo.

— Perfeito! Então, de qualquer forma, é assim que deve ser. A Coelhinha dos Corações Partidos quem disse.

Cinco anos atrás, quando Louise me ligou para dizer que estava apaixonada por um cara chamado Leo Cabot, ela estava praticamente radiante. Eu nunca a tinha ouvido daquele jeito. Ele estava "se sentindo a última bolacha do pacote", ela disse, rindo. Eles se conheceram no trabalho.

Ela trabalhava como correspondente de moda no jornal de Stamford, e ele era um freelancer fazendo uma série de fotografias quinze anos após o Onze de Setembro, fotografando familiares das pessoas de Connecticut que haviam morrido nas Torres Gêmeas. Ele era *bastante* sério, segundo ela; sério, competente, talentoso, brilhante.

— Ele é todos os melhores adjetivos! — ela disse.

— Uau. Quando vamos conhecer Leo e seus adjetivos? — perguntei a ela e houve uma longa pausa. E então eu soube. — Ah. Imagino que você precise que a gente arrume a casa por aqui antes que um paradigma de brilhantismo apareça.

— Não é isso — ela respondeu e riu. — Mas... bem, sim.

Então eu pintei o hall de entrada e plantei algumas flores, arrumei os móveis de vime na varanda. Decidimos que os dois viriam para uma visita no domingo à tarde. Ele nunca tinha ido a New Haven. Ela disse que talvez pudesse levá-lo para ver o campus de Yale (sempre agrada) e, depois, para comer uma autêntica pizza de New Haven depois que ele viesse em casa.

O dia em que chegaram estava quente, e ele vestia um terno da cor de sorvete de baunilha. Fiz biscoitos de aveia, aqueles crocantes e amanteigados que todos adoram. Eu estava preparada para qualquer coisa. Tinha até um jarro de limonada, feita com limões de verdade.

De cara, fiquei impressionada com a altura dele — um metro e noventa e dois, ele disse —, com quão fino e louro seu cabelo era e com como sua pele era clara. Seus olhos pareciam ter vindo diretamente do céu.

Além disso, ele carregava um buquê de flores silvestres, como um pretendente em um romance do século XIX. Tudo o que faltava era um chapéu-panamá e suspensórios. Ele se sentou na beira do sofá, educadamente recusando os biscoitos, balançando a cabeça ao responder às perguntas que fizemos, limpando a garganta com frequência, piscando aqueles olhos azul-gelo repetidamente, enquanto Louise se apertava contra ele, sorrindo, com o braço entrelaçado ao dele. Parecia que ele não se atrevia a olhar ao redor, como se estivesse assustado com o que poderia ver. Quando instigado, ele nos contou sobre o projeto do Onze de Setembro, Louise disse que ele ia ganhar um prêmio por isso, e nós o parabenizamos. Leo ficava flexionando um pouco o músculo da mandíbula e olhando para Louise. Ela transbordava de tanto assunto — tinha havido algum tipo de escândalo na moda, que ela ficou chocada por descobrir que nenhum de nós sabia. E, ah, sim, talvez fosse contratada em tempo integral no jornal. E ela não era sortuda por poder escrever sobre cultura dessa maneira?! Foi o que disse. Porque a moda realmente era o novo bastião da cultura! Praticamente uma forma de arte!

Os olhos de Leo imploravam para serem retirados do local.

Depois que eles foram embora, eu disse a Calvin que era uma pena termos nos esforçado tanto para parecer bem sendo que era óbvio que aquele relacionamento estava fadado ao fracasso. Aquele cara era um tanto sem graça. Mas Calvin, que é mais sábio do que eu, previu que não tínhamos visto o fim de Leo. E, cinco semanas depois, Louise me ligou para dizer que eles iam se casar.

— Casar?! — Fiquei tão surpresa que tive que me sentar e pensar no que se espera que a gente diga diante de uma notícia dessa. — Por que diabos você está fazendo isso?

Ela riu.

— Mãe! Isso não é o que pessoas legais dizem diante de um anúncio como esse.

— Bem, é que é tão repentino... Posso perguntar se é porque você está esperando um Leozinho ou uma Louisinha?

— Não! — ela respondeu. — Meu Deus, mãe! Você está indo de mal a pior. Não consegue só ficar feliz por eu ter encontrado o homem com quem quero viver pelo resto da minha vida? E, de qualquer forma, mesmo que eu estivesse grávida, isso não significaria que eu precisava me casar. Não estamos nos anos 1950, sabe?

— Claro que não — falei, recuperando-me um pouco. — Eu *fico* feliz por você, Louise, mas estou um pouco surpresa. Ele parece meio... apagado. Eu não o descreveria como alguém que combina com você.

Houve um silêncio, e então ela disse:

— Talvez você não esteja reconhecendo que ele é uma pessoa verdadeiramente intensa. Mãe, ele é ardente.

— Devo ter deixado de notar o ardor — eu disse lentamente. — Acho que o perigo com esse cara é que o cabo de alimentação dele vai dar problema e você vai ter que pedir peças de reposição.

— Bem, você realmente não está enxergando o verdadeiro Leo — ela disse, um tanto ríspida. — Acredite em mim, ele é demais.

Pedi desculpas, é claro, e falei que íamos convidar os pais dele e fazer uma festinha de noivado para os dois. Jonathan e Renata Cabot aceitaram meu convite e chegaram de trem vindo de Nova York num dia opressivamente quente e úmido, algumas semanas depois. Leo tinha os mesmos olhos azuis que não piscavam de sua mãe e a mesma figura magra de seu pai.

Preparei um dos meus melhores snacks — sopa gaspacho fria com endro e pedaços de abacate, macarrão coreano frio com bok choy e aspargos, e tomates frescos com muçarela de búfala e folhas de manjericão. Calvin me ajudou a fazer uma jarra de sangria. Marisol, Edwin e Max — Max era um inquilino nosso naquela época, e ele tinha um cão pastor-alemão chamado Buda — estavam presentes. Marisol arrumou a mesa com os guardanapos de linho, a prataria e os castiçais. Edwin cortou a grama e colocou vasos de gerânios na varanda.

Uma tempestade ameaçou cair durante toda a tarde. O ar-condicionado da sala estava com problemas, e Calvin tentava consertá-lo, desmontando-o peça por peça, deixando todos os parafusos rolarem debaixo do sofá, narrando seu progresso enquanto seguia.

— Agora o senhor vê — ele disse ao pai de Leo, que o encarava de óculos grossos que só podiam ser descritos como lupas —, muita gente pensa em compressor quando ouve falar de um ar-condicionado estragado, mas o que eu acho... o que um professor de literatura pode pensar é diferente, veja bem... nossas mentes funcionam de maneiras diferentes...

Eu estava no meu habitat natural, desfilando pela casa com minha saia longa com espelhinhos e lantejoulas costuradas no tecido e minha túnica vermelha e vaporosa. Passei pelo ambiente com os petiscos e fiz perguntas a todos, mantendo um bate-papo animado. Eu tinha acabado de cortar meu cabelo loiro bem curtinho — isso foi quando eu ainda o tingia — e era diligente em usar mousse para deixá-lo espetado. Estava na minha melhor forma.

A mãe de Leo, vestida com um terninho de linho azul, com seus cabelos quase brancos enrolados em pequenos cachos ao redor do rosto, sentou-se na beira do sofá da mesma forma como seu filho havia feito algumas semanas antes, olhando para nós com olhos azuis preocupados e muito arregalados, parecendo silenciosamente aterrorizada com quase tudo o que estava acontecendo: as nuvens de tempestade se formando lá fora, os pedaços de metal do ar-condicionado que Calvin jogava numa pilha que crescia a cada instante e o cão ofegante, Buda, determinado a roubar os biscoitos de todos. O céu escureceu tanto que logo tivemos que acender as luzes. Trovões roncavam ao longe.

Eu estava conversando com a sra. Cabot sobre sua viagem quando, de repente, todos os nossos celulares apitaram ao mesmo tempo — uma cacofonia sobrenatural, cortesia do sistema de alerta de emergência. Havia tornados na área! Inundações, relâmpagos! Os raios não paravam de incandescer o céu com trovões bem em cima, sacudindo a casa.

Max gritou que precisávamos fechar as janelas porque os raios poderiam nos atingir através das telas, e Calvin gritou que a casa explodiria por causa da pressão do ar se fechássemos as janelas. Então Max as fechou e Calvin foi atrás, abrindo-as novamente.

Logo houve um estrondo enorme e a energia acabou.

— É isso — eu disse alegremente. — Vamos nos reunir no porão para alguns petiscos leves!

Consegui persuadir todos a se levantarem. Segurei o braço de Renata Cabot e a conduzi gentilmente até a porta do porão. Ela espiou escada abaixo. Estava escuro lá embaixo e cheirava a aranhas. (Calvin diz que aranhas não têm cheiro, mas todo mundo sabe que têm.)

Leo segurou na outra mão de sua mãe até chegarmos ao porão, mas então ele a entregou ao pai e desapareceu. Os trovões rugiam como um trem acima de nós. Corri para cima para pegar a jarra de sangria e alguns copos plásticos — estávamos em uma festa, afinal — e voltei rapidamente. Tentei tranquilizar a todos. O sr. e a sra. Cabot tinham se transformado em manequins, e Calvin estava contando as cinco vezes em que quase havia morrido, mas não morrera. Comecei a distribuir as bebidas. Leo e Louise pareciam ter desaparecido.

— Só um pouquinho de emoção — eu disse, entregando um copo de plástico para Jonathan Cabot. — Minhas festas sempre têm um elemento surpresa, e quero que saiba que *não* foi fácil encomendar um tornado!

Ele pareceu alarmado, murmurou algo em sua bebida e puxou a esposa para mais perto de si.

Olhei ao redor, esticando o pescoço para ver nos recantos escuros da área de lavanderia, e foi então que avistei Louise e Leo. Eles estavam encostados na parede entre a máquina de lavar e a secadora, parcialmente iluminados por uma fraca luz cinza de uma das janelas.

Estiquei mais o pescoço para ver e, então, recuei. Eles estavam se agarrando a todo vapor, como num filme. Ele, de olhos fechados, pressionava-a contra a parede.

Enfim. Eu queria aplaudir. Sério! Que tipo de homem mergulha num beijo arrebatador, no meio de possível morte e destruição, com os pais e a futura sogra a poucos metros de distância?

Deixe-me apenas dizer que entendi, pela primeira vez, o que Louise via nele.

Eles iam dar certo, afinal de contas.

Não tenho um pingo de respeito pelo amor romântico, mas paixão é uma linguagem que entendo.

Quando desço as escadas, quase uma hora depois, após um longo banho, Louise e Leo estão na cozinha, em cantos separados como lutadores de boxe, em silêncio.

Seja lá o que fizeram durante a última hora, não melhorou a situação deles, pelo que parece. Uma pena que não tenham pensado em se beijar, uma linguagem que claramente ambos entendem.

Mesmo assim, tenho minhas ordens para não me preocupar. Então, eu avanço. Vou preparar um café da manhã para esses dois chatinhos, enchê-los de comida amorosa, engordar as células vermelhas do sangue deles e depois sumir de vista.

— Bom dia! — digo. — Vejo que todos os sobreviventes conhecidos estão reunidos aqui. Como estão? Eu mesma poderia usar quatorze ibuprofenos, três xícaras de café e talvez uma marreta.

Leo emite um tipo de som de sucção. Se existe um som que é o oposto de uma risada, é esse. Louise olha para cima e me lança um olhar fulminante. Ela ainda está vestindo seu quimono e as meias roxas, e Leo está com um casaco verde e calças de moletom, pantufas de couro e óculos de aviador. Os dois parecem marionetes que, de alguma forma, perderam a pessoa que deveria estar segurando as cordas e agora estão prestes a desabar em uma pilha amontoada.

— Olhem essa neve, não para de cair! — comento. — Estão dizendo que vai parar logo? — Eu queria poder me teletransportar para casa, para não ter que dirigir no meio dessa coisa, embora com a tensão que há nesta sala, eu bem que iria correndo descalça para casa só para escapar.

— Daqui a mais ou menos uma hora — diz Leo. Ele vai até uma engenhoca que se parece com um alambique e pressiona alguns botões, e o café é derramado em uma xícara que parece ter vindo da Grécia antiga. Ele me entrega, com a boca cerrada. — Aqui. Café. Bom dia. Noite difícil para todos, eu diria.

Isso foi muito mais conversa do que eu esperava dele.

— Obrigada. Continue mandando pra cá — digo. — E talvez tome uns doze ou mais cafés você também. — Dou um gole e então coloco a xícara no balcão antes que desloque meu punho. Ela pesa uns cinco quilos. — Devo fazer omeletes para todos, estimular a circulação? Alguma nutrição? Acordar os feromônios? Aliás, aquela banheira de hidromassagem é simplesmente incrível! Aquilo é novo, né?

Leo não responde, mas Louise suspira e coloca o celular de lado.

— É novo. Sim. E eu acho que uma omelete seria uma boa, se você quiser fazer.

— Leo, e você?

Ele resmunga algo que interpreto como que comeria se a comida aparecesse na frente dele, e eu vou até a geladeira — que está disfarçada como um armário de teca comum ao lado dos outros armários de teca. É preciso ter um olhar de águia para identificar qual porta abre a geladeira. Mas, como já estive aqui antes, acerto na primeira tentativa e consigo localizar ovos, queijo suíço e espinafre entre as sobras da festa de ontem à noite.

Louise pega uma frigideira, suspirando, e eu encontro a manteiga em um dispositivo especial no balcão, um sistema de potes que mantém a manteiga amolecida e fresca ao mesmo tempo. Este é o benefício de estar no Instagram dia e noite: as pessoas enviam coisas que você nem sabia que existiam.

Devo estar nervosa demais se estou pensando tanto na manteiga. Dou uma olhada em Leo, que olha de um jeito sério para o celular.

— Então, acabei de ter retorno de Jack, e ele vai redigir o acordo — diz em voz baixa. — Ele diz que será amigável, é claro.

Louise nem se dá ao trabalho de olhar para ele.

— Certo — ela diz. — É claro, eu vou querer ver o que ele considera amigável.

— Eu não esperaria nada diferente — diz Leo.

Sinto todo o meu corpo se contrair. Nunca gostei da palavra amigável. É usada apenas quando as coisas estão tão ruins que é como um prêmio de consolação. Se não conseguir ser legal, seja amigável.

— Ei! Que tal um jazz agradável, tranquilo e amigável? — digo. — E onde estão aqueles pãezinhos brancos da noite passada? Vou fazer torradas para nós. Na minha opinião, todo problema pode ser resolvido com torradas com manteiga ou uma viagem ao litoral.

Céus. *Quem* é essa mulher tagarelando assim? Claramente, ela assumiu minha personalidade esta manhã. Seja quem for, parece incapaz de superar o denso clima de desespero que se instalou em cada canto desta cozinha.

Louise me entrega os pãezinhos brancos. E, depois de um momento, Leo sai da cozinha meio disfarçadamente. Gostaria de saber quem é Jack, mas também tenho medo de saber quem é Jack. Ligo a estação de jazz ambiente no sistema Sonos deles, que aprendi recentemente a operar. A música se espalha pelo alto-falante, se encontra e beija a luminosidade que entra pelas janelas compridas.

Louise pega o celular.

— Acho que devo tirar uma foto dos pãezinhos. As pessoas adoram ver manteiga derretida em cima do pão. É tipo pornografia alimentar. Todo aquele glúten e gordura. — Ela parece o Bisonho falando com o Ursinho Pooh.

— Claro. — Coloco os pãezinhos na travessa de pedra que ela me entrega, e ela os arruma para a foto. A manteiga desliza pela superfície em uma poça cintilante, fotogênica.

Louise apenas olha para os pães, sem qualquer sinal de vida em seus olhos.

Tira uma foto dos pãezinhos, depois uma foto das gemas de ovo alaranjadas na tigela azul e uma das minhas mãos passando manteiga nos pãezinhos. A última é uma foto artística, mostrando minhas pulseiras com miçangas e o anel grande que comprei em uma feira de joias no outono passado, e Louise diz que vai postá-la ainda hoje de manhã.

O sol de janeiro cintila na neve, no estuário lá embaixo, e a luz flui e se propaga para dentro da cozinha, tocando as bancadas de mármore e refletindo na caneca de cerâmica branca em que bebo.

Ela e eu comemos na ilha da cozinha, sentadas nos bancos, olhando para a água lá fora. E nada de Leo voltar de lá de cima. Louise continua olhando para o nada.

Mais tarde, depois que a neve para, ela me acompanha até o carro. Está com o celular, é claro, e faz algumas fotos desanimadas de nós tirando a neve do veículo. Meu estômago está brigando com os ovos. Além disso, pode ser o vinho da noite anterior se manifestando, mas meus braços e minhas pernas estão pesados de apreensão. Sempre que olho para Louise, ela rapidamente arruma as feições para esconder qualquer emoção horrível que haja por baixo. Continua tirando fotos.

De repente, não consigo mais.

— Hum, você poderia entrar no carro por um minuto para conversarmos? — pergunto, cautelosamente.

Ela entra sem falar nada e fica mexendo nas suas pulseiras com miçangas.

Ligo o motor e aciono o aquecedor no máximo.

— Ok, o que está acontecendo? Vocês tiveram uma conversa séria? Quem é Jack? E por que estamos falando sobre coisas que devem ser amigáveis?

Ela solta um longo suspiro.

— Ok, mãe, não surta, mas nós vamos nos separar.

— Separar? Desde esta manhã? — Apoio minhas mãos no volante. — Veja bem, é por isso que as pessoas não deveriam ter conversas sérias quando estão de ressaca, muito irritadas ou quando estamos no meio do inverno, é o que eu penso. Vocês precisam de um tempo juntos. Façam aquelas férias das quais estávamos falando, tirem um tempo longe de tudo. — Olho para a casa, a imponente entrada, todas as suas janelas pontudas parecendo particularmente ameaçadoras com o sol brilhando nelas. — Vão fazer algo divertido!

— Mãe, você não sabe do que está falando. Acabou. — Sua voz é monocórdia. — Ele vai embora. Está arrumando as coisas neste momento. Ele não queria que eu te contasse ainda.

— O quê? Vocês passam uma noite em que ele não tira nenhuma foto e depois... *puf!* Assim, toda a história de amor de vocês desmorona? Que tipo de absurdo é esse? Espere um segundo. Você tomou essa decisão *depois* de sair do meu quarto esta manhã?

— Não é *tão simples assim*. Já vinha acontecendo há muito tempo. Mas, sim. Tentei falar com ele hoje de manhã, para que concordasse em tirar fotos novamente, e ele me disse que vai embora. — Ela me responde com uma voz cansada, como se eu não estivesse acompanhando. Encosta a cabeça na janela.

— Eu sabia que não deveria ter tomado aquele banho longo — digo.

— Sim, é isso mesmo, foi o seu banho.

Ambas olhamos para a água. Quando olho de volta para ela, vejo seus olhos se enchendo de lágrimas. Inclino-me e coloco a mão em seu ombro.

— Ah, querida. Eu sinto muito. Isso é muito difícil. Nem consigo imaginar.

— O que tenho que descobrir é como vou administrar todo esse negócio sem ele — diz ela, enxugando as lágrimas. — Ele tira todas as fotos! Como vou fazer isso e manter uma aparência profissional?

— Não sei — digo. — Vou te ajudar da maneira que puder. Você sabe disso.

— Não há nada que você possa fazer. Ele é um fotógrafo profissional. Isso é o que diferenciava o nosso blog dos de outras pessoas. Isso e a história de amor que afirmamos ter. — Ela fecha os olhos. — *Isso* certamente foi um embuste.

— Bem. — Olho para fora pelo para-brisa novamente, para as rochas e para a água. O vento levou todas as nuvens para algum outro lugar. O céu está azul como um lençol. — Acho que há uma boa possibilidade de vocês dois resolverem isso. É só uma briga, querida. Se minha vida me ensinou alguma coisa, é que os casamentos são cheios de brigas.

— Obrigada, mas acho que não é apenas uma briga, como você chama. Ele quer fazer algo mais *significativo* do que tirar fotos estúpidas e sem sentido de mim em vestidos de festa. Foi isso que ele disse, literalmente.

— Meu Deus! — digo.

— Sim. Ele é um *fotojornalista*. Então, por enquanto, vai para Nova York ficar com amigos, e concordamos que eu vou continuar com o @lulu&leo, mantendo-o exatamente como está. Fingir que ele ainda está lá, tirando as fotos.

— Bem — digo novamente —, acho que faz sentido segurar as pontas até você decidir com certeza o que vai acontecer. Agora pode parecer que o casamento acabou, mas... bem, quem sabe o que vai acontecer? Você tem um casamento, tem um negócio... Ambos são suscetíveis a mudanças e discussões. E a diferenças de opinião. Mas você pode encontrar seu caminho de volta se for isso que quer.

— Ele diz que o casamento *era* o negócio. Ele acha que era só o que havia.

— Sério? Ele vai tentar nos fazer acreditar que a única coisa que mantinha vocês juntos era o blog? Porque eu vi vocês dois, muito antes de serem influenciadores. Vocês têm paixão! Ele não consegue tirar os olhos de você, Louise.

— Pare. Por favor. Isso é ridículo. — Ela muda de posição no assento. — Não pense que você vai precisar me sustentar, porque não vai. Tenho pessoas contando comigo para postar todos os dias, e eu vou ficar bem. — Ela dá de ombros e enxuga os olhos. — De verdade. Pare de me olhar toda preocupada assim.

— Bem, se precisar de alguma ajuda... Se quiser voltar para casa por um tempo...

— Não, não e não. Não preciso de nada — ela diz. — E definitivamente não preciso da Coelhinha dos Corações Partidos aparecendo e me analisando ou fazendo feitiços. Vou ficar bem. Tenho que descobrir sozinha como fazer esse negócio funcionar. Mas vou conseguir. Vai levar um tempo, só isso. — Ela enxuga os olhos novamente.

— Eu te criei para ser forte — digo sem convicção alguma. — E sei que você é.

Fico ali e sinto todas as minhas emoções rolando sob a superfície. Todos os meus botões relacionados a Louise — e são muitos, instalados com maestria ao longo dos anos em praticamente todas as partes do meu corpo e mente — agora foram pressionados, e os alarmes soam dentro de mim.

O que me mata é que ela escondeu isso de mim. Que tipo de mãe poderia ficar de fora de algo tão grande? Pelo amor de Deus, ela mora a apenas duas cidades de distância de mim e eu falo com ela quase todos os dias. Vejo a vida dela se desenrolar na internet e vejo a vida *por trás* dessa vida. Ou eu pensava que via. Sinto como se o ar tivesse sido expulso do meu corpo.

Meu telefone toca e eu ignoro até que tenha me despedido e ela tenha saído do meu carro e esteja caminhando de volta para casa.

É Victor novamente.

preciso de um aplicativo que me diga como voltar a ser eu mesmo por favor me diga como posso fazer isso

De repente, quero jogar não apenas meu celular, mas todos os celulares do mundo para fora das janelas do carro, em penhascos, em aterros sanitários. Todo o sistema de blogs, ligações telefônicas e mensagens de texto parece profundo e terrivelmente tenebroso. O que nós, seres humanos, fizemos, amarrando-nos a esses horríveis pequenos computadores que nos interrompem e nos mantêm conectados à comunicação com os outros, com os quais desaprendemos a viver sem? Eu me sentiria feliz em ficar sem esse celular, só para nunca mais ter que ouvir sobre esse homem de novo, mas consigo evitar jogá-lo fora.

Se eu jogasse meu celular pela janela do carro, então não estaria disponível quando Louise precisasse de mim.

Naturalmente, tenho que consultar meus amigos sobre o término de Louise e Leo. Calvin me lembra de que os dois nunca foram o que se poderia chamar de uma certeza.

Ele olha para mim por cima dos óculos de leitura e diz com uma voz muito suave:

— Preciso lembrá-la de que você é a Coelhinha dos Corações Partidos especificamente porque sabe que esse tipo de coisa não é sustentável? Além do mais, todo o relacionamento deles parecia se basear em fingimentos, em fazer parecer que a vida deles é fácil e despreocupada, quando não é nada disso.

— Eu sei, eu sei.

— Ela vai saber o que fazer quando chegar a hora — diz ele. — Ela é forte. E tem muito talento.

Quando ligo para Kat, ela me lembra que nossos filhos têm a própria vida e que é tentador acreditar que podemos resolver tudo por eles, mas a verdade é que não podemos fazer muito além de observar e oferecer encorajamentos enquanto estamos nas arquibancadas.

— Encorajamento que eles não ouvem — digo.

— Bem, claro — continua ela. — Mas nós também não ouvíamos nossos pais.

Ambos dizem que é um bom sinal que Louise tenha tanta determinação e que esteja seguindo em frente.

— Ela tem um plano — diz Calvin. — E o está colocando em prática.

Kat diz:

— É a vida de Louise. Se ela quer continuar fingindo que ainda está feliz, por que você quer interferir? Apenas viva sua própria vida e tenha fé de que ela vai resolver tudo.

Está estranhamente parecido com os conselhos que dei a pessoas algumas vezes, talvez até mesmo a Kat, quando Kelly se mudou para longe para ficar com um cara que ninguém achava bom. Em uma longa amizade, é isto o que você faz: troca sabedoria, como quem rebate uma grande bola de praia.

Dois dias depois, meu telefone toca de madrugada. Depois de tatear para encontrá-lo na mesa de cabeceira no escuro, não ouço nada além de respiração pesada e fungadas do outro lado.

— Alô? — digo. — Louise? Querida? Você está bem?

— Ah, mamãe — ela diz. — Mamãe, estou com *tanta* saudade dele!

— Claro que está. Claro, claro — digo, instantaneamente desperta.

Ela é minha bebê novamente; sua voz jovem e incerta vindo através da escuridão, listando tudo o que está errado. Aquela casa é grande demais, muito hostil, muito *pontiaguda*. Além disso, ela está tendo muita dificuldade para organizar o negócio sem ele. Tirar selfies boas é *difícil*. Escrever os textos comerciais, acompanhar os comentários. Caixas de mercadorias não abertas estão se acumulando no corredor. Ela quer contratar um assistente, mas não tem tempo para entrevistar candidatos. Além de tudo isso, as pessoas que deixam comentários precisam de atenção, diz ela.

— Eu sei que é só porque são quatro da manhã, que é a hora das bruxas, mas, sinceramente, não sabia que me sentiria tão sozinha assim — ela diz suavemente.

— Eu sei, querida, eu sei — afirmo. — Tente dormir um pouco. Talvez valha beber um pouco de leite quente ou tomar um banho, ler por um tempo.

— Você já foi abandonada. Como superou?

Tento pensar em qualquer sabedoria materna antiga que possa transmitir. Como é que essa hora da madrugada pode ser boa? Talvez porque, de algum modo, ela te faça olhar para o que é importante na vida e aprender a confiar em si mesma, assim como um coração partido pode ter valor quando te aproxima do que você realmente deseja. (Possivelmente, essa seria uma versão que não requer milhares de seguidores no Instagram para elogiá-la toda vez que ela veste uma roupa nova.)

No entanto, até eu sei que nada disso seria útil.

— A gente só supera — digo.

De manhã, eu me levanto e vou ajudá-la. Fazemos fotos para cinco dias com a hashtag #acordeiassim com ela em diferentes roupas de dormir, e abro as caixas — consistindo em uma lâmpada flutuante, um grande bastão que diz que pode higienizar suas roupas em vinte segundos, um casaco com conexão Bluetooth para manter seus braços em diferentes temperaturas e algo eletrônico misterioso que se revela ser um microscópio que você pode acoplar ao seu celular.

Isso é o que me faz subir as escadas para encontrá-la.

Ela está escrevendo um texto para o blog e chorando.

Agito o microscópio de celular no ar.

— Como você vive desse jeito? Com todas essas coisas inúteis e ridículas chegando diariamente em caixa atrás de caixa! É isso que significa ser uma influenciadora? — Ela olha para cima com o rosto encharcado de lágrimas e assente. — Não me admira que você esteja em prantos. Como vamos viver num mundo onde as pessoas precisam de lâmpadas flutuantes? Eu nem quero saber sobre essa porcaria! Sem mencionar que tem um casaco lá embaixo que pode deixar seu braço direito mais quente do que o esquerdo com o apertar de um botão. Sério, me diz: quem é que, alguma vez, quis isso em um casaco?

— Com a minha sorte, meu braço direito pegaria fogo — ela diz baixinho.

— Exatamente! E a lâmpada flutuante te acertaria na cabeça.

Ela começa a rir e chorar ao mesmo tempo, o que a faz começar a soluçar, o que então a faz rir ainda mais. E, logo, a chorar mais.

Eu a encaro.

— Sério — digo. — Pelo bem de tudo que é bom e sagrado neste mundo, você precisa se afastar desse trabalho. Devolva todas essas coisas a quem as inventou e saia discretamente. Isso não é uma vida normal, Louise.

— E saltitar por aí usando uma roupa de coelhinha é uma vida normal? — retruca ela.

Talvez ela tenha razão nesse ponto.

07

Na segunda-feira seguinte, às duas da tarde, eu me vejo sentada em um sofá de canto no Athens Diner, em frente a Mason Davis.

Ele tem a aparência de alguém que acabou de sair do cabeleireiro e da manicure — e possivelmente também acabou de voltar de uma semana de férias nos trópicos. *Eu*, em contrapartida, pareço uma pessoa que possivelmente se vestiu nos recantos escuros de um vagão de carga e não conseguia encontrar o pente. (Para falar bem a verdade, estou um pouco aflita porque, antes de sair de casa, tive que encontrar, aprisionar e escoltar para fora quatro aranhas que estavam aterrorizando Micah, o filho de cinco anos de Reggie, que foi trabalhar com ele porque estava sem aula na escola por causa de uma oficina de formação de professores.)

Talvez eu também esteja um pouco cansada, constantemente tentando ocupar o lugar do sr. Leo Cabot, o fotógrafo extraordinário, no mundo de @lulu&leo. Não só sou inútil para domar as caixas de bugigangas que estão no hall de entrada, como também percebi que sou péssima em tirar uma foto que comunique a quantidade de glamour e beleza que um simples post no Instagram exige. Eu simplesmente não consigo alcançar esse nível. Entre afastar as desilusões amorosas nos meus atendimentos como coelhinha e tentar tirar fotos impressionantes da vida da minha filha que não revelem que ela é um desastre, estou pronta para me deitar na cama e fazer apenas palavras cruzadas, nada mais.

Nem consigo me lembrar do porquê participar de um programa de televisão pareceu remotamente uma boa ideia. Enquanto dirigia para me encontrar com Mason Davis, fui repetindo um novo mantra: *A Coelhinha dos Corações Partidos não vai aparecer na televisão. A Coelhinha dos Corações Partidos não vai aparecer na televisão.*

Houve um tempo em que eu estava empolgada com a perspectiva de participar do programa de Davis, mas agora sei que me expor tão publicamente destruiria Louise. Acho que só vou me encontrar com ele, ser educada, tomar um chá, perguntar sobre Joey e dizer um firme "Não, obrigada" para qualquer outra coisa.

Mason Davis e eu chegamos ao estacionamento ao mesmo tempo e, depois, seguimos para a porta enquanto uma miríade de admiradores dele, pessoas que detectam sua presença como cães que acabaram de perceber que há um filé-mignon em algum lugar próximo, jogam-se na sua frente, sorrindo, acenando e elogiando o programa de hoje. E, uma vez que chegamos à mesa, ele assina pelo menos cinco autógrafos.

Vida de celebridade. Me poupe.

Mesmo assim, gosto que ele seja gentil e sorria para todos; até cutuca um menininho no queixo e o chama de *"amigão"*. A garçonete vem para anotar nosso pedido. O nome dela é Penny, de acordo com o crachá em seu uniforme preto, e está ocupada hiperventilando por respirar o mesmo ar que Mason Davis. Quando ele diz que gostou dos brincos dela e pede sua recomendação de torta, acho que ela vai desmaiar. Gosto que ele sorria gentilmente para ela.

Também gosto que peça a torta de creme de coco que ela sugere e não finja que precisa cuidar do peso.

Mas os pontos positivos dele são só esses. De resto, estou em alerta contra seus cabelos prateados, seus olhos enrugados e aquela voz imponente, forte e vigorosa.

Fazemos as formalidades. Conversa-fiada que surpreendentemente fica profunda para um homem com um bronzeado artificial — ou o que eu acho que é um bronzeado artificial. Ele me diz que sua esposa morreu há sete anos e que ser viúvo se assemelha a cair em um abismo, e admite que não consegue imaginar ser romântico com ninguém outra vez.

— Namorar — diz ele timidamente — não está no meu rol de habilidades.

Eu digo que namorar é a *pior coisa*, em especial se você tiver mais que dezesseis anos, e então conto meu histórico matrimonial nada estelar — os dois divórcios e a morte — como se fosse um distintivo de coragem, que é como eu enxergo essa situação em um dia bom. Acho que posso muito bem expor toda a loucura, então lanço a notícia de que tenho uma filha adulta que é uma influenciadora do Instagram e, portanto, uma perfeccionista, e que também tenho vários companheiros de casa e que nunca tive nada além de trabalhos por impulso durante toda a minha vida, aproveitando minhas habilidades, dando aulas em casa e aceitando pensionistas, levando de carro pessoas a compromissos.

— Talvez eu também tenha precisado de uma Coelhinha dos Corações Partidos uma ou duas vezes — ele diz em tom baixo e confidencial. — Naquela época, quero dizer. Antes de me casar. Meu coração sempre saía pisoteado.

— Todos nós vivemos isso. Porque todos ouvimos as mesmas músicas românticas estúpidas e assistimos aos mesmos filmes estúpidos — digo. Estou recostada no estofado do sofá, empilhando saquinhos de açúcar: é conveniente, porque me impede de olhar diretamente para toda aquela beleza, que é como olhar para o sol. — Fomos enganados, todos nós. Todos nós nos viciamos na ideia de amor romântico.

— E agora você está aqui para colocar a todos nós em reabilitação romântica — diz ele. Mason sorri com olhos brilhantes e se inclina para a frente. — E, se o que dizem é verdade, que no futuro todos teremos quinze minutos de fama, então eu diria que a Coelhinha dos Corações Partidos já está há dois minutos em plena fama, não acha? E agora, quando nossos espectadores te virem, você vai chamar ainda mais a atenção.

— Na verdade — digo —, eu não sou uma daquelas pessoas que acham que precisam ser famosas. Para ser sincera, quero manter o negócio pequeno. Então, não acho que devo participar do seu programa.

— Ah! — ele exclama, parecendo chocado por um momento, mas então sua expressão suaviza. Seus olhos enrugados se transformam em um sorriso e ele suavemente disfarça qualquer decepção que possa estar sentindo. — Tudo bem, então. Posso dizer que estou feliz que você tenha vindo me encontrar, para que eu possa te agradecer pelo que fez por Joey.

— Aliás, como ele está?

— Ele… ele está ótimo. *Melhor*. Ótimo para ele, quero dizer. — Mason se inclina ainda mais, o que me obriga a olhar nos seus olhos.

Minha pilha de açúcar desmorona. — Infelizmente, tenho que dizer que ele acha a vida adulta bastante desafiadora. O que dificulta para…

Justo nesse momento, felizmente, Penny se aproxima e coloca o prato de torta de creme de coco e dois garfos na mesa, sorrindo para Mason. A torta balança no prato, uma pilha de merengue esponjoso e creme reluzente com pedacinhos de coco branco saindo aqui e ali. Por um momento, não podemos fazer nada além de admirá-la.

Então, Mason balança a cabeça de maneira afirmativa e pega um garfo para uma grande bocada. Ele se senta mais para trás, fecha os olhos e geme.

— Não te falei, querido? — diz Penny. — Quer uma fatia também, querida? — ela pergunta para mim desta vez.

— Ah. Não. Não, obrigada.

Ela balança a cabeça como se não pudesse acreditar em tamanha ignorância da minha parte, e então um homem em outra mesa pede café, e ela se apressa na direção dele.

— Meu Deus, que delícia — diz Mason Davis. — Onde eu estava? Ah, sim. Pensando em como é difícil ter filhos adultos. A gente acha que já passou por todas as partes difíceis, superou a fase da dentição, da acne e do bullying, e então eles se tornam adultos que insistem em nos excluir de suas mentes, quando claramente ainda precisam da nossa ajuda!

— Você está certo — digo a ele. — Suponho que seja algo natural quando a gente para e pensa. Do ponto de vista evolutivo, pelo menos. — O que eu não digo é que suponho que seja natural *para os filhos dos outros*, não para a minha filha. Certamente não para a minha; pelo menos até agora.

Mason Davis recua no sofá e espalma as mãos na mesa. Ambos olhamos para a manicure dele.

— Antes de você ir ver Joey — ele diz —, tudo o que eu dizia ou fazia só piorava. Eu tentava fazê-lo sair, praticar exercícios, ligar para os amigos antigos. Fiquei tão preocupado que até sugeri que se mudasse de volta para minha casa por um tempo. Ele entendeu o convite como falta de confiança da minha parte. E estava certo. Pensei que teria que dormir no chão ao lado da cama dele para poder vigiá-lo. Entende?

— Com certeza — respondo.

— E então, uma semana e meia atrás, cheguei à casa dele, com um pesar enorme, e estava me aproximando da porta da frente pensando que algo radical tinha que acontecer para mudar a situação ali. E, como mágica, acredite: havia uma coelha na frente dele e ele estava sorrindo! Sorrindo! — Mason sorri para mim e baixa a voz. — Depois que você saiu, quando descobri que o sutiã de estampa de cobra e o sanduíche de mortadela tinham desaparecido, não havia como *não* querer saber como você tinha conseguido aquilo.

Sorrio para ele.

— Você também estava com tanto medo daquela mortadela quanto eu?

Ele estremece.

— Medo? Aquela coisa assombrava meus sonhos. Eu estava pensando que teria que chamar a polícia por causa dela.

— Claro. Bem, você vai ficar feliz em saber que, uma vez que percebeu que precisava ir embora, ela caminhou direto até a lata de lixo e pulou dentro.

— Como você se livrou da torre de latas de cerveja? Essa não deve ter ido embora de forma tão voluntária assim.

— Não. Eu tive que desmembrar aquilo sozinha. Mas então Joey ajudou quando eu disse que nenhuma mulher se interessaria por ele enquanto tivesse aquela coisa ali.

— Ah! Só você poderia ter conseguido isso. Se fosse eu quem tivesse falado, ele teria me tirado a chave da casa e não teria conversado comigo por uma semana.

— Sim. Mas o verdadeiro problema foi o sutiã de estampa de cobra. Tive dificuldade em convencê-lo a desistir daquilo.

Ficamos em silêncio por um momento, e logo ele pergunta:

— Então, como você soube o que fazer? Você é uma bruxa? — ele me indaga com seriedade, como se fosse uma pergunta respeitável e legítima que qualquer um poderia fazer.

— Ah, bem. Isso — digo. Estreito os olhos e penso cuidadosamente no que falar. Quanto contar para ele?

E então algo me diz: *Que diabos! Conta tudo para ele! Provavelmente nunca mais vai vê-lo.*

Falo sobre minha avó e como ela uma vez transferiu verrugas de um homem que ela amava para outro que havia traído sua amiga, como ela também podia fazer outras coisas, pequenos encantamentos e tal, e que carregava ervas envoltas em um lenço e também usava algo ao redor do pescoço.

— Minha mãe me disse para não dar ouvidos à minha avó. Mas, quando ela saía para trabalhar, minha avó e eu andávamos pela cidade, removendo as verrugas das pessoas, fazendo os semáforos ficarem verdes e evitando que carrinhos de compras se chocassem com veículos apenas usando nossa mente. Nós nos divertíamos correndo por aí e fazendo o que queríamos.

— Então, você tem honrado o legado dela todo esse tempo fazendo semáforos mudarem de cor e rearranjando vidas?

Eu rio.

— Não! A questão é que eu realmente não fiz nada disso até o dia em que conheci Joey. Mesmo quando meu primeiro marido me disse que ia me trocar por uma bruxa e eu tinha toda a intenção de enfeitiçá-lo de volta para mim, meio que me esqueci disso e nunca fiz nada com essas habilidades.

— Se me permite a pergunta, o que te levou a usar magia com Joey?

Penso sobre a pergunta.

— Ele parecia muito triste, como se precisasse de uma ajuda além. — Dou um gole no chá e então acrescento: — Se você quer saber a verdade, eu estava lá com ele e ouvi a voz da minha avó no meu ouvido, me incentivando. Ela disse: "Meu Deus, Billie. Até quando vai deixar isso continuar? Você sabe o que tem que fazer".

— Ela disse isso?

— Disse. Dentro da minha cabeça.

— Então o negócio da Coelhinha dos Corações Partidos nunca teve foco em magia? Não era assim que você tinha planejado?

— Não. — Conto a ele a história de como Kat e eu tivemos a ideia: ficamos bêbadas, gritamos de tanto rir, tudo isso. — Você sabe a proporção atual de casos de amor infelizes em relação aos felizes? — pergunto, e ele dá de ombros, dizendo que não. — Bem, eu também não sei, para ser totalmente sincera, mas tenho certeza de que, se a taxa de divórcio é de cinquenta por cento, então a taxa de romances infelizes deve estar perto de noventa por cento. É a empreitada mais decepcionante da história, eu diria, e ainda assim nós nos voltamos para isso, de novo e de novo, batendo a cabeça na parede. E poderíamos ser tão felizes sem!

— Uau — diz ele, olhando firmemente para mim, pensando na forma como sou tão alérgica a homens.

Meu celular toca naquele momento e eu olho para baixo, grata pela tecnologia moderna que pode interromper conversas.

— Vá em frente, atenda — ele diz. — Mas sabe de uma coisa? A garçonete estava totalmente certa sobre esta torta. Quer provar? É como dar uma mordida em uma nuvem feita de chantili e paraíso.

— Não. Mas obrigada.

É uma mensagem de Calvin:

Reggie e Micah parecem estar se mudando para cá hoje. Problemas com a esposa dele de novo. Você não acha ruim?

Digito de volta:

Claro que não.

Ele diz:

Apenas temporário. Mas seus olhos estão cheios de lágrimas. Nunca vi Reggie assim.

Ah, puxa vida! Coloque-o no antigo quarto de Max, e Micah pode ficar no escritório do outro lado do corredor. Posso pegar a cama sobressalente no sótão. VOCÊ NÃO DEVE PEGÁ-LA. EU PEGO.

Calvin envia uma sequência de emojis — o rosto sorridente, o rosto assustado, o muque, um coração, um balão e duas camas. Se o conheço bem, isso significa que ele já subiu as escadas do sótão e pegou a cama. Olho de volta para Mason Davis.

— Desculpe. Aparentemente, nosso encanador precisa se mudar para nossa casa com o filho pequeno. É temporário. Outra história de amor que supostamente está desmoronando, e agora ele precisa de um lugar para morar.

— Odeio ser insistente, mas seria negligência minha se não insistisse para você provar essa torta cremosa. É de outro mundo.

— Bem, então. Uma garfadinha. Eu amo tortas de outro mundo. — Cutuco com o garfo e pego um pedaço. — Ah, sim. É gostosa. Agora, sobre o que estávamos falando?

— Bem, não consigo me lembrar, mas o que eu quero saber agora é por que seu encanador está se mudando para a sua casa. Acho que nunca tive um encanador me pedindo para vir morar na minha casa. Na maioria das vezes, ele só quer que eu tire o carro da garagem para alcançar os canos.

— Talvez seus canos não sejam tão ruins quanto os nossos, motivo pelo qual nosso encanador está sempre por perto consertando alguma coisa. Metade do tempo ele almoça comigo e Calvin, e isso tem acontecido há tanto tempo que agora ele simplesmente se adaptou a todo mundo na casa. Não vai ser esforço algum tê-lo morando lá de verdade. Ele vai trazer o filho pequeno, Micah, que infelizmente tem muito medo de aranhas. Vou precisar me envolver em um Projeto de Realocação de Aranhas, que pode virar um trabalho de meio período, considerando como a minha casa é antiga.

— E esse Calvin? Acho que falei com ele quando liguei para seu telefone fixa. É seu tio?

— Ah, não. Ele é uma das pessoas que moram lá em casa. A principal, na verdade. Conheci-o quando tinha um pequeno serviço de transporte de passageiros e eu deveria levá-lo para um asilo, só que acabamos passando o dia juntos conversando e, então, uma coisa levou à outra, e ele decidiu que não queria morrer, então se mudou para minha casa. De qualquer forma, está lá há oito anos. — Eu me inclino para a frente e digo em voz baixa: — Ele diz que é imortal.

Mason parece surpreso.

— Imortal?

Eu rio.

— Sim, agora *essa,* sim, é a pessoa que você poderia querer ter no seu programa. Ele diz que deveria ter morrido cinco vezes e não morreu. Então agora tem certeza de que vai viver para sempre. — Dou de ombros. — O efeito colateral de tudo isso é que o faz viver da forma mais livre e feliz que você possa imaginar.

— Bem, claro.

— Devo acrescentar que *eu* não acho que ele seja imortal. Estou bem ciente de cada pequena coisa que poderia tirá-lo de combate a qualquer segundo. Mas até agora ele parece muito animado com tudo e faz exatamente o que quer, o que o torna meio que o filósofo residente da nossa casa.

Nós dois damos outra garfada na torta e sorrimos um para o outro.

Ele limpa a garganta.

— Posso fazer uma pergunta? A Coelhinha dos Corações Partidos acredita em… amor?

— Amor! Claro que acredito em amor!

— Entendi — ele diz suavemente, parecendo um pouco constrangido. — Eu só queria saber… quer dizer, sei que você não gosta de relacionamentos…

— Amor! Sexo! Paixão! Tudo isso! — exclamo, provavelmente alto demais. Dei outra garfada na torta de coco e estou um pouco animada. — É do sofrimento que eu não gosto. Ninguém deveria dedicar toda a vida a sofrer por um amor perdido depois que você elege alguém como A Pessoa Certa. Mas amor… é a experiência humana completa! Eu acredito em todo tipo de amor!

— Bem — diz ele. — Isso me faz sentir melhor. Porque o amor… bom, é o que faz o mundo girar. Ouvi dizer.

Dou outra garfada na torta e olho para Mason.

— Lembra-se dos anos 1980? Esta é uma torta que teria sido completamente confortável naquele tempo. Um deleite desprovido de culpa.

— Verdade — diz Mason. — Uma década de reviravoltas. Naquela época, o amor era tão prevalente que você poderia conhecer alguém de manhã e estar morando junto até as duas da tarde.

— Meu primeiro casamento foi um pouco assim, pensando bem. Durou cerca de um ano e meio. Tivemos uma bebê e, então, ele fugiu para a França com uma poeta para ser livre. Ele era um clichê. — Mason murmura algumas notas de "Born Free". — Acho que essa é dos anos 1960, mas a ideia é a mesma. — Dou outra garfada na torta. — Acontece que o amor tem sido praticamente um problema desde o início dos tempos.

— Espero que você ao menos tenha ficado com a casa — diz Mason.

Eu confirmo.

— Fiquei. — Na verdade, estou sentindo como se esta torta tivesse qualidades medicinais. Digo a ele: — Você acha que é possível ficar bêbada de torta de creme de coco em uma lanchonete? Ainda bem que minha filha não está aqui para me ouvir dizer isso. Parece que sempre a faço passar vergonha sendo uma coelha. Ela pensa que, se eu quiser ajudar pessoas desiludidas, devo tirar um diploma em Serviço Social e abrir um consultório de aconselhamento. Consegue me imaginar numa situação dessas?

— Onde está a diversão nisso? — ele diz.

— Exatamente! Se eu pudesse fazer do meu jeito, sabe o que faria? Entraria na casa das pessoas desoladas e, depois de jogarmos fora todos os estúpidos resquícios do relacionamento amoroso que não deu certo, tiraria a cabeça de coelho e as faria dançar comigo pela sala. Então, faríamos uma lista de todas as outras coisas na vida delas pelas quais elas podem ser felizes. Depois, sabe, talvez faríamos feitiços para garantir, e eu as faria acreditar em si mesmas e na sua capacidade de recomeçar.

Ele está me observando atentamente. E então diz em voz baixa:

— Billie, não estou tentando te pressionar, mas por que você não considera vir ao programa falar sobre *isso*? As pessoas precisam ouvir.

— Bem, não. Se você quer saber, é a minha filha. Ela está passando por um período difícil e eu a estou ajudando, então tenho que diminuir um pouco minha atuação de Coelhinha dos Corações Partidos enquanto a ajudo com o negócio dela.

— Qual é o negócio dela?

— Ela é blogueira... sabe, uma *influenciadora*. Uma pessoa perfeita. E agora o marido a deixou, e ela está... Bem, ela está um caco, é isso o que ela está.

— Então a Coelhinha dos Corações Partidos tem uma filha de coração partido. — Ele balança a cabeça.

— E quando você é uma *influenciadora*... Bem, é devastador também para a marca — digo a ele em voz baixa. — A gente não pode deixar as pessoas saberem.

— Claro — ele diz.

Penny se aproxima para ver se precisamos de mais alguma coisa.

— Talvez mais torta — diz Mason, mas eu balanço a cabeça.

— Não posso. Daqui a pouco, o traje de coelho vai ser a única roupa que vai caber em mim, e então vou ter de usá-lo em público o tempo todo. Seria constrangedor, e aí minha filha *nunca* mais falaria comigo.

— Veja só! — diz Mason. — Se você vai usar o traje, pode muito bem fazer todos os atendimentos que quiser. As pessoas precisam de você por aí. Precisamos que a Coelhinha dos Corações Partidos exista.

— Espera! Você? — diz Penny, olhando para mim. — *Você* é a Coelhinha dos Corações Partidos?

Confirmo com a cabeça.

— Não acredito! É você? Não, sério. Eu ouvi falar de você. Minha vizinha Sylvia usou seu serviço — diz ela. — E ela foi, tipo, na minha casa ontem à noite e não parava de falar disso. Ela me mostrou um vídeo seu no TikTok. Você conseguiu algo como quarenta e seis mil visualizações, sabia?

— Interessante — digo. — Não vi.

A garçonete se senta ao meu lado, meio que me empurra e tira o celular do bolso.

— Espera. Me deixa te mostrar o vídeo. Você vai morrer quando vir. Você realmente ajudou a filha da Sylvia, sabe... o nome dela é Marie. Uma garota bonita, mas robusta, sabe o que quero dizer? E talvez sensível demais para o próprio bem. De qualquer forma, nunca conseguiu encontrar um cara bom. Namorou muitos idiotas por falta de autoestima. Ela disse que você entrou, olhou ao redor, imediatamente viu a camisa de futebol americano do ex-namorado dela e disse que aquilo tinha que ir embora.

— Ela continua rolando a tela do celular e depois suspira. — Não consigo fazer funcionar. O sinal aqui dentro é péssimo.

Eu me inclino e sussurro para ela:

— Me diga a verdade. Meu traseiro fica enorme no vídeo?

Ela olha para mim e sorri.

— O quê? Não! Seu traseiro está bom do jeito que está. E, de qualquer forma, você é uma celebridade — diz Penny. — Pode ter o tamanho de traseiro que quiser. — Ela mira um sorriso radiante na minha direção. — Imagina só. Eu recebi dois famosos hoje no meu turno. Espere até eu contar para Marie.

— Penny! — O grito vem de um homem com um chapéu de papel branco, espiando pela janela de pedidos. — Pedido *pronto*, Penny!

— Um minutinho! Temos celebridades aqui! — ela grita para ele, mas não se levanta. — Sabe, Mason Davis, talvez você queira levá-la ao seu programa.

— Eu preciso de mais alguns minutos para finalizar meu argumento.

— PEDIDO PRONTO!

— Bem, eu finalizo por você se precisar de ajuda — ela diz para Mason e se levanta com mais um grande suspiro. — Eu, pelo menos, quero saber como ela faz. Ela só identifica os objetos, Marie disse. Como aquela camisa. Marie amava aquela camisa, usava para dormir e não queria se desfazer. Disse que era a camiseta mais confortável que já tivera. Mas sabia que tinha que se livrar dela porque meio que tinha a energia pesada. E ela se sente melhor desde então. Está saindo com um novo cara agora, eu acho.

Mason Davis parece desconfortável.

— Não gosto de ser o portador de más notícias, mas aparentemente você está com um pedido pronto há algum tempo, Penny, e agora um cara de avental sujo e chapéu de papel está levando pratos para uma mesa e parece que vai matar alguém.

— Ah, ele. Sou eu, no caso, quem ele planeja matar — diz Penny. — A sorte dele é ser um fanfarrão. Precisa de uma Coelhinha dos Corações Partidos na vida dele. — Ela se afasta, gritando que está a caminho e que ele deve esperar, e sai estalando o pano.

Algumas pessoas se viram para me olhar, e um homem sentado no balcão me dá um joinha.

— Você ajudou meu sobrinho outro dia! — ele diz. — Levou o buquê de casamento da ex-mulher dele, que ela guardava no congelador!

— Está vendo só? — diz Mason para mim. — A coelha é importante.

— Acho que quero sair daqui — digo a ele. — Isso está ficando um pouco estranho agora.

Depois de pagarmos a conta e nos afastarmos, Penny corre atrás de nós e grita pela porta:

— Adeus! E não se esqueça de dar uma olhada nesse TikTok! Seu traseiro ficou realmente bonito no vídeo!

— Obrigada — eu respondo, rindo porque as pessoas na cidade vizinha provavelmente conseguem ouvi-la dizendo isso.

Chegamos ao meu carro primeiro e ficamos lá, prolongando um pouco. Eu puxo meu casaco ao redor dos ombros e chuto uma pequena porção de neve no asfalto.

— Isso foi divertido — ele diz.

— Sim.

— Agora não vou mais tentar te persuadir...

— Obrigada.

— Mas aqui está meu cartão com meu número. Poderíamos nos ver de novo, talvez? — Ele parece subitamente nervoso, o que é provável que seja uma expressão facial que desenvolveu para impressionar mulheres que não caem de imediato aos seus pés, mas que é totalmente, totalmente falsa. — Quero dizer, talvez jantar em algum lugar, fora da cidade, onde as pessoas não fiquem te assediando sobre seu vídeo no TikTok.

— Mason — digo e coloco a bolsa no outro ombro, interpondo mais alguns centímetros de distância entre nós. — Sei que você é mesmo um cara ótimo, um homem legal, mas tenho que ser honesta com você. Estou absolutamente falando a verdade quando digo que não acredito em relacionamentos. Acho que é só um sistema podre que a natureza criou para fazer as pessoas procriarem e cuidarem da próxima geração. E a Mãe Natureza pensou que, se tornasse isso suspense e diversão, talvez as pessoas não percebessem que foram enganadas para criar filhos. Mas pretendo aproveitar meus próximos anos sem sequer um naco de preocupação sobre tudo isso. Não vou sair para encontros. Isso leva a um monte de esforços equivocados.

— Esforços equivocados? — ele pergunta, sorrindo.

— Sim. Sabe. Encontros levam a dietas, tingimento de cabelo, depilação de pernas... a se importar com o que as outras pessoas pensam, com o que os homens pensam.

Ele me olha, confuso. Logo se recupera.

— Bem, não teria que ser um encontro então. Escute — ele diz. — Entrevisto muitas pessoas sobre coisas pelas quais elas são apaixonadas, e sou um bom juiz de quando algo é importante. E seu rosto... Você tem certo olhar quando fala sobre sua avó ou os feitiços que fez para Joey. Este é um negócio que quer decolar, em grande estilo. E você estaria fazendo um favor a pessoas que passam maus bocados no Dia dos Namorados. E agora eu vou parar de falar.

— Bem — digo. — Obrigada.

— Você está me agradecendo pelo elogio ou por eu ter parado de falar?

— Pela segunda opção — esclareço, e ambos rimos.

Ele estende a mão e aperta a minha. Estico a mão mole para cumprimentá-lo, ilustrando o quanto ele pode se sentir desesperançoso em relação à sua causa.

— Obrigada por se encontrar comigo — ele diz. — E, se mudar de ideia, me avise. Se algum dia quiser entrar saltitando no estúdio... ou poderíamos gravar na sua casa...

— Mason.

— E você poderia explicar o quanto é contra o amor, como todo esse sistema de romance está realmente equivocado. Poderia ser "Dicas para sobreviver a um Dia dos Namorados solitário" ou "Recupere seu poder jogando fora aquela camisa de futebol". Vamos promover isso como nunca, e sabe quantos telespectadores vão sintonizar?

— Quatro?

— Todo mundo. Porque todo mundo já teve uma desilusão amorosa.

Quando chego em casa, encontro Calvin na mesa da cozinha terminando um jogo de palavras cruzadas e ouvindo Tony Bennett no rádio. São quatro horas, e o sol de fevereiro entra pela janela empoeirada da cozinha, criando um quadrado plano e branco de luz no chão vermelho de linóleo ao lado do radiador. Um gato tigrado está esticado precisamente no local onde a luz incide.

— Oh! Quem é esse? — pergunto. — Adquirimos um gato hoje?

— Adotamos. Ela é a gata de Reggie. A Rainha de Sabá.

Ela abre um olho ao ouvir o nome e depois o fecha novamente, esticando-se.

— Parece apropriado. E onde está Reggie?

— Foi buscar mais coisas dele, provavelmente brigar mais um pouco com Cynthia e buscar Micah nas atividades extracurriculares na escola. Vão voltar aqui para o jantar, ele disse.

— O que será que poderíamos fazer para o jantar? — Começo a empilhar os jornais. — Então, Cynthia realmente estava saindo com outro cara, né?

— Ah, vai saber. Ela disse a Reggie que ia visitar a irmã na Flórida, mas ele acha que ela foi ver esse outro homem, porque voltou com um bronzeado e aparentemente sem marcas de sol. — Ele ergue as sobrancelhas sugestivamente. — E então eu, uma pessoa idosa, tive que explicar para ele que existem esses lugares de bronzeamento, onde você sai com um bronzeado perfeito. Mas ele não acredita. Diz que foi outro cara.

— E ambos sabemos que ele provavelmente está certo.

— Não sabemos de nada disso, sua ranzinza adorável — ele diz, animado. — Acho, na verdade, que, marcas de sol à parte, ele e Cynthia vão resolver as coisas. Acho que eles têm vidas ocupadas e esqueceram que gostam um do outro. Então, como foi a sua reunião com Mason Davis?

— Ah, foi bem — digo vagamente. — Sabia que o Athens Diner tem a melhor torta de creme de coco do mundo?

Ele olha para mim.

— Ótimo. Então, como foi com Mason Davis?

— O homem mais simpático de todos, mas acho que ele tem um bronzeado artificial, talvez. Ainda assim, não o odiei tanto quanto eu esperava.

Calvin ri.

— Por que você esperava não gostar dele?

— Não sei. Imaginei que ele se encaixaria na categoria de ser muito rico, muito brincalhão e, sabe, todo falso-simpático.

Calvin balança a cabeça.

— Mas, depois de conhecê-lo, a única coisa que ainda há contra ele é que você acha que o bronzeado dele é falso?

— Basicamente.

— Talvez seja maquiagem que ele precise usar no programa. Você pensou nisso?

— Os dentes dele também podem ser muito brancos. Não te contei essa parte.

— Entendi. Como é o cabelo dele?

— Prateado. Pode ser muito brilhante. E suspeito que faça as unhas.

— Vejo que todas as suas defesas estão ativadas e funcionando.

— Bem, mas tivemos uma boa conversa mesmo assim. Expliquei que não quero participar do programa dele, e ele aceitou muito bem.

— Espera. Por que não quer participar do programa dele? Pensei que estivesse empolgada com isso.

Suspiro.

— Não sei, Calvin. É que estou ocupada fazendo todas essas coisas para ajudar Louise, que não consegue parar de chorar, e sinto que não devo expandir os negócios da Coelhinha dos Corações Partidos até ela trazer Leo de volta.

— Espero que você esteja ouvindo a si mesma e percebendo como isso é ridículo, sério.

— Não dou conta de fazer tudo. Da forma como está, estou tentando tirar fotos para o blog, elevar os ânimos dela e fazer atendimentos de Coelhinha de vez em quando. E, se eu fosse ao programa dele e depois ainda *mais* pessoas quisessem que eu as ajudasse... Bem, só pioraria as coisas para Louise.

— Não gosto de te dar conselhos, mas me sinto forçado a apontar que a vida de Louise não é sua responsabilidade. Você não pode resolver os problemas dela com Leo *nem* com o blog. Isso não é sua função.

— Eu sei que não é minha função, mas minha filhinha está infeliz!

— Sua *filhinha* tem trinta e cinco anos, Billie. Ela é uma adulta em pleno funcionamento.

— É o que dizem. — Olho pela janela para o comedouro de pássaros, que precisa de mais sementes; tenho negligenciado esse departamento. — Ei, quer saber uma coisa? Durante todo o caminho da lanchonete até em casa, tive uma ideia após a outra sobre coisas que a Coelhinha dos Corações Partidos poderia fazer. Era como uma voz na minha cabeça que eu não conseguia calar.

— Mesmo? Como o quê?

— Bem, acho que não vou conseguir fazer nada disso, mas pensei que, além de tocar músicas de vingança, poderia fazê-los dançar essas músicas! Ensinar uma coreografia que possam fazer sempre que precisarem mover o corpo de novo! Ajudá-los a recordar a alegria de se sentirem bem com seu corpo! E então, e se eu desse a eles uma lista de filmes para contrabalançar as comédias românticas? Ou... livros! Poderíamos fazer um clube do livro com romances de vingança! Não seria muito divertido? E percebi que poderia repetir os atendimentos, fazer acompanhamentos, reforçar o plano de nunca mais voltar ao ex, apoiar grupos que se reúnem e torcem pelos recém-desiludidos!

— De novo — diz Calvin. — Espero que esteja ouvindo a si mesma. Tudo isso é brilhante.

— Eu sei. E talvez um dia eu consiga fazer. Depois que Louise não precisar de mim. — Levanto e coloco meu avental. — De qualquer forma, precisamos começar o jantar. Temos um garotinho para alimentar e, pelo que ouvi sobre os meninos, acho que vai ser macarrão com queijo e nuggets de frango.

— Enquanto ele estiver aqui, não podemos ensiná-lo a comer comida de gente de verdade? — diz Calvin. — Não aguento comer nuggets de frango. Me deixa muito triste. E macarrão com queijo... Ah, por favor!

— Vou fazer do jeito bom, do jeito que você gosta.

Quando faço macarrão com queijo, sempre adiciono três tipos diferentes de queijo; depois faço um molho de manteiga e asso toda a mistura no forno com farinha de rosca amanteigada. Temos que manter nossos níveis de colesterol elevados, como afirma Calvin. Em vez de nuggets, digo a ele que vou grelhar coxas de frango com manteiga, alho e vinho branco, e assar vagens com óleo de gergelim.

Quando Reggie e Micah voltam, toda a casa está repleta do aroma de alho, manteiga e queijo borbulhante. Está quase escuro lá fora, e eu acendi todas as luzes cintilantes das janelas e coloquei uma música. Depois do jantar, Calvin e eu jogamos Pescaria com Micah enquanto o pai dele sobe com o celular, provavelmente para gritar mais um pouco com Cynthia. E, mais tarde, quando o estou colocando na cama, ele me diz com uma voz séria que seu pai e sua mãe estão bravos um com o outro e quer saber se eu conheço a música de boa-noite que sua mãe canta.

Ele não sabe direito o nome. Trouxe uma sacolinha com seus livros, seu ursinho de pelúcia e um baralho de cartas. Mas nada sobre a música.

— Eu meio que preciso dessa música — ele diz e enfia o polegar na boca, parecendo que vai chorar.

Fito seus olhões arregalados e ele me encara fixamente. Digo que posso cantar a música que costumava cantar para Louise — "Over the Rainbow" —, e ele sussurra que tudo bem. Fecha os olhos com força, contendo as lágrimas, e segura minha mão enquanto canto.

Como seria maravilhoso e assustador ter um neto. Se Louise e Leo tivessem um filho, isso é o que eu cantaria para a criança quando eles estivessem muito ocupados ou brigando. Porque não consigo imaginá-los juntos sem brigar.

Por um momento, fecho os olhos e penso em como teria sido maravilhoso ter um doce fofolinho para segurar nos meus braços, olhar para os olhos brilhantes de um bebê, ver aquela boquinha perfeita em forma de botão de rosa e as bochechas gorduchas. Os gorgolejos, os arrulhos. Eu aceitaria bem até o choro. Nessa fase, pelo que lembro, a gente tem solução para quase tudo.

Penso nisso com tanta intensidade que, por um momento, quase não consigo recuperar o fôlego.

Por volta das nove horas da noite, com Reggie e Calvin na sala assistindo a um filme de espionagem, Edwin em seu quarto e Marisol saindo para um encontro com o HCM, como nos referimos a ele — o Homem Casado da Marisol —, saio para a rua. Vou até a entrada dos fundos e olho para o carvalho onde às vezes eu me sentava em um galho com Louise quando ela era pequena. Vínhamos aqui para cantar músicas quando ela se sentia nervosa.

Louise é adulta e não consigo mais consertar a vida dela, mas fico muito tempo sentada no frio, vendo os galhos roçarem de leve na lateral da casa. A lua está quase cheia, o que me lembra que amanhã à noite devo fazer o feitiço para Phoebe ter um filho. Acabo me emocionando ao pensar nisso.

Meu nariz está congelando, mas não quero entrar até estar com tudo em ordem na minha cabeça. Eu realmente vou fazer feitiços? Curar as desilusões amorosas? Ou meu trabalho é ajudar Louise?

O carvalho sacode com uma rajada repentina de vento e diz que não preciso me transformar em fotógrafa de blog. Ele mostra que sou ótima como Coelhinha dos Corações Partidos, mas — sem ofensa — sou um fracasso abjeto como Imitadora de Leo Cabot.

Sou péssima nisso, na verdade. Isso quem disse foi o arbusto de sino-dourado.

E a grande lua redonda, navegando atrás dos galhos da árvore, lembra-me de que uma das minhas crenças mais profundas é que as pessoas só devem fazer o que amam.

Entro e encontro minha bolsa, onde guardei o cartão de Mason Davis. A Rainha de Sabá está aninhada na bolsa, mas salta quando peço educadamente que saia.

— Estive pensando sobre aquilo — digo quando ele atende — e quero ir ao seu programa. Além disso — respiro fundo —, gostaria de falar com Joey. Talvez uma visita de retorno algum dia. Garantir que ele continue avançando.

Tento fazer minha voz soar leve e alegre, mas aos meus ouvidos ela soa como um coro de trombetas, todas altas e definitivas.

08

Na noite seguinte, quando chega a hora de fazer o feitiço, paro na casa de Louise e fico sentada no carro, ouvindo o barulho rítmico do motor. Concentrando-me. A lua cheia espalha seus diamantes na água. Pequenas faíscas cintilam no céu escuro.

Meu Deus, como foi que me meti nisso?

Louise enviou uma mensagem para todas nós esta tarde:

> Vistam roupas que vocês adoram. Meninas, não esqueçam que, aparentemente, vamos convocar o espírito da vida! Precisamos estar bonitas.

Conheço esse tom: ela está zombando de tudo isso.

Na verdade, estou atrasada. Eu não conseguia sair de casa. Ficava toda hora vendo se estava tudo bem com Micah, sentado no tapete da sala, desenhando bigodes na frente de seu caminhão basculante de brinquedo e miando enquanto passava repetidas vezes em círculo ao redor da mesa de centro. A certa altura, eu me sentei no sofá e perguntei se ele queria um abraço. Disse que não era mais um menino, que agora era um homem grande dono de caminhões-gato. Mesmo assim, ele se levantou imediatamente, sentou-se no meu colo e colocou os braços em volta do meu pescoço, expirando seu hálito de manteiga de amendoim em mim. Sua pele era como pêssegos quentes, e eu disse a mim mesma que abraçar uma criança antes de sair para invocar espíritos que gerariam um bebê poderia ser uma coisa muito sábia a fazer. Nenhum dos livros de feitiços que consultei mencionou essa instrução como pré-requisito: *Vá e abrace a criança mais cheirosa que puder encontrar antes de invocar as energias universais criadoras de vida*. Mas talvez devessem.

Depois de abraçá-lo pelo tempo que um dono de caminhão-gato tolerava, fui até a cozinha e abri a geladeira, tentando pensar em coisas que pudessem simbolizar a fertilidade e que eu deveria levar comigo. Ovos, por exemplo. Azeitonas. Um pote de alcaparras, porque parecem bolinhas de força vital salgada. Incluí qualquer coisa que me atraísse.

Calvin inclinou a cabeça e me deu uma olhada.

— Quer que eu vá com você? — perguntou. — Eu estava pensando em ver Bernice, mas posso ir com você se quiser.

— Não, mas obrigada de qualquer maneira. Acho que isso foi anunciado como uma noite de energia feminina.

— Bem — ele disse e ficou lá com os braços ao lado do corpo, parecendo um pouco cabisbaixo. — Você vai se sair bem. Só não pense demais. E lembre-se de se divertir. Se eu estivesse lá, é isto que te lembraria de fazer: tornar isso divertido! Talvez jogar confete. Esse tipo de coisas.

— Não acho que Louise gostaria que a gente jogasse confetes no seu quintal perfeito.

— É uma pena maior ainda — disse ele, balançando a cabeça.

E agora estou sentada olhando para as janelas da casa de Louise, sem conseguir sair do carro. Esperando por um sinal. Será que eu acredito nisso *mesmo, mesmo*? Não sei! Talvez tudo o que minha avó estivesse fazendo com sua magia fossem afirmações. Talvez nada daquilo tenha sido real de verdade, mesmo para ela. Ela tinha olhos brilhantes e risonhos, olhos cheios de travessuras. Talvez ela só quisesse ser misteriosa, um pouco fora do comum em sua comunidade sóbria e conservadora. Adorava a ideia de ser um pouco excêntrica.

Minha mente é como uma colmeia de abelhas. O oposto da calma. Se eu fechar bem os olhos, será que conseguiria invocá-la? Eu poderia lhe perguntar: *"Isso foi real, vovó? A senhora realmente acreditava?"*.

Neste momento, meu celular toca.

Ah! Alguma ajuda chegando. Só que não; é Victor novamente.

você se lembra daquele círculo de xarope seco na frente da nossa geladeira preciso saber se ainda está lá

Como é possível que *ele* seja a pessoa que aparece quando tento convocar minha avó? Vê só?! Nada disso faz sentido.

Suspiro, desligo o telefone e olho para a escuridão próxima.

O carro de Hildy para ao lado do meu. Ela sai dando tapinhas na barriguinha de grávida, usando um vestido preto com raios prateados.

Eu saio também.

— Olha só *você*, toda grávida e inspiradora assim! Raios, ainda por cima!

— Sim, inspiradora... Essa não é a palavra que eu teria usado — diz ela. — Me diga uma coisa. Como as pessoas dirigem carros no final da gravidez? Ainda tenho que chegar ao início de julho, mas, antes do fim da gravidez, vou ter que fazer extensões de braços e pernas para poder empurrar o assento totalmente para trás e ainda alcançar o volante.

— Como está se sentindo?

— Estou bem — diz ela. — Só as indignidades de sempre: acne, dor nas costas, sono o tempo todo. Não vou mencionar essas coisas à nossa pequena Phoebe, para que ela não mude de ideia.

— Ah, isso não a faria mudar de ideia — digo. — Não há nada mais determinado do que uma mulher que quer engravidar, você não acha?

— Ainda mais no caso de Phoebe. Você preparou o feitiço?

— Treinei a tarde toda — digo, o que é apenas meia-verdade. Tenho assistido a vídeos de feitiços sobre como invocar espíritos. Mas por que dizer a ela que não tenho ideia do que estou fazendo? — Além do mais, trouxe ovos, azeitonas e alcaparras para ajudar.

— Ah, que bom. Eu trouxe uvas e abacates. E velas redondas.

— As coisas redondas parecem ser muito importantes — digo.

— Tudo para ajudar. — Ela olha para mim. — Você parece uma feiticeira do bem, devo dizer!

Sim. Eu me vesti para interpretar o papel: uma longa saia roxa de cetim e uma túnica de seda preta com estrelinhas douradas na frente, com mangas volumosas e transparentes, e muitas lantejoulas. Esta túnica parece séria e oficialmente bruxa, como algo que uma suma sacerdotisa teria usado. E, além disso, há a capa, claro. Mágica!

Lá dentro, parece que todas as outras também se vestiram para a ocasião e que vamos nos associar com feiticeiros homens. Phoebe usa um chapéu com lantejoulas coloridas grandes e pequenas, e Miranda está segurando uma varinha mágica de verdade.

Por enquanto, todos estão reunidos em torno de Louise, que fala sobre a partida de Leo naquele tom monótono e discreto que usa ultimamente. Ela exibe legging preta lisa e uma túnica dourada enorme e brilhante, e, embora seu cabelo esteja penteado e ela esteja maquiada, é visível que está um desastre. Seus olhos parecem fundos e sua boca está tensa. E, quando ela fala sobre a partida de Leo, sua voz sai quase inaudível.

— Sim, ele foi embora, sem mais nem menos. Cansado da nossa vida... E agora saiu para fazer algo mais *importante*, algo que seus pais considerariam uma justificativa para o diploma pelo qual pagaram.

— Ah, Lulu. Eu sinto muito. Este é o fim de uma das mais belas histórias de amor da internet! — diz Phoebe. — O que você vai fazer, querida?

Louise me vê e dá de ombros.

— Minha mãe está me ajudando. Estamos tentando seguir em frente, mas não é a mesma coisa, né?

Eu rio.

— Não, definitivamente não é a mesma coisa. Minhas fotos não parecem nada que Leo pudesse tolerar. Na metade das vezes, elas ficam desfocadas e descentralizadas. E não sei como enquadrar as coisas direito. Mas é temporário.

— Amore... então, quando vai contar aos seguidores que ele foi embora? — pergunta Miranda, voltando-se para Louise. — Você não deveria informá-los num futuro próximo?

Louise não responde, o que é uma pena, porque eu também gostaria muito de saber. Sempre que toco no assunto, ela começa a chorar e diz: "Ainda não".

— Não quero que meus seguidores surtem — ela finalmente diz. — Vai desiludir as pessoas descobrir que nossa história de amor acabou. Devo decepcioná-los aos pouquinhos.

Ficamos em silêncio enquanto todas absorvemos isso.

— Espera! Você é quem foi deixada. Por acaso está preocupada com a forma como seus *seguidores* vão reagir? — diz Phoebe. — Por que você simplesmente não conta o que aconteceu? Muitas pessoas vão se identificar. Aposto que vai conseguir ainda mais seguidores.

— Ah, querida. Tem certeza de que você não está pensando que ele vai voltar? — diz Hildy.

Olho para Louise, esperando a resposta para essa pergunta, mas ela não parece inclinada a comentar.

— Escute — ela diz e bate palmas. — Esta noite não é para falar sobre mim. Foco em Phoebe!

Os olhos de Phoebe se arregalam de repente e ela passa os braços ao redor do próprio corpo.

Hildy diz:

— Venha aqui, Phoebe, e esfregue minha barriga. Assim, talvez um pouco desse encanto da gravidez seja transferido para você. Sabe, tipo osmose. Não é isso que é osmose?

— Provavelmente não — digo. — Mas tudo o que fizermos esta noite vai nos ajudar a chamar um bebê. Vamos seguir a inspiração.

— Chamar um bebê! — diz Phoebe, melancólica. — Sabe, quase quis trazer meu marido comigo para que ele pudesse dar voz a todo o processo.

— Não! — as outras três dizem ao mesmo tempo.

Hildy acrescenta:

— Ele tem a chance da concepção real. O que é pelo menos tão importante quanto isso.

— Na verdade, talvez a única parte importante, se formos ser honestas — diz Louise.

— Acho que deveríamos ir lá fora — digo. Quero começar antes que a gente acabe gastando muito mais energia falando sobre a separação de Leo e Louise. Eu a pego pela mão. — Vamos, querida. Vamos pegar algumas velas e objetos redondos, e sair para o gramado.

Saímos e, caramba, como está frio. Uma brisa agita o estuário, soprando contra os arbustos, que estremecem em resposta. Louise volta para dentro e pega algumas mantas de lã cinza. Nós nos embrulhamos nelas, o que nos faz parecer druidas. Disponho todas em círculo no gramado e coloco as velas e todos os alimentos redondos no meio, como vi em um vídeo do YouTube. Depois, tiro os sapatos e explico que preciso me conectar com a energia da terra.

Louise revira os olhos.

— Só não se conecte com a pneumonia — diz ela.

— Shh! De agora em diante, vamos dizer apenas coisas que queremos que sejam verdade — digo. — Vamos chamar uma alma para nós. É como um *casting*.

— Precisamos ser sérias e solenes? — diz Miranda na escuridão. Seu rosto está apenas parcialmente iluminado pelas luzes da casa.

Penso sobre a pergunta.

— Não, absolutamente não! Queremos que seja divertido e incrível! Estamos fazendo uma cerimônia que vai atrair o espírito certo. Não queremos fazer com que a Terra pareça um lugar divertido? Vou começar. — Seguro as mãos de Phoebe e Miranda, e levanto nossas mãos no ar. — Quem está aí, ouvindo. Se você está tentando decidir se deseja ou não tentar viver dentro de um corpo humano, aqui está algo em que pensar. Essa mulher vai ser uma mãe maravilhosa e uma verdadeira guia para a vida aqui! Ela vai te levar a todos os lugares divertidos, sabe jogar softbol e futebol americano e também conhece muitas piadas.

Phoebe levanta os braços e grita com toda a força de seus pulmões atléticos e muito capazes.

— Você pode ter seu próprio quarto! E seu pai gosta de parques de diversões, então você vai ter muitas chances de fazer passeios legais!

Miranda ri e diz:

— Ela nunca se cansa nem fica de mau humor! Ela pode fazer aquela dança que o Michael Jackson costumava fazer. Como se chama mesmo?

— *Moonwalk* — diz Louise.

— Isso! O *moonwalk*! Você vai achar muito divertido quando vir.

— Além disso, ela está sempre disposta a embarcar em aventuras! E faz cupcakes melhor do que ninguém. — Isso é Hildy quem diz. — Eeeeee... se você precisar de roupas de segunda mão, pretendo ter muitas para te dar. Você vai ter o melhor guarda-roupa. Você e meu bebê podem ser melhores amigos.

— Concordo com os cupcakes — diz Louise em voz baixa, olhando para o chão.

Há um longo silêncio, e então Phoebe pigarreia e diz:

— Você pode estar um pouco nervoso, onde quer que esteja, com tudo o que deve ouvir sobre o estado do mundo. Não sei se as notícias chegam até vocês, entidades, ou como vocês se chamam enquanto estão esperando aí. Almas, talvez? Mas, caso tenha ouvido alguma coisa ruim, gostaria apenas de dizer que não é tão ruim aqui. Eu provavelmente também não gosto do que você está ouvindo, se o noticiário da TV servir de indicação. Opa, eu não deveria dizer nada negativo, né? Tá. — Ela respira fundo. — Começando de novo. Eu só quero que você saiba que há muito amor e coisas boas ao nosso redor. Muito amor por você. E muitos de nós estamos fazendo o nosso melhor. Estamos nos esforçando para resolver problemas. Se isso é o que te impede de vir, tenha certeza de que vou cuidar de você.

— Além disso, aqui há ótimas praias — diz Miranda.

— E temos muitos filmes bons! E muita música. Imediatamente, você vai ouvir algumas canções de ninar. — Esta é Hildy. — Eu mesma já estou aprendendo algumas e vou ensinar para a sua mãe.

— Ah. E, se você está se perguntando por que seu pai não está aqui, é porque decidimos que esta noite seria apenas para as garotas. A vida cresce no corpo das mulheres, por isso pensamos que seria uma boa ideia apenas nós te chamarmos primeiro — diz Phoebe. — Mas ele gosta dessa ideia, só para você saber.

— E ele é realmente muito legal! E quer você! — diz Miranda.

Então ficamos quietas.

Olho para Louise. Sua cabeça está inclinada. Ela aperta os olhos com força e, em seu casulo de lã cinza, parece um saco amontoado de farinha. Vejo o coração dela ali, ao ar livre, mas, mesmo assim, tentando correr de volta para as sombras. Aquele coração triste, doce, terno e despedaçado. Ela também quer um filho. De repente eu percebo.

Ando ao redor do círculo e toco o ombro de cada uma delas, como uma bênção.

— Agora fechem os olhos e meditem por um momento pensando nessa pequena alma que está por aí, ouvindo nossas palavras — digo. — Imagine essa pessoinha que ainda não é uma pessoa, mas que tem um lugar aqui conosco mesmo assim. Vocês podem dizer em silêncio todas as coisas que desejarem dizer. Palavras de encorajamento e promessa. Sejam gratas por essa oportunidade de se conectar.

Estou falando essas palavras e, de repente, é como se um gongo soasse na minha cabeça. O som é tão alto que eu olho ao redor do círculo para ver se mais alguém ouviu, mas estão todas balançando, de olhos fechados, exceto Louise, que olha para a água.

É como se, com a possível exceção da minha filha sofredora, estivéssemos fluindo todas juntas.

Envio-lhe um pouco de amor e quase acho que posso vê-lo girando na direção dela.

De repente, sinto alguma coisa quente se movendo dentro de mim, uma pequena sensação de certeza, como algo batendo de leve na lateral do meu cérebro, pedindo para entrar. Esse pedido, pronto para ser rejeitado, é uma tentativa. E então fica mais forte. Engulo em seco, olho ao meu redor. A lua saiu de trás de uma nuvem e as mulheres estão banhadas pela luz. Pequenas faíscas brilham no espaço profundo. Talvez seja aí que as almas estejam nos ouvindo. Talvez alguém esteja pensando na nossa oferta. Não sei como isso funciona. Mais do que isso, a meu ver, estamos ajustando a mentalidade de Phoebe para permitir que a concepção ocorra. Estamos abrindo os canais de energia, assim como eu faço com a Coelhinha dos Corações Partidos — é na *permissão* que devemos acreditar para mover o universo.

Mas a verdade é que ninguém sabe do que é feito o universo, como as coisas são feitas ou como a felicidade, o amor e novas pessoas simplesmente aparecem. Todas as células chegando e realizando seu trabalho individual, respirando, dividindo-se e cumprindo um propósito que foi transmitido na manifestação feita há milhões de anos. Pensar assim faz parecer que minha cabeça está prestes a explodir.

A lua brilha tanto que é quase como se fosse dia agora, prateando as folhas da grama, os galhos do carvalho à minha frente, o contorno do banco de pedra logo diante de mim. Se eu prestar bem atenção, escuto as ondas subindo na pontinha dos pés até a praia e quebrando gentilmente, fazendo barulhos suaves e sibilantes. As pequenas ondas vindo cada vez mais rápido agora e depois deslizando, sugadas de volta para o oceano grande, vasto e seguro.

— Está feito — ouço-me dizer.

— E agora nós esperamos — diz Phoebe, baixinho.

— E agora nós esperamos — confirmo.

— Ah, pelo amor de Deus! — diz Louise. — Podemos entrar agora? Está um frio terrível aqui fora.

09

A primeira coisa a saber se você estiver no programa matinal do Canal 12 em New Haven é que a sala verde — os bastidores do programa — não é verde; é de um tom que só poderia ser chamado de pêssego-industrial e é mobiliada com um sofá marrom fofo de frente para uma mesa coberta com doces e alguns morangos que podem ter sobrado da temporada de morangos do ano passado, a contar pelo estado deles. Há um enorme relógio na parede, fazendo tique-taque alto, e uma série de telas de televisão, todas mostrando o que está sendo transmitido no momento.

Traga uma amiga, se puder. Vocês duas podem olhar para um homem negro, de cabelo arrumado em um topete e com um grande sorriso de dentes brancos, agitando as mãos para mostrar uma massa de ar quente que atravessa o mapa de Connecticut.

Neste dia em particular, enquanto Kat e eu aguardamos nervosamente minha vez de entrar no ar, a legenda que está rolando abaixo do cara do tempo diz: A SEGUIR: DE CORAÇÃO PARTIDO NO DIA DOS NAMORADOS? TEMOS BOAS NOTÍCIAS PARA VOCÊ.

— Quais são as boas notícias sobre ficar de coração partido no Dia dos Namorados? — diz Kat.

— Nem sei. É porque eu posso curar, talvez?

— Mesmo assim — ela diz. — A notícia é melhor se você não estiver de coração partido. — Então ela acrescenta: — Meu Deus. Estou ficando com dor de estômago. Por que estamos fazendo isso mesmo?

— Oh-oh. Nada desse tipo de conversa, ou você vai ter que ir embora — digo. — Estamos aqui porque idealizamos um empreendimento comercial incrível, o mundo precisa ouvir sobre ele e esta é uma oportunidade incrível. E, além disso, nem foi você quem concordou em aparecer diante das câmeras, então não acho que tenha o direito de ficar tão nervosa. Eu é quem deveria estar surtando, não você. E eu não estou surtando.

— Você contou a Louise sobre isso?

— Contei.

— E aí?

— Ela acha que eu não deveria participar. Acho que a grande preocupação dela é as pessoas perceberem que ela e eu somos parentes e achem estranho que uma grande perfeccionista do Instagram tenha uma mãe que se atreve a sair em público vestida de coelha.

— Ela deveria abraçar a estranheza.

— Vou dizer a ela que você pensa assim.

Ela cruza e descruza as pernas. Kat está vestindo um suéter lilás, uma calça preta e uma corrente dourada. Seu cabelo brilha sob as luzes fluorescentes do teto, e eu digo que ela está tão linda que ela é quem deveria aparecer nas câmeras.

— Ah, Deus, não — diz ela. — Nem acredito que estou aqui! Estou hiperventilando só de estar nos bastidores.

Eu balanço a cabeça.

— Não era para você estar me deixando mais nervosa, sabia?

— Então — ela diz, depois de um momento —, o produtor já te deu o roteiro?

— Não tem roteiro. Mason e eu vamos apenas conversar. Já conversamos sobre tudo isso várias vezes.

— Ah — diz ela. — Então é *Mason* agora, não é?

— *Sim*, é Mason. Como eu deveria chamá-lo?

Ela sorri para mim. Vejo a Kat da quinta série transparecendo na sua expressão. Aposto que ela apanhou muito no parquinho da escola quando era pequena.

Neste momento, Mason Davis surge na porta, sorrindo e esfregando as mãos, parecendo encantado. Ele veste um terno casual e uma blusa preta de gola alta.

— Você deve ser Kat! — diz. — Que ótimo te conhecer pessoalmente! — Ele se aproxima, aperta a mão dela e, para minha surpresa, me dá um abraço. Um abraço! Vejo Kat sorrindo. E ela nem sabe como ele é cheiroso. Cheira a sabonete e um pouco de loção pós-barba picante e inebriante. — Então, vamos só conversar sobre o negócio da coelha e as expectativas das pessoas em relação ao amor romântico. Todas as coisas sobre as quais já falamos antes. Talvez algumas surpresinhas, mas nada de que você não dê conta. — Ele se vira para Kat. — Você deveria ter visto essa mulher no restaurante na semana passada. A garçonete estava praticamente pronta para fugir com ela.

— Ah, *eu sei* — Kat murmura. — Ela é incrível.

— Então, Billie — diz ele, franzindo a testa e sorrindo ao mesmo tempo, mostrando seus dentes brancos e alinhados. — O que estou imaginando é que você vai entrar fantasiada de coelha e vir até a cadeira ao meu lado, eu vou te apresentar, então você pode se sentar e tirar a cabeça, e eu vou fazer perguntas que te permitam explicar o que você faz. Que tal assim?

— Perfeito — digo.

— Só tome cuidado, porque tem um pequeno degrau para chegar à área de entrevista — diz Mason. — Não queremos que você tropece.

— Seria patético cair de cara ao vivo na televisão — digo.

Ele ri.

— Bem, eu chamaria os comerciais imediatamente e iria ao seu resgate — diz ele, virando-se para Kat. — Então, Kat, tem certeza de que não quer aparecer na frente das câmeras também?

Ela responde:

— Não, não. Billie vai explicar tudo melhor do que eu jamais seria capaz. — Ela se vira para mim. — Talvez seja melhor vestir sua fantasia de coelho e praticar seus saltos.

— Verdade, seu quadro começa em, hum, dezoito minutos. Isso te dá tempo suficiente? — indaga Mason.

— É perfeito — afirmo.

Posso sentir minha avó sentada bem no centro da minha cabeça, sorrindo. Acho que ela está fazendo pipoca. Pelo menos é assim que eu a imagino. É hora do show, e a vovó sempre gostou de um bom show.

Quinze minutos depois, Mason Davis está parado na entrada do estúdio, sorrindo para mim, enquanto uma jovem me direciona para lá, avisando-me para ficar em silêncio. Enquanto caminhávamos pelo corredor, ela disse:

— Mal posso esperar para saber o que você faz. Pelo visto, Mason está *muito* animado com este quadro!

E lá está ele, com um sorriso enorme. Por um momento, não consigo respirar enquanto olho em volta. O estúdio é uma sala vasta, parecida com uma grande loja ou um armazém, com tetos altos e cabos espalhados. Há pequenos cenários por toda parte: lá está a redação, agora escura, e ali há uma grande tela azul. Há câmeras paradas, como gigantes esperando à beira de uma lagoa. Em um canto bem-iluminado, duas mulheres — uma delas, a outra apresentadora, Lily Malone, por quem Calvin tem uma quedinha — estão em uma cozinha de mentira conversando sobre um suflê e como é fácil prepará-lo, enquanto duas câmeras apontam para seus rostos iluminados e maquiados.

Suflês não são algo fácil de fazer. Tenho conhecimento de causa, mas as mulheres estão rindo e sorrindo por causa de um que aparentemente desafiou a Lei de Murphy dos Suflês e decidiu permanecer fofo. Estou impressionada. Provavelmente é um suflê de plástico — é isso que todo este lugar me parece. Grita: falso, falso, falso.

Aí as câmeras começam a se afastar do assunto suflê e todos se mostram animados. Aparentemente, passa um comercial, porque Mason aperta meu braço, aproxima-se e senta-se numa poltrona sobre uma pequena plataforma. Estão ajustando microfones e fones de ouvido nele. Um técnico todo vestido de preto se aproxima e me ajuda a colocar a cabeça de coelho e a endireitá-la.

— Você consegue enxergar? — ele diz, olhando nos meus olhos.

— Consigo.

— Ok, então eu falo quando prosseguir. Você vai pular para a plataforma e subir as escadas. Vou estar lá para segurar seu braço se precisar de mim. Não queremos que você caia.

Mason acena de seu local elevado. Ele aponta para a poltrona ao lado da dele, onde provavelmente me sentarei depois de terminar de pular. Entre as duas cadeiras, há uma mesa com um vaso de plantas. Penso em

Calvin me instruindo a botar as mãos sob o queixo. Um homem careca corre e começa a colocar um microfone atrás de mim. Ele diz que eu deveria me inclinar um pouco para a frente quando me sentar, para que o microfone não caia na cadeira.

Sinto-me zonza, como se já estivesse esquecendo tudo. Devo me inclinar para qual lado mesmo? Para a frente ou para trás?

E, de repente, alguém começa a contar e as luzes acendem. Fico na escuridão parcial enquanto uma versão iluminada e animada de Mason Davis se apresenta mais uma vez e diz algo a respeito de como o quadro a seguir é sobre um novo negócio muito criativo; algo que se tornou muito próximo e querido de seu coração, porque envolve o bem-estar da sua *família*.

— Alguma vez já partiram seu coração? — ele diz para a câmera. — Talvez você vá passar este Dia dos Namorados lamentando o amor perdido. Se for, então sabe que sair dessa fossa pode ser realmente difícil. Isso aconteceu com meu filho há alguns meses, e pensei que teríamos que esperar até que ele se unisse de volta à raça humana com sua verve habitual. — Mason dá um sorriso enrugado e cativante de pai para a câmera. — E então um dia fui visitá-lo e, para minha surpresa, encontrei uma mulher vestida com uma fantasia de coelho de pelúcia na casa dele. O que ela estava fazendo lá? Bem, estava consertando o coração partido dele! Vou deixar que ela mesma conte como faz isso!

Sou gentilmente empurrada para o centro das atenções.

— Comece a pular! — alguém diz no meu ouvido.

E então eu faço isso. Pulo até onde Mason está sentado, onde tudo que consigo ver são luzes brancas brilhantes e seus dentes brancos brilhando para mim, como faróis.

— Bem-vinda! — ele diz. — Salto fantástico! — Ele se vira para a câmera. — Então, geralmente não falamos muito aqui sobre nossas vidas pessoais. Sou âncora deste canal há mais de vinte anos e nunca falei sobre minha própria família. Mas, há algumas semanas, eu me deparei com um fenômeno tão interessante que quis trazê-lo à atenção do público. E isso é... esta mulher peluda aqui ao meu lado. O nome dela é Billie Slate, mas ela atende pelo apelido de Coelhinha dos Corações Partidos. Tenho certeza de que você tem tantas perguntas quanto eu. *Eu* a vi em ação e *ainda* tenho dúvidas! Então, sra. Billie Slate, não quer se sentar e nos dizer que negócio é esse de Coelhinha dos Corações Partidos?

— Posso arrancar minha cabeça? — pergunto.

— Hahaha! — ele responde. Seus olhos são brilhantes demais, eu acho. Talvez sejam apenas as luzes. — Uma pergunta que nunca foi feita neste set! "Posso arrancar minha cabeça?"

— Bem?

— Ah! Pode. Pode, claro. Tire a sua cabeça! Viva um pouco.

Com cuidado, pego minha cabeça de coelho e a coloco na mesa entre nós, bem ao lado da planta. As orelhas caem, batendo nela. Tenho que estabilizar tudo para não a derrubar. Então sorrio para a câmera e balanço o cabelo. Vejo no monitor que está tudo amassado; em seguida, olho para o meu reflexo e vou puxando de novo o despontado. Meu coração bate tão forte que temo que dê para ouvir no microfone.

— As câmeras são espelhinhos fantásticos — diz Mason Davis, rindo. — Mas, agora que deixamos você arrumar o cabelo, vamos conversar. Pelo que entendi, você e sua melhor amiga estavam se divertindo juntas uma noite, uma na casa da outra, e, de repente, quando perceberam, tinham criado um novo modelo de negócio, a Acorda pra Vida, para a qual *você* se vestiria exatamente como está agora e sairia pelo mundo se autointitulando a Coelhinha dos Corações Partidos. Nos conte exatamente o que é uma Coelhinha dos Corações Partidos e por que o mundo precisa dela.

Tiro palavras não sei de onde.

— Bem, uma Coelhinha dos Corações Partidos é... sou eu! Entro na sua casa, depois que você me convida, é claro, e te ajudo a superar sua desilusão amorosa, levando embora quaisquer lembranças dolorosas que possa estar guardando depois que o relacionamento acaba.

— Bom, que tipo de coisas você leva embora?

— Ahh. Você sabe: bilhetes de amor escritos à mão, fotos, recordações. Basicamente, qualquer coisa que mantenha viva a memória de um ex e te deixe em estado de sofrimento.

— Mas por que alguém ia querer permanecer no estado de sofrimento?

— Então, Mason, você já levou um fora?

— Um fora? — Ele parece envergonhado, olha para o papel e depois sorri de maneira infantil e encantadora. — Hum. Não estou vendo esse assunto no roteiro. Mas tuuuudo bem. Se *eu* já levei um fora? — Ele estende as mãos. — Ah, cara, eu já levei um fora!

— Sim. Todos nós já passamos por isso uma vez ou outra. Acontece o tempo todo. E isso machuca.

— Bem — ele diz. — Não é divertido.

— E o que torna tudo pior é que a nossa cultura (odeio dizer isso) simplesmente martela na nossa consciência que o amor romântico é a única coisa pela qual vale a pena viver. Que, se estivermos sozinhos, se tivermos sido abandonados, se nosso relacionamento amoroso não deu certo, então nós *fracassamos*. Desde que somos crianças ouvimos rádio, e tudo o que escutamos são canções de amor atrás de canções de amor. Se não temos um amor apaixonado, somos treinados para pensar que a nossa vida é vazia e que temos de remediar isso imediatamente. Portanto, tendemos a correr de um relacionamento ruim para outro, esperando que as coisas mudem para nós. — Faço um gesto tão amplo que Mason tem que se inclinar um pouco para trás. — Somos treinados a pensar que o amor vai resolver *todos* os nossos problemas e nos tornar *completos* e *realizados*. Que Deus ajude se a pessoa não estiver *apaixonada* o tempo todo! Mas estou aqui para te dizer que é uma grande mentira. O amor romântico nos deixa infelizes com a mesma frequência com que nos realiza.

— Então... — Ele parece preocupado. — Você é antiamor, é isso?

— Não, de jeito nenhum! Amor é ótimo. Eu sou antifossa. Não sinto que é tudo culpa nossa quando não dá certo! Quero que as pessoas vejam os términos como algo que todo mundo enfrenta e que dá para superar.

— E como uma pessoa faria isso?

— Para começar, pare de viver no passado! Conte a si mesmo uma história diferente sobre quem você é. Decida que não vai sofrer. Jogue fora todas as fotografias e, depois, livre-se dos bilhetes de amor, descarte as peças de roupa que seu amado deixou para trás! Mude-se, se for preciso! Pare de ouvir músicas tristes e de assistir a filmes tristes. Procure maneiras de ser feliz que não dependam da aprovação de outro ser humano que você não pode controlar. Uma separação pode ser bem útil.

— Útil?

— Sim! Você pode descobrir o que te faz *feliz*! A vida deveria ser *divertida*. Este é um segredo que a maioria das pessoas não percebe. Você é capaz de mudar as coisas. Escolha um trabalho que te faz feliz, cerque-se de pessoas que te entendem e esqueça os relacionamentos que não deram certo. Apenas *siga em frente*. Entro na casa das pessoas e elas estão sem trocar de roupa há uma semana, tão consumidas pela dor que ficam só vendo televisão durante o dia...

Ele ri com nervosismo.

— Hum, gostamos de televisão durante o dia por aqui.

Eu sorrio.

— É justo. Mas você e eu sabemos que ver TV durante o dia pode ser um pedido de ajuda se a pessoa não estiver fazendo mais nada além disso. E, para algumas delas, sentir-se mal acaba se tornando um estilo de vida. Elas dirigem até a casa do ex no meio da noite *só para ver*, sabe, se eles estão sozinhos em casa. *Não faça isso, pessoal!* E não fique ouvindo músicas tristes sem parar. Nem assista a *Diário de uma paixão* todas as noites. A pior parte é que as pessoas começam a perder os amigos porque não conseguem abandonar a história de que agora estão perdidas e sozinhas. Elas comem pizza congelada sem nem sequer se preocuparem em esquentar. Eu te dou uma regra prática: se você terminou o namoro há mais de duas semanas e se pega pensando que aquecer a pizza congelada dá muito trabalho, você pode precisar de ajuda.

— E aí você entra em cena? Você vai lá e convence a pessoa a seguir em frente com a vida?

— Ah, não. Não, não! — Eu rio. — Não convenço ninguém de nada. É para isso que servem os nossos amigos e familiares. O que eu faço é pular pela casa da pessoa com a minha fantasia de coelho e ajudá-la a descobrir quais coisas estão servindo para mantê-la presa no modo fossa; aí levo esses itens embora. Só de fazer isso, já posso dar um empurrãozinho para a pessoa seguir em frente.

— Então, qual foi a coisa mais estranha que você já teve que jogar fora?

— Um frasco de picles! — respondo.

— Não! Picles? Pepino em conserva mesmo? Sério isso?

— Ah, sim. Um dos meus clientes se sentia péssimo toda vez que via o pote de picles na geladeira, porque o lembrava de um piquenique em que ele havia participado com o namorado. Era um gatilho, acredite em mim. E não é nada incomum encontrar a roupa íntima do ex pelo caminho. Uma mulher mantinha uns cabos de bateria de carro na sala de estar. O namorado tinha trazido para ela antes de abandoná-la.

— Então, o que você faz?

— Eu coloco tudo em uma sacola e tiro esses vilões de lá.

— Ah, entendi. — Ele sacode o pedaço de papel que está segurando. — Como eu estava contando ao público, nossa família teve uma experiência pessoal com os seus serviços. Recebi permissão para contar a história do meu filho.

— Espera — digo. — Não discuto casos de pessoas específicas. Não posso. É confidencial.

— Mas ele *quer* subir no palco e contar às pessoas como você o ajudou. Você mudou a vida dele e ele está feliz em poder falar sobre isso. Senhoras e senhores, meu filho, Joey Davis!

E então, antes que eu possa dizer mais alguma coisa, um Joey Davis totalmente transformado aparece, abaixando a cabeça e sorrindo para a câmera. Ele está vestindo roupas limpas, jeans e uma blusa de gola alta branca, e seu cabelo foi cortado rente à cabeça nas laterais e deixado com um pouco de volume em cima. Ele estende a mão para mim e, então, pensa melhor, inclina-se e me abraça. Percebo que há outra cadeira ao lado da de Mason — como eu não tinha visto isso antes? Depois de abraçar seu pai, ele se senta.

— Obrigado! — ele me diz. — Mudei bastante desde a última vez que você me viu, hein?

Eu rio.

— Mudou mesmo! Você está completamente diferente!

Ele diz:

— Sim. Depois que você saiu, até joguei fora aqueles blusões e aquelas calças de moletom que estava usando há dias.

— Dias? — pergunto.

— Bem, meses, na verdade.

— E você cortou o cabelo — digo com aprovação. — É um novo homem!

— Joey, conte ao público o que aconteceu — diz Mason.

Ele sorri para mim.

— Entãããão... minha noiva terminou comigo de uma forma muito constrangedora, há quase cinco meses. E eu estava... ah, preso. Bem, dizer que estava preso é o eufemismo do ano. Vou apenas dizer: eu estava pirando. Dava atestado no trabalho direto e ficava sentado na sala olhando para o nada. A única coisa que fiz durante todo esse tempo tinha sido uma torre de latas de cerveja para ver até que altura ela chegava sem cair. E pensava na minha ex. E, uh, eu ficava olhando para as coisas. Dela.

— Que tipo de coisas? — pergunta Mason.

— Ah... você sabe... canhotos de ingressos, fotos e... chinelos, algumas das roupas dela. Haha. Uma coisa: tinha uma peça de roupa íntima... Tá, um sutiã com estampa de cobra, que, quando a Coelhinha dos Corações Partidos viu, ela disse que aquilo era realmente perigoso. — Ele abaixa os olhos e ri um pouco. — Era verde e eu achava incrível, mas ela... isto é, a coelha... entrou e disse que aquilo tinha que ir embora! E então... Bem, ela fez um feitiço.

— Um feitiço mágico? — indaga Mason. — Como...? O que você fez, Coelhinha dos Corações Partidos?

— Ai, caramba — digo. Posso sentir que estou ficando corada. — *Era* realmente um feitiço? Eu só entoei algumas palavras com Joey aqui, sabe, invocando a cura para ele, e... eu realmente não sabia o que estava fazendo, mas parecia certo na hora.

O sorriso de Joey é grande demais. Eu não sabia que ele tinha tantos dentes.

— O quê? Foi *totalmente* um feitiço! — ele diz. — Você até disse no começo que não ia falar, mas depois tirou a cabeça de coelho e disse que precisávamos fazer um pouco de magia.

— Bem. Era necessário dar um passo além — digo com sinceridade. — Eu não diria que foi mágico.

— Vamos dizer que era necessário dar um passo além! — concorda Joey, numa explosão de entusiasmo que parece ressoar pelo estúdio. — Eu era um caso perdido, como se tivesse me transformado em matéria escura. Coisa de buraco negro. E, então, você disse que precisávamos limpar o apartamento. Eu não sabia que deixar tudo bagunçado daquele jeito me manteria em uma situação ruim.

— Bem — digo. — Às vezes...

— E, ah, sim, eu fui bastante resistente. — Ele ri. — Dei trabalho para ela. Pegamos sal e colocamos nos cantos... e então entoamos alguns feitiços que você disse que sua avó costumava fazer. O que ela curava mesmo?

— Bem, verrugas — respondo. — Ela conseguia se livrar das verrugas. Ela dizia.

— Sim. Verrugas. Verrugas são como um coração partido, foi o que você disse.

— Eu disse?

— Disse! E acho que você pode estar no caminho certo. Toda a minha vida pareceu um monte de verrugas. E agora isso não acontece mais.

Mason limpa a garganta.

— E então *eu* entrei bem quando a Coelhinha dos Corações Partidos e meu filho estavam dizendo algumas palavras mágicas, e, depois disso, depois que ela saiu... Bem, mais de quatro meses de sofrimento começaram a desaparecer — diz Mason. — Puf! Quer dizer, já ouvi falar do efeito placebo. Pensei que talvez fosse isso. Você pode fazer alguém acreditar em algo só pela insinuação, mas já se passaram semanas, e meu filho aqui está melhor do que eu o via *antes* mesmo de ele começar a namorar aquela mulher. É como se ele tivesse sido restaurado. Garanto que isso não é apenas propaganda do serviço, apenas um relato sobre uma mulher fascinante que conhecemos. Então nos diga, Coelhinha dos Corações Partidos, qual é a conclusão aqui? O que as pessoas com o coração partido precisam saber neste Dia dos Namorados, quando verem seus amigos ganharem rosas e alianças de diamante? O que você gostaria de dizer a essas pessoas?

Endireito meus ombros vestidos com roupa de coelho. Minha avó diria que eu deveria aceitar esse elogio, então abro um sorriso largo e bonito.

— A vida deveria ser divertida! O *amor* deveria ser divertido. Se o seu relacionamento acabou ou se está se apegando a algo que não é bom para você, não se culpe. Apenas preste atenção nisto: às vezes, o amor não deveria durar. Às vezes, ele segue seu curso... e então desaparece. Pode parecer loucura, mas o sofrimento é só um amor que não tem para onde ir. Então ame a si mesmo! Ame sua vida! Ame seu trabalho e seus amigos, ame estar vivo agora. E confie que você vai amar novamente e abrir seu coração para novas experiências.

— O sofrimento é só um amor que não tem para onde ir — entoa Mason. Ele faz uma pausa e balança a cabeça. — E agora, vamos fazer um intervalo comercial rapidinho e, quando voltarmos, Lily Malone vai nos contar o que o aquecedor do inverno faz com o nosso cabelo e com a nossa pele e como podemos combater os efeitos ressecantes da calefação. Já voltamos, então fique por aqui. — Ele faz um pequeno gesto de pistola com a mão direita e emite um clique.

E... estamos fora do ar. As gruas de luz e câmeras, que parecem dinossauros, recuam na escuridão. Mason tira o microfone, Joey se levanta. Luzes diferentes acendem. Há movimento e agitação por toda parte. Um comercial é exibido.

Mason diz:

— Isso foi *ótimo*! Tudo o que eu esperava! As pessoas vão te adorar, Billie!

Meu rosto está quente, e pode ser que seja adrenalina correndo nas minhas veias agora.

— Aquilo foi muito divertido! — digo a ele. — E, Joey, você foi maravilhoso! Espero que não se importe por ter contado a milhares de pessoas sobre a sua desilusão. E estou muito, muito feliz que o feitiço tenha te ajudado! Meu Deus! Mal sei o que dizer!

— Ele provavelmente vai conseguir alguns encontros com isso. Olhe para esse cara bonitão. — Mason dá um tapinha na nuca de Joey. — Tenho que voltar para os próximos quadros do programa, mas obrigado, Billie. A gente mantém contato.

A assistente se aproxima e me entrega a cabeça de coelho com um sorriso tímido.

— Achei que você se saiu muito bem — diz ela.

— Obrigada. Muito obrigada. Estou só um pouco abalada depois disso. Quer dizer, eu não tinha ideia de como seria divertido! Nenhuminha.

— Eu sei — ela diz suavemente. — Acho que as pessoas vão mesmo se identificar. Alguém disse que o pessoal já começou a ligar.

— Sem palavras — diz Louise, alguns minutos depois, na minha caixa postal. — Estou total e completamente sem palavras. — E então ela começa a falar por cinco minutos *com palavras* sobre como ficou *chocada* ao me ver pulando na televisão: saltitando e rindo! E contando às pessoas sobre a minha avó! — E para o *filho* de Mason Davis aparecer na *televisão* e falar sobre o sutiã com estampa de cobra da noiva! Tive cerca de quatro ataques cardíacos durante o quadro, mãe, e ainda não tenho certeza se estou fora de perigo. Talvez eu tenha que descer e olhar todas as caixas que chegaram e torcer para que haja algumas placas cardíacas lá para que eu possa me recuperar! — Há uma pausa e, então, ela diz: — Mas você estava adorável na TV. Uma lunática delirante, mas adorável.

Ela liga de volta segundos depois.

— E obrigada por não tocar no meu nome. Porque, se tivesse feito isso, eu teria que entrar com processo para me desvincular de você e a gente deixar de ser considerada família. Se é que existe esse tipo de coisa.

10

Juro por Deus, as semanas subsequentes transcorrem como se o baile de formatura da minha filha perfeccionista, o Mardi Gras e todas as minhas três festas de casamento bizarras estivessem acontecendo simultaneamente. É como um daqueles filmes antigos de Buster Keaton, nos quais ele segue em frente enquanto casas caem, trens passam e automóveis colidem ao seu redor.

Recebi contato de uma estação de rádio na Bélgica. Não, *duas* estações de rádio na Bélgica. Uma de Atlanta. E Pasadena. Também oito clubes de mulheres, dois boletins informativos sobre prevenção de suicídio e um homem em Oklahoma que quer permissão para ser o Burro dos Corações Partidos. (Eu disse: *"Sim; por que não?".)* Além disso, os afiliados da rede querem orçamentos. Aparentemente, o corte da minha entrevista com Mason foi divulgado por todo o país. Quatro jornais querem fazer reportagens especiais, incluindo o *USA Today*. Ah, e cerca de um zilhão de pessoas precisa de ajuda com términos que remontam à administração Reagan. Pessoas que nunca recuperaram sua felicidade e agora percebem que chegou a hora. E que conselho eu tenho para elas?

Uma mulher deixa uma mensagem dizendo que precisa de um feitiço para parar de sonhar com a ex-esposa. Um cara me para no Stop n' Shop e diz que está sendo perseguido pela ex-namorada e que acha que, se tirar as coisas dela de casa, talvez ela vá embora. Porque, diz ele, pode ser que as próprias coisas tenham propriedades mágicas que produzem vibrações, e ele pergunta se era isso que eu achava também. O poder estava nas próprias coisas? Talvez eu pudesse ir até a casa *dela* e buscar as coisas *dele*? Ele ficaria feliz em me acompanhar.

E também tenho que lidar com o próprio Mason Davis.

Ele me liga todas as manhãs com o relatório das ligações que eles receberam da Coelhinha dos Corações Partidos. Rindo, ele me dá nomes e números de telefone de pessoas que precisam de uma visita. Só que, ao que parece, as pessoas estão contando suas histórias para as telefonistas da emissora.

Ainda. E já se passaram duas semanas desde que me viram na TV. Não tive tempo de cortar as unhas dos pés, de cortar o cabelo nem de trocar o óleo do carro. Estou com uma média de três visitas domiciliares como coelha por dia, e agora, muitas vezes, meus clientes desiludidos têm convidados que querem estar presentes para ver como tudo se desenrola. Ontem, o andar inteiro de um prédio aplaudiu e ajudou a arrastar objetos para a lixeira na entrada da garagem.

E aqui, mais uma vez, está Mason Davis ronronando ao telefone.

— Entãããão — ele diz, e há algo sobre a sílaba prolongada que sinaliza que estamos entrando em uma nova fase das coisas. Pode me chamar de esquisita, mas tenho uma espécie de sexto sentido para quando um homem está tentando levar o relacionamento um passo além. — Pensei que talvez pudesse passar na sua casa esta tarde, depois do programa, e deixar a lista de pessoas que querem seu retorno, em vez de apenas ler os nomes. — Ele limpa a garganta. — Eu não ficaria nem nada, só entregar a lista. Seria bom te ver.

Imediatamente penso naquela história de oferecer a mão e a pessoa já querer o braço. Você deixou Mason Davis te convencer a ir à lanchonete, e então ele quer que você vá ao programa de TV dele. Você vai ao programa de TV, e ele quer ligar para você todos os dias. Você o deixa ligar todos os dias, e então ele quer ir até a sua casa. Você o deixa ir até sua casa, e só Deus sabe o que vai acontecer depois. Suspeito de que ele vá gostar de conhecer todas as pessoas que moram comigo; ele, com certeza, assumiria minha posição de pessoa favorita do doce e pequeno Micah, e chegaria o dia em que ia querer tocar ukulele, ir às Quintas-feiras de Martíni ou… seja lá o que for.

Estou com ele no viva-voz, porque estou ocupada preparando um ovo recheado que Micah vai levar de almoço na escola. É isso que ele quer todos os dias: um ovo cozido recheado, cortado ao meio, com uma carinha nas partes da gema, com olhos feitos de gergelim e uma lasca de cenoura na boca. Além disso, devo incluir dois palitos de cenoura com um pequeno recipiente de iogurte de baunilha para misturar. E um bolinho de arroz.

Calvin, o Romântico, consegue ouvir tudo. Ele pulou da mesa e agora puxou a escada. Ah, vejo o que está fazendo. Está parado com as mãos na cintura, pensando em subir para trocar a lâmpada do teto, que está piscando. Calvin não pode ficar subindo escadas. Eu continuo balançando a cabeça em negativa, mas ele continua me ignorando.

— Na verdade, tive um dia muito ocupado — digo a Mason Davis. — Duas entrevistas de rádio e depois vou ajudar Louise, de novo, com mais algumas fotos… — *Depois, tenho que lavar o cabelo. E possivelmente levar Calvin ao pronto-socorro, quando ele cair desta maldita escada.*

— É por isso que mencionei que não ficaria — diz Mason.

— Bem — digo.

— Qual é a sua hesitação?

— Mason, fui muito honesta com você. Não estou procurando um relacionamento.

— SOCORRO! — diz Calvin. Ele está parado no último degrau da escada, sorrindo, e, ao meu ver, não há absolutamente nada errado com ele. Ele está fazendo o gesto de cortar a garganta para mim.

— Espere um segundo — digo a Mason e coloco o telefone no mudo. — Por que você está gritando? E *faça-me o favor* de descer dessa escada. Eu troco a lâmpada.

— Ah, não vou trocar a lâmpada, acredite — diz ele. — Acabei de trazer esta escada aqui para poder monitorar sua ligação e gritar "Socorro" se você estivesse sendo malvada com Mason.

— *Não* estou sendo malvada com Mason.

— Ok, então não está sendo exatamente *malvada*, mas não há qualquer razão no mundo para dizer a ele que você não quer um relacionamento quando tudo o que ele quer é te trazer uma lista de nomes. É falta de educação e está abaixo de você.

— Falta de educação? — repito. — O que…? Eu deveria fingir que estou de acordo? Ele pode muito bem saber desde já que não estou interessada nele. Calvin, pare de me olhar desse jeito. Você não tem ideia de como as coisas são por aí para as mulheres. A gente tem que deixar isso claro para esses caras! — Tiro o telefone do mudo. — Oi. Desculpe. Emergência aqui com meu colega de casa na escada.

Mason limpa a garganta.

— Hum, claro, ok — ele diz, e sua voz está um pouco trêmula. — Só para você saber, Billie, também não estou interessado em um relacionamento. Na verdade, eu só queria levar a lista de pessoas interessadas no seu negócio.

Um silêncio transcorre.

— Então o celular não estava mudo? — murmuro, por fim.

— Não. Não muito.

— Merda — digo.

— Está bem. Passo aí por volta da uma da tarde, então?

Ocupo a manhã ao telefone dando entrevistas nas rádios. Estou feliz por conversar com eles. Os radialistas são um tipo de ser humano universalmente alegre, embora, sendo franca, pareçam injetar cafeína na veia. Eles também têm nomes que fazem parecer que nasceram de strippers ou de tratadores de zoológico e são propensos a gritos repentinos e violentos quando precisam interromper para anunciar algo sobre o trânsito ou o clima.

Estou acomodada na minha mesa, meu sorriso colado na medida certa. Mesmo que eu não esteja diante das câmeras, é possível ouvir sorrisos. Eu sei disso.

O apresentador, um homem chamado Chaz Cat (claramente filho de uma stripper *e* de um tratador de zoológico), é todo brilho e vivacidade:

— Entãããão! Bom dia, Anoka, Minnesota! São oito horas e cinco minutos. Estamos vendo o trânsito piorar na rodovia agora. Cuidado com o derretimento da neve, que provavelmente congelou de novo. E esta manhã estamos falando sobre amor. Especificamente, até onde as pessoas estão dispostas a ir para superar um caso de amor que deu errado. Estamos conversando aqui com uma especialista, uma mulher chamada Coelhinha dos Corações Partidos, que recentemente conquistou o mundo. Escuta só... entrando nas casas das pessoas e *levando as coisas delas embora*. Ok, eu sei. Parece superficial. Mas conta pra gente, Coelhinha dos Corações

Partidos: qual é a razão por trás de tentar ajudar as pessoas a superar um caso de amor que deu errado? Elas nunca vão conseguir superar aquilo sozinhas?

Eu:

— Ah, quem sabe? Em algum momento. Provavelmente. Mas acho que, quanto mais tempo nos mantemos na infelicidade e na fossa, mais nossas vias neurais se adaptam a um nível de tristeza que se traduz em sentimentos de falta de autoestima e...

Chaz Cat:

— Beleeeeeza, então, um nível de tristeza aqui é que houve um acidente na avenida Thurston que fez com que o semáforo se apagasse. Portanto, tenham cuidado, pessoal. E agora, tenho que perguntar: existem Coelhinhas dos Corações Partidos no Meio-Oeste?

— Eu sou a única em cativeiro até agora.

— Bem, vai fazer dois graus e meio em Anoka esta manhã. Praticamente uma onda de calor em comparação com a temperatura de ontem. E aqui está uma música para celebrar o clima *e* o fato de que o amor deixa todos nós em uma grande bagunça: "Heat Wave", de Martha and the Vandellas, fazendo a pergunta musical: o que deveria ser o amor, afinal? Ou algo assim. Esqueci a letra.

Aí, como ele não cortou a ligação telefônica, ouço:

— Que diabos estamos fazendo entrevistando alguém que nem está disponível para nossos ouvintes?

E *então* a linha fica muda.

— Bom dia. Sou Raven Wildness, conversando aqui com você que está indo para o trabalho esta manhã. Vamos falar com a Coelhinha dos Corações Partidos. Uma mulher que entrará pulando na sua casa, *vestida de coelho*, e vai tirar de lá todas as coisas que estão fazendo você chorar por causa do amor perdido. Então, me diga, hum, Lebre dos Corações, por que você se veste com uma fantasia de lebre? O que lebres e corações partidos têm a ver um com o outro?

— Coelha. Coelhinha dos Corações Partidos. É porque quero que as pessoas aliviem a mão nessa coisa de amor. Quero que riam e...

— Você quer ser *maluca* então, estou certa? Todos nós queremos loucura! — Ele toca uma buzina.

— Bem, talvez não seja maluca no sentido de ser um desenho animado. Mas eu...

— Nosso tempo acabou. Céu aberto hoje, temperaturas abaixo de zero. Brr! Não se esqueça daquele sobretudo! E lembre-se de que a vida às vezes pode ser pesada. A Coelhinha dos Corações Partidos diz que você tem que se fantasiar.

— Não! Eu...

E, às onze e meia, uma ligação para Ivan, o Terrível:

— Então, Coelha dos Corações Partidos, hum, você está tentando ser igual ao Coelho dos livros do Ursinho Pooh?

— O quê? Não.

— Bem, o que fez você pensar em ser uma coelha então?

— Embriaguez. Fiquei muito bêbada uma noite.

— Acontece com os melhores de nós. Estaremos de volta depois de um comercial, com previsão do tempo e os esportes. A mensagem é: não bebam, meninos e meninas. Em vez disso, fiquem chapados.

Mason aparece logo depois do almoço, quando estou descendo. Abro a porta da frente e lá está ele, sorrindo.

— Então é *aqui* que mora a Coelhinha dos Corações Partidos! — ele diz alegremente, fazendo sua própria espécie de coelho pulando nos degraus da frente e olhando em volta como se tivesse entrado em um espaço de museu. — Você tem uma bela varanda aqui! Adorei os entalhes na madeira desses pilares. São chamados de pilares quando são apenas pedaços de madeira conectados ao telhado? Eu nunca sei. Consertos domésticos não são exatamente meu forte. — Ele se vira, olha para mim e sorri. Seus olhos estão arregalados e iluminados.

— Também não são o meu, como você pode ver — digo. Estendo a mão para o pedaço de papel. — Você trouxe a lista?

Ele ainda está olhando em volta e sorrindo. Mason caminha até a grade e examina de perto os arabescos entalhados.

— É tão legal o jeito como você pintou o teto da varanda de azul-celeste. Li em algum lugar que era isso que os vitorianos faziam.

— Era isso? — indago.

— Exatamente o que eu esperaria na casa da Coelhinha dos Corações Partidos — diz ele. — Um lugar bastante, bastante atraente. Minha nossa! Você está aqui há muito tempo?

— Estou. Há muito tempo. A lista?

— Sei que está aqui em algum lugar. — Ele enfia a mão no bolso do casaco, remexe e não encontra nada. Tenta o outro bolso. Dá um tapinha nos dois bolsos e me olha sem expressão.

— Por que você não entra? — diz Calvin. Ele veio atrás de mim. — Está congelando aqui fora.

— Só estou procurando a lista — diz Mason.

— Bem, tome um café para esquentar — diz Calvin, olhando para mim. — É um bom dia para isso. Deve voltar a nevar no final da tarde, eu acho.

— A neve simplesmente não vai parar este ano — diz Mason. Ele ainda está se apalpando, vasculhando os bolsos.

— É *só* 1º de março — aponto.

— Sim, mas sempre tive esperança de que 1º de março fosse o início do fim do inverno — diz Mason. — Especialmente num dia como hoje, que estou de folga. Eu estava pensando que é o tipo de dia que eu gostaria de ir até Niantic e visitar o Book Barn. Talvez comprar uns livros usados e depois comprar um rolinho de lagosta em algum lugar. — Ele me olha interrogativamente. — Se a neve parar, claro.

Não digo nada. Calvin me cutuca para me afastar e deixá-lo entrar.

Ter Mason aqui é como ter um animal exótico na cozinha — com aquela beleza exagerada, o cheiro de sua loção pós-barba, seu moletom que parece ter sido passado a ferro e toda essa inquietação encantada que ele emana, como se na verdade estivesse *lançando* feromônios pela sala.

Ah, estou de guarda.

Ele finalmente consegue localizar a lista enfiada no bolso canguru de seu moletom e faz um grande espetáculo ao retirá-la, desdobrá-la lentamente e examiná-la. Coloca os óculos de leitura na ponta do nariz e olha para o papel.

— Muito comovente — diz ele. — Você atingiu um ponto nevrálgico, isso é certo. Aqui está uma mulher que namorava um cara havia seis meses, e ele a abandonou quando descobriu que ela tinha um filho que não havia mencionado.

— Isso me parece motivo para um término — digo, abrindo o armário para pegar uma caneca para ele.

— Sim, o garoto ficava com o pai durante a semana em que o casal namorava, então a mãe nunca sentiu necessidade de mencioná-lo, até achar que o relacionamento era sólido. E agora ela está desolada. Ela não consegue esquecê-lo.

— Ah, os humanos — diz Calvin. — Eles sempre conseguem pensar em novas maneiras de estragar as coisas, não é? Infinitamente inventivos.

Mason se vira e sorri para Calvin, e seu rosto se ilumina. Eles já conversaram ao telefone antes; fizeram amizade rapidamente, eu percebo.

— Então, Calvin! Billie me disse que você mora aqui há quanto tempo mesmo? Já há nove anos?

— Oito — diz Calvin.

— Oito! Não é bastante? Que casa notável para se viver! — Mason anda pela cozinha, examinando as coisas. A batedeira parece fasciná-lo; é um modelo de aço inoxidável da década de 1950. Os pratos colocados às pressas na pia de porcelana provocam um sorriso, assim como o papel de parede, que está descascando das portas dos armários. E ninguém, ele exclama, usa mais um telefone de parede... Ainda mais um grande telefone amarelo com um mostrador circular onde você precisa colocar os dedos. — Só a Coelhinha dos Corações Partidos! — ele diz. — Uau. Então, quantas pessoas moram aqui agora, além do encanador? — Ele me dá um grande sorriso.

Apresso-me e coloco sua xícara de café na mesa, esperando que ele pare de explorar antes de chegar à nossa antiga geladeira azul-petróleo, cujo topo está atualmente cheio de sacos de batatas fritas, tigelas e qualquer outra coisa que couber ali. Não penso no que fazer ou não tenho espaço para isso. A coqueteleira de martíni está sobre o balcão, junto de uma garrafa de vodca pela metade. Mason levanta as sobrancelhas ao ver isso, e Calvin se joga, gabando-se das Quintas-feiras de Martíni. Prendo a respiração e troco um olhar com Calvin, que significa: "*NÃO CONVIDE MASON DAVIS PARA AS QUINTAS-FEIRAS DE MARTÍNI. NÃO*".

Ele vai até a mesa, atraído pelo café, ainda fazendo perguntas, com os olhos arregalados de espanto. É um ukulele que ele viu no hall de entrada? Não via um há anos! Quem toca isso? (Todos nós tocamos, até certo ponto.) E aquilo era uma bola de boliche perto do sofá? (Sim, Edwin faz parte de uma equipe.) E ele não viu uma motoca vermelha na varanda? (Sim. É de Micah.) Ahhhh! Ele bate a palma na testa quando as coisas fazem sentido. Claro! O filho do encanador! E como ele está se saindo com as aranhas?

Esse cara se lembra de *tudo* que alguém já disse a ele na vida?

Eu quero apressá-lo. Mas Calvin — o exasperante e adorável Calvin — responde a todas as suas perguntas com seu jeito afável e descontraído, servindo mais café e até mesmo levando-o para um passeio pelo resto da casa. Ouço-os andando pela sala de estar, abrindo as cortinas da sala de jantar, tocando notas no piano da entrada. Sim, há um piano na entrada. Era o único local onde dava para colocá-lo e, além disso, a entrada é tão grande que um inquilino costumava chamá-la de saguão. Eles voltam para a cozinha, Mason exclama mais uma vez sobre como a emissora está encantada com a nossa entrevista. Rendeu mais acessos no site do que qualquer coisa, exceto assassinatos.

— O crime sempre vai vencer as reportagens — explica ele. — Mas acho que provamos que a recuperação das desilusões amorosas também tem boas chances.

Ele sorri para mim, e seus olhos estão tão cheios e marejados que tenho medo de cair neles e me afogar, se não tomar cuidado.

Mas eu *tenho* cuidado. Começo a lavar furiosamente a louça do café da manhã. Ele e Calvin parecem muito afinados um com o outro, sentados à mesa com os braços apoiados nas costas das cadeiras, conversando sobre o antigo departamento de Calvin em Yale e como Mason entrou no mundo do jornalismo. E continuam: Mason falando sobre sua esposa que morreu e Calvin falando sobre sua ex-esposa que morreu e depois de outras ex em quem ele pensa com carinho agora que não precisa mais lidar com elas.

Ah, *sei* o que Calvin está fazendo. Eu vejo através dele. Aquele pequeno duende, sempre promovendo o amor e a união, esquecendo o passado, seguindo em frente e tudo o mais. Ele vai manter Mason aqui o maior tempo possível, esperando que eu amoleça. Conheço seu jogo.

— Bem, tenho trabalho a fazer! — digo quando sequei e guardei o último prato.

Eles me olham com indulgência, sorrindo, mas é como se eu não tivesse dito nada. Calvin começa a falar sobre seu novo amor. Uma mulher encantadora que é a bela do baile no centro da terceira idade. Eles provavelmente não teriam trocado dois olhares um como o outro quando eram jovens, mas, agora, que coisa! Combinam perfeitamente. Tudo se deve ao plano de dez anos de Calvin, um plano para se reinventar e ser feliz novamente a cada década. Um senhor de noventa anos pode ter uma ótima vida amorosa, ele está dizendo.

— Um plano de dez anos! — diz Mason Davis. — Extraordinário!

— Obrigada pela lista, Mason. Calvin te acompanha até a porta quando você estiver pronto para ir embora.

— Ah! — exclama Mason, surpreso. — Talvez eu deva...

— Quer outra xícara de café? — diz Calvin, Mason ri e eu quase, quase cheguei à escada dos fundos quando ouço uma confusão na porta da frente. E então vejo Louise parada na porta da cozinha, segurando uma caixa com alguma coisa e parecendo ter planejado entrar. Ela imediatamente começa a chorar, mas agora terá que ser corajosa e sociável.

— Oi — ela diz. Está vestindo um casaco de camurça sintética cor de raposa com gola de pele sintética, e seu cabelo está todo penteado com um coque banana, com pequenas mechas emoldurando milimetricamente suas maçãs do rosto. Ela olha para Mason Davis e vejo pela sua expressão que assimilou quem ele é. Ela faz uma careta apropriada. Foi ele quem, na sua mente, manteve viva a situação da Coelhinha dos Corações Partidos. Mal sabe que usei minha própria teimosia para continuar.

— Oi, querida — digo. — Que surpresa agradável te ver! Este é Mason Davis. E, Mason, esta é minha filha, Louise.

— Louise! Então *esta* é a linda Louise! — diz Mason. Ele a observa e também nota, tenho certeza, que ela parece uma ruína emocional muito bem-vestida, oscilando o corpo em suas botas de veludo preto até o joelho, apenas o suficiente para fazê-la parecer estável. Ela sorri para ele, diz algo educado sobre o quanto gosta do programa dele, e eles conversam brevemente sobre um influenciador que aparece regularmente no Canal 12 para dar dicas de cuidados domésticos para pessoas que odeiam limpar a casa. — Sobre o que é o seu blog? — pergunta ele. — E minhas desculpas por ainda não saber.

— Está tudo bem — ela diz, indiferente. — É sobre moda e estilo de vida. É um blog de histórias de amor, que atende por @lulu&leo... embora Leo tenha se separado há algumas semanas. Agora deveria se chamar Lulu Tentando Descobrir seu Caminho na Vida e Fazendo um Trabalho Incrível de Absolutamente Nada, Especialmente Agora que Sua Mãe Não Tem Mais Tempo para Ajudar. O que é muito longo para caber no nome do perfil.

— Mas você está arrasando no aspecto do pensamento positivo — digo. Ela faz uma cara de raiva para mim. — Não, só quis dizer que gostei da sua postagem de ontem.

Ela postou seus pensamentos sobre quando a campainha toca: primeiro, pensa que deve ser um serial killer ou a polícia chegando para prendê-la por multas de estacionamento atrasadas, e então se lembra de que poderia ser o caderno para o curso de pensamentos positivos no qual ela se inscreveu.

Era para ser uma piada e foi acompanhado por uma selfie que ela tirou ao lado da porta da frente com uma expressão assustada no rosto.

— Você quer um café? — ofereço.

— Não. Estou indo me encontrar com uma cliente de esmaltes e acabei de passar para deixar essas flores — diz ela, parecendo um pouco contida, pálida e linda daquele jeito Uma Thurman que dá vontade de cuidar dela. — Narcisos-de-inverno. Achei que poderíamos plantar os bulbos dentro de casa.

— Narcisos-de-inverno! — diz Calvin. — Meus favoritos! Diga… — Ele se recosta na cadeira, apoiando-se em duas pernas, o que eu odeio quando ele faz, e então diz: — Então, nunca fiquei sabendo como foi o feitiço da gravidez naquela noite.

As sobrancelhas de Mason Davis praticamente abandonam seu rosto.

— Calvin — digo. — Não precisamos trazer tudo isso à tona…

Ele está olhando para Louise.

— Foi para sua amiga, né? Phoebe? — Ele se vira para Mason, que parece tão animado que poderia começar a levitar. — Nossa Coelhinha dos Corações Partidos aqui descobriu em si mesma uma possível nova vocação para sua magia ocasional — diz ele. — Invocar bebês que queiram se juntar a nós aqui no planeta!

— Tudo bem, já chega, Calvin — repreendo. — Não precisamos dividir isso com todo mundo.

— Em especial, com a mídia — diz Louise.

Mason limpa a garganta e diz que é completamente discreto; ele certamente não está aqui como alguém *da mídia*. Mas o que é isso de feitiço de gravidez? Seus olhos encontram os meus.

— Não era nada — digo. — Só algo experimental, chamar um bebê para uma amiga de Louise que está tentando engravidar. Cantamos, dissemos algumas palavras mágicas e circulamos alguns objetos redondos. Foi uma brincadeira.

— Temos certeza de que não funcionou — diz Louise. — Acredite em mim, *não* foi ideia minha.

— Temos muita negação mágica em nosso meio — digo a Mason, e ele ri. Então me viro para Louise. — Querida, eu estava me preparando para sair e coelhar um pouco. Quer subir e falar comigo enquanto me arrumo?

— Não — ela diz. — Não posso ficar. — E abaixa a voz. — Eu só vim mesmo para que você e eu pudéssemos… você sabe, fazer as coisas.

— As coisas?

— Deixa para lá. Está bem.

— As coisas?

— *Mãe*. Você não lembra?

Calvin pigarreia e pergunta a Mason se ele gostaria de ver o galpão do jardim. Como se houvesse alguma coisa interessante no galpão do jardim no dia 1º de março. Mas Mason está disposto a qualquer coisa, levanta-se da cadeira e diz que não vai a um galpão de jardim há anos, então adoraria.

Depois que os dois saem pela porta dos fundos, vestindo os casacos enquanto riem de algo que não consigo entender, viro-me para Louise.

— Desculpe, mas não sei do que você está falando — afirmo.

— Outro dia você disse que achava que era hora de nós, de *eu*, mudarmos o blog. Deixar de lado o nome @lulu&leo e admitir que estou fazendo isso sozinha — diz em voz baixa e trêmula. Ela empilha os guardanapos sobre a mesa, incapaz de evitar arrumar as coisas. — Entãããão... Acho que chegou a hora e eu decidi que um bom nome daqui em diante seria @LuluApenas. E pensei em aceitar sua oferta de me ajudar a escrever uma carta para os seguidores... explicando esta nova etapa. Porque não estou mais apaixonada.

Dou uma olhada nela.

— Você não está?

— Não. Tenho que superar meu casamento. Porque acabou. *Ele* foi embora. Então, eu estava pensando até em fazer um vídeo meu no TikTok, sentando e contando às pessoas como... forte e fortalecida, eu sinto que estou seguindo um novo caminho. Você sabe. Sendo corajosa e tudo o mais.

— Querida! Estou tão orgulhosa de você.

— Sim, estou pronta — ela diz, calmamente. — Quero dizer, tenho que estar. Ele veio ontem à noite e conversamos por muito tempo, e, embora ainda exista muito amor ali, posso ver que nunca vai dar certo. Então... — Ela respira fundo e fecha os olhos por um momento, depois os abre e sorri para mim. — Então, estou seguindo em frente.

— Vamos para o meu quarto — digo. — Podemos fazer isso agora. Isto é, se a sua cliente de esmalte não for ficar esperando?

Seus olhos brilham.

— Eu inventei isso. A verdade é que todo o meu negócio está indo à falência. É por isso que preciso fazer alguma coisa.

11

Para todos os meus adoráveis seguidores e amigos: este é um post muito difícil de escrever, mas, meus queridos patinhos, chegou a hora.

Para todos vocês que foram seguidores leais de @lulu&leo nos últimos anos maravilhosos, tenho que contar algumas novidades que nunca quis compartilhar. Na verdade, tenho escondido a notícia de vocês há várias semanas, esperando que talvez as coisas mudassem. (Talvez se eu fechasse os olhos, girasse três vezes e entoasse um canto mágico, tudo pudesse voltar a ser como eu queria que fosse.)

Mas o pensamento mágico não vai resolver.

E agora preciso contar a verdade: Leo e eu nos separamos. Com metade dos casamentos terminando em divórcio, talvez não seja surpresa, mas sempre pensei que nosso amor nos envolveria em seu manto de união e que um dia seríamos dois centenários, sentados em cadeiras de balanço numa varanda em algum lugar e compartilhando no Instagram fotos dos nossos aparelhos auditivos e óculos de vovó, bem como dos nossos bisnetos.

É difícil dizer adeus a um sonho, mas é isso que temos que fazer.

Leo foi embora, foi praticar fotojornalismo DE VERDADE, em um mundo que ele sente que precisa mais de seus serviços e de seus talentos do que @lulu&leo. Sou grata a ele por termos nos separado de forma amigável e por ele ir atrás de seu sonho, mesmo que seja um sonho de que não compartilho.

Meu sonho, meus amores, é permanecer com vocês no mundo suave da beleza e do conforto — compartilhando com vocês fotos de moda, penteados, dicas de manicure, novas cafeteiras e, sim, até mesmo invenções que parecem tão estranhas e deslumbrantes que é difícil acreditar que existem. (Olhando para *você*, lâmpada flutuante.)

Quero a admiração e o entusiasmo para que tudo continue exatamente como está: compartilhar com vocês todos os belos pores do sol e auroras, colchas, laços de cabelo, pães trançados, canetinhas laváveis, sistemas de som e modeladores de cílios. Quero que juntos vejamos a beleza e a alegria de tudo, assim como temos feito.

Agora sou @LuluApenas. Estou #sozinha, mas não #de_coração_partido. Como tantas mulheres empoderadas, estou me esforçando. Passei as últimas semanas pensando em tudo e comecei a trabalhar com uma consultora, minha mãe, que está me ajudando a descobrir como fazer isso sozinha. As fotografias podem parecer diferentes porque os contornos estão mudando, e isso faz parte do processo e deve ser normalizado. O que preciso de vocês é apoio para os meus novos pontos de inflexão, à medida que estabeleço minha intenção de operar com base na força pessoal e não no abandono. Empoderamento e não passividade.

Por favor. Estamos juntos!

Todo meu amor,

@LuluApenas

Nem precisa dizer que fui veementemente contra os dois últimos parágrafos, que considero incompreensíveis. Balela! Mas ela é inflexível em incluir informações sobre seus "pontos de inflexão".

Assim que ela sai, meu celular toca.

É Victor.

não ligo que você não me responda porque sou uma entidade completa o bastante para simplesmente pairar no seu mundo onde você está você não precisa me responder embora nós dois saibamos que você me lê mas algum dia eu gostaria de saber sobre louise me sinto horrível por louise naquelas noites em que acordo nas profundezas e sei que a vida que escolhi foi a vida do vazio

Eu não deveria fazer isso, sei que não deveria, mas aperto o botão e digito furiosamente:

USAR ALGUMA PONTUAÇÃO TE MATARIA, SEU ESQUISITO NARCISISTA, AUTOAPRECIADOR E ABANDONADOR DA FAMÍLIA?

Era isso ou eu teria que jogar o celular pela janela. E preciso do celular.

12

— Está na hora — diz Calvin na semana seguinte, com sua voz de "Eu tomei uma decisão" — de você conhecer Bernice. Eu a convidei para jantar esta noite. — Ele dobra o jornal, depois de terminar as palavras cruzadas, e me lança um de seus olhares significativos. Sinto-o, embora esteja lavando a louça do café da manhã, de costas para ele.

Meu coração dá voltas. Aparentemente, não sou fã da ideia de conhecer Bernice. Chame de intuição, medo ou o que você quiser, mas meu coração tem certeza de que ela levará Calvin embora.

— Mas é Quinta-feira de Martíni — digo fracamente. — Nós queremos mesmo expô-la às Quintas-feiras de Martíni logo de cara?

Isso não é legal da minha parte. Não há razão para que Bernice não possa vir às Quintas-feiras de Martíni.

Em minha defesa (reconhecidamente fraca), estou limpando a cozinha depois de uma manhã agitada e me preparando para sair e fazer dois atendimentos de coelha, então tenho um milhão de coisas em mente. Só nos últimos quatro dias, fiz nove atendimentos e, em quatro deles, toquei músicas de vingança enquanto jogávamos fora sacos de bilhetes de amor, suéteres velhos que cheiravam a perfume ou a loção pós-barba e alguns poemas escritos à mão. Fiz o meu feitiço de remover-o-amor-como-se-fossem-verrugas três vezes. E duas vezes tirei a cabeça de coelho e dançamos. Nunca senti tanto que estou fazendo o que devo fazer.

É emocionante.

Só o resto da vida que é uma porcaria.

Por exemplo, essa coisa de Calvin e Bernice.

Parada ali na pia da cozinha, sinto as lágrimas acumulando-se atrás das minhas pálpebras. Inclino a cabeça e enxugo os olhos.

— Uh-oh — diz ele.

— Pare com isso. Não é nada.

— Não. É alguma coisa.

— Deixa para lá.

— Você sabe que vai se sentir melhor se falar.

— Não vou. Vou me sentir melhor se ignorar e isso desaparecer.

— Só que... quando isso vai desaparecer?

— Tudo bem. — Respiro fundo. — Acho que estou cansada de pessoas alegando que estão se apaixonando quando isso não é nem remotamente real.

— De quem você está falando?

— Bem, de *você*, para começar.

— Eu!

— Você. Sem ofensa, mas um dia você declara do nada que está embarcando em um romance e então se joga nele, mesmo que não possa funcionar. E você *sabe* que não vai funcionar! Tudo vai desmoronar, porque é assim que essas coisas sempre acontecem.

— Com todo o respeito, Coelhinha dos Corações Partidos, *nem sempre* tudo desmorona.

— Não? O que não desmorona, Calvin? — Viro-me da pia e olho para ele, balançando a colher de pau no ar. — Seja realista. Bem aqui nesta casa, temos Reggie e Cynthia separados e provavelmente prestes a se divorciar, e basta olhar para o pequeno Micah, fazendo o seu melhor para que tudo fique bem com eles novamente. E há também Edwin, que já se apaixonou por sete ou oito mulheres desde que se mudou, mas nenhuma delas o leva a sério. E Marisol não desiste do HCM, seu homem casado, que é o indivíduo mais covarde que existe, enrolando-a por anos! E até Kat. Veja só o casamento estúpido dela. Bob não tem senso de humor, não a entende, mas ela se sacrifica, se compromete e se torna quem ele quer que ela seja. Irreconhecível. Ninguém tem um grande amor. Todo mundo é egoísta e cuida apenas de si mesmo. Olhe para a pobre Louise! Achei que ela e Leo conseguiriam alcançar a linha de chegada, mas agora ele foi embora e não vai voltar. E ela está infeliz.

— Qual é essa linha de chegada de que você está falando? Não existe *linha de chegada*. E *você* teve um relacionamento perfeitamente bom com Desmond. Ele não te abandonou.

— Mas, Calvin, você não vê? Não era amor com Desmond. Foi uma união de fim de vida, só isso. Um compromisso. Não houve fogos de artifício, romance, nem um correndo atrás do outro. Nenhum coração batendo mais forte. E até isso desmoronou!

— Bem, mas só porque ele morreu. Não acho que vale usar isso contra o amor, vale?

— Mas é o que estou dizendo. *Não* foi amor. Da mesma maneira que o que você sente por Bernice não é amor. E você sabe disso. Admita que, no fundo, você não a ama. Só está... só está... agarrando o que acha que é uma última chance...

Ele se recompõe. Por um momento, acho que vou vê-lo irritado pela primeira vez em oito anos. Respiro fundo, preparando-me. Mas então ele se recompõe e me lança um olhar longo e triste.

— Mais do que tudo, Billie, gostaria que você soubesse o que o amor pode ser. Você está certa ao dizer que os humanos são imperfeitos. Somos egoístas. Estamos equivocados. Cometemos erros. Mas, querida também somos capazes de ter conexões tão profundas uns com os outros, e às vezes reconhecemos em outra pessoa algo que é tão comovente, divino e sobrenatural que sabemos que não podemos viver sem aquilo nas nossas vidas. E isso pode acontecer a qualquer época da vida. É um dos nossos melhores poderes humanos: amar, nos recompor depois de uma perda e amar de novo e de novo.

Às vezes, Calvin diz coisas que me quebram totalmente.

Saio para fazer dois atendimentos rotineiros de coelha. O primeiro é a uma mulher cujo namorado a abandonou após dois meses de namoro estável. Ele dizia que a amava, que nunca tinha conhecido ninguém como ela, blá-blá-blá. E aqui está ela, a típica cliente da coelhinha, com os olhos assombrados, a boca virada para baixo, a disposição de sofrer por muito tempo em nome do amor. Ocorre-me que, para algumas pessoas, deve parecer que o período em que estão dispostas a ficar tristes se traduz aproximadamente no quanto esse relacionamento foi significativo e importante. Talvez devesse haver um algoritmo: um dia de tristeza para cada mês de caso amoroso. Não sei. As pessoas poderiam resolver isso por si mesmas, ver quanto vale.

Mas esta mulher... a coisa toda durou apenas dois meses.

Eu digo:

— Querida, dois meses não é tempo suficiente para gastar um par de sapatos. Portanto, certamente não é tempo suficiente para colocar seu coração de molho. Saia desse medo em que você está. Imediatamente. Me dá aquela foto de vocês dois, cancele a amizade dele no Facebook e pare de segui-lo em qualquer outra loucura de mídia social que você esteja fazendo. E endireite seus ombros. Você é mais forte do que isso, garota. — Para minha surpresa, ela faz exatamente o que digo. — Você já está bem — afirmo, mal-humorada. — Me chamar para vir significa que já sabia que o havia superado.

Com o segundo cliente, sinto que estou perdendo o controle quando descubro que ele está escondendo o suéter do namorado debaixo do travesseiro.

— Fora com isso! Fora! — exclamo. — Agora, abra as cortinas e chame alguns amigos! Lembre-se de como sua vida costumava ser! Você tem que parar de sofrer. Neste exato minuto!

O cara se vira para mim com olhos arregalados e surpresos.

— Não, você está certa — ele diz com a voz trêmula. — Aqui, tire o suéter daqui. E, se eu ligar para você dizendo que preciso dele de volta, não me devolva.

Quando chego em casa, a Quinta-feira de Martíni já está bem encaminhada. Encontro Bernice e Calvin na cozinha, e ele está com a música no volume máximo — o som da *big band* de Glenn Miller está alto — e corre pela cozinha com um pano de prato no ombro, como um chef nova-iorquino, nervoso de felicidade. Ele me apresenta Bernice e deve ter feito um bom trabalho preparando-a, porque ela nem pisca ao perceber que estou usando uma fantasia de coelho. Apertamos as mãos e depois nos abraçamos, e Calvin serve um copo de xerez para nós duas, radiante.

Na verdade, Bernice está bem-preparada para tudo a respeito das Quintas-feiras de Martíni. Está toda vestida no espírito da noite, usando um antiquado terninho de lã vermelha com gola de pele e sapatos pretos. Balança um pouco quando "In the Mood" toca e Calvin a gira. Ela grita por cima da música que sempre teve a intenção de fugir com um homem — qualquer homem — que soubesse tocar trombone. Calvin ri e ressalta que toca ukulele, o que é ainda melhor, porque ele toca e canta ao mesmo tempo.

— Pede pro seu trombonista fazer isso! — ele diz, puxando-a para si. Ela coloca a cabeça em seu ombro e eles caminham pela cozinha.

Marisol e eu levantamos as sobrancelhas uma para a outra.

Calvin é um purista quando se trata das Quintas-feiras de Martíni. Segundo ele, temos que fazer as receitas do *A alegria de cozinhar* em ordem, o que significa, infelizmente, que, para o jantar desta noite, teremos cenouras recheadas fritas.

— Cada vez mais, penso que isso explica por que as mulheres na década de 1930 não podiam trabalhar. Quem tem tempo para mais alguma coisa se você tem a responsabilidade de tentar rechear uma cenoura? — digo, e Bernice ri. Eu gosto da risada dela.

Ela tem duas manchas rosadas brilhantes nas bochechas. Está terrivelmente quente na cozinha. Ofereço-me para guardar seu casaco, mas ela diz que não. Então vou até lá, abro a porta dos fundos, corro escada acima e visto minha saia de babados à la 1940 e meu suéter de caxemira azul-claro. Quando desço, Edwin já arrumou a mesa com a toalha de linho e a prataria, e Marisol acendeu o candelabro. E todo mundo bebe martínis de vodca na cozinha, fala sobre a chegada da primavera e como as cenouras estão cheirando bem. Reggie e Micah descem, e acabo jantando com Micah no colo, que é seu lugar preferido ultimamente. Ele dispensa as cenouras recheadas e, em vez disso, come sobras de macarrão com queijo. Adoro a maneira como ele apoia a cabeça no meu ombro, mastigando seu macarrão com firmeza, com os olhos arregalados ao ver todos os adultos vestidos com suas melhores roupas e as velas acesas no grande castiçal chique.

Arrumo a saia e olho para o rosto de Calvin à luz das velas. Ele aparenta estar preocupado com alguma coisa, inclinando-se para a frente e parecendo interrogativo. E eu o vejo estender a mão e tocar o braço de Bernice. Ela olha vagamente para o espaço.

— Bernice? — diz Calvin. — Querida?

— Bem — Bernice diz com uma voz suave e muito cuidadosa —, isso foi certamente delicioso, mas agora sinto que preciso voltar para casa. Maurice, você pode me levar, por favor?

Maurice?

Calvin se levanta rapidamente. Vejo o alarme brilhando em seus olhos enquanto ele ajuda Bernice a se levantar. Mas então, sem qualquer aviso, ela se encolhe, como se fosse um pedaço de papel dobrado em forma de acordeão, e lentamente, muito, *muito* lentamente, cai — uma eternidade de queda, e antes mesmo que eu possa me mover ou formar palavras, ela aterrissou de cabeça em seu prato agora vazio. Faz um som fino e estridente quando ela bate.

Nós nos levantamos. O rosto de Calvin está sombrio de preocupação, mas ele a segura antes que ela deslize mais, e ele e Edwin a ajudam a se sentar no sofá. Já tirei Micah do meu colo e disquei o número da emergência antes mesmo de ter um momento para pensar.

Os paramédicos entram na sala de estar, todos capazes e respeitosos, e eu os vejo observando a cena das velas e do jantar, e a música de Glenn Miller ao fundo, mas, sobretudo, estão olhando para a doce e sorridente senhora idosa, que agora está deitada no sofá da sala da frente com a gola afrouxada e descalça, parecendo perfeitamente normal e balançando as mãos no ar sempre que "exageramos de preocupação", como ela diz.

— Isso acontece às vezes — diz ela. — Não é nada, tenho certeza. Eu fico com calor demais.

— Talvez estivesse apenas desidratada — diz Calvin.

Os paramédicos verificam seus sinais vitais e os walkie-talkies estalam como se estivéssemos em uma cena em que as coisas estão prestes a dar errado. Mas não, tudo parece estar bem. Sua pressão arterial está normal e seus globos oculares parecem bem; eles medem seu pulso e olham para seus tornozelos. Ela sabe a data e quem é o presidente, e lembra-se do próprio nome. Eles dizem para ela beber mais água e evitar espaços quentes. Para descansar um pouco.

Ela agradece calorosamente, apertando a mão de quem está mais próximo dela. Então, abaixa um pouco a cabeça e diz com voz confessional:

— Meu médico me disse para agendar um *procedimento*, e eu não agendei.

— Um procedimento? — ele repete e acena com a cabeça.

— Para uma daquelas coisas, esses dispositivos, que ajudam seu coração a ficar... certo. Você sabe, com o batimento.

— Um marca-passo?

— Sim. Imagino que sim. Isso.

Ele está guardando seu estetoscópio, vira-se e sorri para ela.

— A senhora definitivamente deveria ligar para o seu médico e agendar isso.

— Eu vou, moço. E obrigada. Desculpe incomodá-lo quando a culpa foi minha.

Vejo Calvin derreter quando ela diz isso. Ele a abraça com muito cuidado, murmura em seu cabelo que não é culpa dela, que eles estão felizes em atendê-la, é um privilégio estar ali com ela, ajudá-la.

Depois que eles vão embora, todos nós tentamos nos livrar de todo o incidente. Ajudamos Bernice a se levantar e a pegar suas coisas. Nós a abraçamos, e ela sorri e tenta fazer piada sobre ser uma convidada problemática — e então, apesar dos meus protestos, Calvin a leva de carro para casa.

Assim que eles chegam lá, ele telefona para dizer que vai passar a noite na casa dela. Não, ele não tem certeza de quando voltará. Quer ficar de olho nela.

Só para ter certeza de que ela está bem.

Eu olho ao meu redor. A cozinha parece o cenário de um acidente horrível, com comida inacabada, vinho derramado na toalha de mesa e cadeiras derrubadas depois que todo mundo se levantou às pressas. Marisol e eu lavamos a louça sem dizer nada, mas percebo que ela continua me olhando de relance. Quando estamos secando as panelas e as frigideiras, ela pigarreia e diz:

— Queria avisar que Clark vai vir passar a noite aqui hoje.

Demoro um momento para lembrar que o HCM tem um nome e é Clark.

Sorrio para ela.

— Uau, isso é uma grande mudança! — Eu gostaria de poder contar essa notícia a Calvin.

Ela limpa a garganta com nervosismo, mais uma vez.

— Sei que você não acredita no amor e pensa que sou vítima de um homem sem coração, mas quero dizer que ele deixou a esposa e acho que vamos morar juntos em breve. Eu queria que você soubesse — ela diz, calmamente.

Olho para ela, sem saber o que dizer. Marisol mora aqui há três anos e o HCM nunca pareceu real; eu não tinha certeza se ele realmente existia. Afinal, era raro que ela passasse um tempo com ele, mesmo nos feriados. Eles não saíam para encontros secretos. Ela não parecia sofrer da maneira que você imagina. Um dia, confessou que eles nem faziam sexo, por causa do estado civil dele. Eles *sonhavam* um com o outro. Essas foram as palavras dela. Calvin disse uma vez que deveríamos ajustar o nome dele para HCSM, Homem Casado Sonhador da Marisol.

— Bem — digo. — Uau. Mais uma vez, uau.

Ela ri.

— Eu sei. É a única resposta possível, não é? Todos esses anos.

— Você está feliz? Isso é uma grande mudança. Sexo, amor, morar junto: tudo isso. Fez o gol. O resultado do jogo. Quero dizer, você venceu. Como se sente?

Não sei por que estou falando em metáforas esportivas, mas ela balança a cabeça e ajusta seus enormes óculos.

— Acho que estou pronta — diz, umedece os lábios e engole, depois olha para a luminária. — Fui a uma médium e ela me disse que vou ter três filhos e uma casa no campo, e todas as crianças vão tocar instrumentos musicais. E vou ficar casada com ele por mais de cinquenta anos, o que significa que estarei na casa dos noventa, e talvez seremos como Calvin e Bernice, só que teremos passado uma vida inteira juntos. Acho que vai ser incrível e, por favor, não diga que não, porque eu quero tudo isso, caramba! Esperei e agora quero tudo: a casa, os filhos, os problemas da sogra, as rosas no nosso aniversário e ele na minha frente no travesseiro quando eu for dormir à noite...

Vou até ela e a abraço.

— Sh, shh, Marisol. Você vai ter tudo.

E ela começa a chorar.

Estou na minha cama mais tarde quando recebo uma mensagem.

eu quero te ver então posso te ver posso te ver

Eu não respondo uma mensagem tão estúpida.

você me assombra você sabe que está presente no meu quarto agora e eu estou me lembrando do seu cheiro do seu toque do seu sorriso meio torto do jeito que você fecha os olhos da curva delicada da sua orelha como aquela concha que encontramos na praia daquela vez

Bem, já basta. Ele está maluco.

Pego o telefone e digito de volta para ele, TUDO EM LETRAS MAIÚSCULAS e com bastante pontuação:

NUNCA ENCONTRAMOS UMA CONCHA NA PRAIA, E VOCÊ OBVIAMENTE ESTÁ SOFRENDO MUITO, SE ESTÁ ENGANADO

A PONTO DE PENSAR QUE ESTÁ ESCREVENDO PARA SUA AMANTE MORTA, QUANDO, NA VERDADE, ESTÁ ESCREVENDO PARA BILLIE, A ESPOSA QUE VOCÊ ABANDONOU HÁ TRINTA E CINCO ANOS!!!! TRINTA E CINCO ANOS, VICTOR. ALIÁS, NÃO ME ESCREVA MAIS! SIMPLESMENTE PARE!!

Então, para dar ênfase:

NÃO QUERO MAIS MENSAGENS SUAS!

Mais uma vez:

NUNCA! NUNCA!

Com isso resolvido de uma vez por todas, falo com Mason ao telefone. Na verdade, liguei para ele, o que minha mãe teria considerado um crime contra a natureza, uma mulher ligando para um homem. Ainda ouço a voz dela na minha cabeça sempre que ligo para um homem. Mas não estou apaixonada por Mason, então está tudo bem, e também preciso ouvir sua voz rica e cor de chocolate, *e* preciso contar sobre Calvin e Bernice. Ele e Calvin são praticamente melhores amigos agora; quase espero que a qualquer momento comecem a usar chapéus iguais e a ir ao campo de golfe juntos nos fins de semana. Portanto, parece correto relatar a série de acontecimentos perturbadores desta noite.

— E agora ele foi embora? — Mason pergunta quando termino de descrever tudo. — Ele vai voltar, você acha?

— É claro que vai voltar — afirmo. — Ele não levou nenhuma das coisas dele. — Temos um momento de silêncio enquanto ambos percebemos que isso não significa que ele realmente *voltará*. Ele pode ter desertado, por amor. Seria típico de Calvin fazer algo assim.

Mason diz:

— Então, um novo plano de dez anos sugeriu-se a ele, uma mulher do centro de idosos, e, agora que ela caiu na rede, ele precisa seguir em frente e cuidar dela.

— Ele é um pouco como Mary Poppins, eu acho, indo para onde o vento o leva — explico. — Mas já estou sentindo falta dele.

— Sabe de uma coisa? — diz Mason. — Estou muito feliz que você tenha ligado, porque queria saber se você gostaria de participar do programa de novo. Imagine: a Coelhinha dos Corações Partidos nos aconselha como sobreviver à primavera. Você sabe, quando a fantasia de um jovem se volta para pensamentos de amor e tudo o mais.

— Isso parece bom — digo.

— Imagino que a primavera seja uma época particularmente perigosa para o seu negócio — diz ele. — Perde apenas para o Dia dos Namorados.

— A emissora não vai se importar se eu voltar tão cedo?

— Se importar? Não! Eles adoraram te receber. Foi o episódio mais assistido da temporada. E ainda estamos recebendo ligações. — Sua voz fica um pouco baixa. — E você foi minha convidada favorita de todos os tempos. Acho que sabe disso.

— Bem — digo. — Obrigada.

Meu celular apita. Digo a Mason que preciso ir. Não estou com meus óculos de leitura por perto, o que significa que não consigo ler a mensagem que acabou de chegar. E se for de Calvin? Digo que preciso desligar, descer e pegar meus óculos. Especialmente, porém, quero desligar o telefone. Fico desconfortável quando Mason faz aquela voz rouca que parece prestes a declarar amor ou algo assim.

A mensagem é de você-sabe-quem.

> não nós encontramos uma concha na praia na nossa lua de mel era da cor do nascer do sol e dava para ouvir o oceano lá dentro e você disse que nosso amor sempre duraria como as linhas interconectadas da concha e você se lembra da vez que fizemos amor na praia e não conseguíamos parar

Depois disso, desligo o telefone, mas gemo e ligo-o em seguida, para o caso de Calvin precisar de mim.

Lá fora, no corredor, escuto Marisol e o HCSM rindo baixinho enquanto sobem as escadas.

Eu sinto: ela nos deixará em breve para se juntar a ele. Se Calvin estivesse aqui, eu diria algo como *"Mais um que se vai"*, e ele diria que Marisol merece sua chance de amar — e quem entre nós pode prever o que vai acontecer? Ela pode estar fabulosamente feliz.

E, se ele estivesse aqui, eu lhe perguntaria como acha que ela se sairia sem *nós* e esta casa, onde reside a *verdadeira* essência da vida? Eu penso nela durante os anos, uma colagem inteira de imagens de Marisol: rindo e jogando damas com Calvin, terminando as palavras cruzadas aos domingos, todas as vezes que ela olhava para o celular e suspirava porque o HCSM tinha mandado uma linda mensagem sem qualquer menção de estarem juntos *agora*.

E agora ele vai ser dela.

Meu telefone toca a noite toda, nas profundezas da escuridão.

Uma ou duas vezes verifico o que é — vai que é Calvin —, mas tudo o que vejo é um borrão de palavras sem pontuação e sem letras maiúsculas:

amo

você

nossa filha

perdaoperdaoperdao

Então:

me perdoe você pode me perdoar lembre-se de como rimos e nos amamos

13

Nas semanas subsequentes, sinto-me como um pião para lá e para cá com todos os meus atendimentos de coelhinha. As ligações não param: entre as pessoas que entram em contato com Kat depois de ver nossos folhetos e nossas placas e aquelas que ligam para a emissora de televisão e são devidamente encaminhadas a mim por Mason, estou correndo para reparar o sofrimento delas em todo o condado de New Haven. Atendimento atrás de atendimento.

Quando não estou correndo para a casa de alguém, estou falando na rádio. Certa noite, cheguei a dirigir vinte e cinco minutos até Ansonia para conversar com um clube de mulheres. E, na noite seguinte, falei numa biblioteca para um grupo de jovens mães divorciadas.

Enquanto isso, na minha própria casa reina um silêncio profundo. Calvin ainda está com Bernice e não voltou para buscar nem um objeto sequer. Falo com ele todos os dias e ele está alegre como sempre. Diz que Bernice realizou o implante do marca-passo e está tão melhor que agora estão colocando em prática pequenos afazeres e reparos domésticos.

— Tenha cuidado — digo.

Ele ri.

— Tarde demais para isso! Estou apaixonado.

— Eu quis dizer para ter cuidado e não subir em escadas — digo, quando o que eu quero dizer é: *"Volte! Volte! Como posso ter certeza de que você está bem?"*.

E, por falar em amor, Reggie acertou as coisas com Cynthia, e ele e Micah voltaram para casa. Marisol, radiante e sorridente, assinou um contrato de aluguel de apartamento com o HCM, arrumou todas as suas coisas e se mudou. (Ele voltou a ser HCM, já que eles não estão sonhando.) E até Edwin decidiu que conseguiria dormir na casa de sua nova namorada, mesmo que ela tenha dois filhos e dois cachorros, e ele seja alérgico a ambas as espécies.

A primavera, com todos os seus perigos e feromônios zunindo, está em plena floração. Todos os meus pequenos pupilos estão encontrando seu caminho. Apenas Louise ainda chafurda em infelicidade.

Ela me ligou uma manhã e disse com a voz embargada:

— Ah, mãe.

— Oi, Lulu. O que foi?

Meu coração volta à posição familiar de pretzel ao ouvir sua voz triste. Kat disse uma vez que tenho medo de Louise, e acho que ela está parcialmente certa: tenho medo da infelicidade dela.

Ela suspira.

— Não quero te incomodar. Sei que você está ocupada com toda a sua coelhagem. Mas é só que...

Eu espero, mas ela parou de falar. Fecho os olhos, desejando pela milionésima vez que minha filha achasse a vida um pouquinho mais fácil.

Endireito os ombros e digo:

— Me conta o que está acontecendo, querida.

— Aaaah, mamãeeee! Estou perdendo seguidores a torto e a direito. — Ela faz uma pausa para assoar o nariz. — Todo dia mais gente vai embora, como se estivéssemos em algum tipo de navio que está naufragando e as pessoas tivessem que fugir para salvar suas vidas. Sei o que você vai dizer: é porque não estou mais no jogo *com energia*. Eu sei disso. Mas, mãe... Sinto falta de Leo e das fotos dele, e o blog inteiro parece simplesmente morno. Não sei o que fazer. E provavelmente vou ter que me mudar daqui, porque ele contou aos pais que nos separamos e me disse que eles estão pensando em vender esta casa e me expulsar. Eu estou um caco. Uma ruína!

Entro no modo Conversa Motivacional Materna. Aqui estão os principais pontos:

Vai ficar tudo bem.
Você não precisa ter todas as respostas agora.
Você é forte e talentosa.
Só precisa de uma boa noite de sono.
Coma proteína.
Talvez valha beber um pouco de água também.
As coisas sempre funcionam da melhor forma.

— Bem — ela diz, fungando ainda mais —, eu só estava me perguntando se... você poderia vir e se poderíamos dar uma olhada em todos os meus vestidos de festa e me fotografar com eles uma última vez, para que eu possa doá-los. Acho que, se eu for me desapegando, talvez pelo menos seja mais fácil se *precisar* me mudar.

Não quero lembrá-la de como minhas fotos de iPhone se mostraram inadequadas e de como ela ficou infeliz com quase todas as que tirei, e com razão.

— Por favor, diga que pode vir — insiste ela.

— Bem, claro. Mas você não contratou uma fotógrafa?

— Eu tive que dispensar, mãe. Ela era muito criteriosa. E, de qualquer forma, o que vamos fazer hoje não é nada de mais. É só para documentar que já tive esses vestidos. E fazer as malas. Acho que nem vou postar essas fotos. Então você pode vir? Por favor?

Percebo então que não se trata dos vestidos. Ela precisa de mim. *De mim.*

— Claro que posso ir — digo, com certo nervosismo, e olho para o relógio. — Não tenho atendimento antes das três da tarde, então posso ir agora de manhã. Que tal assim?

— Obrigada, obrigada — ela diz, e percebo que agora começou a chorar.

Encontro-a em seu quarto, mergulhada até os joelhos em um mar de vestidos — na cama, na espreguiçadeira e até no chão. Metros e metros de seda colorida, tule, rendas e um milhão de outros tecidos cujo nome não sei. Ela está parada no meio de tudo isso, de camisola, sem maquiagem e com o cabelo despenteado. Acho que não vejo Louise sem maquiagem há anos. Talvez não tenha ficado sem maquiagem por mais de dez segundos depois de acordar, pelo menos desde que começou esse blog.

Ela está linda, eu acho. Meio vulnerável e jovem. E cansada.

— Parece que você precisa de um pouco de café — digo.

Ela suspira e pega um vestido após o outro, examinando-os em busca de manchas ou rasgos.

— O que você acha desta cor? Talvez este possa ser o vestido de baile de alguém, não acha?

— Talvez seja eu quem precise de um café — digo a ela.

Mas ela não responde. Está com aquele olhar focado que às vezes tem. Eu olho em volta.

Consigo fazer isso por um tempo, mas, depois de dez vestidos, estou nervosa por tentar prestar atenção. Quem é que tem tantos vestidos assim? Livre-se de todos eles, é o que eu penso.

— Vamos fazer outra coisa — sugiro.

— Preciso terminar isto. E, de qualquer forma, o que faríamos?

Empurro uma pilha de vestidos vermelhos para o lado e me jogo na cama.

— Não sei. Entrar no carro e dirigir até Nashville, talvez, ficar em um hotel e comer churrasco. Ou poderíamos alugar bicicletas em Nova York e pedalar pela West Side Highway e comer aqueles waffles alemães que vendem no parque às margens do rio Hudson. Hum... ir para Boston pelo resto da semana. Pensando bem, sempre tive a intenção de te levar à casa de Paul Revere.

— Por que você ia querer fazer *alguma* destas coisas?

— Por quê? Porque estar nesta casa me lembra de que você praticamente se sentenciou à prisão. Você precisa se divertir. Parece que esta casa é onde a diversão vem para morrer.

— Legal mãe. Estou passando por um momento difícil, tá? Estou tentando fazer as coisas. — Ela vai até uma pilha de renda branca jogada no chão e a pega. — Ai, meu Deus. Veja isso! Derrubei meu vestido de noiva sem querer. Ahhhh, e olha que lindo era! *É*. — Sua mandíbula aperta e ela o segura diante de si, com os olhos cheios de lágrimas. — Lembra como era áspero e como eu disse que odiava? E agora eu olho para ele e simplesmente... Não sei. É lindo, não é? Mas o que devo fazer com isso?

Jogar fora, penso. Mas o que digo é:

— Não sei. O que você quer fazer com ele?

— Eu sinto que a gente deveria guardar os vestidos de noiva. Sabe, caso se tenha uma filha que queira usá-lo algum dia. — Ela olha para mim. — O que você fez com o *seu* vestido de noiva? Com certeza, não pensou em guardá-lo para eu usar!

— Eu não estava muito ligada no sentimentalismo de guardar vestidos. Eu era meio hippie, lembra? Além disso, divórcio. Quem quer usar o vestido da mãe sabendo que ela se divorciou? — Ela está enterrando a cabeça em seu vestido de renda. — Ai, que droga, Louise, só guarde isso por enquanto. Pendure-o de volta no armário e não pense nisto. Acho que tenho que fazer um café. Ou você já fez? Tem café pronto lá embaixo?

— Não tenho bebido café ultimamente. Faz mal para o meu estômago. E por que você não tomou café em casa? Calvin não faz o melhor café que a humanidade já viu, segundo ele mesmo?

— Ah, eu não te contei, né? Minha casa virou de ponta-cabeça. Calvin praticamente foi morar com Bernice desde que ela teve aquele desmaio de que te falei. E *Marisol*... bem, ela e o HCSM foram morar juntos em um apartamento. Ela se foi.

— O quê? Achei que ele se chamava HCM. E deixou a esposa?

— Ele se transformou em HCSM quando descobrimos que eles não estavam fazendo sexo. Só ficavam sonhando... Ah, não importa. Sim, ele deixou a esposa. E *Edwin* agora passa a maior parte das noites na casa da namorada, enfrentando corajosamente ataques de alergia. E *Reggie*... Bem, Reggie poderia fazer café, mas ele teve um interlúdio interessante no meio da noite na semana passada e agora se foi.

Ela olha para mim e balança a cabeça.

— Não sei como você vive sua vida.

— Está um pouco complicado agora, só isso. Com as pessoas se resolvendo. É uma daquelas épocas de transição. Hora ou outra tudo vai ficar bem.

— O que aconteceu com Reggie no meio da noite? Será que eu quero mesmo saber?

Ela abandonou o vestido de noiva e agora, infelizmente, está pegando os vestidos e jogando-os mais uma vez em pilhas diferentes. É óbvio que existe algum sistema de classificação em curso aqui.

— Bem — começo —, é uma história e tanto! Você sabe como Reggie pensa que Cynthia está saindo com outra pessoa, o que *não* é verdade, mas ele está com uma ideia fixa e não consegue se convencer disso? Tem sido bom tê-lo morando com a gente, em especial por causa de Micah, que tem cinco anos, e eu simplesmente o amo.

Ela balança a cabeça, mal ouvindo, então fico mais animada, contando como Reggie e Cynthia ficavam brigando ao telefone o tempo todo e como era ainda pior quando paravam, quando não havia conversa alguma. Apenas tristeza.

— E, então, às onze da noite da última quinta-feira, estou entrando no meu banho de espuma e realmente ansiosa para tomar um banho de banheira, quando ouço Cynthia lá fora, *gritando*, chamando o nome de Reggie e depois sacudindo a porta e batendo nas janelas da varanda... e pisando forte. *Pisando!* Bem, saio da banheira, visto meu roupão e começo a andar pelo corredor, esperando que ela não acorde Micah ou toda a vizinhança, e, assim que chego ao topo da escada, vejo Reggie correndo para a porta da frente. Ele a abre e diz: "Cynthia! Qual é o seu problema, caramba?". E ela simplesmente começa a bater nele, ele grita para ela parar, então ele sai e fecha a porta. Por um momento, dava para ouvi-los na varanda, e, depois de um tempo, eles entram na caminhonete dele. A certa altura, olhei para fora para ver se um deles havia matado o outro e estava olhando em volta para esconder o corpo. E sabe de uma coisa? Eles estavam se *beijando*. Tipo, com tudo, ali mesmo na caminhonete. Eu consegui vê-los à luz da rua, dando uns amassos como se estivessem no segundo encontro, e...

— Eu *entendo*, mãe. Você não precia escrever um romance erótico inteiro aqui. Eles estavam sentindo falta um do outro. Pule para o final. O que aconteceu?

Me irrita ser interrompida no meio de uma história, mas faço concessões, já que Louise está um desastre.

— Então, na manhã seguinte, Reggie e Micah tinham ido embora, e ele havia deixado um bilhete na mesa da cozinha dizendo que voltaria mais tarde para pegar seus pertences, dependendo de como as coisas corressem.

Louise olha para mim sem expressão.

— Então, qual é a conclusão disso, na sua opinião?

— É apenas mais uma prova de que o amor pode ser extremamente ruim para as pessoas. Faz com que cidadãos comuns e decentes fiquem do lado de fora gritando em vez de terem uma boa noite de sono.

Ela balança a cabeça.

— É muito fofo, na verdade.

— É? — Eu olho para ela. — Acho que todos nós já estivemos lá uma ou duas vezes, gritando na escuridão ou sendo aplaudidos... e é por isso, minha amiga, que a Coelhinha dos Corações Partidos continua no mercado.

— Aham. Falando nisso, o que está acontecendo com o cara da TV? É você quem está gritando ou ele está gritando com você?

— Nenhum dos dois, e isso nunca vai acontecer!

— Uh-huh — diz ela. — Então por que, posso perguntar, ele continua ligando para você e aparecendo? Farejando como um velho cão de caça.

— É que ele quer que eu vá ao programa de novo.

— *Claro* que quer! Para que ele possa dar um passo além com você.

— Não. É estritamente ibope. Ele quer que eu fale sobre como a primavera é uma estação hormonalmente perigosa para as pessoas.

Ela ri.

— Coelhinha dos Corações Partidos: salvando vidas, um hormônio de cada vez!

— Louise, preciso de café se quiser continuar com os vestidos aqui. Preciso. De. Café. — Faço uma caminhada zumbi em direção a ela, mas ela não ri.

— Tudo bem. — Suspira como se eu fosse uma chata. — *Venha*, então. Vamos pegar café para você. Temos muito trabalho a fazer.

Descemos para a cozinha. É imaculada, como sempre, mas hoje tem um ar meio estranho. Impecável. Como se ela nem estivesse cozinhando refeições para si mesma. Olho para ela de perto, que parece definitivamente magra.

— O que você andou comendo nos últimos tempos? — questiono.

Ela abaixa a cabeça.

— Não se preocupe comigo.

— Eu me preocupo! Você tem que comer.

— Mãe! Estou comendo. Tá? Provavelmente até demais. É só nervosismo.

Ela configura a cafeteira complicada, a engenhoca que parece capaz de fazer goró caseiro em vez de café, e tira uma caneca do armário. Vou pegar o creme na geladeira, mas não tem. Na verdade, quase não tem comida ali: duas bananas pretejadas, um frasco de alcaparras (deixei isso aqui depois da cerimônia da invocação de bebê — e que fim teve essa história, afinal?) e quatro uvas vermelhas que parecem estar prestes a se transformar em passas.

— Eu definitivamente espero que você esteja comendo fora — afirmo. — Esta geladeira é um pedido de ajuda.

— Por favor, pare — diz ela. — Simplesmente pare.

— Como você planeja viver sem se alimentar?

Ela fecha os olhos.

— Estou me alimentando, tá? Não estou com muito apetite agora. E não fui ao mercado.

Fecho a porta da geladeira.

— Ok, novo assunto. Então, você teve notícias de Leo?

— Ah, sim. Eu tenho notícias dele. Ele passou por aqui outra noite, há algumas semanas.

— Sim, você disse. E foi… amigável?

Ela hesita um pouquinho e desvia o olhar. Uma mãe poderia encaixar uma vida inteira naquele pequeno pedaço de silêncio.

— Daria para dizer que sim. Ele parece contente demais por estar fora do casamento por enquanto, então pode se dar ao luxo de agir de forma bastante, hum, *solícita*. Contanto que eu não espere nada dele, ele é bastante complacente. Até tirou algumas fotos para eu postar.

— Hum.

— Você e Victor alguma vez pensaram em voltar depois que ele foi embora? — Ela não me olha nos olhos.

Ah, Louise. Engulo em seco. Nunca conversei com ela sobre essa parte do nosso término, mas ela é adulta agora. Então, decido lhe contar a verdade. Antes de ir para a França, ele voltou. Brevemente. Tentamos reatar, pelo bem do passado. E por Louise. Vendo o que poderia ter restado. Mas não havia nada.

— Ele estava apaixonado por outra pessoa — digo — e acabou.

Ela olha para mim.

— Então, você simplesmente o deixou ir? Simples assim? Vocês fizeram *uma* tentativa patética de reatar e foi isso?

Como eu não tinha previsto em que mina terrestre essa conversa se transformaria?

— O que eu ia fazer? Li em algum lugar que é ilegal manter alguém como refém quando a pessoa quer ir embora, e também não é permitido praticar homicídio. Então, assinei os papéis e pronto.

— Mas e eu? — ela diz. — Eu era apenas uma bebê.

— Isso mesmo. Você era uma bebê. Então não tinha o direito de escolha. Me desculpe por isso.

— Não. Quero dizer, você já se preocupava naquela época que talvez *eu*, minha versão infantil, precisava ver um casamento funcional? Tipo, não estou dizendo que isso seja absolutamente verdade nem nada, mas e se eu nunca for feliz com um cara porque não vim de um lar que tinha um pai e uma mãe? Porque não sei como deveria ser uma relação entre homens e mulheres.

— Ah, pelo amor de Deus. Detesto ser eu a te dar a notícia, mas ninguém sabe como deve ser a relação entre homens e mulheres — declaro. — O casamento é um sistema falho, Louise. Todos nós vamos descobrindo como deve ser à medida que avançamos. Você sabe disso.

Ela coloca café na minha caneca.

— Por favor, não comece a me dizer de novo que é por isso que você é a Coelhinha dos Corações Partidos.

— Bem? Você pode ver por que pensei neste negócio. É autoexplicativo, eu acho.

Ela olha para mim com olhos de profundo desespero, culpando-me.

— Venha. Vamos voltar às roupas.

Então, voltamos escada acima e ela pega um vestido após o outro de cima da cama.

— Gosto bastante deste — diz ela, segurando um vestido de cetim azul-petróleo. — O que você acha?

— É bom. É bonitinho, na verdade.

— Você me fotografaria nele? Posso postar no blog hoje.

— Tudo bem. — Suspiro e pego meu celular. Há uma nova mensagem de Victor. Claro que há.

Louise puxa a camisola pela cabeça e veste o vestido azul-petróleo. Com apenas alguns puxões e movimentos rápidos, parece que está pronta para um baile formal. Ela entra no banheiro.

— Vou só iluminar um pouco as bochechas! — ela grita de volta para mim. — Vou tentar parecer um ser humano vivo de verdade.

Olho para baixo e leio a mensagem dele.

estou em nova york na quarta-feira me encontrando com meu agente sinto sua falta você vem

De verdade. Seria ideal ter alguma pontuação. Além disso, pensei ter deixado claro que não receberia mais mensagens dele depois de enviar minha mensagem só em letras maiúsculas, as quais mesmo um cara que não acredita em uma simples vírgula ou em uma letra maiúscula deveria saber que significam grito.

— Tudo bem — diz Louise, voltando para a sala. Ela colocou um pouco de batom na boca e coloriu as bochechas. — Vou ficar aqui perto das cortinas porque elas realmente realçam a cor do vestido, eu acho. Vá em frente... quando estiver pronta. — Ela empurra um quadril acetinado para fora, coloca a mão no outro e sorri para a câmera.

Caramba. Ele está em Nova York? O que o impede de aparecer aqui? Prefiro ter um oceano entre mim e ele.

— Mãe?

— Ok, querida.

— Tire a foto, tá?

Clico fora da mensagem e começo a tirar fotos. Ela sorri para algumas, franze a testa para outras e olha por cima do ombro para mim. Depois parece irritada e então parece encantada. Eu pressiono o botão branco repetidas vezes.

— Ótimo — ela diz. — Deixe-me ver como ficaram. — E, antes que eu tenha tempo para pensar, ela se aproxima e arranca o telefone das minhas mãos.

Fico ali parada enquanto ela franze a testa, folheia as fotos, mordendo o lábio, avaliando.

— Bem, claramente não são da qualidade de Leo, mas vão servir — diz ela, continuando a rolar.

— Obrigada — digo. Ouço o som de outra mensagem de texto chegando e pego o telefone, mas ela o afasta das minhas mãos estendidas. — Louise, você se importa? — Tento apanhar o aparelho mais uma vez, mas ela se afasta de mim e o segura com as mãos, olhando para ele por um longo e silencioso momento. E então começa a passar a tela, lendo tudo. Ela olha para mim, com os olhos arregalados de choque.

— Victor? Você está falando com *Victor*? O que está acontecendo?

— Me dê o telefone — peço.

Ela segura o telefone longe de mim.

— Não, espera. Ele está mandando uma mensagem para você! Victor está em Nova York? — Ela segura o celular bem alto, onde não consigo alcançá-lo, e continua rolando e lendo. Então olha para mim. — E Juliette morreu? Olha só todas essas mensagens que ele te enviou. Ele tem mandado mensagens para você todos esses anos?

— Não, claro que não. As mensagens nem foram inventadas até recentemente.

— Mãe!

— Louise, por favor. Ele está passando por algumas coisas estranhas agora que perdeu a esposa. Vamos. Me devolva o celular. Isso não tem o menor sentido.

— Eu simplesmente não consigo acreditar como você esconde segredos de mim. Ele está dizendo que te ama. Quer que você o perdoe! E você nem me contou? Estávamos há poucos minutos na cozinha e eu estava perguntando sobre ele... Você não poderia ter mencionado isso *lá*?

Minha boca fica seca. Kat pode estar certa ao dizer que tenho medo de Louise.

— Eu realmente tenho que te contar tudo o que acontece? Não sabia que isso fazia parte do contrato da nossa relação. Você, com certeza, não *me* conta tudo.

— É o meu *pai*! Tenho o direito de saber! Quero dizer, talvez vocês dois *voltem* a ficar juntos. Você pensaria em mencionar isso para mim, pelo menos? Veja essas mensagens. — Ela me encara. — Uau. Ele nos abandonou e agora quer outra chance.

— Pare. Pare com isso.

— Meu Deus, mãe. É óbvio que você esteve completamente equivocada todos esses anos, me dizendo que o amor não é real... E agora Victor, o homem que partiu seu coração, está querendo *voltar* e isso não é algo que acha que eu deveria saber? Quando ia me contar?

Então ela coloca a mão sobre a boca e a próxima coisa que vejo é ela vomitar por todo o vestido azul-petróleo. Tenho que pular para sair do caminho.

Eu a levo até o banheiro, ligo a água fria e molho uma das lindas toalhas de mão bordadas que ela mantém na penteadeira de mármore.

— Aqui, limpe a boca com isso — digo, embora esteja claro que essas toalhas não devem ser usadas para tais fins. Provavelmente foram feitas apenas para serem fotografadas.

Mas ela aceita e faz o que eu digo.

— Pare de me olhar assim! Não estou doente! — ela me diz. — Eu vomito o tempo todo! É estresse, mãe. Estresse! Não vê que estou estressada ao máximo?

Ela enxágua a boca e escova os dentes, e eu fico ali olhando para ela no espelho, para as olheiras, para a aparência cansada do seu rosto. Tudo está ficando claro. Sinto como se estivesse naquele sonho em que acabei de descer uma escada e agora estou caindo no espaço. Você sabe como é.

Eu questiono:

— Como assim, vomitando o tempo todo? Você está vomitando, digamos, todos os *dias*? Todas as manhãs, talvez?

— Pare com isso! — responde ela.

— Não, pare *você* — retruco. — Você está em um caso sério de negação. Há quanto tempo Leo esteve aqui?

— Não é isso.

Eu apenas olho para ela.

— É *estresse*, mãe. Meu marido me deixou! Tenho um negócio para administrar! Não consigo pagar a hipoteca! Tente só viver a minha vida!

— Aqui. Apenas se sente aqui. Tome um gole de água. Nós vamos encontrar uma solução para tudo. Vou te ajudar. Mas primeiro acho que precisamos ir à farmácia. E eu preciso cancelar meus atendimentos de coelha para esta tarde.

Ela revira os olhos.

14

O teste de gravidez que compramos na farmácia dá positivo. Duas pequenas linhas rosa florescem com o brilho total bem ali na caneta.

O teste que compramos na outra farmácia mais tarde naquele dia também dá positivo, mas com mais hesitação, menos brilhante nas linhas e, por isso, precisamos de um terceiro, de uma marca diferente, então voltamos à primeira farmácia, e o novo teste é positivo pura e simplesmente — aparece literalmente a palavra *GRÁVIDA*, o que você pensaria que seria a resposta definitiva, mas não, significa apenas que temos que sair e adquirir os testes de gravidez números quatro e cinco, comprados em uma farmácia especializada em North Haven, apenas por garantia. Isso também faz com que pareça bastante convincente que, em termos hormonais, exista um embrião em algum lugar nas proximidades de Louise.

Nós nos sentamos em seu banheiro contemplando os limites da ciência médica.

— Poderíamos sair do estado, ver se algum teste de gravidez em Nova York ou Massachusetts pode dar um resultado diferente — digo, e ela joga um lenço de papel enrolado em mim e também me pede para calar a boca.

Depois de um tempo, ela diz:

— Imagino que pense que isso é resultado do feitiço que você fez.

— Na verdade, eu estava pensando que talvez tenha sido porque você dormiu com Leo quando ele veio aqui há algumas semanas, sendo... como você disse? *Solícito*. Mas é apenas um palpite amador.

— Bem, *sim*. É o que *eu* diria que causou isto. Já que a magia não é real e aquele feitiço que você fez nem foi direcionado a mim, então, mesmo que a magia existisse, o que não existe, este não seria o resultado bem-sucedido.

— Falando nisso, você recebeu notícias de Phoebe?

Ela se estica no chão do banheiro.

— Ela enviou uma mensagem anteontem informando que estava menstruada. Então, não, querida. Achei que você estava no grupo de mensagens.

— Ai, Deus.

— O quê?

— Nada.

Ela se senta de novo e fixa os olhos nos meus.

— Espere um segundo. Você acha que fez o feitiço errado, não é? Acha que provocou esse desfecho.

— Eu... não sei o que pensar.

— Eu te conheço. E só quero dizer pela milionésima vez que esse tipo de coisa não é real. Cantar alguma coisa não causa gravidez, mesmo na lua cheia, mesmo que você queira tanto acreditar em algo. Você não é capaz disso.

— Ok. Não, tenho certeza de que você está certa.

Sua voz fica ainda mais alta.

— Caso contrário, qual seria o sentido da adoção? Ninguém adotaria, não é mesmo? Porque tudo o que precisariam para ter seu próprio filho seria alguém recitando alguma maldita canção idiota. Pense nisso.

Ela está certa. Mas sobre o que ela *não* está certa são os fatores desconhecidos que circulam por aí; as chances de que a união desse óvulo específico e desse espermatozoide específico *nesse* momento específico possam ter sido guiados por algo diferente da teoria da propulsão, dos hormônios e de qualquer outra coisa... Decido não lhe contar o que acredito sobre a intenção e as propriedades místicas das oportunidades. E como as situações podem ser transformadas por acaso ou por um feitiço.

— De qualquer forma, não é assim como você está pensando que o mundo funciona — diz ela com firmeza.

— Faça do seu jeito.

— Eu vou fazer.

— Então... em que *você* está pensando?

— "Em quê"?

— O que quer dizer com "em quê"? Do que acha que estou falando?

— Não estou pensando nisso agora.

— Porque está em choque?

— Que droga, *sim*, estou em choque! Já é de noite?

— São seis e meia. Eu realmente acho que você deveria comer um pouco.

— Eu não quero nada.

— Comer é muito importante.

— Mãe. Estou sem apetite há uma semana. Eu vomito o tempo todo e estou tentando manterem esse negócio funcionando, tentando evitar que os pais de Leo me expulsem daqui. Então ele vem buscar algumas coisas. Ele estava tão lindo! E nós dois começamos a ficar sentimentais e acabamos dormindo juntos... E agora olhe para mim. Uma gravidez sem planejamento!

— Então, uma pergunta óbvia me vem à mente. E me perdoem por isso, mas por que vocês não usaram camisinha?

Ela arregala os olhos para mim.

— Não somos pessoas que usam camisinha. Tomo pílula há anos. E então eu parei, coloquei um diafragma e não gostei de... ah, não importa. Por que estou te contando isso?

— Bem — digo. — Seja como for, agora pelo menos sabemos por que você está se sentindo mal.

Ela abaixa a cabeça.

— Mamãe, o que eu vou *fazer*?

— Venha aqui, querida. — Eu recito os pontos um e dois da conversa Motivacional Materna. — Vai ficar tudo bem. Você não precisa ter todas as respostas agora.

— Não, não vai ficar tudo bem. Como pode dizer isso? — Ela fica sentada com os joelhos levantados e a testa apoiada neles. Eu me ajeito e envolvo os braços ao redor dela. — Não acho que posso ser mãe solteira.

— Shh, você não precisa tomar uma decisão ainda.

— Mas também não acho que posso encerrar a gravidez — diz ela, dois minutos depois. — E, no entanto, quando penso em ficar grávida por nove meses, também não acho que vou aguentar. E Leo quer partir para outra e seguir uma grande carreira fotojornalística. Acho que ele nem quer filhos. Então é isso.

— Mas você disse antes que tentaria em dois anos.

— Eu sei. Achei que fosse conseguir convencê-lo até lá.

Depois de um momento, ela coloca a cabeça no meu ombro, eu esfrego suas têmporas e ela começa a chorar. Sinto seus ombros tremendo. Sua respiração fica longa e lenta enquanto ela adormece, coitadinha.

Mas sabe o que estou pensando enquanto a deixo dormir encostada em mim? Lembro que, quando eu estava fazendo aquele feitiço — e sem saber realmente o que diabos estava fazendo —, houve um momento, apenas um lampejo de momento no final, enquanto dizia as palavras, cantava e pensava sobre a lua e Phoebe... E bem, minha atenção foi atraída por Louise. Parei de pensar em Phoebe, virei-me e olhei para minha filha e... aqui está minha pergunta para o universo: isso redirecionou a magia para ela? E se? E se de alguma forma eu for responsável por isso?

Porque é preciso dizer: eu *queria* um neto.

Sei que queria.

Mas *essa* não seria a melhor maneira de conseguir um. Seria deplorável. Muito antiético.

É por isso que não fiz.

Eu não fiz.

O universo funciona de maneiras misteriosas, senhoras e senhores. Isso é tudo que eu gostaria de dizer sobre esse assunto. Obrigada por ter vindo ao meu TED Talk.

15

Assim que consigo sair de debaixo da minha filha adormecida e fugir, mando uma mensagem para Kat:

Não posso falar ao telefone, mas preciso contar o que está acontecendo. A vida como a conhecíamos acabou de ir pelo ralo.

Ela responde imediatamente:

Você está sendo mantida refém? Um cliente da coelhinha te sequestrou? Devo chamar a polícia?

Hahaha. NÃO. Isso seria muito mais fácil! Complicações com Louise. Ela descobriu que Victor estava me mandando mensagens e está furiosa por eu não ter contado a ela. E o feitiço da gravidez funcionou. Só que foi Louise quem engravidou, não Phoebe.

Como você conseguiu fazer ISSO?

Eu disse que não sabia o que estava fazendo quando fiz aquele feitiço.

Billie, me perdoe, mas estou rindo muito agora. Me ligue quando puder. E, enquanto isso, não lance feitiços em mais ninguém, ok?

Louise nem discute comigo quando sugiro que ela venha passar um tempo na minha casa.

Nós duas sabemos que a casa dela é muito sombria e inóspita. Não dá para resolver o problema do amor arruinado justaposto a uma possível nova vida enquanto olha através daquelas janelas frias e irregulares que encaram o mar.

Fazemos as malas em silêncio. Tive medo de que ela insistisse que transportássemos milhões de vestidos até minha casa para continuarmos fotografando. Assim como todos os eletrodomésticos e produtos para os cabelos e todas as gavetinhas de maquiagem. Mas não. Ela só traz algumas calças e blusas de moletom, leggings, uma ou duas túnicas. O pijama, o quimono, a toalha que tem propriedades mágicas, que usa para secar os cabelos. Nenhuma luz, nenhum equipamento aparece. Ela corre de volta para dentro para pegar seu laptop e seu celular. Não menciona que vai postar nada, o que é ao mesmo tempo reconfortante e alarmante. Achei que precisava postar várias vezes por dia ou a vida, como a conhecemos, seria interrompida. Mas ela dá de ombros e diz que vai escrever SAINDO DE FÉRIAS no feed do Instagram. E que vai reciclar material de anos atrás caso se sinta inspirada. Eu não sabia que isso era uma opção.

Dirigindo pelas estradas escuras, meus faróis varrendo as pistas, digo que estou feliz por ela estar voltando para casa. Podemos declará-la uma Zona à Prova de Decisões, apenas assistir a filmes, comer pipoca e *não* postar nas redes sociais enquanto esperamos que a inspiração lhe diga o que fazer.

No fundo do meu coração, porém, tenho relativa certeza de que ela vai ligar para Leo, na recém-descoberta lindeza dele, e lhe contará a notícia maravilhosa e complicada — e haverá algumas semanas de lágrimas, discussões, espanto, ajustes de planos, reflexões quanto ao sentido da vida, seguidas de risadas, talvez algumas comemorações leves, e então minha querida filha retornará para sua casa com Leo, o mestre do amor, e todos aguardaremos o nascimento de um filho.

Nos próximos anos, faremos um brinde ao milagre da concepção.

Olhe para esta criança primorosa!, nós diremos. *Aquela que quase não existiu.*

Eu me pergunto se a história, à medida que evolui, incluirá minha participação nefasta nas coisas. Talvez esse seja um segredo que vou sussurrar para essa criança em algum momento futuro. *"Eu te queria tanto que fiz um feitiço na lua cheia com a sua mãe e as amigas dela — e você respondeu."*

Minha casa está com uma aparência negligenciada agora que todo mundo se foi. E é quinta-feira, o que significa que deveria haver martínis, *A alegria de cozinhar*, Calvin. De alguma forma, isso faz tudo parecer ainda mais triste.

Ando pelos cômodos, acendo todas as luzes e então, para garantir, coloco Frank Sinatra em homenagem a Calvin. Preciso ouvir alguma cantoria para trazer a vida de volta a esta cozinha. Pego panelas e frigideiras só com o intuito de mostrar que estou falando sério.

— Quer dormir no seu antigo quarto? — pergunto para Louise.

Ela está parada na cozinha, parecendo cansada, com as mãos ao lado do corpo e as sacolas com coisas aos pés. Sei que está pensando em quanto será necessário arrumar minha casa para ficar habitável.

— Calvin não está com meu antigo quarto? — pergunta ela.

— Estava, mas agora está morando na casa de Bernice, lembra?

— Ah, certo.

Ela sobe e desce e relata que ainda há muitas coisas dele lá dentro. E tem o cheiro dele. Cheiro de velho, ela diz, franzindo o nariz.

— Acho que, se não se importar, quero dormir na sua cama com você — diz ela. — Estilo festa do pijama, como costumávamos fazer.

Sei o que isso significa. Ela decidiu que precisa ficar de olho em mim. Afinal, eu poderia simplesmente sair e me casar novamente com o pai dela sem obter o consentimento dela.

Louise não quer comer nada, mas eu sou sua mãe e ela precisa comer, então faço seu prato favorito: panquecas grossas e fofas de mirtilo com uma pilha alta de chantili. Pode não ser recomendado pela Associação Americana de Melhores Práticas Dietéticas Obstétricas, mas, ei, é comida que ela vai comer. É isso que explico aos membros do conselho que convocam uma reunião sobre esse assunto na minha cabeça.

Enquanto ela pega as panquecas, removendo todos os mirtilos, digo o que está vibrando na minha cabeça desde o primeiro teste de gravidez positivo, que agora parece ter sido feito há séculos em vez de apenas horas. Digo:

— Então. Você não deveria ligar para Leo?

Ela me lança um olhar feroz.

— Eu *nunca* vou ligar para Leo — ela diz e então empurra o prato, encarando-me com seu olhar mais feroz. — Mesmo que eu decida ficar com o bebê, não vou contar a ele. E não tenho certeza se vou ficar com o bebê. Eu seria uma péssima mãe e não tenho nem onde morar nem emprego, então é impossível. É isso. — Em seguida, seu rosto se contrai e ela diz: — Mas é muito triste, porque provavelmente nunca vou ter outra chance de ter um filho, então tenho que pensar nisso também...

— Bem — digo. — Com certeza vale a pena pensar sobre tudo isso com muito cuidado.

Ela olha para mim.

— E *você*! Não pense que esqueci que estávamos no meio de uma *grande* conversa sobre Victor. Na verdade, você sabe o que me deixa mais triste agora?

— Não, querida. O que, no mundo, poderia estar te deixando mais triste agora?

— Que nunca te ocorreu falar *comigo*! Já pensou nisso? Meu próprio pai! Ela bate as mãos na mesa, o que infelizmente faz os pratos e os talheres saltarem no ar. — *Você* está deixando claro que não quer nada com ele, mas talvez eu queira! Sou filha dele, sangue do mesmo sangue. E, aparentemente, ele está planejando continuar me ignorando por toda a minha vida, me tratando como se eu fosse um incômodo na sua vidinha perfeita, exceto que.... buá... agora sua esposa morreu, e sua ex-mulher não. Não quero mais falar com ele. Mas ele acha que poderia ligar para a *filha*? Não acha que talvez deveria pedir desculpas para a filha por ter ficado sumido por três décadas e meia, ou seja, toda a minha vida?

— Da última vez que verifiquei, notei que ele não é um cara particularmente perspicaz — digo, finalmente.

— E você! Sinto que nem te *conheço* — diz ela. — Você está vivendo essa vida secreta, conversando com Victor e flertando com um cara da TV, e enquanto isso diz para todo mundo que sabe fazer feitiços e, ah, também, que todo mundo em todos os lugares deveria parar de acreditar no amor. E estou em algum lugar no meio do oceano, tendo que me virar sozinha. Meu marido se foi, estou perdendo mais seguidores a cada dia e agora descobri que estou *grávida*, e minha melhor amiga que quer engravidar *não* está grávida, e meus sogros vão me fazer sair da minha casa...

— Louise. Pare com isso. Você está fazendo uma tempestade em um copo d'água, sendo que sabe que nada disso é verdade. Talvez quando os pais de Leo souberem que vão ter um neto, eles fiquem mais do que felizes por você ficar.

Seus olhos se arregalam de fúria.

— Você não prestou atenção em nada do que eu disse? Eu te disse que ainda não decidi o que vou fazer. Pode *não haver* um neto para eles! Então, por que eu deveria contar alguma coisa? Além disso, se essa é a única razão para me deixarem ficar, então não é um motivo bom o suficiente para mim! Eles não *me* amam, mãe. Você não entende?

— Louise, Louise. — Esfrego os olhos. Estamos nisso há apenas algumas horas e já estou completamente exausta. — Querida, sei que está emocionada, mas podemos superar tudo isso. Você não está sozinha no meio do oceano. Está na casa onde cresceu e eu estou do seu lado, querida. Sem pressa. Nós vamos dar um jeito. Não precisa crescer pra cima de mim como uma mulher guerreira. Só respire fundo. Tome um copo de leite.

— Eu *não quero* um copo de leite!

— O que você quer?

Ela grita então:

— NÃO SEI O QUE EU QUERO! QUERO QUE TUDO VOLTE AO NORMAL!

Graças a Deus, meu celular toca nesse momento e é uma pessoa amigável: Calvin. Uma tábua de salvação!

Levo o celular para a varanda da frente, como uma adolescente culpada que não quer ser ouvida.

Está uma bela noite, quase uma noite de primavera, com apenas um pouco de frio no ar. Ando de um lado para o outro na varanda enquanto o ouço falar. Ele recita fatos aleatórios e divertidos sobre a vida com Bernice: ela mantém uma casinha arrumada e acredita que todos os móveis estofados deveriam ser revestidos de plástico, e quem pode dizer que ela não está certa? *"Eu"*, respondo a Calvin, e ele ri e me diz que os vizinhos dela são o tipo de pessoa que passa por aqui com potes de sopa só porque a amam. E ela dirige um velho Cadillac que é tão grande quanto o Coliseu e precisa de duas faixas completas para fazer uma curva. Ela é, diz ele, difícil e encantadora, e foi um excelente golpe de sorte ter se apaixonado por ela.

— Lá estava eu, com a sorte de estar perto de Bernice quando o raio do amor veio e me atingiu bem no coração.

— Sim, sim — digo, fecho os olhos e esfrego a têmpora. Entendo. O fato é que ele não sabe quando voltará para casa. — Mas *você* vai voltar, não vai? Você tem coisas aqui.

— Ah — ele diz. E então não responde, e eu sei o que isso significa: ele está em seu próximo plano de dez anos e não se importa com seus pertences. — O que está acontecendo com *você*? — questiona ele. — Além do fato de que vai à televisão nos dizer que a primavera é uma época perigosa e que todos precisamos nos prevenir para não nos apaixonarmos. Pelo menos foi isso que Mason me disse.

— Quando você falou com Mason?

Ele ri.

— Eu falo com Mason o tempo todo.

— Não vou nem comentar. E, de qualquer forma, tenho grandes novidades, agora que já tiramos as preliminares do caminho.

— Notícias maiores do que o fato de seu ex-marido canalha estar te perseguindo?

— Isso é muito maior que Victor. Talvez seja melhor se sentar para ouvir esta. Louise está grávida.

Há um silêncio. Então ele diz:

— Espera. A *nossa* Louise?

— Sim. E, só para aumentar o interesse da situação, Phoebe não está.

Ele uiva de tanto rir.

— Ah, minha querida. Minha querida… — ele diz quando recupera a capacidade de falar. — Você está sendo culpada disso? Desvio de feitiço? Isso existe?

— Talvez. Faz apenas algumas horas que ela fez cinco testes de gravidez, todos positivos, então passamos pela negação com cautela e mergulhamos no fato de que a magia não é real, e fui repreendida por minha possível suposição de que eu poderia ser responsável. Mas agora, neste exato momento, ela está com raiva, triste, confusa e todas essas coisas.

— Eu não deveria ter rido.

— Não, mas estou feliz que você tenha. Além do mais, eu a trouxe para casa comigo. Vai ficar aqui por enquanto. Fora isso… — Respiro fundo. — Ela viu as mensagens que Victor me enviou, que só se intensificaram nas últimas semanas. E agora também está com raiva de mim por causa disso. Ninguém jamais fez o que é certo com Louise, segundo ela contou.

— Ora, ora, ora. Pena que o prazo de prescrição para culpar os pais expirou quando ela completou trinta anos. E o que Leo pensa sobre o bebê?

— Viu? É típico chegar à conclusão de que uma mulher grávida mencionaria ao marido que está esperando um filho. Mas acontece que ela diz que nem vai contar a Leo. E não sabe o que vai fazer. Tudo o que ela fez até agora foi chorar e alegar que não consegue comer nada e que a vida é terrível.

— Meu Deeeus. Eu saio da sua casa e tudo desmorona completamente.

— Sim. Então, portanto, acho que preciso que você volte. Bernice pode morar aqui com a gente, se quiser. Mas você precisa voltar. Talvez até esta noite. Tipo, nos próximos cinco minutos. — Ele ri. — E, falando em outras grandes mudanças, o cara da Marisol largou a esposa e arranjou um apartamento para eles, depois de todos esses anos, então ela se mudou.

— O quê?! Então, você está com Reggie, Micah, Edwin e Louise? Essa é uma configuração interessante.

— Não. Pensei ter te contado. Reggie e Cynthia voltaram a se entender, de forma bastante dramática, na verdade, na caminhonete dele, no nosso jardim. Visão espetacular. E então ele entrou e pegou Micah e todas as coisas deles, e agora acho que nem se o nosso sistema hidráulico inteiro quebrar ele vai voltar.

— Meu Deus — diz Calvin. — Então, são só você, Louise e Edwin?

— Bem, Edwin decidiu enfrentar suas alergias e ir morar com aquela namorada dele, aquela que tem filhos e cachorros. Ele foi embora.

— Caramba. Então, são só você e Louise? Juntas em casa?

— Sim, e é uma casa que não está à altura dos altos padrões de uma ex-influenciadora do Instagram.

Posso ouvir o riso na sua voz.

— Aonde o mundo foi parar?

— Agora você está começando a entender por que preciso de você de volta aqui imediatamente. Diga a Bernice que você cometeu um erro terrível; foi muito divertido, mas agora vocês dois têm que voltar. Traga o Cadillac e o prontuário médico dela, e volte para cá imediatamente. Seu antigo quarto espera por você. — Meu telefone vibra nesse momento. É Louise, lá de cima. — Tenho que ir. Minha nova colega de quarto mal-humorada está me ligando. Falo com você amanhã.

— Posso reorganizar seu armário de remédios? — diz Louise quando desligo. — Acabei de procurar um antiácido e levei vinte minutos para passar por todos os cosméticos.

— Ah, você está com azia?

— Não se preocupe comigo. A questão é que não dá para encontrar nada naquele armário de remédios. E eu quero dar um jeito nele.

— Você precisa?

— Não posso acreditar em quantas *coisas* você tem aqui. E tudo passou do prazo de validade! Há vitaminas aqui com mais de dois anos. Não posso simplesmente... reorganizar as coisas?

Ah, sim. Louise está em casa.

16

Dois dias depois, tendo passado quarenta e oito horas sendo organizada por Louise — ela transferiu todas as tigelas da cozinha para um armário em que acha que "cabe melhor" e está ameaçando tirar todo o papel de parede de girassol da entrada com um vaporizador —, estou no clima perfeito para minha entrevista no Canal 12. Mal-humorada, farta, cansada demais. Anna, a assistente de produção, joga-me na sala dos bastidores, e Mason entra e fica pairando de um jeito que me deixa muito consciente de seus olhos brilhantes e seu queixo irritantemente perfeito. Além disso, eu realmente acho que o bronzeado é artificial, agora que já o vi de perto várias vezes.

— Então — ele diz, rindo —, você está pronta para sair e alertar todo mundo sobre os horríveis efeitos colaterais de se apaixonar?

A chamada do meu quadro aparece na parte inferior da tela da TV. Diz: ROMANCE DE PRIMAVERA? NÃO TÃO RÁPIDO!

Ele diz que vamos apenas abordar levemente o fato de as pessoas associarem a primavera ao amor, e que talvez elas não devessem se culpar se o amor não chegar durante essa estação específica. Poderíamos tranquilizá-las dizendo que o amor vai chegar no momento certo?

— Não — digo. — Não! As pessoas não devem ser encorajadas sobre o amor agora. Tive cinco clientes nos últimos dias que estavam segurando os objetos mais mundanos deixados para trás. — Eu os enumero com os dedos: — Um cubo mágico, um minicraque do Tom Brady, a fita do buquê de noiva de outra pessoa, uma lata meio vazia de creme de barbear e uma embalagem de preservativo. E três deles queriam ligar para o ex que estava partindo e insistir para que esses escombros fossem *recolhidos*. Obviamente, estavam apenas desejando outra discussão pós-separação e a possível chance de um reencontro. *Ninguém* vai voltar para pegar uma embalagem de camisinha!

Mason parece um pouco surpreso com a minha veemência. Talvez eu não devesse ter tomado a terceira xícara de café antes de chegar à emissora.

Em vez disso, digo:

— Inclusive, quando um relacionamento termina, parece que um dos pontos altos deveria ser que você não precisa mais olhar para o mi-nicraque do Tom Brady, não é?

Ele concorda. Seu pomo de adão se move sob a camisa de gola alta bege.

— Vamos nos instalar? — propõe ele.

Ele toca meu ombro enquanto caminhamos para o set. Sento-me na poltrona à direita dele, vestindo minha fantasia de coelho sem cabeça (ela fica no meu colo, caso alguém precise de uma prova de que sou real), com o vaso de planta entre nós. As luzes fortes brilham no meu rosto e, logo além, vejo Anna segurando sua prancheta — e as câmeras, vagando pelo chão, no modo dinossauro.

— Isso vai ser bom — diz Mason. — Estou feliz por você estar aqui. — Alguém faz contagem regressiva a partir de cinco, a luz vermelha acende e Mason olha para a câmera, com o rosto transformado. — Temos um presente especial hoje. Estou muito feliz em receber Billie, a Coelhinha dos Corações Partidos, de volta ao nosso estúdio. — Seu sorriso parece mais amplo do que antes enquanto ele explica aos espectadores o que eu faço. Então ele se vira para mim. — E feliz primavera para você, Billie! É a estação do amor ao nosso redor. E tenho que perguntar: por que *não* podemos simplesmente sair e nos apaixonar? Você quer mesmo fazer o papel de uma desmancha-prazeres? Por que não podemos nos divertir?

Balanço a cabeça para ele.

— Esta é a época mais perigosa do ano, com todos aqueles hormônios descontrolados. E, só para você saber, sou o *oposto* de uma desmancha--prazeres. Pensar que você precisa se apaixonar para ficar bem é o que está matando a alegria das pessoas! As dores de se apaixonar *não* são gostosas. O amor romântico só vai te deixar tenso e infeliz.

— Mas e se você estiver feliz no amor? — provoca ele. — Algumas pessoas não *gostam* de amor e romance?

— Olha, se sua vida amorosa está indo muito bem, divirta-se. Apenas mude de canal e deixe de escutar o que *eu* digo...

— Com licença — intervém ele, flertando com a câmera. — Ela não está dizendo para você mudar de canal literalmente. Por favor!

— Fique no canal então — digo, rabugenta —, mas não siga meu conselho. Na verdade, deleite-se com sua boa sorte em encontrar o amor, porque, para a maioria de nós, se apaixonar só bagunça a vida. A paixão ocupa todo o seu tempo. Você se sente enjoado e desorientado. Não consegue dormir. Está sempre incomodando seus amigos com perguntas como: "Será que vai durar? Meu namorado realmente me ama? Ela ainda vai me amar mesmo se eu cortar o cabelo? E se isso for bom demais para ser verdade?". Isso *não é maneira de viver*, pessoal!

— Mas e se estivermos programados para o amor? E talvez estejamos programados para isso porque é divertido. Torna a vida divertida!

Eu me viro contra ele.

— Sério, você sabe por quanto tempo é divertido? É divertido talvez por trinta minutos ao dia. Esse é o tempo que as pessoas se deleitam em sentimentos de amor. Caso contrário, para a maioria delas, é uma agonia.

— Agonia? Uau! — Ele se recosta na cadeira, com um grande sorriso, e finge estar chocado com isso.

— Sim. Agonia! É estressante. Se não estiver indo bem, você está vivendo com medo, culpa ou arrependimento. Mas, *mesmo* que tudo esteja indo bem, mesmo que você veja um futuro deslumbrante com essa pessoa e nunca tenha se sentido tão bonito, elegante, charmoso ou espirituoso em toda a sua vida, é provável que esteja começando a questionar tudo, lá no fundo. Você se pergunta se tudo vai explodir na sua cara. Fica esperando que as coisas deem errado, e, acredite, em mim, as coisas *começarão* a parecer erradas se você prestar bem atenção.

— Bem, como podemos nos proteger? Que tal ir fundo para conseguir? Uma tradição consagrada pelo tempo, o joguinho de se fazer de difícil.

Eu rio.

— Ai, meu Deus. Você *só* pode estar brincando! Quero dizer aqui e agora que o joguinho de se fazer de difícil é o *pior* já inventado pelos seres humanos! Para vencer, você tem que se afastar da outra pessoa até que ela perceba o quanto te quer e que está disposta a se humilhar para estar com você. E quem quer um parceiro humilhado? Levante-se e seja forte. O amor não tem nada a ver com joguinhos!

Ele parece surpreso.

— Então, o que você fala para as pessoas que dizem que você é contra o amor?

É como se algo entrasse em combustão no meu peito, e não consigo impedir que essa sensação assuma o controle.

— *Contra* o amor? *Não sou* contra o amor! Eu adoro o amor! Todos nós precisamos de amor nas nossas vidas! Sou contra a dor de cabeça e o sofrimento românticos. Eu digo que todos devemos sair pelo mundo e aproveitar nossas vidas! Há muitas maneiras de se divertir sem que tudo se reduza a romance. Ame tudo e todos, mas pare com toda a agonia e de ficar retorcendo os dedos de nervosismo! Esqueça essa história de tentar ficar lindo e atraente a cada minuto do dia!

Percebo que Anna está agitando os braços na escuridão à minha frente. Nosso tempo acabou.

Mason Davis diz:

— Bem, isso...

Mas parece que não consigo parar. Olho direto para a câmera, o que você não deveria fazer; você deveria olhar para a pessoa com quem está conversando, mas tenho mais a dizer.

— Escutem, terráqueos! Parem de se preocupar em atrair pessoas! Pelo amor de Deus, façam as coisas que vocês adoram fazer. Leiam livros! Comecem a fazer sapateado! Sirvam refeições na cozinha comunitária! Treinem para o programa espacial! Sejam voluntários em um abrigo para pessoas em situação de rua ou conversem com os cães que veem no parque. Dancem! Ou não façam nenhuma dessas coisas: só se deitem no chão e contemplem o ventilador de teto, se quiserem. Qualquer coisa que seja! Façam as coisas que gostam de fazer, concentrem-se em agradar e amar a si mesmos. Vocês vão ficar surpresos com o quanto sua vida vai melhorar. Romance não é o caminho para a felicidade! Existem muitas outras maneiras! Parem de se preocupar com atração e amor romântico! Apenas parem!

— E esse é o conselho de... — diz Mason.

Continuo olhando para a câmera e me aproximando dela.

— Chega de desejar o amor ou de fazer de tudo para se colocar no caminho do amor! Viva sua vida e coloque sua paixão em coisas que te fazem se sentir bem e pare de se preocupar com todo esse drama! Apenas saia dessa, tá?

— E aí está — diz Mason, rindo um pouco. — Estaremos de volta logo depois do comercial. A seguir, temos algumas dicas inspiradoras sobre como fazer a limpeza de primavera sem estresse. Obrigado, Coelhinha dos Corações Partidos.

As luzes se apagam e os dinossauros se afastam.

— Uau — diz Mason, parecendo um pouco corado. — Nós meio que saímos do script.

As pessoas se aproximam e começam a remover meu microfone sem falar nada. Eu me levanto e agarro minha cabeça de coelho, contornando todos os fios e outras coisas. Ninguém parece muito feliz, especialmente Anna, cuja boca é uma linha reta e dura enquanto diz a Mason que não haverá tempo para um dos quadros programados porque demoramos muito.

Mason diz:

— Bem, é uma pena. Mas você tem que admitir que esse foi um bom quadro.

Ela lança a ele um olhar fulminante.

— Temos que cumprir o cronograma — insiste ela. — Se você tivesse nos avisado…

— Falaremos sobre isso mais tarde — diz ele.

— Sim, a gente se fala. — E ela se afasta, segurando a prancheta à sua frente como se guardasse os segredos da vida. Olho para Anna enquanto sai. Não acho que ela deveria falar com Mason dessa maneira.

Ele se aproxima de mim e diz em voz baixa:

— Não se preocupe com isso. Seu quadro foi maravilhoso. Mas você está bem?

— Eu não deveria ter vindo ao programa — digo. — Não estava de bom humor para isso hoje. Desculpe.

— Não, não, não. Não se preocupe — diz Mason, conduzindo-me em meio aos fios e para fora da porta do estúdio, e pelo corredor, longe de outras pessoas. — Alguma coisa te chateou?

Chegamos ao camarim, onde minha bolsa e meu casaco estão sobre a mesa. Ele fecha a porta atrás de nós. Fico ocupada pegando minhas coisas e não consigo olhar para ele.

— Só estou rabugenta hoje — digo. — Toda essa bobagem de amor para onde quer que eu olhe! E agora fiquei totalmente fora de controle no seu programa. Falando demais, reclamando demais.

— Bem — diz ele, rindo —, se servir de consolo, acho que as pessoas vão se identificar com a sua frustração. Parecia totalmente espontânea e natural, e é isso que buscamos, não uma entrevista com roteiro. Mas, só para verificar aqui: você ficou irritada com as perguntas que fiz? Eu te ofendi de alguma forma? — Sua testa está franzida; ele parece extremamente preocupado.

— Não, não. Não é você. É a vida. Como ela sai dos trilhos. Buuum. — Transformo meu braço em um foguete e o atiro em direção ao espaço sideral, e depois, quando o desço, meu cotovelo bate na mesa. Por um momento, meus olhos lacrimejam e vejo estrelas, o que só deixa Mason *mais* preocupado.

Seus olhos se mostram solidários.

— Diga-me — pede ele. — O que está acontecendo?

Ai, Deus. Eu suspiro. Não queria entrar nesse assunto.

— Bem — digo e dou a ele um sorriso do tipo "Me deixe em paz porque você não sabe com o que está lidando". — Se quer saber, quase tudo na minha vida deu errado. O principal é que engravidei minha filha por acidente...

— Espera. Você... o quê?

— Sim. O feitiço. Eu fiz aquele feitiço de gravidez para a amiga dela, Phoebe, e, de alguma forma, o embrião, a entidade ou o que quer que seja foi parar no útero errado. Fico explicando para todo mundo que não fui feita para a bruxaria, que tudo o que faço é apenas canalizar um pouco de energia... mas Louise está pirando, provavelmente com razão, e agora ela se mudou para minha casa, assim pode me punir mais de perto, me fazendo pensar nisso a cada momento em que estou acordada, e até mesmo em alguns momentos em que não estou acordada, já que ela insiste em dormir na minha cama comigo! *Como se não bastasse*, meu ex-marido está me perseguindo com mensagem após mensagem, em nenhuma delas usa pontuação, e Louise está brava com isso também; não tanto pela falta de pontuação, mais pelo fato de eu não ter dado tudo da minha vida para ela revisar e aprovar. E agora eu...

Há uma batida rápida e forte à porta, que se abre como se a polícia a tivesse arrombado. Anna está lá, olhando de um para outro. Ela está com sua cara oficial de punição, embora eu não ache que tenha qualquer poder real sobre Mason. Mesmo assim, noto que ele está se segurando em uma cadeira e acho que parece um pouco pálido.

— Aaaah, agora preciso ir — digo rapidamente, embora não fosse isso que eu ia dizer.

— Mason, estão te chamando na sala do diretor — diz Anna.

— Estarei lá em alguns minutos — ele responde.

— Acho que querem você agora — ela diz e se vira.

— Ela parece a monitora de corredor de que me lembro da escola primária — digo em voz baixa. — É melhor você ir antes que o diretor venha aqui.

Mason não fica nem um pouco surpreso. Ele ri.

— Você tem a vida mais colorida e interessante de todas as pessoas que conheço — diz ele.

— Bem, esperemos que fique um pouco menos interessante em breve — respondo. — E, quanto ao colorido, eu também poderia fazer uso de emoções que estão mais na paleta do bege no momento.

— Você nunca teve uma emoção bege na sua vida — diz ele. — Por que começar agora?

Então, o que eu faço quando estou abalada, com excesso de cafeína e fora de mim? Vou ao lugar que sempre cura minha alma: o supermercado. Ando pelos corredores e fico sempre admirando as fileiras de vegetais, alegres e brilhando sob as luzes rosadas. Hoje, os pimentões vermelhos parecem personagens animados, de tão brilhantes.

Não consigo resistir. Coloco três deles no meu carrinho. Vou recheá-los com linguiça picante e arroz... Só que então me lembro de que Louise não come nada que tenha algum sabor e fico furiosa de novo.

Honestamente, se eu pudesse reviver a minha vida, acho que poderia ter pulado a parte em que apareci pela primeira vez na televisão. Voltaria a ser a tranquila e competente Coelhinha dos Corações Partidos, atendendo um cliente por vez e me concentrando na remoção de objetos desagradáveis.

Estou passando para as alfaces e as verduras quando meu celular explode com mensagens.

Ai, meu Deus. Sessenta e quatro pessoas ligaram para a emissora e querem marcar hora com a coelha. Uma emissora de televisão em Nova York quer me colocar no programa na próxima semana. A Federação Geral dos Clubes de Mulheres gostaria de me levar a Chicago para ser a oradora principal no outono, falando sobre amor e feminismo.

A última mensagem é de Mason.

> Acabei de falar com Joey. Desastre. Delícia está de volta à cidade. E ele está falando com ela.

Ando pelos quatro corredores do mercado antes de poder responder. Então escrevo:

> Não acho que ele vá aceitá-la de volta, Mason. Ele não é masoquista. Aliás, o que aconteceu na emissora? Você está em apuros? O diretor disse que você tem que ficar depois da aula?

Três pontos aparecem e desaparecem. Então aparecem novamente. Então desaparecem. Estou na fila do caixa quando ele finalmente escreve:

> Acho que ele é vulnerável. Possíveis tendências masoquistas latentes no que diz respeito a essa mulher. Além disso: o diretor da emissora falou para interromper as aparições da Coelhinha.

Não é nada de mais. A audiência ainda é a mais alta quando você entra, então isso é ridículo.

Estou prestes a escrever que não quero mais participar do programa, de qualquer maneira, e que não os culpo por terem ficado zangados por causa da forma como agi hoje, e que também sei que Joey não vai aceitar Delícia de volta porque: (1) ela é o ser humano mais egoísta de todos os tempos, (2) ele sabe disso, e (3) por que uma pessoa aceitaria de volta *alguém* que se casou com outro *no casamento que ELA pagou* E QUE (4) depois foi para a lua de mel com o tal do cara?!

Mas tudo isso é muita coisa para dizer apenas com os polegares. Então, em vez disso, escrevo:

Quer vir jantar em casa?

Ele imediatamente diz que sim.

Estou me sentindo culpada. Decido que vou assar um frango para ele. Esqueça os pimentões recheados com linguiça picante. Esta noite pede um frango curativo com limão e alecrim, purê de batatas e couve-de-bruxelas salteadas em azeite. Saio da fila do caixa e devolvo as linguiças e os pimentões e, em vez disso, vou comprar um frango e batatinhas vermelhas. Nenhuma comida diz *"Desculpe por ter feito uma espécie de barraco hoje"* como um frango assado. Depois de alimentá-lo com comida nutritiva, vou levá-lo para passear e ouvi-lo falar sobre Delícia e Joey, e vou tranquilizá-lo.

E assim seremos um para o outro: pessoas que se unem por causa de seus filhos equivocados, mas que encontram o caminho.

Será uma noite calma e tranquila. Vou lembrar que existem maneiras de manter amizades que não envolvam complicações. Além disso, não vou jogar na cara o fato de ele usar blusa de gola alta e ter o queixo e os olhos enrugados, o que considero muito generoso e inteligente da minha parte.

17

Quando chego em casa, já são cinco horas e encontro três carros na garagem — surpresa, surpresa! —, e Phoebe e Louise estão sentadas no balanço da varanda, as cabeças juntas, balançando para a frente e para trás. Bonnie Raitt canta sobre desgosto nos alto-falantes externos.

Parece que Phoebe está chorando e o braço de Louise está em volta dela.

Estaciono meu Fusca na rua e me dou uma olhada severa pelo retrovisor antes de sair e carregar minhas sacolas de compras pela calçadinha que vai até a varanda. Não vou mentir: meu coração está cheio de impaciência e pavor. Louise olha para mim.

— Oi, mãe — ela diz baixinho, como se estivesse me dando as boas-vindas para um horário de reconhecimento de corpo em um necrotério. — Todo mundo está aqui. Estamos todos processando o que aconteceu.

— Processando — digo fracamente. — Oi, Phoebe. Como você está, querida?

— Estou bem, eu *acho* — diz ela. E então começa a chorar, e Louise a abraça novamente e olha para mim, com os olhos cheios de preocupação. Ela me afasta antes que eu possa tentar abraçar Phoebe também. Não é de mim que as pessoas querem abraços agora.

Levo as sacolas para a cozinha, onde Hildy está encostada no balcão enquanto Miranda serve um pouco de vinho tinto nas taças que usamos nas Quintas-feiras de Martíni.

— Oi — digo. — Você é da equipe de processamento dentro de casa?

Miranda sorri.

— Estamos dando a elas um momento, só isso. Muitos sentimentos complicados por aí. Grandes demais para ambientes internos. Gostaria de uma taça de vinho?

— Claro.

Ligo o forno para preaquecer e sento-me no chão para vasculhar o armário inferior em busca da assadeira. Louise ainda não chegou a este armário: as panelas estão empilhadas ao acaso e, como sempre, ameaçam cair em cima de mim. Eu me inclino ainda mais para colocar as fôrmas de pão bem no fundo da prateleira, o que gera uma barulheira.

— Como *você* está com tudo isso? — diz Miranda quando eu volto à superfície. — Como a lançadora de feitiços.

Posso sentir que meu rosto está vermelho.

— Bem, sem ofensa, mas acho que mencionei que não tinha experiência com feitiços de gravidez.

Hildy ri.

— Com certeza não tinha experiência em *direcionar* feitiços de gravidez.

— Como você acha que aconteceu dessa maneira? — diz Miranda. Quando ela vê meu rosto, sorri e diz: — Não, não. Não estou te criticando. Eu realmente quero saber. Você tem alguma ideia?

Esfrego a cabeça, onde um pequeno foco de enxaqueca de irritação está começando a florescer.

— Claro que não — respondo. — Não faço a menor ideia de como isso aconteceu.

— É como o enredo de um episódio de *A feiticeira* ou algo assim — diz Hildy. — Seria hilário se não conhecêssemos as pessoas envolvidas.

— Exceto que é a vida real, e Phoebe quer um filho e Louise não — argumenta Miranda.

Hildy acrescenta:

— Então o que viemos fazer aqui, e não é uma tarefa fácil, é levar as duas ao ponto em que elas podem aceitar essa situação.

— Bem, posso estar sozinha nisso, mas acho que Louise realmente quer um filho — diz Miranda. — Acho que no fundo ficará um pouco feliz com a notícia, assim que o choque passar. Ela sempre falou em ter um filho.

— Espero que sim — contemporizo.

— Talvez não enquanto ela estiver terminando com Leo — diz Hildy. — Tempo é tudo. Terminar e ter um filho é uma merda. E tenho certeza de que não fiz isso parecer moleza.

— Nem eu — concordo. — Ser mãe solo não é para os fracos. — Desembrulho o frango e o coloco na travessa, então me ocupo esfregando-o com manteiga e limão. — Vocês vão ficar para jantar?

— Claro. Acho que sim — diz Hildy. — Se você não achar ruim, claro.

— Está bem. Pode descascar umas batatas? O descascador está na segunda gaveta à esquerda.

— Lembro onde mora o descascador — diz ela.

Miranda toma um golão de vinho.

— Devo dizer que vocês duas estão me fazendo sentir simplesmente incrível por não ter me envolvido — diz ela.

— Você é incrível — diz Hildy. — Incrivelmente *solitária* pra diabo, mas incrível. — Ela começa a lavar as batatas.

— Aqui, você não deveria estar sentada? Eu faço as batatas.

Miranda puxa uma cadeira e Hildy afunda nela.

— Enfim — ela diz —, e se esta noite fizermos um feitiço diferente?

— *Outro* feitiço de gravidez? — indago. — Acho melhor não.

— Não. Outro *tipo* de feitiço — diz Hildy. — Um feitiço de aceitação. Um feitiço de apreciação de que tudo é perfeito. Algo parecido. Não sei. O que diabos poderia tornar isso melhor? Você é quem tem o livro de feitiços. Você me diz!

— Não tenho um livro de feitiços. Tentei explicar o que foi que aconteceu. Eu só recito algumas palavras.

— Bem, de onde vêm as palavras?

— Elas simplesmente surgem na minha cabeça.

Miranda me entrega uma taça de vinho e olha para Hildy.

— Falam mesmo pra gente não ingerir nada de vinho durante *toda* a gravidez?

— Toda a gravidez. Sim, é o que isso significa — diz Hildy.

Phoebe e Louise entram, e Phoebe se aproxima e me dá um abraço hesitante. Seus olhos parecem arregalados e úmidos, com os cílios grudados.

— Sinto muito, sou uma péssima bruxa — digo, puxo-a para mim e balanço-a para a frente e para trás. — Eu realmente esperava que você conseguisse um bebê com aquilo — digo em seu ouvido. — Talvez não devêssemos ter brincado com uma coisa tão séria, sabe? Levamos na brincadeira demais, talvez?

— Eu sei — diz ela.

— Mas você sabe que isso ainda pode acontecer. Quero dizer, todas aquelas pequenas vibrações flutuando no universo… — diz Miranda.

Eu não sabia que ela estava ouvindo. Olho para cima e vejo todos elas olhando para mim. Miranda está enxugando os olhos.

Coloco o frango no forno. Estou pensando que agora teremos um lindo momento "abraço coletivo", todas enxugarão as lágrimas e deixaremos o drama de lado, e, quando Mason chegar aqui, tudo vai ser um mar de rosas, mas não. Phoebe se afasta e diz a Miranda:

— Cale a boca, tá? Isso não vai acontecer sem luta.

— E o que você vê como uma luta, que mal lhe pergunte? — diz Miranda.

— Intervenções. Vacinas. Consultas. Médicos. Desapontamento.

— Só porque um feitiço não funcionou não significa…

— Você não vê? *Nada* aconteceu! Você não entende, não é? Estou prestes a sofrer todo o desgosto aqui.

— Ah, querida, sinto muito, mas você precisa ter esperança — diz Miranda, aproximando-se e abraçando Phoebe, o que parece um pouco como abraçar um porco-espinho, a julgar pela expressão das duas.

A campainha toca neste momento, e vejo Mason na varanda da frente, passando pelas janelas, falando ao celular, gesticulando. Eu o ouço dizendo as palavras "Não seja idiota". Parece intenso lá fora. É intenso *aqui* dentro. Na verdade, alguém deveria verificar os mapas astrológicos para ver o que diabos pode estar acontecendo.

— Espere — diz Louise, estreitando os olhos para mim. — Mason está aqui? Mason Davis? O que *ele* está fazendo aqui?

— Eu o convidei para jantar — respondo. — Ele está enfrentando uma situação com o filho. Precisava conversar. — Atravesso a sala de jantar em direção à porta da frente.

— Mas eu convidei todo mundo! — diz ela. — Pensei em ficarmos todas juntas aqui.

— Não tem problema algum. Todos nós podemos estar aqui — digo, embora ela saiba... ela deve saber... que é assim que eu me sentiria. Sempre afirmei que coisas boas acontecem com uma variedade de pessoas à mesa de jantar e que elas não podem ser planejadas com antecedência. — Podemos ficar todos juntos aqui — digo por cima do ombro. — Estou assando um frango grande e fazendo purê de batatas. Tem para todo mundo.

Mason sorri, mas me afasta. Ele ainda está andando e falando ao telefone, então volto para a cozinha.

— Mas estamos processando! — diz ela. — E, mãe, ele vai descobrir tudo o que aconteceu. Todos as nossas coisas!

— Ele já sabe — afirmo. — Não acho que vai colocar isso no noticiário, se a sua preocupação é essa.

Ela olha para as outras mulheres com uma expressão de pergunta: *"Vocês estão vendo com o que tenho que lidar?"*.

— Acho que vai ficar tudo bem — diz Phoebe. — Sou a que está no pior desastre aqui; então, se eu disser que está tudo bem, é porque está tudo bem.

Louise diz:

— Escute, eu também estou um desastre, você sabe. Gostaria de ressaltar que vomito quatro vezes ao dia e que também odeio tudo! Tudo na vida! Os cheiros me deixam louca, meus seios doem e choro quase o tempo todo. Estou perdendo toda a minha carreira porque não posto nada há quase uma semana, e meus seguidores estão me abandonando como ratos fugindo do *Titanic*, se é que isso existe, e nenhuma de vocês parece pensar em nada disso, assando frangos ao meu redor e falando comigo sobre como é maravilhoso o milagre da vida. E não sei o que fazer nem consigo mais pensar direito. Eu perdi todo o meu juízo.

— Ah, pobre Lulu — diz Hildy. — É claro que você também está passando por uma situação difícil! Ah, minha pobrezinha, pobre e doce bebê!

Ela se aproxima e envolve Louise nos braços, ou tenta, mas sua barriga atrapalha, e Louise recua e diz:

— Meu Deus! Olhe só para você! Essa serei *eu* daqui a alguns meses?

— Acho que, se você continuar sem fazer nada, sim. Esta será você — diz Hildy. — E acredite em mim, você vai adorar. Todos os chutinhos, as batidas e os sons gorgolejantes. Até o fato de te acordar para fazer xixi três vezes por noite. E você quer saber por quê?

— Porque você está programada para se sentir assim por meio de misteriosos processos biológicos sobre os quais não tem controle consciente?

— Não. É porque você sabe que em breve poderá trocar isso por um ser humano real e vivo.

— Ai, Deus! Ai, Deus! — diz Louise, colocando a cabeça entre as mãos.

— Então, *quais* são seus planos, se me permite a ousadia? — pergunta Phoebe.

Todas nós olhamos para Louise.

Ela olha para nós.

— Bem, hum, vou ter um bebê — ela diz com sua voz irritada. — Você não sabia? Caso contrário, eu já teria dado um jeito.

E é assim que minha adorável filha anuncia suas intenções ao mundo. Parece que o elástico que aperta meu coração começou a se soltar. Esse sentimento me surpreende. Poderia haver um pouco mais de ar na sala.

— E vai ser um show de horrores, porque não sei o que estou fazendo. E estou me preparando para uma vida solitária com uma criança que, quando crescer, vai se perguntar por que o pai dela não está por perto, assim como eu, mas o que mais eu posso fazer? Estou completamente perdida! Eu sou um desastre de ser humano!

— Mas você vai ficar com o bebê, e isso é maravilhoso! — diz Hildy. — E não vai ficar sozinha. Nem por um segundo. Vai ser tão bom! Você e eu sendo mães juntas.

Então, é verdade. É real. Vou ser avó, reflito. *Minha filha rabugenta e de coração partido vai ter esse bebê. E vai ser difícil, maravilhoso e todas as coisas complicadas.*

Sinto meus olhos se enchendo de lágrimas. Louise, parada perto de mim, toca meu braço e começa a chorar. Phoebe também começa a chorar, e então Hildy se dissolve, e, praticamente em seguida, estamos todas perdidas.

— Mamãe, por favor, me diga que você acha que eu vou conseguir fazer isso — diz Louise, e Miranda, do outro lado da sala, solta um grito alto. Abro os braços e todas elas caem em mim e umas nas outras, e estamos todas em uma loucura de choro, que é a melhor coisa do mundo.

Olho para cima e vejo Mason parado na porta.

Realmente, esse cara domina como chegar a algum lugar sem ninguém perceber.

— Apenas um aviso justo: você parece ter entrado em uma zona de choro — digo a ele, ainda abraçando todo mundo. — Poderíamos tentar parar, mas acho que não vamos conseguir. Então, se não consegue ver mulheres chorando, é melhor voltar lá para fora até que a gente se recupere.

— O que pode levar anos — diz Louise. — Eu mesma estou planejando chorar pelo menos pelos próximos nove meses e, possivelmente, pelos próximos dezoito anos depois disso.

— Se eu pudesse participar da festa do choro, ficaria feliz pelo resto da minha vida — diz Mason. — Há muito pouco apreço por um bom choro hoje em dia.

— Por aqui há muito apreço — diz Hildy, enxugando os olhos. — Pelo menos havia quando eu estava no Ensino Médio. Vim aqui e chorei todos os dias.

— Não mudou muito — diz Louise.

— Espere um segundo. Não é tão ruim. Há risadas também — digo. — Entre e tome uma taça de vinho.

— Também conhecido como suco de choro — diz Phoebe. E então ela estende a mão e diz: — Oi, sou Phoebe. Provavelmente, você me conhece como aquela que deveria engravidar por causa do feitiço, mas foi Louise quem engravidou no meu lugar.

Mason olha para mim, perplexo e se divertindo.

— Tudo bem. Eu contei que você sabe — digo a ele. — Já é um fato bem conhecido que eu tenho uma boca grande. Mas, acredite em mim, já processamos os acontecimentos e não vamos sentir necessidade de ficar falando sobre isso a noite toda. Certo, meus amores?

— Mas a verdadeira questão é: tem como terminar de processar algo assim? — diz Miranda. Ela vai até Mason e lhe entrega uma tigela de amendoim que pegou no balcão. — Sou Miranda, possivelmente a única pessoa aqui que não está pensando em alguma forma de aumentar a família. Tenho meu trabalho, muito obrigada.

— Então, Louise, parabéns — diz Mason, com os olhos brilhando. — Embora a gente se pergunte se dar os parabéns é apropriado em todos os casos. Suponho que, se estiver sendo anunciado, é uma coisa boa. Estou certo em pensar assim?

Olho para Louise, que dá de ombros.

— Não sei o que você deveria dizer — ela rosna.

— Você acabou de dizer que vai ficar com o bebê — digo. — Então, as pessoas vão dar os parabéns.

— Bom, meu nome é Hildy e estou muito grávida, como pode ver — diz Hildy, enquanto esfrega a barriga, que parece ter ficado coberta de migalhas. Vejo que ela tirou um pacote de biscoitos do armário e os está mastigando.

— Parabéns para você então — diz Mason. — Agora me deixe ver se eu entendi direito... Lá está Phoebe... para quem você fez o feitiço.

— Bem...

— Ela fez. Fez um feitiço — diz Phoebe. — Ela deve tentar negar isso agora, mas entoou algumas palavras sob a lua cheia e pediu ao universo que me enviasse um embrião, e ele não fez exatamente isso. No lugar, ele enviou para Louise.

— Interessante — diz Mason. — Ok, então... então tem Hildy, não é? Hildy, que está muito grávida... teve um feitiço para isso também?

— Absolutamente não. Engravidei sem magia. Então fui pega de surpresa quando meu marido me abandonou.

— Observe como essa conversa ficou muito profunda muito rápido — diz Louise. — Em mais uma hora, você vai saber tudo sobre todas nós, se minha mãe tiver alguma participação nisso. Ela não tem senso de privacidade.

Miranda sorri.

— Certo, e, agora que você sabe tudo isso sobre nós, tem que nos contar algo pessoal e devastador sobre você. Eu, particularmente, gostaria que começasse com seu filho. Eu o vi no seu programa há algumas semanas. Como ele está?

— Bem, engraçado você mencionar Joey. A ex-noiva dele está de volta e pede desculpas.

— O QUÊ? — Todas nós dizemos isso ao mesmo tempo. Eu falo também, mesmo já sabendo.

— A mulher que o deixou e se casou com outra pessoa? — diz Louise.

— Era o chefe dela, não era? — diz Miranda. — Todo mundo aqui viu isso na TV.

— Bem — diz Mason, rigidamente. — Não acredito que ela tenha *se casado* com outra pessoa. Acho que ela apenas o trocou pelo chefe.

Tomo um momento para compor minha expressão facial. Mason não conhece a história do casamento? Do depósito? A viagem de lua de mel pela qual Joey pagou e não foi? Joey nunca contou a ele *essa* parte quando eles se sentaram juntos e supostamente discutiram tudo?

— Bem, de qualquer forma, ele é muito fofo — diz Hildy. — Por acaso ele quer filhos? Como se sentiria sendo padrasto? Ele só teria que esperar três meses.

Miranda bate no braço dela e Mason ri.

— Não sei o que ele está fazendo, francamente. Tudo o que ele me disse ao telefone é que eles estão conversando de novo. Por ora.

— *Por ora?* O que isso significa? — questiona Phoebe.

— Isso foi o que meu marido disse quando foi morar com a vizinha — diz Hildy. — Ele estava apenas fazendo aquilo *por ora*. Só vendo como as coisas se desenrolavam.

— E como elas se desenrolaram? — diz Mason.

— Ele ainda está lá. Fui morar com a minha mãe, só para não precisar vê-lo entrando na casa *dela* todas as tardes, quando chega do trabalho. Ou lavando o carro ou assobiando quando volta da loja de bebidas com uma caixa de cerveja para o fim de semana. — Ela abaixa a voz: — E o pior era quando eu via a hora da noite em que apagavam a luz do quarto.

Seus olhos se enchem de lágrimas e eu lhe passo a caixa de lenços.

— Então, Joey é... suscetível, você acha, a Delícia? — pergunto, e todo mundo quase cai de costas ao ouvir que o nome dela é Delícia. Como seria de esperar. Miranda aperta o coração.

— Por favor, vocês grávidas aqui, *não* deem nomes idiotas aos seus bebês, tá? — ela diz.

Peço a Mason que se aproxime para que eu possa abrir o forno e regar o frango.

— Você se importaria de pegar aquele pote pendurado ali? — pergunto. — Encha uns três quartos com água, por favor. As batatas estão todas descascadas e prontas para o forno?

— Gosto mais quando têm casca — diz Miranda.

Louise diz que olhar as cascas lhe dá náusea. Hildy a leva para a sala de estar com uma caixa de biscoitos que, segundo ela, ajudam a combater as náuseas, e, no caminho, ela está falando sobre chá de framboesa e aulas especiais de ioga para gravidez que elas podem fazer, e como ela conhece uma enfermeira que também faz acupuntura e um lugar para comprar lindas leggings de maternidade e tops elásticos.

Phoebe olha para elas com tristeza. Acaba comigo ver o quanto ela queria que fosse ela. Miranda se aproxima e lhe dá um abraço apertado, e, quando olho para Mason, ele as observa com olhos tão suaves e luminosos que, por um momento, acho que vou ter de *confortá-lo.*

Conforme planejado, eu o levo para passear depois do jantar. Eu, por exemplo, estou saturada de drama. Sinto-me como um pano de prato úmido que foi torcido. É uma linda noite de primavera; o início de abril, que pode ter qualquer tipo de clima, decidiu se comportar. As pessoas estão na rua, sentadas nos degraus ou jogando bolas de beisebol e frisbees nos jardins da frente. Alguns narcisos estão prestes a florescer. Se apertar os olhos, dá para ver que as árvores têm uma leve camada rosa.

Ao passarmos pelo restaurante e bar de Archie Moore, Mason diz que deveríamos entrar e tomar uma bebida.

— O antídoto para a parentalidade difícil que vivemos só pode ser um bar barulhento.

— É isso que é uma parentalidade difícil? — digo, rindo.

— Bem, de que outra forma você chamaria? — emenda ele. — Vamos ver. Meu filho está atualmente flertando com a ideia de voltar para uma narcisista egocêntrica, e a sua filha…

— Está chorando na minha cozinha agora porque engravidou de um feitiço que eu fiz, só que ela não acredita em feitiços e não tem certeza se quer a maternidade, e também decidiu não contar ao marido sobre a gravidez, mesmo que ela fique com o bebê.

— E, para uma bruxa, você parece estar passando por uma situação muito difícil. Gravidez perdida e agora Joey parece ter ficado maluco. Ele, acredito, foi seu grande sucesso.

Suspiro.

— Eu sei. Eu deveria devolver meu cartão de registro do Conselho Regional de Bruxaria. Ah, verdade. Não tenho.

Ele ri.

— Mas também, não acho que ele vá voltar para ela. Por que faria uma coisa dessas?

— Porque ele ainda está apaixonado por ela? Porque ele é um idiota que pensa que ainda pode dar certo?

Quero dizer: "Mas ela se casou com outra pessoa! E usou todo o dinheiro do casamento e da lua de mel COM o cara novo!".

Mas não faço isso. Não faço porque Mason parou de andar e está me lançando um olhar estranho. Tipo, um *daqueles*. E seu rosto está cada vez mais perto do meu. Ele olha nos meus olhos, hesita apenas por um momento, depois coloca as mãos no meu cabelo, meu cabelo duro e espetado, se inclina e me beija. Bem desse jeito. Ele me beija. No começo, é um beijinho bem no meu lábio inferior e, então, talvez porque eu não me afasto, a boca dele se move sobre a minha, e as coisas ficam bizarramente bem rápidas. Faz muito tempo que não beijo de modo tão intenso que, de fato, esqueci como isso relaxa a gente. Tipo, desbloqueia as articulações dos joelhos ou algo assim. Dá vontade de se apoiar inteirinha na pessoa que está beijando, encostar em coisas — paredes ou camas.

Quando me afasto, estou sem palavras. Fico olhando para ele.

— Desculpe — diz Mason. Seus olhos estão fixos nos meus. — Ah, pelo amor de Deus! Que droga eu estava pensando? Desculpe, desculpe, desculpe.

— Bem — digo—, foi um beijo e tanto, na verdade. Inesperado, que é o melhor tipo. Mas não acho que você deva fazer isso de novo.

— Claro que não — diz ele.

— Por outro lado, somos adultos, temos dois filhos espetacularmente malucos e bebemos um pouco de álcool, então acho que é compreensível e até mesmo bom para nós darmos outro beijo se fizermos questão.

Ele inclina a cabeça e me olha de um jeito inquisitivo, como se isso pudesse ser um truque.

— Não tenho uma regra sobre coisas assim — digo. — O que eu tenho como regra é o romance. Isso, no entanto, se enquadra na categoria de um beijo que não convida ao romance.

— Ninguém vai ficar com o coração partido por causa daquele beijo — diz Mason. — É isso que você quer dizer?

— É. Mesmo que eu suspeite de que você acredita em amor romântico, em "felizes para sempre" e em todas essas coisas.

— Não! — defende-se ele. — Eu não. Juro que não.

— Bem, então, nesse caso — continuo —, vamos parar de curtir na calçada, entrar no Archie Moore como adultos e pegar alguma coisa para beber, mesmo que possa ser desaconselhável, e talvez, na hora certa, a gente volte para a minha casa. As jovens já terão superado a festa de choro e o processamento dos sentimentos, e assim poderemos nos beijar dentro de casa.

— Tudo bem — ele diz. — Embora isso seja confuso. Você deve admitir que é confuso.

— Não admito nada disso. Você tem que acompanhar.

Sentamo-nos no bar e tomamos alguns coquetéis de adultos com azeitonas e um pouco de crocante de maçã porque é irresistível, e então, depois de nos cansarmos de ter que gritar para conseguir conversar em meio ao jogo de basquete na televisão e ao burburinho das pessoas ao redor, voltamos para minha casa.

Todas as luzes ainda estão acesas, mas não parece haver ninguém por perto. E, de fato, há um longo bilhete de Louise no balcão dizendo que voltou para casa para passar a noite, uma semana ou algo assim. Diz que vai voltar para "enfrentar sua vida".

Entendo. Ela precisa estar em sua própria casa agora que decidiu ter o bebê, andar pelos cômodos e se ver ali como uma mulher grávida e talvez até como mãe. Andar de um lado para o outro e descobrir que lugar Leo ocupa na sua vida, onde ela vai colocar o berço, se de fato ela vai ficar, o que vai dizer no blog, em que tipo de fralda ela acredita, se vai amamentar e se há um tipo especial de chupeta e de canguru de que ela vai precisar.

Leio o bilhete, pego Mason pela mão e, com toda a praticidade severa que a ocasião exige, levo-o para cima.

Desabotoo sua camisa enquanto caminhamos. Quando termino a dele, começo a desabotoar a minha, e, quando chegamos ao topo da escada, tiro a saia e a deixo lá no corredor, levando-o para o meu quarto. Não há falsidade nem modéstia aqui. Essa é a maneira certa de fazer as coisas quando você tem sessenta anos; é um pouco imperfeita e não há amor. Você não precisa ver ou ser admirada; simplesmente cai com o parceiro sob a colcha centenária da sua avó e tenta não dar muita importância à admiração e à gratidão nos olhos dele, mas apenas continua vivendo o momento. Os toques são seguros e deliberados. Vocês sorriem muito um para o outro e os dois vão com calma, e, depois de fazerem amor (o que não tem problema, porque vocês têm uma camisinha antiga na gaveta que vasculham até encontrar), você veste seu robe de tecido esvoaçante, dá a ele um dos roupões de banho de Calvin e o leva para a cozinha, onde prepara scones de mirtilo e um copo de conhaque como se estivesse em um filme de Nancy Meyers. Então, vocês comem em pé no balcão, apenas com a luz do fogão acesa, enquanto você conta a ele sua teoria sobre como tudo é efêmero e como está perfeitamente bem para você que nada vá de fato para a frente no final, porque você aprendeu que pode aproveitar o momento, divertir-se à beça e nunca mais repetir a dose.

E então você diz que ele tem que ir para casa.

Ele sorri e pergunta se poderia voltar lá para cima e vestir as calças e a camisa ou se teria que usar aquele roupão velho e surrado no trajeto de volta.

Você finge considerar a pergunta e depois o deixa subir, mas diz que ele tem apenas cinco minutos.

Porque você precisa que ele vá embora. Precisa mais do que tudo ficar sozinha, recuperar todas as partes de si mesma. Expulsar da memória o cheiro dele, a bochecha com a barba por fazer ao lado da sua, o suspiro profundo, as mãos quentes que descongelavam cada lugar onde pousavam no seu corpo.

18

Kat está sentada na minha cozinha três dias depois, reclamando do marido. Ele é controlador, não tem senso de humor e dá boletins do noticiário para ela o dia todo. Ele também come de garfo e faca sanduíches de queijo feitos na torradeira e usa sapatos pretos com shorts cáqui — pecados que não acho que sejam tecnicamente motivos para o divórcio, mas, para Kat, deveriam ser.

Ela está terminando sua lista de reclamações quando meu celular toca. É Mason. Olho para o aparelho e desligo.

Claro que ela vê.

— Então, o que está acontecendo entre você e ele? — ela pergunta.

Antes mesmo que eu tenha tempo de responder, ela me olha atentamente e, de repente, descobre que dormi com ele. Ela ri e me dá um "toca aqui" porque sempre acha maravilhoso as pessoas fazerem sexo. Não é amor; ela sabe disso. É apenas sexo. Algo que uma pessoa pode precisar, do ponto de vista médico. Como comida ou ar.

Então começamos a trabalhar e ela me conta sobre os novos pedidos de palestras que chegaram para mim. O mundo enlouqueceu, então há muitas ligações. Tantas que encomendei mais três fantasias de coelho para não parecer maltrapilha.

Na semana seguinte, sou convidada para dar uma palestra no Brooklyn — no *Brooklyn*, em Nova York! —, bem como em dois clubes de senhoras no condado de Fairfield, vizinho ao meu, e quinze visitas domiciliares; depois, no mês seguinte, duas emissoras de televisão e uma palestra para um grupo de mulheres na Califórnia.

— Você parece ter descoberto algo que as pessoas querem ouvir. Preciso te dizer: estou com um pouco de inveja.

— Não, não está.

— Estou. A emoção! — Ela tira uma mecha de seu cabelo loiro dos olhos e apoia o queixo nas mãos. — Ser procurada. O fato de que seus dias não são consumidos pensando se você deve servir bife ou frango a um homem e se carne vermelha faria mal ao colesterol dele.

— Bem, você *sabe*, agora que tenho fantasias sobressalentes de coelha, você poderia participar um pouco dessa coelhagem.

— Bob me mataria.

— Não, ele não mataria. E você não precisaria fazer isso por muito tempo. Só até eu voltar. Vai ser divertido. E vai ajudar o negócio. Vamos, viva um pouco.

— Bem — ela diz.

E eu sei que a convenci.

Subimos e Kat experimenta a fantasia de coelho. Ela fica uma graça vestida e se vira diante do espelho, de frente e de costas, admirando-se.

— Tem... tem certa... elegância, não tem? — ela diz. — Você realmente acha que eu conseguiria?

Eu a lembro de que ela é a mulher que pode fazer qualquer coisa. Conheço-a por encarar professores assustadores e mães malvadas no parquinho quando nossas filhas eram pequenas.

— Você é a pessoa mais corajosa que conheço.

— Não sou mais corajosa.

Ela está certa; não é mais. Kat poderia ser a prova de como o casamento pode drenar a verdadeira essência de uma pessoa.

Coloco as mãos em seus ombros e olho-a bem nos olhos.

— Bem, garota, então você precisa ser corajosa novamente. Talvez este seja um bom começo.

Ela se olha no espelho.

— Você tem razão. Talvez eu nem precise contar a Bob.

— Você decide o que fazer, mas talvez pudesse considerar ser honesta. Ele é capaz de lidar com a verdadeira e pura Kat, que não liga muito para o noticiário da TV e gosta de aventura. Afinal, foi por essa mulher que ele se apaixonou.

Ela considera isso, mas posso dizer que já está resolvido. Atenderá aos chamados de coelha todas as semanas, às segundas e às sextas-feiras, e, quando eu sair em turnê, ela atenderá a todas elas.

Faz muito tempo que não a vejo tão animada. Na verdade, ela me ligou três vezes naquela noite, só para revisar todo o protocolo: como levar os itens embora, o que dizer se os clientes estiverem muito tristes e o que dizer se não estiverem.

— Você consegue — afirmo. — Diga o que vier à sua cabeça.

Uma semana depois, vou para o Brooklyn, onde há tempestade e vento, mas as ruas estão cheias de pessoas apressadas carregando copos de café e embalagens de jantar para viagem, provavelmente. O ar cheira a escapamento de carro e chuva.

Dentro do Hallowell Hall, onde tenho uma palestra marcada, o clima é mais descontraído, de antecipação depois do trabalho. No andar de baixo, algumas pessoas jogam bocha; enquanto, em outra seção, uma mulher arruma cadeiras dobráveis. Parece que todo mundo está bebendo uma cerveja, e o ar parece agitado, como se algo grande estivesse prestes a acontecer. Depois de conversar com o barman, vou ao banheiro para ajustar a fantasia de coelho e borrifar algo no meu cabelo para fazê-lo ficar fixo em espetados divertidos. Olho-me no espelho e repito: *Não há motivo para ficar nervosa, não há motivo para ficar nervosa.* Uma mulher lá dentro me disse que acabou de ser abandonada pelo quinto namorado consecutivo, e todos os outros quatro agora estão casados e felizes, morando em lofts em algum lugar.

— É devastador tentar encontrar o amor nesta cidade — diz ela.

Quando, enfim, subo ao pequeno palco improvisado, depois de ser apresentada por um jovem que tem um sorriso tímido e uma barba escura comprida, olho para o público e respiro fundo, trêmula.

— Ohhhh, pobre Brooklyn! — digo. Há cerca de cem pessoas sentadas em cadeiras dobráveis. — Vocês estão com o coração partido, queridos? — Olho em volta e fico me perguntando o que poderia fazer as pessoas saírem de casa em uma noite chuvosa como esta se todos não estivessem loucos de sofrimento. — Quem aqui está sofrendo atualmente? Não tenham medo. Estamos juntos nessa. Não vamos julgá-los.

As pessoas levantam a mão. Olho para o público. Há uma luz ofuscando meus olhos e eu pergunto se ela poderia ser desligada para que talvez possamos sentar e conversar. Informalmente. Um homem corre e faz isso acontecer, e eu me acomodo em uma poltrona estofada que tem cheiro de que poderia ter absorvido pelo menos um engradado de seis cervejas derramadas.

O cara que me apresentou diz:

— Talvez você pudesse nos contar por que está usando uma fantasia de coelho... e exatamente o que uma Coelhinha dos Corações Partidos faz.

— Ah, sim, isso — digo. — Eu sei, parece ridículo, não é?

— Parece confortável pra cacete — alguém grita.

— Obrigada. E é mesmo. Tá. Você provavelmente não consegue se identificar com essa roupa, mas, uma noite, minha melhor amiga, Kat, e eu ficamos muito bêbadas... — Eles riem. — E, por volta das três da manhã, chegamos a algumas conclusões surpreendentes. Uma delas era que, entre nós, nos casamos cinco vezes e tivemos um número incontável de relacionamentos, e passamos mais de três quartos das nossas preciosas vidas tentando nos moldar para ser o tipo certo de mulher para homens que nem nos apreciavam. Estávamos sempre tentando parecer bem e fazer com que todos se sentissem bem consigo mesmos, distribuindo troféus de desempenho se o cara chegasse do trabalho na hora certa, e percebemos que, embora tivéssemos idade suficiente para saber o que era melhor... Caramba, *ainda* estávamos presas ao mito de que o amor ia nos salvar. *Ainda* estávamos ouvindo músicas de amor no rádio e assistindo a filmes nos quais pessoas que se odeiam se viram e começam a se amar tanto que precisam correr até um aeroporto para provar que se amam. E, para onde quer que olhássemos, víamos pessoas simplesmente atropeladas pelo que o amor tinha feito com elas! Dizimadas! Incapazes de seguir em frente! Punindo-se, ficando emperradas, realmente investidas no sofrimento. Como se isso fosse fazer as coisas ficarem bem outra vez. Estávamos tão bêbadas que decidimos ali mesmo que *nós* é que íamos resolver aquilo!

Duas mulheres com cinquenta e nove anos que tinham passado por momentos difíceis em termos de amor.

Há algumas risadas.

— Sim. Éramos muito arrogantes. Decidimos que íamos esclarecer as coisas e que eu... tinha que ser eu, porque Kat é tímida... *eu* me vestiria com esta fantasia maluca, entraria na casa das pessoas e removeria tudo o que as estava impedindo de avançar: bilhetes de amor, fotografias, flores mortas, chinelos, sapatos de salto agulha, um espremedor de alho... Pode citar qualquer coisa. Eu iria lá e removeria o item. E as pessoas seriam, então, capazes de se ver livres!

— Ei, acho que se apaixonar é divertido! — alguém grita.

— Saudações, visitante deste planeta! — digo. — Muitos dos humanos aqui na Terra acham os rituais de amor bastante divertidos. Mas talvez você vá descobrir, à medida que passar mais tempo aqui com os animais terrestres, que é tão divertido como pular de um avião. Não sabe se vai conseguir sair vivo, mas, no momento, sua adrenalina está bombeando, seus pulmões estão inspirando ar e seu cérebro está ofegante. E, se essa é a sua ideia de diversão, então tenha pelo menos isso. Mas estudos mostram que a sensação de se apaixonar dura aproximadamente trinta e seis dias. Tudo bem, não tenho ideia se isso é verdade, mas, depois desse prazo, é melhor você ter outra coisa acontecendo ou então terá problemas.

— O que acontece depois dos trinta e seis dias? — alguém grita.

— Desastre — respondo tranquilamente. — É quando você descobre se houve algo ali além da louca adrenalina. O que, aliás, é quimicamente a mesma coisa que acontece com seu cérebro quando você come chocolate. Então, eu digo, por que não comer um chocolate?

Posso sentir que estou ficando gloriosamente nervosa.

Uma mulher pergunta se pode falar sobre a sua situação e eu respondo:

— Sim! Sim! Com certeza!

É o de sempre: um cara foi morar com ela, eles se amavam, ele começou a ficar frio e distante — "reptiliano", disse ela, o que arrancou risadas da plateia —, e então, um dia, ele simplesmente arrumou as coisas e contou que não poderia mais continuar. Não deu qualquer razão. E ela ainda pensa nele, querendo ligar de volta para mais uma conversa, para *encerrar*, ela diz.

O público geme.

— Eu simplesmente não consigo superar. Ligo para todas as minhas amigas e conversamos sobre como ele era horrível. Choro no ombro delas o tempo todo e estou…

— Tudo bem — digo. — Em primeiro lugar, nunca mais use a palavra "encerrar" pelo resto da sua vida. Não existe esse tipo de coisa. Chega de chorar no ombro das suas amigas. Vou te contar o que você deve fazer: diga para as pessoas que terminou com ele porque só o estava ajudando a superar as neuroses sexuais dele e que ele não mostrou sinais de melhora no sexo, então você terminou.

O público morre de rir.

— E então seja sua própria Coelhinha dos Corações Partidos. Seja implacável. Jogue fora tudo o que ele te deu ou qualquer coisa que te lembre dele. Queime as cartas. Exclua os e-mails dele. Expurgue-o de todas as contas de mídia social que você possui. Então, e isso é importante, você vai ter que usar toda essa raiva para fazer mudanças. Coloque-se em uma dieta rigorosa de alimentos saudáveis. Coma verduras e castanhas. Comece a se exercitar por uma hora todos os dias. Leia um livro por semana. Comece a aprender uma língua estrangeira ou a escrever um livro que tenha você como heroína. Você pode ter que ferver os lençóis da sua cama, não sei. Ou pintar as paredes. Se for preciso, deve fazer. Faça por três meses como se fosse seu trabalho ou sua religião. E então veja como se sente.

— E se ele quiser voltar para ela? — pergunta outra pessoa.

— Não, não, não! Nunca! — exclamo. — Ele não a merece mais.

— Mas e se ele mudou? — ela diz.

Sinto meu coração amolecer.

— Querida, cordeirinha, ele não mudou. Não mudou nem um milímetro. Então, se depois dos noventa dias você ainda estiver tentada, *aí* talvez seja necessário recorrer à magia para se livrar dele. Mantenha sua dieta saudável, é claro, mas agora você também deve invocar o universo para te ajudar. Escreva afirmações. Saia durante a lua cheia e cante que você o está expulsando do seu coração. Pratique respiração consciente. Leia sobre magia positiva. Invoque seu poder. Conte a si mesma a história de você mesma como uma deusa que livra a terra da maldade e da fraqueza.

— Já aconteceu de a pessoa voltar e ficar muito, muito arrependida. E aí você pode começar de novo? — alguém grita.

Respondo:

— Ah, pobres bebês equivocados do Brooklyn. Tudo bem. Eu vou lhes dizer uma coisa. Isso é muito raro... um caso em quarenta e três milhões... e provavelmente nunca vai acontecer. Mas, depois de alguns anos de cura, depois de ter recuperado toda essa energia, você *talvez* possa estar pronto para deixar o amor entrar na sua vida de maneira tranquila e refinada. E então, se for ele quem aparecer oferecendo bons sentimentos duradouros, uma amizade que seja como uma parceria, *e*... isso é fundamental, então ouça... *se* ele não estiver mais te desequilibrando, fazendo seu coração bater mais forte e seus joelhos tremerem, e se ele se dedicou a pelo menos noventa mil horas de verdadeira penitência pelo que fez a você, então *talvez*. Mas não abaixe a guarda. Não se preocupe mais com a sensação de cair do avião nem negligencie a parte da penitência nesse esquema. Ele deve fazer penitência.

E então olho para o fundo da sala, onde há uma leve agitação.

Um homem encostado na parede levanta a mão até a metade.

— Que tipo de penitência ele teria que fazer? — pergunta.

O ar começa a parecer eletrificado; pequenos chiados se formam ao redor de todas as lâmpadas, e parece que uma boa quantidade de oxigênio saiu do ambiente. Aperto os olhos para enxergar o fundo da sala, e então sinto como se tivesse sido derrubada.

Ai, meu Deus. O homem é Victor.

Victor Steidley está ali, em toda a sua glória, vestindo uma jaqueta de couro e calça jeans. Ele tem barba, seu cabelo é mais ralo, sua cabeça está inclinada para o lado e ele está com aquele sorriso largo e expansivo de "Estamos nisso juntos". E descansando. Parece que ele deveria ter um pedaço de palha na boca e um chapéu de caubói. Eu costumava adorar homens que soubessem relaxar.

— E então? O que ele teria que fazer? O que seria suficiente? — ele diz no mesmo tom indiferente. Seus olhos, no entanto, estão fixos nos meus, mesmo daquela distância.

O chão sumiu de debaixo dos meus pés, embora ninguém mais pareça notar. Sou muito inteligente para deixar qualquer coisa como o sangue que fugiu do meu rosto me afastar da minha missão — afinal, sou a porra da Coelhinha dos Corações Partidos — e, então, digo bem baixinho, com uma voz de aço:

— Na verdade, não há nada que ele possa fazer. O que eu quis dizer antes é que, depois de passar pelo período de três meses de limpeza alimentado pela raiva, essa será a melhor vingança. Porque, a essa altura, você já o superou.

— Ah, é mesmo — diz ele.

— Absolutamente — confirmo. — Você acabou com ele e com tudo o que ele representa.

E é isso.

Quando minha palestra termina, fico surpresa que as pessoas se levantem e batam palmas. Ouço assobios e batidas de pés. Uma ovação em pé. Fico ali, corada e satisfeita, até que tudo passa.

19

Desculpe. Acho que posso ter me esquecido de lhe contar algumas coisas sobre Victor.

Talvez eu devesse ter mencionado que ele joga charme. E se orgulha disso. Na verdade, ele está *além* de uma pessoa que joga charme. Também é extremamente engraçado. E, ok, um pouco arrogante. Está acostumado com o baralho sendo embaralhado à sua maneira. É bonito o suficiente para sobreviver com sua aparência. Sabe como conseguir o que quer.

Esse é Victor.

Ele costumava me chamar de William para ser engraçado. Eu odiei no começo e depois adorei. Nós nos divertimos muito — e levamos uma vida imprudente, ziguezagueante e de grande amor. Tínhamos nossa própria língua. Durante quase dois anos, dormimos num colchão sobre uma estrutura de madeira que se desfazia quando fazíamos amor e ficávamos esparramados no chão, rindo. Toda noite. Ele gostava muito de sexo, e eu também. O problema era que ele gostava de sexo com muitas pessoas e não via como isso poderia ser um problema para mim. Ele acreditava em algo que chamava de DSC — Direitos Sexuais Casuais. Todos deveriam ter permissão para viver aventuras, não deveriam? Não significavam nada, ele me disse. Eu mesma não participei. Estava ocupada amando meu papel de nova esposa e mãe. Quem tinha tempo para sexo extracurricular? Quem ia me querer, de qualquer maneira, em meu estado de felicidade conjugal materna, toda leite, sabonete e doçura? Eu não tinha nenhum apelo sexual para o mundo exterior.

Mas ele, sim. Ele era mecânico e consertava carros em uma oficina no centro da cidade, e as mulheres iam até a oficina só para sair com ele. Eu levava o jantar para ele — eu com minha saia longa e minha bata e com o cabelo preso em uma trança — e encontrava uma mulher de decote e óculos escuros conversando com ele sobre hastes e pistões. Ele estava encostado no carro dela, parecendo uma mistura de Elvis e Bruce Springsteen, e então me via e dizia: "Ei, querida", como se eu fosse apenas mais uma mulher que o admirasse. Ninguém deveria ter permissão para ser tão bonito. Ele nunca me apresentava como sua esposa. Não importava para ele como importava para mim. Eu era colocada na posição ridícula e vergonhosa de ter que mostrar minha aliança de casamento para qualquer garota que estivesse lá, olhando para ele, para ter certeza de que ela tinha visto quem eu era.

Mais tarde, depois que a bebê nasceu, eu não pude passar tantas vezes na oficina. Estava ocupada fazendo o papel de Mãe Terra e sendo feliz. Naquela época, morávamos na casa geminada, com minha mãe no andar de cima e a mãe dele no andar de baixo, e ele tinha um carro antigo no quintal, o qual estava restaurando. Eu podia olhar pela janela e vê-lo ali, e isso me fazia bem. Mas, então, aparentemente do nada, ele decidiu fazer um curso de poesia na faculdade comunitária, e foi aí que conheceu alguém que não se contentava com uma situação de sexo casual, eu acho.

Juliette.

O que mais?

Ah, sim. Isto:

Ele se autodenominou lobo e disse que não estava satisfeito. Ninguém nem nada poderia contê-lo, disse ele.

E ainda isto: depois que terminamos, que se mudou para a França e algum tempo se passou, ele sentiu minha falta. Durante anos disse que sentia minha falta. Ele me escrevia poemas e os enviava em enormes envelopes pardos. Pediu para voltarmos uma vez — não, duas. Uma foi quando a mãe dele morreu, ele retornou da França e desabou depois do funeral, dizendo-me que estava infeliz com Juliette e que queria voltar para casa, para mim. Mas disse tudo de um jeito errado, e eu sabia que era apenas um sintoma de tristeza e que não deveria ser levado a sério. A conclusão precipitada de que poderia simplesmente voltar e ocupar seu lugar na casa, na família. Victor era arrogante, como eu posso ter mencionado.

Lembrei-lhe de que ele era um lobo que nunca ficava satisfeito. Sempre ia querer outra mulher além de mim.

Ok, ele disse. Não haveria mais Juliette. Ele prometeu. Eu disse não.

Nenhum outro relacionamento com outras mulheres, disse ele. Isso me fez rir.

Eu disse não novamente. O lugar que ele ocupou em meu coração ficou trancado, fechado pelo resto da minha vida, acrescentei. Eu ri quando disse isso. Disse que ele nunca mais desbloquearia aquela parte de mim, o que ele encarou como um desafio, porque é claro que o faria.

Enviou chocolates franceses, poemas sem pontuação nem letras maiúsculas e algumas promessas vazias. Não respondi a nenhuma de suas cartas. Joguei tudo no lixo.

Eu conseguia enxergar além. Ele não me queria. Eu era apenas alguém que tinha escapado.

Minha amargura fez com que meus dentes parecessem ter mastigado metal. Eu só queria me afastar dele.

Foi assim que neguei à minha filha a oportunidade de crescer com o pai e a mãe sob o mesmo teto.

Então, me julgue.

E agora ele está aqui, caminhando na minha direção. Vejo seus olhos azuis — aqueles olhos ainda cheios de riso e arrogância. Antes de chegar até mim, ele é bloqueado pelo Brooklyn inteiro, que está me cercando. Eles têm perguntas: querem saber por que uma fantasia de coelho; querem me contar suas histórias infelizes de amor; querem falar sobre a paixão da namorada do primo do colega de quarto, do padrasto que deixou a mãe aos prantos. Tudo isso. Estou feliz em ouvir.

Quando a multidão diminui, vou ao banheiro para vestir minha roupa do Brooklyn: calça jeans, botas pretas e uma camisa preta de gola redonda com estampa de raios estrategicamente colocados aqui e ali. Eu me olho no espelho. Odiando-me por fazer isso, passei batom.

Ele estará lá; estará lá quando eu sair do banheiro.

Eu sei.

E, com certeza, assim que saio, ainda mexendo na minha bolsa, olho para cima e lá está ele. Inclinado novamente, esperando por mim, parecendo bonito e pensativo. Agora, à luz do corredor do lado de fora do banheiro, reparo que sua barba está grisalha e seus olhos estão com pés de galinha, mas ainda parecem mais inteligentes e sinceros do que os olhos de qualquer outra pessoa. *"Ele está muito interessado em você; você é o mundo inteiro"*, dizem seus olhos, e seu cabelo grisalho está despenteado e casual, e ele está vestindo uma jaqueta de couro preta e jeans justos e... está sorrindo.

— William — Victor diz suavemente, vindo na minha direção. — Olhe só para você. Meu Deus, mulher, se você não é um colírio para os olhos!

Bem nesse momento, porém, um grupo de pessoas se aproxima. As mulheres estão rindo e provocando os homens. Um deles aperta minhas mãos e me diz que posso ter salvado sua vida. Ele vai para casa jogar fora tudo o que a ex-namorada deixou e depois seguir um plano de noventa dias. Victor não resiste em lhes dizer que *ele* é o coração partido da Coelhinha dos Corações Partidos.

— Se não fosse por mim — diz ele —, nenhum de vocês a ouviria falar. — A mulher que está mais perto dele lhe dá um soquinho no braço e ele finge estar mortalmente ferido. — Estou aqui para conseguir penitência. Diga a esta coelhinha que eu mereço penitência.

Eles demoram um eternidade para nos deixarem a sós.

Depois que vão embora, Victor olha para mim e sorri.

— Como é que você me encontrou aqui? — É tudo que consigo dizer.

— Sinalização — diz ele.

A princípio acho que ele se refere a sinais, como sinais do universo, mas depois aponta para um pôster que ainda está pendurado na parede: BILLIE SLATE É A COELHA DOS CORAÇÕES PARTIDOS.

Claro.

Ele ri, sabendo o que eu estava pensando.

— Bem, certamente havia esses *outros* tipos de sinalização também — ele diz, gesticulando com as mãos de maneira exagerada ao dizer isso. — Joinha.

Ele me envolve em um abraço. O abraço formal e rápido que ex-namorados semiamigáveis podem dar, mas depois demora um pouco mais, porque ele é Victor.

— Estive no Brooklyn na semana passada — diz ele — e vi essas placas penduradas em todos os lugares, então te procurei e, com certeza, minha própria William se transformou em uma mágica Coelhinha dos Corações Partidos. Obviamente eu tinha que saber que diabos era isso.

— *Billie* — digo.

— Billie, William. — Ele sorri e dá de ombros. — Você venceu. Da maneira que quiser. Vamos tomar um drinque e assim poderemos debater os pontos mais delicados do seu nome, e você também pode me contar como é que te encontrei aqui no Brooklyn, em Nova York, vestindo uma fantasia de bicho de pelúcia e sendo a rockstar do coração partido. Isso, não me importo de dizer, não estava na minha cartela de bingo.

— Tudo bem — digo. Imagino, por que diabos não? É só uma bebida. E talvez eu consiga fazer com que ele pare de me mandar mensagens o tempo todo.

— Nem precisamos conversar sobre coisas difíceis — diz ele, pegando minha mão ao caminharmos. — Eu só quero me sentar em um bar escuro e olhar para você enquanto contemplamos nossas vidas.

Retiro minha mão e vamos para um lugar na esquina. No caminho, ele me conta que está de volta aos Estados Unidos por um tempo; não sabe quanto. Esta é a melhor coisa da vida dele, diz Victor: poder ir a qualquer lugar e fazer qualquer coisa. Só que, agora que Juliette se foi, ele está perdido. Está tentando escrever poesia, mas está com bloqueio. É visitado pelos fantasmas do passado.

Ele encontra para nós uma mesa num nicho nos fundos e pede uma garrafa de vinho — lembra que eu gosto de *pinot noir* e faz questão de explicar isso para a garçonete, que é uma jovem bonita com cabelos ruivos e encaracolados. Pedimos aperitivos também. Um prato de azeitonas, um pouco de queijo. Ele chama o queijo de *fromage* com o R francês. Pede seis ostras. Nós amamos ostras. Ele diz à garçonete que éramos casados e que, nos dias em que o salário caía, íamos a um bar perto do rio Quinnipiac, em

New Haven, para comprar ostras frescas pescadas no dia. Ela fica encantada com ele e dá um tapinha em seu braço enquanto pousa as taças de vinho.

Depois disso, tocamos levemente nas lembranças: aquela vez em que fomos de carro até as montanhas Brancas, em New Hampshire, vestindo camisetas e calça jeans; caiu uma nevasca e tentamos dar meia-volta, mas nosso carro ficou preso na neve e tivemos que ser resgatados. Aquela vez que pensamos que podíamos fazer sexo no banheiro de um avião, mas descobrimos que, na verdade, não dá. A época em que éramos tão pobres que cozinhamos — *eu* cozinhei — uma ceia completa de Ação de Graças em uma chapa quente e uma torradeira na nossa pequena cozinha, sentamo-nos no chão e servimos aos vizinhos em pratos diferentes que compramos no bazar de caridade.

— E então houve aquele dia em que uma mulher apareceu na porta e disse que tivera um encontro com você na noite anterior, e talvez você ainda estivesse com os brincos dela — comento, porque quero lembrá-lo das coisas ruins, só para o caso de ele estar caminhando para uma possível reconciliação.

Ele ri secamente e abaixa a cabeça.

— Eu sei, eu sei — diz. — Você não pode me perdoar. Entendi. Fui horrível.

— Eu fiz melhor do que te perdoar. Eu me tornei indiferente. Então, por que você está aqui?

— Por que estou aqui? Por que eu *estou* aqui? — ele repete, olhando para a penumbra do restaurante. Então se volta para mim. — Estou aqui porque você está partindo meu coração.

— Ah! Essa é nova. — Cruzo os braços.

— Não. Quero dizer esta noite. O que você está fazendo agora. Esse show de Coelhinha dos Corações Partidos ou o que quer que seja. Sair e dar sermões às pessoas sobre não confiarem mais no amor. Fiquei lá te ouvindo e notei pessoas rindo e respondendo... Você foi ótima e convincente, e eles te amaram, mas isso me fez perceber que era tudo por minha causa.

— É claro que você presumiria que está no centro.

— O que eu fiz para você?! — Seus olhos ficam suaves. — William, meu amor. Você costumava ser essa pessoa ensolarada e feliz que acreditava no "felizes para sempre", que acreditava no amor, na culinária, nos bebês e no sexo, estava cuidando de tudo e eu parti seu coração.

— Ah, pelo amor de Deus! — digo. — Não se dê tanto crédito. Ninguém chega aos sessenta sem que seu coração já tenha levado uma surra. E, além disso, estou bem.

— Você confiou em mim e eu destruí essa confiança. Só quero dizer que sinto muito, muito mesmo.

— Cale a boca, Victor. Você destruiu minha confiança, é verdade. Mas eu a reconstruí. E a última coisa que quero...

— Eu te conheço — ele diz e se inclina para a frente, com os olhos fixos nos meus. — Eu *te conheço*. Além disso, só para constar, tudo o que você está pregando aí é besteira. Você não acredita em uma só palavra do que está dizendo. E, se *acredita*, é porque matou parte da sua essência. E foi *isso* que eu fiz com você.

— Não tenho certeza — digo, depois de um momento —, mas é possível que você seja a verdadeira definição de narcisista, alguém que pensa que o mundo inteirinho e todos nele giram em torno de você. O que eu me tornei e como vivi minha vida e criei nossa filha é tudo uma reação a *você*, um cara que ocupou cerca de dois anos de todos os meus sessenta de existência. O que agora parece que foram uns vinte minutos, se quer saber a verdade.

Ele desvia o olhar.

— Acho que entendi — diz ele.

Olho para o meu relógio.

— Preciso chegar à estação Grand Central. Quero chegar em casa antes da meia-noite.

— Você poderia ficar na cidade. Tenho um quarto de hotel. Duas camas. *Sem* avançar o sinal. Prometo.

Eu ri.

— Vai sonhando.

Ele faz um gesto pedindo a conta e suspira.

— Então eu te acompanho até o metrô, porque preciso do seu conselho sobre Louise.

— Para que é que você precisaria do meu conselho? Você praticamente a negligenciou por toda a vida. Por que começar a pedir conselhos agora?

— Eu sei. Tenho sido abominável. E não se preocupe; ela já está me incomodando o suficiente por causa disso.

Semicerro os olhos para ele.

— Você disse que ela *está* te incomodando, tipo, no presente? Quer dizer, agora?

— Sim, agora. A última mensagem dela foi há uma hora. Mas acho que a estou conquistando aos pouquinhos.

— Com licença, você está...? E agora?

— Conquistando-a. Pelo menos ela está falando comigo. E parece disposta a me perdoar até certo ponto, embora eu tenha muito trabalho a fazer...

— Não, não. Espera. Para trás — digo, levantando a mão. — Você e Louise estão conversando? Como isso aconteceu? Quando? Como?

Por um momento, minha cabeça parece cheia de abelhas. Quero explicar a ele que Louise é *minha*. Ele não deve usar toda a sua superabundância de Feitiço de Bad Boy nela. Não era assim que o enredo das nossas vidas deveria acontecer.

Ele está bastante alheio a isso.

— Sim, estamos trocando mensagens, conversando. Especialmente mensagens de texto. Ela grita comigo quando eu ligo para ela, e tento me desculpar. Ela desliga na minha cara, mas sempre liga de volta. — Ele sorri. — Acho que ela gosta desse jogo.

Sento-me mais para trás no assento. Sinto como se tivesse levado um soco no estômago.

— Ah, pensei que você soubesse — diz ele. — Ela conseguiu meu número depois que viu minhas mensagens no seu celular. E um dia me ligou. Ela ficou meio em choque no início, o que é compreensível. Como pude tê-la abandonado quando ela era um bebê? Por que não me importei com ela? Tudo isso.

— Sim, estou familiarizada com essas perguntas.

— Pedi desculpas, é claro, o que não significou nada. Apenas palavras. Eu já esperava por isso. Mas continuamos conversando e, aos poucos, ela passou de uma raiva incandescente a uma raivazinha. Eu disse que entendia como ela se sentia e o quanto estava orgulhoso de seu blog e de sua carreira, e acho que isso derrubou algumas de suas defesas. Ela não sabia que eu lia as coisas dela, que olhava as fotos. Ela é realmente notável, e eu disse que havia perdido tudo e que sentia muito, muito mesmo. — Ele bebe o último gole de vinho e pousa o copo. Olha para mim, abrindo as mãos. Como um homem inocente que foi acusado injustamente, mas está encontrando o caminho de volta às boas graças.

— Meu Deus, Victor.

— Isso a fez chorar — diz ele. — Uma noite ficamos tão emocionados que estávamos *ambos* chorando ao telefone. Foi meio épico. — Seu rosto fica solene. — Eu só queria ter sido diferente, Billie. Achei que o melhor para Louise era eu ficar completamente longe depois que nos divorciamos. Foi o que Juliette disse: não apareça lá para não confundir a vida dela. Agora vejo que fiz tudo errado e tenho que conviver com isso. Mas talvez eu possa fazer reparações, um pouco de cada vez.

— Não sei quanto mais vou conseguir aguentar — digo a ele. — Isso é uma balela sem tamanho.

— Eu sei. Não te culpo. Por que estou fazendo isso?

— Sim. Vamos direto ao assunto. Por que você *está fazendo* isso?

— Porque, porque... quero compensar o que fiz de errado. Isso é tão ruim? Talvez, na minha velhice, eu pense que posso ajudar as pessoas que deveriam poder contar comigo há muito tempo. Eu quero ajudar. Quero te conhecer de novo e quero conhecer minha filha. E o bebê dela.

— Você sabe sobre o bebê. — É uma afirmação simples.

— Sei. Ei, vamos ser avós, você e eu! Não é uma loucura?

— É inacreditável. A maneira como você está lidando com tudo isso.

— Calma. Espero que não esteja com *ciúmes* por ela estar se abrindo comigo! Você ainda é o principal apoio dela, sei disso. Não estou tentando tirar nada de você. Você fez um trabalho incrível criando-a. Espero que saiba: eu não queria ser um problema. Estou passando por um daqueles momentos da minha vida em que venho reavaliando tudo. *Qual* seria uma penitência para mim? Existe algo que eu possa fazer? Para compensar *algumas* coisas para você, pelo menos?

Ele tem um olhar que eu lembro. Inclina a cabeça de maneira muito charmosa, faz seus olhos parecerem brilhantes e sinceros, e abaixa a boca levemente. É um visual que sempre funcionou para ele. Não vou cair nessa.

— Você não pode fazer qualquer penitência.

— O quê? Eu não recebo penitência?

— Absolutamente não. Vá para casa, Victor. — Eu me levanto. — Tenho que ir para a Grand Central. Tenho uma vida para a qual voltar.

E é isso. Em pé, eu visto meu casaco. Pego a bolsa. E vou embora. Caminho até a estação Grand Central. Meu telefone toca quando estou correndo para pegar o trem das 22h28.

acho que quero que o bebê me chame de pépé e você pode ser mémé e vamos levá-lo para o mar e para o parque e vamos balançá-lo tão alto nos balanços que ele pode cair nas nuvens

20

Mason me manda uma mensagem quando estou no trem, logo depois de me acomodar, me enrolar no cachecol e me deitar no assento vazio ao meu lado.

> Estou com Joey e Delícia. Por favor, alguém me mate agora. Ele realmente acha que ela mudou. Ela não mudou. A Coelhinha dos Corações Partidos faz intervenções para os espectadores?

Sento-me e encosto a cabeça na janela fria e dura do trem, que vibra tanto que faz meu crânio doer um pouco. Percebo que não pensei em Mason nem uma única vez enquanto estava com Victor. Eu me lembro dessa parte sobre Victor. É como se a personalidade dele fosse tão gigantesca que ultrapassasse todas as células do nosso cérebro, apagando tudo em que estávamos pensando anteriormente. Ele se expande para caber em qualquer espaço craniano que tenhamos. É horrível.

E esta noite... esta noite foram trinta e cinco anos de Victor destilados e compactados em apenas algumas horas. Sinto como se metade do oxigênio da área metropolitana de Nova York tivesse se esgotado.

Mas aqui está Mason. É um conforto ouvir o adorável e racional Mason — até mesmo ele expressando sua preocupação paterna e infeliz. Eu sorrio enquanto respondo:

> Deve ser a semana do retorno do ex. Eu estava falando com hipsters tristes no Brooklyn, e quem eu deveria ver senão meu ex na plateia! Credo! Saí para beber com ele. Ele também afirma que mudou e pode compensar trinta e cinco anos de ausência. Pior, eu acho, é que ele está mantendo contato com Louise.

Por muito tempo depois disso, os três pontinhos aparecem, depois desaparecem e depois reaparecem. Mason é um covarde. Por que ele não pode simplesmente dizer o que tem vontade? Eu sorrio e guardo meu celular.

Quando estou saindo do trem em New Haven, à meia-noite e meia, ouço a notificação de mensagem em meu celular e lá está ele.

Acho que o mundo do amor está mais confuso do que eu já imaginei ser possível. Precisamos de um sistema melhor.

Escrevo de volta:

Rs. É disso que tenho falado! Agora finalmente alguém está me dando ouvidos!

Eu sempre te dei ouvidos.

Atravesso o túnel até o estacionamento e pego o elevador com um casal que se acaricia o tempo todo. Quando a porta se abre, vou até meu alegre Fusca. Sempre parece que está esperando pacientemente, como um animalzinho satisfeito. Um ouriço, talvez.

Entro, fecho a porta e suspiro. Será ótimo estar de volta em casa. Tem sido um longo dia. Viro a chave na ignição e ouço... nada. Apenas cliques.

— Vamos, carro — eu digo e tento de novo.

Nada.

Coloco a cabeça no volante para poder reunir um pouco de energia e decidir o que fazer. Meu celular toca.

Mason.

Não quero te assustar, mas quero te ver. Isso é demais?

Na verdade, estou na estação e meu carro não pega. Demais o quê?

Eu te busco. Me encontra na frente em dez minutos.

Obrigada. Demais o quê?

Nada. Te vejo em dez minutos.

Ele salta do carro assim que me vê na calçada. Há alguns motoristas de táxi conversando e fumando cigarro, e Mason, vestindo um sobretudo bege, corre pela calçada escorregadia de chuva e me pega nos braços bem ali, sob a cobertura. Sinto como se estivéssemos em uma cena de filme antigo em preto e branco. Todos os taxistas param de falar quando ele me beija.

— Mas o que é isso? — pergunto, mas estou rindo.

— Desculpe. Isso é resultado da minha noite com meu pobre e iludido filho, combinado com a história do seu ex aparecendo e... não sei... a chuva — diz ele. — Vamos entrar no carro. Eu te levo para casa.

— Bom — digo, enquanto bato a porta e afivelo o cinto —, eu adoro um pouco de espontaneidade, e os taxistas podem ter aprendido uma boa lição sobre os velhos que lhes renda um pouco de fofoca.

— Então, foi tudo por uma boa causa — diz Mason.

No caminho, conto a ele sobre o público do Brooklyn e as perguntas que foram feitas e como me deparei com a ideia de que todos poderiam aprender a proteger o próprio coração, mesmo sem uma Coelhinha dos Corações Partidos. Como precisam se colocar num regime de autoaperfeiçoamento, alimentados pela raiva. E ele me contou sobre Joey e Delícia de mãos dadas e conversando sobre o futuro promissor.

— E eles não têm futuro algum juntos! — ele diz.

— É um poder misterioso, com certeza.

— O quê?

— Idiotice sobre o amor. Tem uma história forte e bem-sucedida com os humanos.

— Eu acho que sim. — Ele suspira. — Isso me deixa muito triste. Insuportavelmente, indescritivelmente triste por ele sequer *pensar* que poderia ficar com essa mulher que o abandonou. Eu… não entendo. Não consigo parar de pensar nisso. Por que ele confiaria nela de novo? Como trabalharia todos os dias sabendo que ela poderia o estar traindo?

— Mason, acho que chegou a hora de admitir que podemos ter dado vida a algumas pessoas gravemente perturbadas.

Ele pega minha mão.

— Não temos influência sobre eles, temos? Nada do que dissemos significou nada.

— Não, e agora, que Deus nos ajude, Louise está conversando com o pai! Que *não* é de confiança, não se deve dar ouvidos a ele, mas posso ver o que está acontecendo: ele vai tentar jogar um charme nela para compensar todos os anos que esteve ausente.

— Então, ele joga charme?

— Joga. A personificação do charme. Ele caminha pelo mundo e as pessoas caem a seus pés com todo o charme que ele derrama pelo caminho. Olhe só para mim. Eu tenho algum, por acaso? Acho que gruda no cabelo da pessoa.

— Você parece relativamente ilesa.

Quando ele chega na minha casa, ficamos sentados no carro por um momento. Eu deveria sair, mas todo o lugar está escuro, e tenho uma forte impressão de que agora moro completamente sozinha — todo mundo encontrou outro lugar para ficar. Tremo um pouco. Percebo que estou morrendo de fome e não estou nem um pouco cansada.

— Está com fome? — pergunto.

Ele olha para mim.

— Faminto.Não consegui nem comer com aqueles dois maníacos.

— Isso pode ser uma loucura, mas você sabe o que estou com vontade de fazer? Não jantei muito e agora estou com vontade de pegar *A alegria de cozinhar* e fazer a próxima receita. Você quer?

Ele desliga a ignição e sorri para mim.

— Quero. Embora, como adulto, eu deva salientar que já é quase uma da manhã.

— Mas amanhã é sábado. Poderíamos dormir até mais tarde. Talvez?

— Eu posso dormir até tarde — ele diz suavemente.

Ficamos em silêncio por um momento, e então eu digo, com indiferença:

— E você *poderia* dormir aqui, se quiser.

— Tudo bem — concorda ele —, mas não comece a ter ideias sobre amor ou algo assim. Eu sei como as meninas são...

— Temos que ficar atentos. Lute contra o amor onde quer que ele mostre sua cabecinha perigosa.

Entramos e eu acendo todas as luzes enquanto caminhamos pela casa. Digo a ele que Victor nunca quis ter muitas luzes acesas e sua mãe insistia em desligá-las toda vez que saíamos de um cômodo. Como resultado, descobri que preciso de luzes.

Além disso, acrescento:

— Precisamos de toda e qualquer luz agora e de música, porque temos que nos livrar do frio sombrio que os problemas de todos os outros colocaram sobre nós.

Posso sentir minha energia fluindo de volta para mim a cada minuto que passa. Subo e visto minha legging, uma túnica de tricô e meu quimono de flores verdes, depois desço e pego *A alegria de cozinhar*. Leio para ele todas as possibilidades e, com base no que temos em casa, optamos por torrada com queijo e mostarda em vez de tomates grelhados. Ligo a estação Pandora de jazz suave e a música sai dos alto-falantes, envenvolvendo-nos.

Sorrindo, Mason serve uma taça de vinho para cada um de nós e eu começo a cortar o queijo em cubos. Ele derrete a manteiga na frigideira, e eu pego o molho inglês e a mostarda em pó e começo a passar manteiga na torrada para colocar na grelha. Estou tão consciente do campo de força de *agradabilidade* ao seu redor — a maneira tímida e séria como ele lida com todas as preparações culinárias, o pequeno meio-sorriso que brinca em suas feições. Continuo lançando olhares em sua direção. Ele é realmente muito, muito bonito, mas não do jeito esforçado em que Victor se especializou. Sei que essa também é a personalidade dele na TV: o pai amigável pela manhã, contando algumas coisas divertidas antes de você continuar o dia.

Mason me vê olhando para ele, então finjo que estava pensando em outra coisa. Digo:

— Acho que também quero sobremesa. Que tal um bolo de canela para comer com chá?

Fazemos um pacto de não falarmos sobre as pessoas difíceis em nossas vidas, mas é claro que falamos. Temos que falar. Ele me conta que Delícia estava deslumbrando Joey em todos os lugares, que cada movimento que ela fazia, cada sorriso, cada movimento de cabeça o deixava completamente hipnotizado.

— Parece que ele está retrocedendo — digo —, mas ele não vai ficar nesse estado, Mason, eu prometo. Está apenas se deleitando com a ideia de que poderia tê-la reconquistado do chefe malvado. Mas não vai durar.

— Eu gostaria de ter certeza disso — diz ele. — Então, como foi sua palestra de coelha? Antes da parte de Victor, é claro. Você não precisa falar sobre ele se não quiser.

— Foi ótima — respondo. — Foi muito divertida, na verdade, com todos aqueles jovens adoráveis na plateia querendo ouvir o que eu tinha a dizer. Compartilhando suas próprias experiências. Mas então... bem, o sr. Charmoso decidiu tornar sua presença pública. E, naturalmente, sendo Victor, ele tinha que fazer tudo girar em torno dele.

— Ele parece ser uma joia de pessoa — diz Mason. — Você não tinha ideia de que ele ia?

— Não. Ele gosta de tornar as coisas o mais surpreendentes possível. Eu me lembro disso sobre ele. A vida sempre tem que ser mais dramática do que qualquer um gostaria que fosse. — Misturo a canela na farinha e no fermento. — E então ele me disse que acha que eu não acredito em uma palavra do que estou dizendo, que ele se lembra de mim como alguém que *celebrava* o amor.

— Pelo que me lembro, sua política oficial é celebrar o amor, mas não chafurdar, correto? — diz Mason com um sorriso.

Eu sorrio de volta para ele.

— Ah, mas para Victor isso significa que ele é o responsável, não entende? Ele me *arruinou*, me destruiu. E se sente *muuuito* mal com isso.

— Irritante.

— Eu sei. Fico muito brava de ouvi-lo dizer isso, mas...

— Mas o quê? — Mason pressiona de leve.

— Não sei bem. Mas com certeza é verdade que eu não teria me tornado a Coelhinha dos Corações Partidos se ele tivesse ficado comigo.

— Ai, meu Deus, isso está indo na direção errada — diz Mason.

— Mas não acho que ele me destruiu.

— Claro que não. Você não está destruída.

— Talvez se ele não tivesse sido infiel e eu não fosse tão jovem e orgulhosa, pudéssemos ter resolvido as coisas. Mas, quando olho para ele agora, tudo em que consigo pensar é que ele é um homem que sempre usou seu charme para conseguir o que deseja. Como consegue sair impune?

— Não sei, mas posso dizer que agora, de repente, eu odeio a palavra "charme"? — Ele se aproxima e coloca os braços em volta de mim, esfregando o nariz no meu cabelo.

Eu me afasto.

— Só tenho que dizer mais uma coisa e depois paro. Estou preocupada com o efeito que isso terá sobre Louise. Todo esse charme.

— Mas ela não vai perceber por si mesma?

— Vai? Quem garante? — digo. — Seria ótimo se eles pudessem ter um relacionamento normal e se agora ele pudesse dar algum apoio a ela, com o bebê e tudo. Mas não confio nele. Ele também poderia partir o coração dela. Victor consegue o que quer das pessoas, depois fica entediado e segue em frente.

— O negócio é o seguinte — diz Mason. — Não que eu tenha qualquer conhecimento sobre famílias, porque não tenho, mas o que sei com certeza é que não podemos controlar o que acontece. Ela verá o pai, e o que ela receberá dele será algo que você provavelmente é incapaz de prever. Então você tem que deixar acontecer.

— Deixar acontecer, sim — digo. — Isso está exatamente certo.

— E agora — diz ele —, vamos concordar que não vamos deixar essas pessoas ganharem a noite aqui. Vamos bloqueá-las da nossa mente.

Ele faz o sinal de passar uma chave na fechadura e depois finge jogá-la por cima do ombro. Sorrimos um para o outro, e então ele se inclina e me beija na bochecha e depois nas sobrancelhas, descendo até o nariz, então sua boca pousa na minha, e eu sinto como se estivesse derretendo. Ele não parece ser um homem que consegue beijar melhor do que noventa por cento das pessoas no planeta — toda aquela aparência educada, você sabe —, mas é louco por beijos.

Digamos apenas que as coisas pioram a tal ponto que a torrada com queijo e os bolos de canela ficam no balcão, intactos, e subimos as escadas aos tropeções, arrancando as roupas no caminho.

Mais tarde, percebo que escuto vagamente a música ainda tocando lá embaixo e vejo o brilho das luzes ainda acesas, mas estou muito sonolenta de felicidade para descer e arrumar as coisas.

Adormeço com a cabeça no ombro dele.

Na manhã seguinte, estamos comendo sobras das torradas e tomando café na cama quando Louise liga.

— Bem, aconteceu — diz ela. — Você não vai acreditar. Os pais de Leo acabaram de sair e me querem fora de casa. O QUANTO ANTES. Nada de misericórdia aqui! Como o *Príncipe Leo* não mora mais aqui, eles decidiram vender a casa.

Meu cérebro ainda não saiu de seu casulo quente e lânguido e luta para pensar em algo para dizer em resposta. Mas é claro que ela não está com muita vontade de ouvir nada, de qualquer maneira; quer desabafar. E a desabafar ela começa. Afofo os travesseiros enquanto ouço.

— Eles me ligaram ontem à noite e disseram que queriam me levar para tomar café da manhã. No começo eu disse não, agradeci, falei que tinha coisas para fazer, e então o pai dele pega o telefone e diz com sua voz de pai mais sinistra que eles sabem sobre a separação entre mim e Leo e que precisam falar comigo. Disseram que preferiam fazer isso em um restaurante, onde as coisas pudessem ser civilizadas e agradáveis.

Há uma pausa.

— Do que eles estão falando, civilizadas e agradáveis? — pergunto. — Eles não poderiam ser agradáveis em casa?

— Não é? — diz ela. — E então, é claro, chegamos ao restaurante, e eles me atacaram do mesmo jeito. Basicamente, disseram que precisam da casa de volta agora. E aí a *mãe* dele disse que, *embora* eles gostassem de mim e me respeitassem, blá-blá-blá, perceberam desde o início que, por ser *filha de um divórcio*, talvez eu não soubesse levar o casamento a sério. E ela disse que, claramente, eu não tinha levado.

— Ai, querida...

— Sim, eu sei — ela diz. — Foi terrível.

— Bem, eu acho que é melhor você sair daí. Acho que seria um lugar horrível para ter que morar sozinha — digo, da maneira mais gentil possível, de forma muito construtiva.

— Mãe! — ela grita tão alto que tenho que segurar o telefone por um tempo longe do meu ouvido; Mason parece um pouco alarmado. — Acredite, eu sempre soube que teria que sair da casa! Mas eles se virarem contra mim *agora*? Me tratar como se *eu* fosse a inimiga sendo que foi o *filho deles* que me deixou? Além disso, já tenho o suficiente com que lidar. Tudo... literalmente tudo está mudando! Meu blog é três quartos sobre esta casa e as fotos que tiramos. Então, obviamente não posso continuar com *ele*. E agora tenho esse bebê chegando, tenho que me mudar *e* estou perdendo patrocinadores e seguidores. Toda a minha vida está no ciclo de centrifugação da máquina de lavar.

— Querida, querida, acalme-se. Você contou para eles que está grávida?

— Ficou louca? *Claro* que não contei. Eles não têm direito de saber o que estou fazendo. — Eu a ouço assoar o nariz. — Então, cheguei à conclusão de que preciso voltar a morar com você. Estou sentada aqui no estacionamento da lanchonete e decidi dar um giro de cento e oitenta graus na minha vida. Isto é o que estive pensando, só para você saber: acho que vou perder o blog, então vou apenas encontrar um emprego fazendo outra coisa. Com meus contatos, provavelmente conseguiria um emprego no varejo de alto nível, você não acha? E, enquanto isso, se eu estiver com você, não vou ter despesas. Então, vou conseguir um depósito e uma van de mudança para tirar todas as minhas coisas de lá, e, se você disser a Calvin que preciso do meu antigo quarto de volta, seria ótimo. Ele poderia pegar o resto das coisas dele, talvez? E poderíamos dividir a comida e tudo o mais, se você quiser.

Meu cérebro ficou entorpecido, em algum lugar perto da frase "voltar a morar com você". Amo minha filha e adoro ter pessoas por perto, mas ela não está em condições de tomar decisões acertadas. Lanço a Mason um olhar de pânico.

— Meu Deus — eu digo. — Respire fundo. Desacelere.

Ela ri, uma risada curta e latida.

— Tente acompanhar. Estou reconfigurando tudo. As pessoas estão deixando comentários arrogantes no meu blog porque não tenho postado com tanta frequência; isso porque não paro de vomitar. Então, claramente, logo não vou ter mais patrocinadores, por isso é melhor ir embora enquanto posso salvar as aparências. Talvez eu possa ser professora substituta, trabalhar em uma loja ou algo assim até o bebê nascer, e então vou poder levá-lo para o trabalho comigo em uma cestinha fofa. Mas, por enquanto, você e eu podemos deixar sua casa toda organizada e arrumada, e vai chegar uma hora que eu vou parar de vomitar e vou dormir muito enquanto estiver construindo um humano, e você pode coelhar, se quiser, e concordaremos com determinados termos. Tipo, você não vai me importunar para contar a Leo sobre a gravidez, e eu não vou me preocupar com todas as coisas que você deveria jogar fora. Bem, temos uma política rígida de *nada de homens*. Só nós, *Gilmore Girls* e muita comida saudável, como couve e kefir, ok? E talvez façamos juntas as rotinas de exercícios pré-natais; elas são boas para todo mundo.

— Me deixa ver se entendi. Você está literalmente definindo os termos para vir morar na *minha* casa?

Ela ri.

— Viu, essa é a mamãe que eu amo! Vamos. Admita. Vai ser divertido.

— Tenho algumas turnês chegando... coelhagem para fazer — digo.

— Ah, que ótimo! Isso é perfeito. Eu cuido da casa enquanto você estiver fora. Chego mais tarde com a primeira parcela de roupas. Embora eu ache que deveria contratar alguém para me ajudar. Estando grávida e tudo. Não gostaria de perturbar o bebezolinho levantando peso demais. — Ela ri.

Estou em silêncio. Louise vai ser difícil. Ela quer fazer ainda mais reorganizações na minha casa? Olho para o homem atualmente na minha cama. O que é isso de política anti-homens? E… couve? Kefir… sério?

Ela continua:

— Bem? Tudo bem, não é? Diga agora mesmo se não estiver tudo bem, e eu posso passar para o Plano D, E ou seja lá o que for que eu estiver fazendo agora.

— Não, não — digo. — Tudo bem. Vou te ajudar.

Louise vem em primeiro lugar. Esse tem sido meu plano desde que o pai dela foi embora.

Não lembro se percebi naquela época que estava embarcando em uma vida inteira assim.

21

Mason e eu nos entreolhamos quando desligo.

— Então — ele diz, cuidadosamente. — Parece mais uma evidência de que agora nós dois estamos ocupados com a nossa prole.

— Ela vai voltar a morar comigo. Hoje — eu digo fracamente. — Era a Louise de alta voltagem do outro lado da linha.

— Deu para ouvir pelo telefone — diz ele, balançando a cabeça. — Ela tem um pouco de energia, essa menina. — Ele estende a mão e a coloca perto da minha, retirando-a depois. — Podemos... você sabe... nos encontrar na minha casa... isto é, se você quiser continuar...

— Claro. Sim, ok. Podemos continuar com o nosso seja lá o que for.

— Eu ia chamar isso de nosso não romance — diz ele e ri. — É por isso que, agora mesmo, eu ia colocar minha mão sobre a sua, mas percebi que isso é algo que um homem romântico faria, e eu não sou um homem romântico. Nem um pouco. É por isso que estou totalmente interessado em um não romance, sim, senhora.

Eu me inclino e beijo seu nariz.

— Vamos pensar nisso como sessões de culinária com amizade colorida — digo.

— Bem, só cozinhamos duas vezes.

— E só foi colorida duas vezes, então pronto — acrescento. — E um seguiu o outro nas duas vezes.

Continuamos deitados, melancólicos, apoiados nos travesseiros, até que ele limpa a garganta e olha para mim.

— Escute, tudo do que você precisar está bom para mim — diz ele. — Se tivermos que fazer uma pausa, eu entendo. Vou esperar até que a barra esteja limpa. Parece que Louise vai precisar de muita atenção maternal.

— Acho que é verdade — digo. — Além da histeria comovente, suspeito que estejamos lidando com hormônios da gravidez, e então haverá os hormônios do divórcio e os hormônios da necessidade de encontrar um meio de subsistência. Fora, claro, todos os hormônios do tipo "Vamos consertar a vida aleatória da mamãe".

— E odeio dizer isso, mas também tem o pai dela aparecendo — diz ele.

— Sim. Isso também. Percebo que ela não mencionou que o contatou.

Ele se inclina, me beija na testa e sai da cama, recolhendo a louça. Sorri para mim.

— Só espero que você não a deixe te consertar demais. Gosto bastante de você do jeito que é.

— Obrigada. — Eu também saio da cama, pego nossas xícaras de café, coloco-as na bandeja com os pratos e desço. — E agora acho que preciso ligar para o seguro e mandar rebocar meu carro para uma oficina — digo por cima do ombro.

— Bem, e que tal isso? Tenho cabos de chupeta no meu carro, então por que não vamos até a estação de trem e eu posso tentar dar uma carga na bateria? Depois, se você quiser, podemos almoçar fora, antes que o inferno comece, e talvez dar um passeio na praia. Comer o primeiro bolinho de lagosta da temporada. O que me diz?

Bem, eu digo que sim. Quem não diria? Por que não ter mais uma tarde de sol brilhando no meu rosto, de lagosta e desse homem que me faz rir?

Mas também sou a rainha dos sentimentos confusos e sei que há algo mais em jogo nos meus pensamentos agora. Tivemos uma noite maravilhosa de sexo e uma manhã tomando café na cama. Sei a que confusão isso pode levar, acredite: sentimentos românticos seguidos de desilusão enquanto alguém (provavelmente eu) terá que dizer que as coisas foram tão longe quanto podiam ir.

Então talvez, penso eu, este seja um sinal do universo de que deveríamos parar agora mesmo. Por que deixar as coisas irem mais longe, se tudo vai levar ao término de qualquer maneira? Podemos nos separar sem ressentimentos. Nós dois temos que voltar para nossos filhos, que precisam de nós.

É hora de parar.

Mais um dia... e então acabou.

Então, digo que sim. Ele me pega em seus braços e me beija docemente. Eu me seguro um pouco para não retribuir o beijo, um sinal para ele e para mim de que tudo isso está prestes a acabar.

Na verdade, depois de fazer meu carro funcionar novamente e passar momentos maravilhosos comendo bolinhos de lagosta na praia, nós nos despedimos. Não fazemos planos para ficarmos juntos. Não agimos de forma sentimental. Não demoramos para almoçar, olhando um para o outro. Eu não mando um beijo para ele quando estou indo embora.

Vou para casa, varro a cozinha, lavo a louça, guardo todas as evidências da minha noite de sexo. Depois, sem mais nada para fazer, preparo biscoitos rendados de aveia e espero. Endireito os ombros, pronta para Louise. As coisas dela chegam uma hora depois, em um caminhão-baú cujo motorista é um cara bonito enquanto outro cara bonito vai no banco do carona. O caminhão mal estacionou no meio-fio quando eles saltam como artistas de circo, vestindo calças jeans e coletes, os cabelos caindo sobre os olhos, e dão a volta até a traseira do caminhão, levantam a porta do baú e começam a retirar caixas. Caixas, caixas e caixas, que eles colocam no gramado.

Fico na janela da sala observando em um estado próximo ao choque. Quanta coisa! O Tesla de Louise desliza e estaciona logo atrás do caminhão, e ela sai, gesticulando e apontando, segurando um copo de café para viagem. Ela se vira para apontar para a casa e então me vê, torce o nariz e encolhe os ombros.

Entendo esse encolher de ombros. O encolher de ombros fala muito. Diz: "Sei que há muitas caixas aqui, mas não posso fazer nada quanto a isso e, de qualquer forma, não quero colocar todas as minhas coisas em uma unidade de armazenamento enquanto descubro o que vou fazer da minha vida e onde eu vou viver".

Essa Louise consegue agregar muita coisa em um único olhar, vou te contar...

Depois de compor meu rosto em algo que parece hospitaleiro e caloroso, vou até a porta da frente e digo:

— Bem-vinda de volta, querida.

Ela agradece. E para onde vão todas essas coisas... para cima?

Digo que o sótão seria bom, ou o quarto vazio no terceiro andar. E então observo enquanto os homens do circo, agora sem coletes e vestindo camisetas regatas, carregam as caixas, subindo as escadas obedientemente, largando coisas no quarto de hóspedes com vários grunhidos e gemidos. Louise e eu os conduzimos da melhor maneira que podemos. Ofereço-lhes chá gelado e biscoitos.

— Suponho que teremos que alugar alguns depósitos se você acha que eles estão falando sério sobre vender a casa — digo alegremente, depois que os homens vão embora, e ela começa a chorar.

— Você está vivendo no mundo da fantasia? — ela diz. — Mãe, esta agora é a minha vida! Nós duas precisamos nos acostumar com isso. Eles *vão* vender a casa. Já chamaram os corretores.

— Bem, então, unidades de armazenamento são definitivamente a nossa melhor opção — digo. — É só isso que estou dizendo. É claro que a casa não tem espaço para todas essas coisas. Não que seja algo com que precisemos nos preocupar agora.

— *Obrigada* — ela responde com uma voz ligeiramente histérica.

Louise se acomoda no sofá, exatamente como fez durante toda a sua vida, e as almofadas parecem se fechar em torno dela como uma fortaleza, exatamente como foi durante toda a sua vida, e ela fecha os olhos. Essa garota pode dormir em qualquer lugar, e Deus sabe que ela precisará desse talento nos próximos meses e anos. Fico cansada só de pensar nisso. Vou para a cozinha e mexo nas panelas, depois corto todos os legumes que estão na geladeira e faço uma sopa de legumes espessa com creme. Lá fora escurece e me lembro de quando parecia que todos os dias estávamos nos protegendo da escuridão enchendo a casa de gente. Talvez toda a minha vida tenha girado em torno de afastar a noite.

Louise entra na cozinha, arrastando a manta de lã azul do sofá, como costumava fazer quando era pequena.

Ela se senta em uma das cadeiras da cozinha.

— Parece que não consigo dormir o suficiente. Estou tão, tão, tão cansada.

— Não se preocupe. Tudo isso é normal no início da gravidez. Eu vou cuidar de você. — Gosto da sensação das palavras na minha boca.

— Além disso, só para você saber, isso não é tudo. Há mais por vir.

— Ah, é? — digo. — Bem, acho que então a gente volta e pega o resto algum dia. Você acha que tem pressa?

— Ai, meu Deus, não sei. Eu estava pensando que Leo deveria lidar com isso, já que ele realmente não tem feito esse papel, mas a mãe dele me disse que ele está na África do Sul.

— África do Sul! Achei que estivesse no Texas.

— Não de acordo com a mãe dele. Acho que ele não fica parado.

Nós nos sentamos para jantar, nós duas na grande mesa. Acho que ela está vulnerável demais para que eu pergunte sobre seus contatos com Victor, então não pergunto. Ela não quer a sopa que eu fiz; diz que o cheiro a deixa nauseada. Então, guardei, e ela comeu bolacha salgada e iogurte. Depois, a pedido dela, nós nos deitamos na minha cama e vimos *Gilmore Girls*.

Já passamos por dois episódios. Lorelai e Rory estão andando lado a lado e sorrindo quando Louise escorrega da cama, cai no chão e diz:

— Não consigo fazer isso!

— Não consegue assistir a essa série?

— Não. Eu não posso ser mãe. — Ela coloca a cabeça entre as mãos e começa a chorar. — E eu *realmente* não posso ser mãe *solteira*! Não tenho ideia de como fazer uma criança dormir, de como conversar com as mães da escola nem de como amamentar. Eu nem sei colocar um bebê na cadeirinha!

— Há muito tempo para descobrir como lidar com as mães da escola e as cadeirinhas de carro.

Agora, você só precisa dormir bastante.

— *Tudo* é uma catástrofe — diz ela. — Você não vê? Você se divorciou e agora estou me divorciando, e é porque não sabemos como viver a vida direito. A mãe de Leo está certa. Achei que queria assistir a *Gilmore Girls* para ver como são as outras mães e filhas, mas isso só está me fazendo sentir pior. E se eu tiver uma filha e estragar tudo?

— É só uma série — digo. — É ficção. E, fora isso, temos essa vida. Nós nos amamos e estamos do lado uma da outra.

— Eu estava brava com você.

— Eu sei. Por causa do feitiço.

— É, porque estou com medo. — Ela começa a chorar de soluçar, soluços enormes e dilacerantes, então desço no chão e a abraço.

— Escute. Como tudo na vida, você vai descobrir como fazer as coisas à medida que for fazendo. Ninguém sabe o que vai acontecer antes que aconteça.

— Todo mundo diz que não é fácil.

— Não é mesmo, mas é maravilhoso.

— Mesmo sem o pai por perto? Você não pode me dizer que essa parte é maravilhosa.

— Falando em pais — digo, alisando seu cabelo. — Escute, não sei se você sabe, mas tomei um drinque com Victor em Nova York.

Seu rosto fica vermelho.

— Então... você sabe que tenho conversado com ele.

Seu queixo sobe do jeito que subiu quando ela estava no Ensino Médio e eu cheguei em casa e a encontrei tomando banho com o namorado. O queixo para cima é sua principal postura defensiva.

— Sim — digo, esforçando-me para manter a voz calma.

— Eu não estava escondendo isso de você — diz ela. O queixo fica ainda mais alto.

— Não, não. Claro que não. Você não precisava ter mencionado isso antes! — Eu rio. — Na verdade, estou *feliz* que vocês dois estejam em contato. Parece que ele está tentando se reconectar. Estou feliz. É bom para você conhecer seu pai.

— Escute, mãe. Liguei para ele primeiro porque só queria dizer o quanto estou brava com ele. Tipo, por toda a minha vida. Achei que ele deveria saber. E então... bem, nós conversamos.

— E deixe-me adivinhar. Você descobriu que não estava mais tão brava?

— O que eu queria saber dele — ela diz, se vira e olha para mim — é que tipo de homem poderia simplesmente se afastar da esposa e da filha, e nunca mais olhar para trás.

— E você recebeu sua resposta?

— Recebi. Achei que ele ia fazer parecer que a culpa era sua ou de Juliette, mas não. Ele se culpa completamente por tudo isso. — Ela suspira. — Ele assumiu a responsabilidade para si. Nem pediu que eu o perdoasse porque diz que tudo é imperdoável. E eu respeito isso, de alguma forma estranha.

Observo seu rosto com atenção. Espero para ver o que vai acontecer a seguir.

— Enquanto isso, ele está lendo meu blog e me seguindo no Instagram. Todos esses anos.

— Ele tem feito isso? — pergunto. — Huh!

— Sim. Ele sabe... todas essas coisas sobre mim. Está me acompanhando de longe. Ele disse que ficou incógnito porque não sabia como eu me sentiria se ele simplesmente aparecesse como meu pai, mas parece *entender* de verdade o que estou tentando fazer. Ele diz que adora minha escrita.

— Ah, Louise, tenha cuidado! — digo, involuntariamente.

Desculpe. Não consigo evitar. Sei, com certeza, que foi apenas algumas semanas atrás que ele tomou conhecimento do blog dela e de sua vida no Instagram. Sei porque fui eu quem lhe disse; ele não tinha ideia. E agora está se passando por fã número um. Eu simplesmente não aguento. Incógnito, sei. Talvez goste da escrita dela; ela é boa. Mas agir como se ansiasse por contato há anos...

Seus olhos escurecem.

— O quê? Eu sabia que você não apoiaria. Eu sabia.

— Não é que eu não apoie, querida, seja lá o que isso signifique neste caso. É que eu conheço esse cara. E, sim, ele se preocupa com você na medida em que pode se importar com qualquer pessoa, mas não espere nada dele. Acho que é isso que eu quero dizer. Ele é... imprevisível. É absolutamente o homem mais charmoso da história do mundo, mas ele simplesmente...

— Foi embora? Porque ele te deixou? É isso que você quer dizer? — Olhamos uma para a outra e ela tem uma expressão desafiadora, como se *eu* estivesse sendo a pessoa inflexível. — Ouvir a versão dele das coisas tem sido muito interessante — diz ela com voz dura.

Eu suspiro.

— Tenho certeza de que ele tem uma interpretação *fascinante* dos acontecimentos que o levaram a partir — digo. — Felizmente, isso foi há trinta e cinco anos, e não afeta mais nenhuma de nós.

— Mas isso nos afeta! Isso *me* afeta! — ela declara. — Eis o que parece para mim: vocês se casaram, me tiveram, e aí ele se desviou, cometeu um grande erro ao se apaixonar por essa francesa. E então, quando ele se arrependeu, vocês não deram uma chance de ele consertar as coisas, então ele foi embora.

— As coisas nunca são tão simples — digo. — É sempre complicado porque o coração humano é um malandro dissimulado. Mas o resultado é que *meu* marido, a quem eu amava, foi morar na França com outra mulher. O que eu deveria fazer? Persegui-lo? Implorar para ele ficar?

— Mas e se você fosse uma pessoa que acredita no amor? — ela grita. — Pensou nisso? Você poderia ter esperado, deixado ele passar pelo que quer que fosse, e então ele teria voltado e teríamos sido uma família.

— Louise, isso é loucura.

— Estou apenas dizendo. É como uma cadeia de eventos a partir daquele momento. Você me cria sozinha com uma casa cheia de *maníacos*, ele fica na França e nunca me conheceu, mas, enquanto isso, ele está *sofrendo* por você, mas você não o deixa fazer as pazes, e *eu* cresci me sentindo assustada e inadequada, tentando deixar as coisas perfeitas e organizadas, e então vou me casar com um cara distante e desconectado. E agora *tudo* isso desmorona, como poderia ter sido previsto?! Ele nunca me amou. Eu nunca o amei. Não sei o que é a loucura do amor! Porque nunca consegui ver o amor em ação! Minha sogra está certa sobre eu não ter a menor ideia de como continuar casada.

Respiro fundo.

— Escute, Louise. Eu dei o meu melhor. Não sou perfeita, mas te amei com todo o coração, e tudo que sempre quis fazer foi ter certeza de que você estivesse cercada por pessoas que te amavam e que tivesse experiências e... coisas boas... vivacidade... e...

— Ah, era animado, vou admitir! Era caótico aqui! O tempo todo! Não havia um momento de paz, a menos que eu pudesse te afastar daquilo tudo e fazer subir e assistir à televisão comigo na sua cama. Simplesmente prestar atenção em *mim*.

Sinto que estou ficando furiosa.

— Louise, querida. Para mim, já deu. Você precisa encontrar alguém com quem conversar sobre tudo isso. Alguém que não seja eu.

Com isso, ela praticamente se transforma em um vulcão humano. Chega a se levantar e gritar.

— EU ESTOU FAZENDO TERAPIA, MÃE! Como você acha que entendi *tudo* isso? Essas coisas que tenho contado a você? Acredite em mim! Eu enxergo os padrões, *enxergo* o que deu errado! ESTOU TRABALHANDO NISSO, tá?

Minha voz está tremendo quando me levanto e digo:

— Não vou ficar sentada aqui e ouvir gritos pelas escolhas de vida que fiz há mais de um quarto de século. Eu me divorciei porque não achei que seria bom para você crescer vendo um casamento no qual o marido faz o que quer e a esposa simplesmente aguenta. Não parecia uma ótima maneira de criar uma criança, ver sua mãe ser desrespeitada. Lamento que não tenha sido uma vida perfeita. Boa noite.

— Estudos mostram que os filhos *sempre* ficam em melhor situação se os pais ficarem juntos e tentarem fazer as coisas funcionarem. A menos que haja abuso, é claro.

— Eu já encerrei esta conversa.

E, mesmo que ela esteja no *meu* quarto, saio e escovo os dentes, depois desço, limpo a panela de sopa e apago as luzes. Meu coração está disparado. Maníacos? *Maníacos?*

Recebo notificação de mensagem. É de Mason.

Posso te ligar?

Hesito. Eu disse adeus a Mason para sempre. Foi hoje mesmo que fiz isso. Só que ele não sabe; posso ter esquecido de contar esse fato. Minha mão está tremendo enquanto digito:

Ok. Mas, já vou avisando, não estou como você me deixou...

Ele liga. Eu atendo ao telefone na varanda da frente e digo a ele que as coisas ficaram malucas e que eu provavelmente não deveria mais vê-lo. Louise surtou, eu digo, e ela não só trouxe cinquenta caixas de coisas, que estão empilhadas por todo o andar de cima da minha casa, como está furiosa sobre por que não somos Lorelai e Rory Gilmore e por que eu tive que ir embora do meu casamento.

— Acho que a decisão de ter uma filha pode não ter sido a mais sábia de todas — digo.

— Sim, bem, filhos não são exatamente mamão com açúcar.

— O que o seu anda fazendo?

— Ah, ele está falando sem parar sobre a Delícia e perguntando como a gente sabe se alguém está realmente, realmente arrependido. Eu respondo: "Mas como você confiaria nela outra vez, seu idiota?", e então ele diz que foi tudo culpa do outro cara. Ele a roubou.

— Expliquei especificamente que as pessoas não podem ser roubadas.

— Eu sei. Ele mencionou isso. Ele acha que o feitiço pode ter passado. Não tem mais certeza sobre nada. Diz que não sabe o que pensar.

— Terei que fazer uma visita de retorno.

— Rápido, antes que ele mude de ideia e se case com ela. — Ficamos em silêncio por um momento. Então ele sugere: — Poderíamos fazer uma viagem para algum lugar? E se tirássemos um fim de semana fora?

Ou uma semana. Na região das Berkshire, talvez. Ou... bem, para onde *você* gostaria de ir?

Olho para a escuridão do quintal.

— Não sei. Bem, eu sei. Não deveríamos. Não estou com nenhum tipo de disposição para algo assim. Desculpe. — Ele fica em silêncio e eu continuo: — Quer dizer, não há nada como ouvir a notícia de que sua filha acha que toda a educação que recebeu foi errada. E tão errada que fez com que os próprios relacionamentos dela fracassassem e provavelmente continuarão fracassando até o fim dos tempos e todos nós vamos morrer.

Ele ri.

— Certo? Bem, se isso significa alguma coisa, só quero que saiba que é a pessoa mais sábia, gentil e engraçada que eu conheço.

— Sim, mas você realmente não me conhece muito bem — digo. — Sou estranha.

— Você precisa de um abraço. Então vou até aí dar uma corridinha na sua varanda e te dar um — diz ele. — Além disso, tenho cheesecake.

Ele chega dez minutos depois e sai do carro, sorrindo e carregando uma caixa rosa no ar. Abro espaço para ele no balanço. Quando se senta ao meu lado, sinto seu cheiro — não de colônia, nada artificial: apenas o cheiro natural e já familiar dele, do pescoço, do sabonete que provavelmente usou hoje de manhã. Eu deveria dizer que não posso mais vê-lo. Mas continuo não dizendo essas palavras. Em vez disso, por razões que não consigo entender, simplesmente fico ali sentada.

— Garfos? — ele diz. — Ou deveríamos simplesmente comer com as mãos?

— Bem, eu escolheria a mão, mas, como eu disse, sou estranha — afirmo.

— Mãos, é o que vai ser! — ele diz. — Tenho até guardanapos de papel para podermos limpar os dedos depois.

— Eu não. Vou lamber os dedos — afirmo. — Sou uma amante da vida.

Seus olhos estudam os meus. Ele está rindo.

— Você é incrivelmente estranha — diz ele —, mas eu topo.

Depois de terminarmos o cheesecake (sobrou apenas metade), caminhamos até o Archie Moore, jogamos dardos e bebemos cerveja na sala dos fundos. Eu venci um cara de vinte e poucos anos, que balança a cabeça e diz ao barman que eu deveria competir em uma liga ou algo assim.

Depois que a multidão diminui, nós nos sentamos no fundo, em uma das mesas de madeira. É tarde e, por muito tempo, ficamos sentados conversando. Temos uma disputa para ver quanto tempo conseguimos ficar sem falar dos nossos filhos. Ele me conta como começou a trabalhar em rádio e TV. Conto a ele sobre todos meus pequenos bicos aleatórios.

Ele estende a mão por cima da mesa e pega a minha.

— Mason, tenho que te contar uma coisa. Eu realmente não posso fazer isso agora. Ficarei feliz em conversar com Joey mais uma vez se ele precisar, mas, quanto a você e a mim, só tenho que dizer que não tenho coragem. Temos que parar. Desculpe.

— Uau! Se eu não soubesse que você e eu não estávamos absolutamente tendo um caso sério, eu teria que dizer que isso lembra muito um discurso de término — diz ele, retirando a mão, e sorri. — Mas como poderíamos terminar se não há nada romântico acontecendo entre nós?

— Não sei como isso aconteceu — digo, miseravelmente. — Mas temos que parar o que quer que seja.

22

Nas semanas seguintes, o mundo se torna obcecado por coelhas.

Ainda mais obcecado por coelhas. O que é bom, porque me impede de pensar tanto em Mason Davis e de me importar com o fato de Louise ter tomado conta da minha casa com suas caixas e seus projetos de organização. Ela e eu temos sido educadas e cuidadosas uma com a outra desde a noite em que me disse que eu a criei de maneira errada. Na manhã seguinte, ela se desculpou e culpou o fato de estar com medo de seu próprio futuro como mãe. Disse que não deveria ter descontado em mim.

Começo a fazer pelo menos cinco visitas domiciliares por dia. Tiro quatro suéteres *boyfriend*, uma tartaruga de cerâmica, uma espátula, um par de sapatos vermelhos de salto alto, um par de alianças de casamento e um tubo de ensaio que contém fios de cabelos. Também retirei um pote cheio de lentes de contato usadas há anos, todas enroladas como conchinhas transparentes.

E então, em uma tarde agradável de maio, chego em casa depois de uma visita e encontro Victor sentado à mesa da cozinha.

Talvez eu devesse estar esperando por isso, mas não estava.

Assim que entro pela porta da frente, ouço-o rindo na cozinha. Então chego à porta e lá está ele, em pessoa, rindo e juntando as mãos na frente do peito, sentado no mesmo lugar onde me disse há trinta e cinco anos que estava apaixonado por outra pessoa. Louise se senta em frente a ele. Só que ela é a Louise adulta e grávida, não a bebê gordinha e gorgolejante que espalha muffin no cabelo, e os dois estão rindo, como se o mundo fosse um lugar muito engraçado para viver.

De repente, sinto-me constrangida, vestindo minha fantasia de coelho.

— Ora, ora, ora. A coelha está na toca! — diz Victor com sua entonação de cara legal. Faz muito tempo que não ouço isso; ele não se preocupou em falar desse jeito na noite em que nos encontramos no Brooklyn. Ele olha para Louise. — Sinto muito, mas fico muito triste de vê-la com esse traje.

— Idem — diz ela. Louise olha para mim, sorrindo com seu enorme sorriso do Instagram, desafiando-me a ficar surpresa. — É de destruir o coração.

Eu paro no meio do caminho.

— Oi — digo, lutando para manter a voz calma. — Que surpresa te ver aqui.

Percebo, ao vê-los juntos, que eles formam um belo par. Ela tem os olhos dele, o sorriso dele e algo que não consigo definir na maneira como se move. E tem uma coisa que fica mais nítida a cada segundo: ela abriu seu coração para ele. A Louise que faz cara feia, que despreza tudo, que anseia pela perfeição, foi substituída por uma pessoa boboca.

— Eu estava na vizinhança — diz Victor — e...

— Não, você *não* estava apenas na vizinhança! — diz Louise, rindo. — Eu tive que implorar para você vir!

Ela implorou? Coloco a bolsa de coelha no chão. De repente, não consigo pensar no que fazer com as mãos.

— Sente-se e relaxe — diz Victor, como se estivéssemos na casa dele e não na minha. Ele puxa uma cadeira. — Tem café, se quiser. Louise e eu estávamos conversando sobre talvez ir até a casa dela e trazer outro tanto das coisas, e pensei que poderíamos comprar almoço e trazer para cá. Eu estava meio que pensando... Wooster Square? Tenho vontade de comer pizza de New Haven desde que me mudei acidentalmente para a França. Não tem pizza de marisco branco como essa na costa francesa, sabia disso? — Seus olhos estão brilhando. Ele se inclina para trás na cadeira e sorri para nós dois. — É tão bom estar aqui onde eles sabem fazer uma pizza de verdade.

Louise diz algo sobre os desejos de gravidez não incluírem *nada* de mariscos brancos, e ele diz que ela pode precisar ajustar o desejômetro.

— Sua mãe com certeza tinha desejo de pizza de mariscos brancos quando estava grávida de você! Houve uma época em que a gente tinha que comer três vezes por semana. Pensando bem, você pode realmente ser *feita* disso.

É verdade, digo a ela.

— Bem… *sim* — diz Louise. Ela se levanta e coloca a xícara na pia. — O pai aqui estava me contando sobre quando vocês dois se conheceram — diz ela.

Pai?

Ela nunca o chamou de pai. Depois de sua última viagem à França para vê-lo, ela o chamou de sr. Steidley por três meses inteiros antes de voltar a chamá-lo de Victor.

— Ele disse que você era adorável. Não foi essa a palavra que você usou? Ah, e que era uma Pollyanna. Eu tive que perguntar o que isso significava.

— Como é que esta geração não conhece *Pollyanna*? — Victor me diz. — Estou pensando em colocá-la sentada na frente da TV e fazê-la assistir ao filme, para que possa ver o que é o otimismo.

— Aparentemente não sou otimista *o suficiente* — diz Louise, sarcástica. — Não consigo imaginar por que isso aconteceria.

— Não importa o porquê — diz Victor. — Vamos trabalhar nisso. Não adianta olhar para trás, eu digo. Olhe para o futuro. — Ele finge arregaçar as mangas da camisa de flanela cinza. — A Operação Otimismo está em andamento. Porque se você vai trazer um bebê para este mundo de pernas para o ar, eu digo que você precisa de uma boa dose de otimismo para sobreviver.

— Bem — retruco. — Desejo a você toda sorte com isso. Preciso subir e fazer uma ligação.

— Para Mason? — diz Louise, e é então que, percebo que no curto espaço de tempo em que ela esteve com o pai, ela provavelmente contou tudo a ele.

— Na verdade, não é para Mason — respondo. — Tem uma agente interessada em conversar comigo sobre um possível livro.

— Sério? Um livro sobre a Coelhinha dos Corações Partidos? — diz Louise.

— Imagino que sim.

— Hum. Mas você não precisa de uma plataforma de mídia social para isso? — ela diz.

— Otimismo, Louise — diz Victor, gentilmente. — Se uma agente quiser falar com ela, acho que ela mesma poderá enxergar as possibilidades.

— Não, não, claro — diz Louise. — E, na verdade, se você escrevesse postagens no Instagram ou em um blog a respeito do que aprendeu sobre a desilusão amorosa por meio de seus clientes, eu poderia ver onde isso seria bom.

— Obrigada — digo.

— Você poderia talvez fotografar alguns dos objetos que coleciona...

— Talvez.

— Ou escrever sobre o que diz às pessoas. Como você as tira da agonia.

À menção da palavra *"agonia"*, os olhos de Victor encontram os meus. Esse era nosso código depois que ele me contou sobre Juliette, mas antes de partir. Costumava dizer isso todos os dias: "Estou em agonia". Virou piada: esse travesseiro é uma agonia, quente dos dois lados; esse bebê está em agonia, não quer dormir; essa pia cheia de pratos: agonia. Essa vida: agonia.

Um dia, quando ele disse: "Estou em agonia", joguei uma xícara de café nele. Num minuto eu a estava segurando e, então, ela desapareceu, voando em direção à sua cabeça. Eu não me lembrava de arremessá-la. Só me lembro de ter gritado com ele:

— Você e a porra da sua agonia precisam sumir da minha frente!

E agora, sentada aqui na cozinha com os dois, quero odiá-lo, mas não consigo reunir esse sentimento. Eu meio que gosto do jeito como ele sorri para Louise e de como parece confortável e paternal aqui.

E, sim, eu sei, ele é um mestre nesse tipo de coisa. Pode fazer você se sentir a única pessoa no mundo, até o momento em que desaparece.

Eles se preparam para sair logo depois, para buscar o resto das coisas dela e perguntaram se eu gostaria de ir junto

— Não — respondo. — Vou preparar um jantar para nós mais tarde. Victor, você vai ficar para jantar? — Eu me sinto zonza só de dizer isso.

Ele me dá o mais humilde dos olhares.

— Bem, claro, claro, se estiver realmente tudo bem para você. Se não tiver outros planos… — Ele olha de mim para Louise, e ela balança a cabeça com entusiasmo.

Ela está radiante. Como ele conseguiu isso tão depressa?

— Mãe, o que eu realmente quero é mostrar a casa para ele antes que aquela minha sogra com machado de guerra chegue e troque a fechadura na minha cara! — ela diz, calçando os sapatos. — Deixe ele ver o que foi arrancado de mim, sem ser culpa minha! — Ela diz isso com uma voz alegre e fabricada, a voz de uma mulher sarcástica, viva e brilhantemente cômica, abrindo caminho na vida através de obstáculo após obstáculo.

Tudo bem.

Ele dá de ombros, enfia as mãos nos bolsos e se balança nos calcanhares. Seus olhos estão brilhando.

— Não sei se o objetivo aqui é tentar recuperar a casa ou se vamos nos despedir dela, mas estou disposto a tudo.

— Se você conseguir pensar em uma maneira de recuperar a casa — diz ela, rindo —, eu estaria totalmente dentro! Mas, sobretudo, quero mostrar a casa a você. Porque é uma vitrine. É uma pequena amostra da minha vida anterior… antiga, ou seja, cerca de quatro minutos atrás.

Ela sobe para pegar suas coisas e ele olha para mim.

— Ela é maravilhosa — diz ele, e seus olhos ficam ternos. Ele consegue mudar seus olhos assim. — William, tenho que reconhecer: você criou uma humana encantadora sem minha ajuda. E agora vou ser seu parceiro para ajudá-la a superar o próximo obstáculo.

Ele estende a mão para tocar meu braço, mas vou até a pia, mais longe dele, como se precisasse pegar *aquela* caneca *naquele* exato momento.

Victor fica ocupado olhando para a perna bamba na mesa da cozinha, balançando-a de leve.

— Acho que posso consertar isso para você — diz ele, endireitando-se novamente. — Talvez, quando eu sair, eu compre massa para madeira, a menos que você tenha. — Ele olha para o meu rosto. — Quero dizer, se você quiser.

— Claro — respondo. — Tenho colocado guardanapos de papel embaixo dessa mesa desde que Calvin foi embora. Seria bom consertá-la.

Ele olha ao redor da cozinha e vejo seus olhos pousarem em uma assadeira sobre o balcão. Eu assei biscoitos nela outro dia. Está com marcas de queimado e deformada, usada um milhão de vezes para um milhão de fornadas de biscoitos. Ele ri.

— É *assim* que eu gosto de ver as panelas! Autênticas. Todo esse lugar é você. Parece muito familiar, muito estranho e muito... É uma honra estar aqui.

— Ótimo — digo. Não vou olhar para ele.

— Além disso, só quero dizer que não estou aqui para causar nenhum mal. Talvez eu possa consertar essa mesa bamba, levar Louise para pegar algumas coisas na antiga casa dela e, depois, sair do seu caminho.

— Talvez ela precise de você — ouço-me dizer, cansada. — Ela parece feliz por estar com você.

— Não quero te fazer infeliz. Acredite em mim. A propósito, ela me disse que você está saindo com alguém, e isso me faz me sentir um pouco estranho em relação ao discurso que fiz sobre o coração partido outra noite no Brooklyn. Eu deveria me desculpar por aquilo.

— E agora pelo *que* exatamente você está se desculpando? — Ele dá de ombros. — Não, eu realmente gostaria de saber. De onde vem esse seu pedido de desculpas?

— Ah, William, venhamos e convenhamos. Você sabe pelo que estou me desculpando. Eu fui um filho da puta arrogante, agindo como se fosse totalmente responsável por você ter uma vida terrível e nenhum amor... e então descobri que você está realmente apaixonada por alguém. Coisas típicas minhas. Não consigo enxergar além do meu próprio nariz.

— Bem — digo. — Desculpas aceitas, mas não é tão simples quanto estar *apaixonada* por alguém. Porque eu não estou. — Ele inclina a cabeça.

— Não?

— Escute, não estamos falando sobre isso. Se você quiser ajudar Louise, vá em frente. Eu adoraria. Ela está passando por uma situação difícil no momento, e qualquer coisa que você puder fazer para ajudá-la será bem-vinda. Mas, Deus me ajude, se você prometer mais a ela do que pode dar, se acabar perdendo o interesse e desaparecendo novamente, se magoar o coração dela, juro que vou atrás de você.

— Uau — ele diz e ri. — Gosto de ver essa resposta apaixonada em você. Agora, *esta* é a Billie de que me lembro e amo.

— Ela é meu bebê — eu praticamente rosno. — Eu a protejo.

— Bem, ela também é minha filha — diz ele e se levanta com a coluna um pouco mais ereta. — E posso não estar aqui para apoiá-la há muitos anos, mas tudo o que posso dizer é que estou aqui para apoiá-la agora. E, quer você saiba ou não, Billie, estou aqui para te ajudar também. — Ele faz seus olhos ficarem ternos, como se estivesse no palco, encenando para a última fileira. Praticamente espero que se ajoelhe e coloque a mão sobre o coração. — O que quer que você pense de mim, eu nunca deixei de te amar.

— Ah, pelo amor de Deus, Victor. Cale a boca. Se isso é o que você considera "me amar", faça-me um favor e não me ame mais — digo. — Faça o que quiser no que diz respeito a ajudar Louise. Ela poderia fazer bom uso de um pai em sua vida agora. Mas *não quero* que você pense nem por um minuto que pode voltar aqui e reatar comigo.

Ele fica ali, sorrindo para mim. Seus olhos brilham.

— Não acho que ninguém tenha falado em reatar com você, mas espero muito que se fale em verrugas novamente — diz ele. — Eu estaria disposto a ter uma nova verruga só para saber que você usou seus poderes em mim.

Como explicar os ocorridos das semanas que se seguem? Não sei exatamente como isso aconteceu, mas, contra a minha vontade, nós nos transformamos em algo parecido com uma família.

Talvez seja porque a natureza abomina o vácuo, e definitivamente temos um vácuo aqui desde que Calvin, Edwin e Marisol partiram. Ou talvez Louise e Victor estejam elaborando algum golpe de mestre. Mas, seja o que for, de repente descubro que estou tendo jantares em família novamente todas as noites — com os dois. Victor se lembra do meu ossobuco, então eu o preparo de novo, rabugenta. Ele menciona meu sorvete de morango caseiro e desce ao porão para pegar a sorveteira. Então, eu também faço o sorvete de má vontade. Ele costumava fazer pipoca depois do jantar e retoma o assunto. *"Boas fibras para uma mulher grávida"*, diz ele. Reviro os olhos.

Vemos séries no streaming. Jogamos paciência tripla na mesa da cozinha, a pedido de Louise.

Tento não olhar diretamente para ele, mas uma noite meus olhos encontram os dele e ele murmura as palavras:

— Eu estou muito feliz.

Ele volta para seu quarto de hotel todas as noites — um pouco mais tarde a cada vez —, mas tenho a sensação de que em breve um ou outro decidirá que é mais lógico ele ficar lá em cima, em um dos quartos vazios. Afinal, está assumindo tarefas domésticas. Ele está montando um quebra-cabeça com a Louise, e eles trabalham nele até bem tarde. Decidem fazer postagens no Instagram dela com a hashtag #reuniãopaiefilha.

Ele está prestando atenção nela e, odeio dizer isso, mas ela está florescendo.

Acredite, ninguém acha que isso é uma boa ideia.

— Você está louca para deixar isso acontecer — diz Kat.

— Tenho que voltar para lá e proteger sua casa contra ex-namorados intrusos? — diz Calvin.

— Sem problemas! Sem problemas! — digo a eles, rindo.

Mas, na verdade, duas semanas depois de sua chegada, Kat me diz que parece que desapareci dentro de um mundo de fantasia e que ela mal consegue me localizar. Tenho que concordar. O mundo ficou um tanto confuso.

— Mas eu sei quem ele realmente é — digo a ela. — Não vou cair em nenhum de seus truques.

Ela apenas olha para mim e balança a cabeça.

— Graças a Deus você tem esse negócio de coelha para lembrar quem você é e no que acredita — diz ela. — Temos algumas coisas importantes chegando: conferências e coisas assim. Isso vai te trazer de volta à terra.

Duas semanas depois, acordo no meio da noite, depois de ter um pesadelo. Fico ali deitada, revirando-me, e depois me levanto e desço para fazer uma caneca de leite quente. Minha cabeça está repleta de imagens de continentes desabando e bebês chorando, e uma escuridão repentina e rápida se abatendo sobre todos nós.

E então Victor se materializa. Claro que sim, porque esta não é mais minha casa, para andar a meu bel-prazer.

Ele está aqui.

— O que ainda está fazendo aqui? — pergunto.

— Eu estava conversando com Louise, mas ela foi para a cama e agora estou sentado no escuro pensando em como eu era totalmente desprovido de qualquer coisa para ser útil a outro humano — diz ele. — Naquela época.

— Bem, sim, você acertou.

— Eu olhava para você sendo a mãe e pensava que, de alguma forma, você sabia o que estava fazendo. Sabia como consertar as coisas, como tornar tudo melhor. E eu simplesmente não sabia fazer nada disso.

— Ah, isso. Fiz uma universidade especial. A Universidade de Como Viver uma Vida. Me formei em Maternidade, com especialização em Consertar Coisas. Você não sabia, mas tirei nota máxima em preparar o jantar enquanto uma criança grita depois que o marido foi embora.

— Parece uma educação difícil — ironiza ele. — Tenho um baseado que podemos fumar se você quiser. Ainda faz essas coisas?

— Não muito mais.

— Eu também não, mas esta noite parece uma boa hora. — Ele tira a carteira e, com certeza, há um baseado na seção reservada para guardar dinheiro. — Nunca pensei que essas coisas seriam legais, não é?

— Não.

Ele tira e admira. Então pega uma caixa de fósforos, acende um e acende a ponta do cigarro enquanto aspira a fumaça.

— No dia em que você me contou que estava grávida, tive um ataque de pânico. Já te contei isso? Eu estava na garagem quando você ligou dizendo que o teste tinha dado positivo. Você estava tão feliz, falando e falando, e, te ouvindo, pensei que eu estava tendo um ataque cardíaco. Brandon teve que assumir o carro em que eu estava trabalhando e, horas depois, quando consegui respirar novamente, fui e fiquei chapado no estacionamento. — Ele passa o baseado para mim.

— E então você chegou em casa tarde naquela noite e agiu como se estivesse feliz com o bebê. Dançou comigo pela cozinha. Você ficava dando risada.

— Eu estava chapado. E então escrevi um poema sobre isso, como era uma nova vida, mas parecia o fim da minha vida. E como eu estava perdido.

— Merda, Victor. Não me lembro dessa parte. — Tomo um grande golpe. — Eu teria... não sei o que teria feito.

— Sim. — Ele desvia o olhar. — Então ouça... Sobre aquela noite, no Brooklyn. Como sempre, eu dei uma bola fora. Não estava sabendo me portar. Eu não deveria ter dito a parte sobre como te fiz sofrer pelo resto da vida...

— Certo, porque não estou sofrendo.

— Mesmo assim... Sem ofensa, mas você está completamente errada sobre o amor. — Ele ri e se abaixa enquanto eu olho para ele. — Mas agora que vi mais de você, reconheço que ainda é a mesma garota. Você sempre teve tudo sob controle, exceto que agora decidiu que o amor é uma farsa. O amor é a coisa mais real que existe, e, se não fosse pelo amor romântico, o planeta inteiro teria que parar de girar. — Ele dá outra tragada profunda no baseado e prende a fumaça. — Mas a verdade é, e você pode muito bem admitir, que nos tornamos pais muito antes de estarmos prontos...

— Eu estava pronta.

— Você… você sempre me pareceu alguém que vai direto ao ponto sem nunca se preocupar com as coisas ruins que poderiam acontecer. Totalmente destemida, generosa e impulsiva. — Ele dá outra tragada e prende a fumaça nos pulmões por um longo tempo. Então continua: — Talvez seja, hum, indiscreto mencionar, mas poderíamos conversar por um minuto sobre o quanto éramos apaixonados um pelo outro? Meu Deus. Eu sentia como se, sempre que te tocasse, era como se suas roupas tivessem se desintegrado de alguma forma.

Ele está correto. Eu tinha uma queda enorme por ele e, aparentemente, minhas roupas sentiam o mesmo. Antes dele, eu sempre tive vantagem com os caras com quem saía; eles me procuravam. Mas Victor me arrebatou. Sobretudo, foi a sua confiança, o seu jeito relaxado de andar. Fiquei extremamente deslumbrada, quase obcecada por ele.

Foi o epítome de um romance de apodrecer o cérebro.

Namoramos muito pouco tempo e, depois, no casamento de um amigo, ele se empolgou e me pediu em casamento ali mesmo. Pulou no palco, pegou o microfone do DJ e disse que tinha um anúncio importante a fazer, e então se ajoelhou e pediu a minha mão ali mesmo. Isso aconteceu segundos depois da primeira valsa do casal, então foi praticamente imperdoável, mas esse era o Victor. Depois que eu disse sim, ele pulou do palco, aproveitando os aplausos, e me levou para a pista de dança. As pessoas aplaudiram.

Tivemos uma cerimônia organizada com a presença de nossas mães e de tantos amigos quanto pudemos no American Legion Hall, em Branford, de onde seu pai era membro. Escrevemos os nossos próprios votos e os decoramos com bandeirinhas tibetanas — uma apropriação cultural indevida, mas não sabíamos disso na época. Bebemos ponche de sidra em uma grande tigela de ponche e as pessoas trouxeram cada uma um prato. Um casamento com um jantar coletivo. Fiz meu vestido de crepe de chine e costurei borboletas na bainha. Peguei um véu emprestado de uma amiga cujo casamento terminou em divórcio. Mais tarde, a internet me disse que era uma má ideia. Nunca reaproveite algo de um casamento desfeito.

Louise apareceu dez meses depois. Victor comentou que era como se vivêssemos na década de 1950 ou algo assim, e nunca tivéssemos ouvido falar sobre prevenção de gravidez. A realidade é que a farmácia estava fechada.

Enfim.

Ele está olhando para mim.

— Vamos fazer um grande favor um ao outro e não falar sobre todas essas coisas do passado esta noite. O que você me diz?

— Nunca fiquei tão feliz com uma decisão — respondo.

— Ok, vamos apenas conversar, de um humano para outro, não como ex-namorados — diz ele. — Estamos no meio da noite. Podemos dizer o que quisermos. Me conte sobre todos os caras com quem você se casou. Sei de pelo menos quatorze.

Eu rio. Acho que estou chapada.

— Dois além de você.

— E esses homens não eram os modelos de vida que você procurava?

— Se quer saber a verdade, o primeiro foi ótimo e legal por um tempo. Ele ficava com uma aparência legal de sunga e era gentil com Louise, de um jeito paternal. Achei que seria legal para nós duas. Mas, no final, percebi que a gente não pode escolher um cônjuge porque acha que ele vai se encaixar perfeitamente na sua ideia legal de vida familiar. Acontece que os caras gostam de ser desejados por mérito próprio. Vai saber.

Ele faz o som de uma campainha, uma campainha que diz que você perdeu o jogo.

— Não! Desqualificada. Uso excessivo da palavra "legal". Já se entregou. Sunga ou não, você não gostava dele.

Começo a rir de novo.

— Espere um minuto. Acho que eu estava...

— Não. Eu te conheço. Não gostava dele. Agora, que tal o marido número três?

— Bem. Ele apareceu há cerca de dez anos. Seria o marido confortável, o cara dos anos dourados, o marido das viagens...

Victor está recostado na cadeira da cozinha e agora vai com tudo.

— Meu Deus, mulher, você não está nem perto dos seus anos dourados!

— Estou, sim. Tenho sessenta anos e estou definitivamente nos anos prateados, senão nos dourados.

— Acho que você ainda está na sua idade de rubi. Abordaremos isso mais tarde. Que tipo de desastre ele foi então?

— O tipo que morre na mesa de operação.

Ele olha para mim.

— Eu odeio esse tipo. Muito pouco confiável da parte dele! Como Juliette. Pessoas que não conseguem pousar em segurança.

— Maldoso. Sem dúvida, eles não queriam morrer.

— Provavelmente. Não me importo. Então, tenho a sensação de que talvez eu tenha sido o pior do grupo.

— Ah, o pior *de longe*.

— Meu recorde permanece. Eu odiaria ficar em segundo lugar. Quero dizer, deixar uma mulher e uma bebê tem que contar para alguma coisa neste mundo.

— Especialmente quando você parte para se juntar a uma poeta francesa. Pontos extras por isso.

— Mas e ter traído? Foi isso que me colocou no topo. Os outros caras não traíram, não é?

— Provavelmente não. Eu realmente já não me importava àquela altura. Estava farta de todas as expectativas de amor.

— Bom, e eu já tinha uma vantagem, de ser aquele que não queria limpar o xarope derramado na frente da geladeira, que percebo que sumiu. Você finalmente cedeu e limpou depois que eu saí?

— Louise limpou. Louise, se você não percebeu, é alguém que despreza a desordem e a bagunça. O oposto de nós. Eu suspeitaria de que ela não é realmente nossa, que foi trocada na maternidade, só que ela é a sua cara. Portanto, acho que devo concluir que o desdém dela pela desordem e pelo caos é um repúdio direto e consciente à minha personalidade. Nossas personalidades.

— O que é normal. O repúdio aos pais é necessário. — Ele olha para mim. — São palavras muito complicadas para esta hora da noite. — Então acrescenta: — Ela te adora.

— Somos próximas. — Dou de ombros. — Ela desconta muitas coisas em mim, é claro. Coisas de mãe e filha. Então não consigo evitar. — Ao contar nossa história, eu te afastei. Não lutei pelo casamento.

— Eu sei. Você deveria voar para Paris e arrombar minha porta.

— Aparentemente. Ou pelo menos registrar minha consternação de forma dramática.

— Hum. Eu teria gostado disso. Poderia ter voltado. Fiquei entediado quase desde o começo.

— Você está sempre entediado. É a sua marca registrada.

Ele está olhando para mim de uma maneira muito engraçada.

Nós dois estamos chapados. E sabe o que mais? Os primeiros raios de luz apareceram na janela da cozinha. Preciso dormir.

— Então, você está fazendo mágica agora, presumo? — ele diz.

— Sem dúvida. Eu faço magia em todos os lugares. Tenha muito medo.

— Você sabe, Juliette era... — ele começa.

Eu levanto a mão.

— Não. Ene-a-o-til. Não. Aquela mulher não era uma bruxa.

E ele ri tanto. Na verdade, faz bem ao meu coração, aquele tipo de histeria que pode se instalar às 5h24 da manhã, quando você ficou acordada a noite toda, e está velha e enrugada, e tem alguém lá que se lembra da sua versão do passado, quando você poderia estar mais firme e brilhante, mas agora é apenas uma versão mais resistente e rígida daquele eu do passado, rindo com ele enquanto a luz cinzenta entra na cozinha da mesma forma que aconteceu naquela manhã, tantos anos atrás, quando ele disse que ia embora.

E agora aparentemente não vai.

23

O mês de junho parece passar voando e, na noite do solstício, tenho um encontro com Mason. Ele e eu não estamos chamando de encontro, mas sou inteligente o bastante para saber que é. É por isso que está tudo bem: a primeira parte do encontro é simplesmente irmos ver Joey para tentar colocar algum juízo na cabeça dele, talvez renovar o feitiço. Mason diz que eu deveria imaginar nós três cantando e dançando na sala de estar dele, mas então...

— *Então* — ele diz —, vamos sair para um jantar não romântico, só nós dois. Preciso sentar em uma mesa à sua frente e ouvir o que está acontecendo na sua vida. Sinto falta de ouvir sobre todos os seus personagens.

Está tudo bem porque somos apenas nós dois nos atualizando. Estamos fazendo a transição do nosso relacionamento rumo a sermos bons amigos que conhecem as histórias um do outro.

— Tudo bem — digo. — Estou dentro. Joey vai ser minha primeira dose de reforço de uma coelhagem. E é muito auspicioso que seja na noite do solstício.

— Isso pode abrir um caminho totalmente novo para você — diz Mason. — A Magia do Solstício.

Ele chega à minha casa às sete, e Louise grita para ele entrar antes que eu possa impedi-la. Eu teria gostado de sair pela porta da frente e encontrá-lo na rua, porque Victor está lá. Ele e Louise estão tentando fazer pizza caseira e, para minha consternação, deixam cair a massa na pia enquanto a jogam no ar e depois caem na gargalhada quando Victor tenta ralar a muçarela. As coisas saíram dos trilhos. Além disso, Louise ligou o gás muito antes de acender a chama-piloto no aquecedor de água, então todo o lugar cheira como se estivesse prestes a pegar fogo, e eu estou correndo de um lado para o outro, procurando minha echarpe, minha bolsa e meu celular, e gritando instruções para que abram as janelas, pelo amor de Deus, e parem de jogar massa pela cozinha.

— Regra dos cinco segundos! — Louise grita e dou a ela um olhar feroz. Quem é *esta* mulher, que há um mês teria morrido antes de ter comido sequer um grão que tivesse tocado numa bancada não esterilizada, quanto mais no chão?

E então Mason está ali parado, com uma expressão interrogativa no rosto. De repente, sinto-me perturbada ao vê-lo ali.

Victor abana o forno com uma revista e Louise tenta desgrudar a janela do caixilho para abri-la, o que ela não consegue, então Mason se aproxima e faz isso por ela, o que faz um som horrível, como se a janela inteira fosse cair no chão.

— Bem-vindo à cozinha maluca — diz Victor, e vejo os sentimentos de Mason telegrafados em sua testa: *"O ex-marido de Billie. Esta é a cozinha dele. Sua filha, sua ex-mulher, sua janela, seu desastre com gás do aquecedor"*.

Mason é um ser humano adorável e desprovido de ciúmes, então esse olhar desaparece rapidamente e é substituído por um sorriso desarmante.

— Espero não ter quebrado sua janela — diz ele e tira o pó das mãos. Infelizmente, tem muita poeira no caixilho. Apenas isso.

— Não importa, está tudo bem — digo. — Obrigada por abri-la. Agora esses dois podem permanecer vivos. E você e eu podemos sair daqui. Socorro.

Victor caminha até Mason, de uma forma viril e amigável, sem dúvida ativando códigos que só os homens conhecem. Às mulheres só resta imaginar como estão as comparações dos chifres ou quem está à frente.

— Oi, sou Victor Steidley, o pior ex mundialmente famoso de Billie e pai de Louise — diz ele e estende a mão.

— Mason Davis — vem a resposta. Eles apertam as mãos e fazem sua saudação masculina, avaliando um ao outro.

Isso é muito estranho.

— Ah, sim. Já ouvi muito sobre você — diz Victor, o que espero que não seja verdade. Embora eu tenha suspeitado... não, *eu sei*... que Louise contou a ele tudo sobre minha vida que ela conseguiu imaginar.

— Melhor a gente ir — digo.

— Também ouvi muito sobre você — diz Mason.

Victor ri e diz:

— Uh-oh. Isso nunca é bom. Ex-namorados geralmente não se dão muito bem, ainda mais caras como eu, que ficaram fora por mais de trinta e cinco anos. Mas te digo uma coisa: vou concordar em não acreditar no que ela disse sobre você, se você concordar em não acreditar no que ela disse sobre mim. — Ele faz a imitação de uma risada calorosa, o que é muito desnecessário, e dá uma bela olhada no meu quadril, o que é *absolutamente* desnecessário. Talvez até violação de algum código.

— Ah, deixa de ser ridículo, Victor — digo. — Vamos, Mason?

— Espere — diz Louise. — Papai e eu estávamos conversando sobre o papel de parede colado nos armários. E essas suas assadeiras! Parecem que são da Primeira Guerra Mundial.

Dou de ombros.

— E daí? Gosto delas assim.

— Não, não — ela diz. — Estão todas queimadas e tortas. Amanhã vou ao depósito pegar minhas assadeiras limpíssimas e trazê-las para cá — diz ela, dando-me um beijo na bochecha. — E, quanto a esse papel nos armários, veja como ficou detonado. E manchado. Acho que tem molho de tomate nesse pedaço aqui, e, olha, aqui está um pequeno rasgo. Papai e eu estávamos pensando em desmontar isso e depois pintar para você. Que tal?

— Não. Deixe os armários em paz, por favor — peço. Mudo minha bolsa para o outro ombro. Quero sair daqui.

— Ah, mas, mãe, já comprei algumas coisas para aplicar o papel com vapor — diz ela. — Sério, *por favor*! Isso vai deixar o lugar com um ar renovado.

Vejo algo nos seus olhos. Sua necessidade de fazer um projeto, de estar com o pai, de tornar este lugar seu. E não sei o que acontece comigo, mas concordo. Talvez um dia eu refaça o revestimento. Eles estão *mesmo* com uma aparência detonada.

E isso fará bem a ela.

— Vai ser com o maior amor e respeito — diz Louise, e eu não a via sorrir desse jeito desde que ela tinha dez anos e colocou em ordem alfabética a prateleira de temperos. — Então... está tudo bem para você, né?

Entramos no carro, Mason liga o motor e se afasta do meio-fio. Quando estamos a alguns quarteirões de casa, ele me pergunta como estou *de verdade*. Menciona como é interessante ver os dois juntos. Victor e Louise. Seu tom é comedido e cuidadoso.

— Eles são parecidos — diz ele. — É surpreendente a semelhança.

— Eu sei — digo. — Mas não quero falar sobre ele, se você não se importar.

— Claro. — Seguimos em silêncio por um minuto no carro, durante o qual tento descobrir se tenho um feitiço para Joey. E então Mason diz:
— Ele parece muito confortável ali, por falta de palavra melhor.

— Ah, ele está.

— Passando muito tempo lá, não é?

— Mason.

— Eu sei, eu sei. Vou parar.

— É só que eu não sei o que é demais e o que não é. Olha, isso é por Louise. Ela precisa dele agora mesmo, por razões que nem sou capaz de entender...

— Não, claro que ela precisa. Você não deve explicações para *mim*. É bom que ele tenha aparecido na vida dela quando ela estava nessa... encruzilhada.

— Bem, é isso que estou dizendo a mim mesma. E ele parece estar fazendo algum bem a ela.

— Isso é maravilhoso, não é? Surpreendente.

— Eu acho — confirmo. — Quem sabe o que o amanhã vai trazer.

— Parece que está trazendo assadeiras e armários novos e brilhantes que não têm mais imagens coladas neles — diz Mason.

Olho para minhas mãos.

— Talvez seja uma coisa boa. Não sei. Resisto à mudança, mas às vezes é melhor.

Ele fica em silêncio, olhando pelo para-brisa.

— Sabe — ele começa, depois de um tempo —, sou seu amigo aqui. Você nunca precisa fingir comigo.

— Obrigada — digo, e minha garganta de repente fica entupida com alguma coisa que está tentando sair. O que estou pensando é que tudo isso é muito sério e precisamos nos divertir. Isso é exatamente o que há de errado com o amor, e, mesmo que eu não esteja apaixonada, aqui estamos, falando sério apesar de tudo.

— O que eu quero dizer é… — diz Joey, deixando a frase no ar.

Imagino-o flutuando no espaço, em busca do fim. Ele não está tão mal quanto no dia em que o conheci, mas também não está muito bem. Eu o estudo enquanto Mason o abraça e dá um tapinha nas costas dele. Joey retribui o abraço.

O apartamento parece muito mais limpo. Nenhuma torre de cerveja. A mesa de centro não tem comida velha. Há uma margarida próspera perto da janela.

— Estou muito feliz em te ver de novo — comento. — Eu me pergunto se deveria ter usado o traje da Coelhinha dos Corações Partidos para isso, agora que paro para pensar.

— Ha-ha — ele diz. Não é uma risada; ele literalmente diz as sílabas. Suas mãos estão enfiadas nos bolsos da calça jeans e ele parece nervoso. Lambe os lábios. — Não, que bom te ver, apenas uma humana normal.

— Apenas uma humana normal — repito.

— Aceita alguma coisa para beber? — oferece ele. — Suco de cenoura? Ou que tal uma taça de vinho, talvez? — Ele parece tenso. — Eu disse suco de cenoura como uma piada. Você sabe. Porque você é uma coelha.

Mason ri.

— Vou buscar o vinho — diz ele, esfregando as mãos. — Você e Billie podem ir direto ao assunto. Ela e eu temos planos para o jantar. O que estamos esperando aqui, filho?

Joey olha para mim enquanto Mason entra na cozinha americana.

— Eu só… eu só… bem, voltei a conversar com Delícia. E umas coisas estão surgindo.

— Claro — digo. — Como o quê, por exemplo?

— Ela sente muito. Está infeliz com *o cara*. Você sabe, o chefe dela. Ele acabou se tornando uma daquelas pessoas que, quando conseguem algo que desejam, não querem mais. Então, eles estão passando por momentos difíceis e ela está recorrendo a *mim* para dizer o que fazer.

— Eeeee… como você se sente quando ela liga para você e pede sua opinião?

— Acho que me sinto… protetor em relação a ela. Não acho que ela pretendia me deixar.

— Espera. Você acha que ela se *casou* sem querer?

Ele olha para baixo e diz muito baixinho:

— Hummm, meu pai não sabe essa parte. E eu só quis dizer que ela não queria me fazer sofrer. Ainda precisa de mim.

— Que parte eu não sei? — diz Mason, agradavelmente, voltando para a sala. Ele me entrega uma taça de vinho tinto e dá uma para Joey também. Depois se senta no sofá, ao meu lado, de frente para Joey na poltrona. — Então?

Joey dá de ombros.

— Essa parte é constrangedora.

— Acho que posso ouvir algo constrangedor e ainda continuar te amando.

Um monte de expressões brigam no rosto de Joey. Finalmente, ele diz:

— Delícia se casou.

— Oh-oh. Entendi. — O rosto de Mason muda apenas ligeiramente. Seu sorriso permanece firme. — Então, ela se casou com o cara por quem te deixou?

— Sim.

— Bem, isso não é tão constrangedor. Por que está preocupado com isso? Ela era livre para fazer isso, não era? Quero dizer, *você* não se casou com ela.

Ficamos em silêncio. Bebo meu vinho e fico olhando para Joey. Perdi toda a sensibilidade na ponta dos dedos, apenas observando as expressões percorrerem seu rosto, como nuvens escuras no céu.

Ele limpa a garganta.

— Ela, hum, se casou com ele na cerimônia de casamento que seria a nossa, pai. A que eu paguei. Pombos brancos e tudo o mais.

— *O quê?!*

— Sim.

Mason olha para mim.

— E você sabia disso?

Confirmo.

— Bem — diz Mason. Ele parece quase perturbado, mas depois apenas balança a cabeça e sorri para mim.

Sinto um pouco de alívio por não ter que explicar como as coisas que descubro nos atendimentos de coelha são sigilosas. Não traio confidências.

— E… — diz Joey.

— "E"? Existe um "e"? — Mason diz.

Joey assente.

— Bem, então eles fizeram a viagem de lua de mel que eu paguei.

Mason se inclina para a frente com as mãos entre os joelhos. Eu escuto a respiração dele.

— Então, deixe-me ver se entendi. Você pagou por um casamento *e* uma lua de mel, e não foi convidado para nenhum dos dois.

— Sim, basicamente isso.

— Você também foi cobrado pelas bebidas e pelos jantares deles? Teve que pagar pelas gorjetas que eles deram para os garçons?

— Pai. Era tudo incluso.

— Eu só estava brincando sobre a parte das bebidas e dos jantares. — Ele olha para o sapato, fingindo estar raspando alguma coisa da ponta. Quando olha para cima, ele diz: — Venha aqui, seu grande idiota, e me deixe dar um abraço em você. Estou começando a entender o que está acontecendo com você. É disso que se trata: está com vergonha porque foi enganado por uma mulher que te usou e te humilhou.

— Bem, sim.

Joey não se move; apenas olha para o chão, então Mason vai até ele e o envolve em um abraço. Sinto um nó subindo pela garganta ao observá-los.

Quando eles se afastam, Mason diz:

— E agora ela quer que *você* a resgate das próprias decisões erradas. Acredite, você não é o primeiro cara a ser enganado por uma jovem confusa. Só não deixe que ela se aproveite outra vez.

— Ela diz que ainda me ama — continua ele. — Diz que cometeu um grande erro. Todos cometem erros. E agora quer consertar.

Mason e eu nos entreolhamos.

Estendo os braços e pego as mãos de Joey.

— Vejo uma mulher que se meteu numa situação difícil e agora está se debatendo para tentar sair e se sentir melhor: para *ela* se sentir melhor. Ela está com medo. Você já ouviu falar de como uma pessoa que está se afogando se debate tanto que arranha e empurra quem tenta salvá-la? A pessoa não consegue evitar; é um reflexo agarrar-se a algo e se salvar. E Delícia também não consegue evitar, só que não pode resolver o problema que existe dentro dela te usando. Não vai funcionar.

Joey olha para as mãos.

— Sei disso — diz ele. — Eu só... é bom que ela sinta arrependimento. Acho que isso é terrível, não é?

Mason ri.

— Não é terrível. É humano. É assim que nos sentimos quando somos injustiçados. Mas não é a mesma coisa que amar alguém. Você não a ama mais, e isso é bom.

Olho para Joey.

— Está pronto para superar? — questiono. — Porque, se não estiver, não faz sentido trabalharmos nisso.

— Vamos tirá-la daqui — ele diz calmamente.

— Você tem que ter certeza. Se precisa ouvir mais algumas centenas de desculpas dela, então talvez ainda não seja a hora.

— Ironicamente, existe outra pessoa na minha vida agora — diz ele, devagar. — Alguém que é um pouco mais normal, eu acho. É engraçado. Eu a conheci logo depois que fizemos o feitiço. No trabalho. Parece interessada em mim. Ela me convidou para sair.

— A Lei da Renúncia! — digo. — É uma das melhores leis. Depois de desistir, você encontra o que procurava.

Ele sorri.

— Sim. Acho que tem potencial para algo bom acontecer, mas não consigo tirar Delícia da cabeça. E acabei dando um bolo em Alicia porque fui ver Delícia naquela noite. — Ele se recosta na cadeira e passa as mãos pelo cabelo. — Que idiota eu sou!

— Ok, então você está realmente pronto?

— Estou pronto. Sim.

Mason esfrega as mãos.

— Enfim. Posso ver a magia com meus próprios olhos.

Fecho os olhos e sinto a familiar onda de energia percorrendo meu corpo. Deve ter sido o que minha avó experimentou quando corria a cidade, lançando seus feitiços onde queria. É uma sensação deliciosa.

— Vamos todos dar as mãos — digo. — E fechem os olhos, vocês dois.

As palavras vêm, como antes, girando pelo ar, pegando-me de surpresa, chegando, uma seguindo a outra enquanto eu as alcanço. Estou grata por eles e grata por estes dois homens serem solenes.

Damos as mãos, dizemos as palavras e talvez isso seja ridículo, mas, quando fecho os olhos e me concentro, sinto a fita que conecta Delícia a Joey começar a se desfiar, depois se romper e se afastar silenciosamente, rumo ao espaço.

Sinto-me exausta depois.

Mason está conversando no carro, sorrindo muito, agradecendo-me repetidas vezes por concordar em vir. Sua mão, com as unhas bem aparadas, sai do volante e vem tocar meu braço. Ele diz que tudo vai ficar bem.

— Fiquei um pouco surpreso ao saber que ele foi levado a uma situação *financeira* como essa — comenta. — Eu não tinha ideia de até que ponto... bem. Essa é uma lição que precisamos aprender às vezes. — Ele balança a cabeça, um aceno carinhoso, como se tivesse descoberto que seu filho comeu todos os biscoitos do pote. De certo modo, é apenas

um homem feliz, lá no fundo e por completo. Não se abala. Ele perdoa.
— Mas eu acho... quero dizer, eu *sei*... que ele agora superou tudo isso. Pude ver a diferença nele depois desta noite. Espero.

— Bem, ótimo — digo. Mason está se esforçando demais.

Paramos em um sinal vermelho. Os estudantes de Yale andam em grupos, com as mochilas penduradas nos ombros, como se tivessem acabado de sair da aula. As ruas estão movimentadas; não há lugar para estacionar.

Ele diz:

— Louise parece mesmo que está se saindo muito bem. Está se acomodando, não é?

— Ela está bem, eu acho — digo.

Então me sinto mal quando ele me lança um olhar rápido, sentindo que meu humor mudou. Executa uma curva hábil à esquerda. Passamos por uma fileira de lojas, todas iluminadas. No semáforo, vejo um homem e uma mulher caminhando juntos, obviamente brigando.

— Onde vamos jantar? — ele pergunta. — Você tem algum desejo por alguma coisa em particular?

— Não — respondo.

— Está tudo bem? Eu te chateei?

— Não, não. Não tem problema algum com você. Eu só... acho que preciso ficar em casa. Estou me sentindo... Não sei o que estou sentindo. Acho que talvez precise de algum tempo sozinha.

Posso senti-lo fazendo trocentos ajustes mentais. Mas diz, macio como chocolate:

— Claro. Você tem coelhado muito ultimamente. E também dado apoio para Louise. E tem o seu ex. E agora peço que trabalhe com Joey.

— Não, não é Joey — digo, embora possa ser. — Eu só... sinto muito, mas preciso ir para casa. Tomar um banho quente. Assistir a um programa de culinária na Netflix na minha cama e dormir.

— Tudo bem — diz ele. — Entendo. Eu realmente entendo.

Seguimos de carro por mais alguns quarteirões. Encosto a cabeça na janela. Mas então me dou conta de que, em casa, Louise e Victor estarão desmontando minha cozinha. Raspando. E, ah, eles estarão rindo. "Mãe louca e estranha! Veste-se de coelha, mantém uma casa tão desorganizada, coleciona pessoas como outras pessoas colecionam antiguidades — e agora podemos nos posicionar e intervir. Trazer um pouco de sanidade ao local."

— Mason — digo, e ele olha. — Sabe o que me faria feliz?

— O quê?

— Se fôssemos ao supermercado e comprássemos os ingredientes para fazer bolinhos de caranguejo. Com molho remolada. E, então, a gente iria para a sua casa, cozinharia, aumentaria o volume da música e se divertiria!

Observo seu rosto. As luzes de trânsito iluminam suas feições. Sua boca é taciturna.

— Bem, claro. *Nós poderíamos* ir lá.

— Mas...?

— Bem, é uma coisa engraçada aquela casa.

— É?

— Não é tão engraçada, na verdade. Quando Tish morreu... — E então ele para de falar. Seguimos mais dois quarteirões. Ele está mexendo a boca.

— Não importa — digo. — Não quero forçá-lo.

— É só isto: eu não mudei nada. Praticamente só vou lá para comer e me vestir de manhã. Não é realmente um lar.

— Tudo bem.

— É uma daquelas mansões de revista, como dizem. E agora realmente está sem vida. Você vai odiar. É o contrário... o oposto do que você... tem. O que você ama.

— Tá.

— Uma terra arrasada. Um santuário.

— Você quer que seja assim? Um santuário?

— Não — ele diz. — Não! Eu simplesmente não passo muito tempo lá, então todos os dias continua sendo um santuário. — Ele dá uma risada fraca. — Ela odiaria saber. Ela me disse que, se eu não tivesse encontrado outra pessoa em dois anos, voltaria para me assombrar.

— E se simplesmente fôssemos lá e disséssemos "Oi" para Tish e depois cozinhássemos um pouco? Talvez ela ficasse tão impressionada por ter alguém com você que ela ajudaria. — Então eu me recupero. — Não me expressei bem. Não sou *alguém* nesse sentido em que ela provavelmente estava pensando, mas é alguma coisa.

Ele hesita tanto que acho que vou ter que voltar para casa, para Victor e Louise, afinal. Mas então limpa a garganta e diz:

— Acabei de consultar Tish naquele lugar onde ela mora na minha cabeça e ela disse que é uma ótima ideia.

Fico olhando para ele.

— Ela fez isso agora?

— Você não é a única, sabe, que fica um pouco perdida no mundo do invisível. — A voz de Mason soa um pouco irregular de repente. — É por isso que, naquele primeiro dia, quando vi o que você estava fazendo com Joey... aquele feitiço, aqueles cantos... eu quis saber mais. Eu me perguntei se você saberia como se despedir de... bem...

— Veremos, não é?

Praticamente temos que comprar todos os ingredientes no supermercado porque ele diz que tudo o que tem em casa é café solúvel, algum substituto falso do leite, algumas bananas maduras e um pouco de cerveja. Andando pelos corredores, ele é como alguém que nunca esteve em um supermercado antes — exclamando diante de todas as escolhas! As cores! Os diferentes alimentos!

— Ela e eu costumávamos fazer isso toda semana — ele diz com a voz baixa. — Há mais de sete anos. Comprávamos mantimentos, depois voltávamos para casa e cozinhávamos coisas.

— Incrível, não é? — digo. — É como mágica. Então, o que você tem feito para comer desde então?

— Comida para viagem. E comida congelada do supermercado no jantar. Comíamos isso com tanta frequência que Joey simplesmente chamava de "pacote congelado". Vivíamos de pacotes congelados.

Eu rio. Estou empurrando o carrinho com muita naturalidade. Sei exatamente para onde estamos indo e do que precisamos. Compramos carne de caranguejo enlatada e farinha de rosca. Verifico com ele e é verdade: ele não tem mostarda dijon, maionese, molho picante nem molho inglês. Ou ovos.

Saímos com três sacolas de mantimentos — além dos nossos ingredientes, ele também ganha uma caixa de leite, um pão integral e um pouco de manteiga. Algumas maçãs e laranjas. Uma caixa de aveia. Talvez faça torradas e mingau de aveia algum dia, ele me diz com orgulho enquanto entramos no carro. Quem sabe o que é possível?

— O céu é o limite — declaro.

Ele mora em uma casa colonial de quatro quartos com escada central, em um loteamento repleto de modelos semelhantes, todos escondidos em ruas sem saída tranquilas. É uma terra de casas com deque nos fundos e janelas escuras na frente. Toda a vida acontece nos fundos dessas casas, nas cozinhas e nos quintais que não dão vista para a rua.

Sua casa é cinza com uma parede de rododendros que acabou de florescer e uma pista circular na frente da porta de entrada. As luzes dos sensores acendem ao pararmos e, quando ele aperta um botão, a porta da garagem se abre, quase sem fazer barulho.

Lá dentro, o ar parece frio e úmido, um pouco hostil, na verdade. A cozinha é enorme, com bancadas de mármore falso salpicadas, uma ilha central com pia própria e um par de banquetas. Um aparador contém uma terrina de sopa e algumas velas que nunca foram acesas. Tudo está arrumado e estéril.

— Como disse, eu não cozinho — diz ele quando vê que eu notei. — E também tenho faxineiras que vêm uma vez por semana para evitar que o local fique coberto de poeira. — Ele dá um sorriso fraco. — Sinto que deveria me desculpar. Imagino que para você isso pareça um pouco deprimente.

— De jeito nenhum — digo. — Podemos aquecer este lugar imediatamente. Culinária, música, conversa. — Na parede, há algumas decorações de ferro forjado; uma delas diz BEIJE O COZINHEIRO. E há um calendário de março passado pregado acima de uma pequena mesa.

Acendemos todas as luzes e pergunto se podemos colocar alguma música enquanto cozinhamos. O aparelho de som fica na sala de estar, um espaço vasto e negligenciado que se estende entre uma lareira a gás de tijolos, dois sofás estofados azul-marinho e um centro de entretenimento doméstico. É tudo docemente antiquado, as mesinhas de canto e a mesa de centro de madeira de bordo, os quadros de bordados pendurados nas paredes. Um retrato de família sobre a lareira, dos três — Tish no centro, com cachos escuros e um leve sorriso no rosto.

— Eu gostaria de ouvir "Season of the Witch" — digo. — No *repeat*, se você puder. E então vamos voltar para a cozinha e conversar com Tish.

Isso é loucura? Não sei.

Eu meio que balanço e canto com Donovan sobre a bruxa. E começamos a trabalhar. Narro o que estamos fazendo enquanto entrego a ele o ovo e uma tigela vermelha que descobri no armário. Ele parece tão perplexo e ainda assim obediente, batendo o ovo com um batedor.

— Ela adorava cozinhar? — pergunto.

— Ah, sim. Sim, ela gostava. Mas era do tipo que expulsava todo mundo da cozinha, franzia a testa e se punha ao trabalho como se fosse seu ofício diário e não pudesse deixar o chefe vê-la relaxando. — Ele sorri, e a expressão de dor que atravessa suas feições não passa despercebida por mim.

Quando peço licença para ir ao banheiro, vejo as fotos dela penduradas no corredor — primeiro segurando um bebê e depois balançando uma criança no parque, e outra vestida com roupas de inverno para uma viagem de esqui. No final do corredor, há fotos de Joey quando criança, depois como um belo adolescente, e fotos de Mason e Tish ao lado dele em sua formatura do Ensino Médio.

Quando volto para a cozinha, Mason está segurando uma foto dela com uma echarpe enrolada na cabeça — e ela sorri, mas há algo assombrando seus olhos, algo que não existe nas outras fotos.

— Câncer de ovário — diz ele. — Seis meses.

— Sinto muito — digo.

Ele começa a falar, num tom monótono. Joey tinha dezesseis anos na época e, depois que Tish morreu, ele passou a maior parte do tempo no quarto. Às vezes, Mason conseguia atraí-lo para resolver um quebra-cabeça ou para ir ao cinema. Joey gostava de *Minecraft*, e Mason tentou descobrir do que se tratava, diz ele. Mas sentar-se na frente de uma tela movendo pequenos pedaços de luz e som... bem, isso lhe deu nos nervos. Fazia seu pescoço doer. Por sugestão do terapeuta de Joey, adotaram uma cadela, uma vira-lata chamada Janice, e a levavam ao parque para jogar gravetos para ela. Mas era uma cadela apática que nunca parecia querer estar na mesma sala que eles, muito menos perseguir qualquer graveto que eles jogassem.

— Ela percebeu que não éramos sinceros — diz ele. — Você pode imaginar ter tanta dor que nem a cachorra conseguia aguentar? Então, depois de um tempo, ela meio que se mudou para a casa do vizinho, e, quando os vizinhos perguntaram se poderiam ficar com ela, foi quase um alívio.

Mason disse que semanas inteiras se passavam — até meses — em que ele não conseguia se lembrar de ter sorrido de forma genuína. No trabalho, diante das câmeras, estampava um sorriso que parecia rigor mortis.

— Conheço esse tipo de dia — digo a ele. Coloco a maionese em uma tigela diferente e acrescento a mostarda dijon. Dou a Mason a lata de carne de caranguejo para abrir.

— Então, um dia — diz ele —, cerca de um ano depois de ela morrer, Joey chega à cozinha e escreve uma música para a mãe. Ele chamou de “Mãe inacabada”. E era sobre como todos nós vivemos à mercê de um relógio e somos todos músicas inacabadas... e não temos escolha a não ser honrar o amor ao costurar as feridas uns dos outros. — Ele para de falar. — Então, naquela noite, apenas nos sentamos no chão e choramos. Nunca odiei mais nada na minha vida do que deixar aquele garoto me ver derretendo daquele jeito. Mas o terapeuta disse que foi um passo muito bom, porque, supostamente, depois disso, sabíamos que estávamos juntos e podíamos depender um do outro. — Ele ri. — Ao que parece, chorar pode fazer maravilhas por nós.

— É o que dizem — digo a ele.

— Mas agora... — ele continua. — Agora eu olho para ele, e ele está tão arrasado pelo amor, escolhendo uma mulher que não pode amá-lo... e eu não sei... A culpa é minha? Não é, porque eu não sabia como ajudá-lo quando a mãe dele morreu. Eu não poderia falar sobre a mãe dele para lhe dar um exemplo do que é o amor. Não o ajudei a se tornar um homem. Ainda não sei como ajudá-lo, e então... e então você apareceu naquele dia... e pensei... bem, talvez essa bruxa coelhinha com seus feitiços possa dar um jeito em tudo. Mas você também não pode consertar, pode? Porque sou eu. É tudo culpa minha.

— Shh. Nada é culpa sua — sussurro. — Talvez não ter pão, frutas e aveia em casa tenha sido culpa sua, mas você resolveu. Sem culpa, ouviu? Emoção desperdiçada!

Para minha surpresa, ele sorri. É um sorriso fraco, mas ainda assim é um sorriso. E então seus olhos se enchem de lágrimas. Eu sei que ele gostaria de poder se conter. Ele se vira e se inclina contra o balcão com as mãos sobre os olhos.

Vou até lá e pego seu braço. Depois o conduzo pelos retratos de família na parede, por um cesto de roupa suja transbordando, por uma pilha de toalhas dobradas e prontas para serem guardadas pelas faxineiras. Sei onde fica o quarto principal nessas casas enormes: nos fundos com vista para o deque. A suíte dele é enorme, com uma cama *king-size* com uma colcha rosa e fronhas floridas, e fico emocionada ao ver que a cama não está feita e as persianas ainda estão abertas desde esta manhã. Vejo frascos de perfume na cômoda de carvalho e alguns brincos em um prato na mesa de cabeceira. Sei que, se eu abrisse o armário, veria as roupas dela, os sapatos dela. Mesmo depois de todos esses anos, é possível que o cheiro dela suba e nos envolva.

Lentamente, vou tirando sua roupa. Ele fecha os olhos enquanto eu o ajudo a tirar a calça e desabotoar a camisa. E então eu o guio até a cama e gentilmente faço com que ele se deite; também tiro a roupa e me deito ao lado dele, de frente para ele na escuridão. Há apenas o fino feixe prateado das luzes externas. Olho profundamente em seus olhos e mantenho os braços em volta dele, como se eu pudesse mantê-lo unido de alguma forma, impedindo-o de se separar.

Passo a noite lá, observando-o enquanto ele dorme, como se eu estivesse montando guarda ou algo assim. Nunca chegamos a fazer os bolinhos de caranguejo, então às três da manhã, o horário em que ele tem que se levantar para chegar à emissora a tempo de apresentar o programa matinal, eu me levanto com ele, e, enquanto toma um banho, guardo os ingredientes naquela cozinha fria e vazia e faço torradas e café para nós antes de ele ir trabalhar.

E, então, chamo um Uber para me levar para casa. Entro em silêncio na minha própria casa e me arrasto para minha cama.

Ao puxar a colcha da minha avó, percebo o enorme erro que acabei de cometer. Fiz algo que era mais íntimo do que fazer amor. Era mais íntimo do que qualquer coisa, aquele abraço. Estar lá com ele.

Talvez eu não devesse ter olhado nos olhos dele. Mas não posso pensar nisso agora. Vou consertar tudo mais tarde.

24

— Leo volta da África do Sul amanhã — diz Louise no café, mais tarde naquela manhã.

Ela tira as uvas-passas de uma tigela de mingau de aveia que fiz para ela antes de me sentar com meu café e as palavras cruzadas. A televisão está ligada — o programa de Mason — e devo dizer que é estranho ver Mason Davis entrando na cozinha, falando animadamente sobre cinco maneiras criativas de fazer um bolo de boas-vindas ao verão, depois que acabei de estar com ele em sua casa. Não consigo olhar para ele. Parece que ele está falando só comigo, uma continuação da conversa desta manhã. Eu não ficaria surpresa se ele começasse a falar sobre bolinhos de caranguejo. Se dissesse meu nome.

— Quantas maneiras criativas podem existir para fazer um *bolo*? — pergunta Louise.

— Cinco, aparentemente — digo a ela.

Posso sentir seus olhos em mim.

— Ontem à noite deve ter sido estranho para você.

Isso me assusta. Ela com certeza não está se referindo ao fato de eu ter chegado em casa depois das três da manhã, o que, aliás, não é da conta dela. Ou da conta de qualquer pessoa. Mas, se não quis dizer isso, então *do que* poderia estar falando?

— Por que alguma coisa deveria ser estranha? — pergunto com cuidado.

— Ah, você sabe. Seus dois homens. Só de ter os dois juntos na mesma sala me deixou terrivelmente ansiosa, então não consigo nem imaginar como deve ter sido para você. E foi realmente engraçado vê-los mostrando toda a virilidade, sendo sedutores e possessivos. Foi uma grande demonstração de masculinidade, pensei. Eu tinha certeza de que alguém iria sugerir uma competição de queda de braço. — Ela ri; eu não.

Mudança de assunto.

— Por que Leo está voltando para casa? — pergunto.

— Porque... *turum-tá*... Contei para ele que estou grávida. — Ela parece maliciosamente triunfante. — Liguei para ele ontem à noite, depois de tirarmos o papel dos armários, que você nem percebeu. Papai e eu ensaiamos o que eu diria, liguei para ele e simplesmente disse: "Leo, vou ter um filho e precisamos discutir os termos da coisa".

— "Os termos da coisa"? Afinal, o que isso quer dizer?

— Papai achou que essa era uma boa maneira de colocar a situação — diz ela. — Dessa forma, ele disse, podem ser tanto só as obrigações financeiras quanto os termos de voltarmos a ficar juntos ou não.

— Voltar a ficar juntos? Isso é mesmo uma possibilidade?

— Bem, papai diz que devo ter em mente que ninguém sabe *de verdade* o que vai acontecer. Quero dizer, veja como foi surpreendente que *ele* tenha voltado! Isso foi o que ele disse. Podemos decidir tudo isso mais tarde.

Larguei minha caneta. Minha cabeça dói um pouco.

— Hum — digo. — Bem, que bom que você contou a Leo sobre o bebê, quer vocês acabem voltando ou não. Como ele reagiu à notícia?

— Bem, obviamente parecia chocado. Quer dizer, *todos* nós ficamos chocados. Aí ele quis saber se eu tinha certeza e se já tinha ido ao médico. E eu disse que claro que tinha certeza. Não tem como a gente confundir algo assim. E então ele disse que vem me ver. — Ela sorri. — Papai diz que os caras têm todos os tipos de reação à notícia da chegada de um bebê, e que Leo tinha todo o direito de saber para ver se isso muda alguma coisa para ele. Além disso, as coisas do blog. Isso muda tudo.

— As coisas do blog? — pergunto.

— Ah! Não te contei. Bem, nos últimos dias, decidi acabar com o blog. Outra noite, papai e eu estávamos conversando e ele fez uma observação muito interessante.

— Diga — peço. Sinto-me um pouco zonza.

— Bem, só de dizer que já ganhei muito dinheiro com o blog e que agora o interesse parece estar diminuindo, ele pensou que talvez eu pudesse parar de me esforçar tanto para recriar o que tinha. Se @LuluApenas não está atingindo tanto quanto eu gostaria, disse ele, por que não simplesmente colocar um fim? Por que continuar dando murro em ponta de faca?

— Sério — digo.

— Isso foi engraçado. Você sabe, fizemos algumas daquelas postagens sobre reencontro de pai e filha, e ficou hilário! Ele posava comigo e fazíamos pequenas cenas para nos divertir, e então um dia, quando terminamos de tirar fotos, ele me disse: "Existe algum propósito na terra verde de Deus para o que acabamos de passar três horas de nossas preciosas vidas fazendo? Qual é o *sentido* de tudo isso?". Não é muito engraçado?

— Muito divertido — digo.

— Ah, pare! — exclama ela, rindo. — Você sabe que é hilário. Eu tive que explicar a ele como as pessoas adoram ver outras pessoas bem-vestidas, parecendo que estão se divertindo, e ele arregalou os olhos para mim e disse: "E daí? Quem se importa com o que as pessoas pensam sobre nós e sobre a nossa diversão?".

— Ele falou isso? — indago. — Acredito que posso ter dito algo nesse sentido cerca de quinhentos milhões de vezes. — Ela ri de novo. — Talvez eu devesse ter dito fazendo a voz grave. Era isso que estava faltando?

— Ah, mamãe. Não sei. Estou com poucos seguidores agora e estou um desastre com tudo isso, e então, quando ele disse: "Por que não encerrar?", isso simplesmente me ocorreu. Eu poderia muito bem encerrar.

— Ah, Louise. Você consegue pensar em um milhão de maneiras de me deixar louca, não é?

Ela se levanta, dá a volta na mesa e massageia meu pescoço.

— Mãe, eu sei. Você tem dito todas essas coisas, mas é bom o que ele está fazendo. Está fazendo reparações. As coisas certas. Está me mostrando que pode ficar ao meu lado agora, quando mais preciso dele. E veja desta forma: talvez eu precise mais desse relacionamento adulto com ele do que precisava dele por perto quando tinha sete anos. Já pensou nisso? Ele está me ajudando a ver as coisas de uma perspectiva diferente. — Ela se inclina e me beija a bochecha. — Quero que você fique feliz por ele estar aqui e por estar ao meu lado. E, mamãezinha, ele também está do seu lado. Ele diz as coisas mais legais sobre você. Sabe o que me disse? Que realmente gosta dessa vida que você está construindo. Ele falou que você é uma mulher muito forte. A mais forte.

Ah, conta outra.

Ela afasta uma mecha do meu cabelo do meu rosto.

— Por favor. Você não tem nada com que se preocupar. Não quero nunca ferir seus sentimentos nem nada, mas é uma época excepcionalmente deliciosa, a melhor de todas, morar na casa com meus pais outra vez. Quem teria pensado? Eu me sinto muito mais calma...

Ouço um barulho lá em cima e olho para ela.

— Ele está...? Isso é outra coisa que está acontecendo e que eu não sabia?

Ela ri.

— Ah, sim! É! Eu disse que ele poderia ficar aqui por um tempo. Por que gastar dinheiro em um hotel se fica aqui até tarde todas as noites e está me ajudando tanto? Ele está hospedado no antigo quarto da sua mãe. É apenas temporário. Você sabe disso.

— Poderia ter sido bom você verificar comigo primeiro.

Eu me levanto. Tenho que ir à casa de Kat para uma reunião de negócios. Além disso, preciso sair daqui antes que eu perca a cabeça.

— Ah, mamãe, você adora receber gente aqui. E ele é tão tranquilo. Por favor, deixe tudo ficar bem por enquanto.

Victor aparece neste momento na porta da cozinha, vestindo calça de moletom e camiseta. Está encantadoramente desarrumado, com o cabelo todo desgrenhado do sono, o rosto com as marcas do travesseiro.

— Bom dia, meninas. — Ele finge cambalear até o balcão. — Estou precisando desesperadamente de um líquido preto, de preferência do tipo que contém grandes quantidades de cafeína. — Então aponta para Mason na tela da TV. — Ah, é o nosso cara da TV favorito! Tenho que te dizer, Billie, tenho assistido ao programa do meu quarto de hotel nas últimas manhãs, e ele realmente sabe conduzir uma conversa. Esse cara pode conversar com qualquer um sobre qualquer coisa. — Victor se serve de uma xícara de café e depois me faz um sinal de positivo. — Vocês dois ficam bem juntos, sabia disso? Ele é muito legal.

— Obrigada — digo. — Vou deixar vocês dois sozinhos. Tenho uma reunião para ir.

— Claro — diz Victor. — Acho que Louise e eu vamos fazer um ultrassom hoje, acertei?

— Sim! Podemos ver o bebê hoje! — exclama Louise. — Vamos trazer uma foto para você, mamãe.

— E não se esqueça de contar a ela sobre nosso plano — acrescenta Victor, com os olhos brilhando para mim.

Olho de um para o outro.

— Ah, sim! — diz Louise. — Convidamos Leo para um jantar em família na próxima semana. Papai aqui vai falar com ele sobre paternidade.

Victor ri, vendo meu rosto.

— Sim, está certo. Porque quem no mundo é mais qualificado do que um homem que age como pai há, o quê? Quase dois meses agora? É claramente o especialista em como fazer isso da maneira certa.

— Então você tem que estar aqui! — diz Louise para mim. — Vai ser uma experiência e tanto.

— De forma alguma — digo, a voz fraca. — Eu não sentiria falta.

Quando estou me preparando para sair de casa, alguns minutos depois, eles estão conversando sobre como ele vai dirigir o Tesla dela. Ele sempre foi um viciado em carros e agora está apaixonado pelo carro dela. Além disso, ela o lembra que eles vão parar na loja de ferragens e comprar papel de prateleira para meus armários de cozinha. Papel de prateleira!

— Aposto que você nunca teve papel de prateleira na vida — diz Louise.

E tenho que admitir que não.

— Será uma mudança de vida — diz ela. — Traz beleza e personalidade aos armários da sua cozinha. Vai fazer você sorrir sempre que abrir a porta para pegar uma tigela ou um prato. Você vai ver.

— Traz a paz mundial? — pergunto.

— É provável. Mas, neste caso, o que posso prometer é que traz união familiar. Vamos trabalhar nisso juntos.

A casa de Kat é como um pequeno pedaço da Flórida que se separou, subiu pela costa até Connecticut e se uniu a uma típica casa colonial de New Haven. Enquanto outras pessoas aqui cultivam rododendros e hortênsias, ela tem plantas tropicais — jasmim-do-caribe, palmeiras, hibiscos e buganvílias — em vasos por todo o seu pátio, que ela chama de "lanai". Há tochas havaianas no seu deque.

No interior, as paredes são revestidas com papel de parede de palmeira. E aqui eu a encontro, sentada a uma nova mesa de jantar de vime branco com um mapa da Flórida embaixo do tampo de vidro. Ela tem um bronzeado profundo e está vestindo uma camiseta coral com um pelicano florido e as palavras A FLÓRIDA CHAMA... PRECISO IR.

— Então, a julgar pelo grande número de itens promocionais da Flórida que você adicionou, presumo que Bob ainda não concordou em se mudar para lá, hein? — comento.

— Não.

— Logo você não vai mais precisar continuar fazendo lobby. Este lugar já é a Flórida total. Eu não ficaria surpresa se alguns xerifes aparecessem na porta exigindo que esta parte do estado fosse devolvida imediatamente.

— Sim, bem, eles podem me prender e me levar de volta com eles — diz ela.

Kat se levanta para buscar Coca-Cola para nós (a cara da Flórida, diz ela, beber Coca-Cola pela manhã) e, então, começamos a trabalhar. E o negócio está de vento em popa. Ela tem papéis da Acorda pra Vida espalhados ao seu redor. Tantos pedidos, tantas escolhas a fazer! Concordei em fazer a palestra principal de uma conferência de mulheres em Los Angeles no mês seguinte e, enquanto estiver lá, fui convidada para fazer dois noticiários matinais. E três clubes de mulheres em San Fernando Valley querem que eu vá dar uma palestra, bem como um grupo Meetup em Encino que fala sobre relacionamentos. Enquanto eu estiver na região de Los Angeles, uma agente literária quer que eu vá à casa dela em Malibu Canyon para conversar sobre a possibilidade de escrever um livro sobre a filosofia da coelha. Ou talvez sobre os itens aos quais as pessoas se apegam. Ou talvez sobre romance e feminismo. Não faço a menor ideia, mas estou disposta a ir.

Kat se recosta na cadeira e esfrega os olhos.

— Você está pronta para tudo isso? Quer dizer, é *muita* coisa. E a lista continua crescendo e crescendo.

Eu digo sim para tudo. Tudinho.

— Manda pra cima! Quanto mais coelhagens, melhor. Estou pronta para sair daqui.

Ela me olha com atenção.

— Sim, então, o que há com você? Sem ofensa, mas parece um pouco... desequilibrada.

— Estou perfeitamente equilibrada.

— Não esqueça que eu te conheço. O que está acontecendo?

— Bem — eu começo. Olho para minhas mãos. — Não é nada, de verdade.

Ela me lança um de seus olhares.

— Me permita discordar. Tem alguma coisa acontecendo, e você sabe disso.

— DormicomMasondenovo — sussurro.

— Como é? Você disse que dormiu com Mason de novo?

— EVictorestámorandonaminhacasa.

Seus olhos se arregalam.

— Victor. Seu ex.

— Sim.

— Está morando na sua casa.

— Correto.

— Por favor, me diga que você não está dormindo com *ele* também.

— Não. Não estou.

— Mas acho que ele quer.

— Ele vai querer.

— Deus, Billie. Então, está basicamente chovendo homens? Se esta não é a Lei da Renúncia no seu melhor, não sei o que é. Você desiste dos homens, até fica famosa por sua posição sobre como os homens e as mulheres não combinam de jeito nenhum, e agora tem homens em todos os lugares. — Ela bate palmas. — Isso é monstruosamente divertido! Então, só para recapitular: as Coelhinhas dos Corações Partidos são basicamente duas velhas: uma delas está dançando entre dois homens e a outra é casada?

— Não está realmente chovendo homens — digo. — Vou terminar com Mason antes que fique mais sério. Ele parece ter colocado na cabeça que coisas incríveis estão no nosso caminho.

— Ele não leu as letras miúdas e percebeu que você não acredita no amor?

— Ele sabia, mas acho que pode ter esquecido.

— Sei! E foi porque *você* esqueceu? — ela diz, provocando-me.

— Não sei. Estava tudo indo bem. Passamos algumas noites agradáveis juntos, e uma coisa levou à outra, por isso dormimos juntos... só duas vezes, mas ficou muito claro que *não* era romântico. Nós dois sabíamos disso. E então... bem, eu até odeio contar a próxima parte.

— Ah, mas eu insisto — diz ela.

Então conto sobre a noite dos bolinhos de caranguejo, como a casa dele parece um santuário para sua falecida esposa e que, se eu estivesse agindo como a Coelhinha dos Corações partidos ali, teria que alugar um caminhão para transportar todos os itens a que ele está claramente se agarrando.

Quando chego à parte sobre ele desabar e como só fazia sentido, como ser humano, levá-lo para cima e abraçá-lo... Bem, ela está me encarando.

— Sabe, talvez seja hora de revisitar a ideia de que você não acredita no amor. Eu te conheço. Você está apaixonada por ele.

— Não! Não posso estar apaixonada por ele, Kat. Quer dizer, simplesmente não vou me apaixonar. Isso seria um desastre. Por todas as minhas razões habituais... mas, além disso, *ele* ainda está preso à falecida esposa e, agora, contra o meu melhor julgamento, Victor... é meio que um fator também.

— Meu Deus, Billie! — exclama Kat. — Você está se ouvindo?

— Bem, ele está se acomodando na casa como se tivesse estado lá a vida toda, e eu estou nesse estado de... Nem sei como me sinto por ele estar lá. Às vezes, tenho vontade de gritar com ele pela maneira como me fez sofrer naquela época, mas ele está muito diferente agora e está ajudando, me fazendo rir e ajudando Louise. E ele é... bem, encantador, tranquilo, engraçado.

— Não, Billie. Não!

— Não, me escute. Louise adora tê-lo por perto. Ela mudou desde que ele chegou. Até desistiu do blog e está abraçando sua maternidade iminente. Não sei o que te dizer. É bom. Eles se tornaram Elvis e Lisa Marie. Nat King Cole e Natalie.

— Espera. Ela desistiu do blog? A coisa mais sagrada da vida dela e que tomava conta de tudo? Desistiu disso?

— Desistiu.

— Depois de todo esse tempo em que você tentou convencê-la e não conseguiu?

— Sim. Durante meses, faço tudo o que posso para convencê-la, só para levar grito. Meses! E então, entra no palco o sr. Victor Steidley, com seus olhos brilhantes e sua paternidade que parece ter florescido do nada. E ele disse a ela: "Essa coisa do Instagram é uma porcaria. Isso é fake. Por que você quer desperdiçar sua vida tirando fotos de vestidos de festa e de eletrodomésticos para pessoas que não têm mais nada para fazer além de te invejar? Isso não é vida!".

— Esse Victor é um homem sábio — ironiza ela. — Talvez devêssemos incluí-lo na equipe. — Então ela olha para mim e seu rosto fica sério. — Mas, Billie, isso não é real, né? Ele não vai ficar por aqui; não é típico dele. Nós duas sabemos disso. As pessoas não mudam da noite para o dia. E depois?

— Eu não sei, de verdade — respondo. — Não sei como me sentir em relação a nada disso.

Ela coloca o copo de Coca-Cola na mesa: com um pouco de força, se você quer saber.

— Ah, pelo amor de Deus, Billie. Caia em si. Eu nunca te vi assim. Você *sempre* conhece seus sentimentos. Por que isso está te enganando?

Penso a respeito. *Por que* estou tão confusa?

— Porque... porque o problema é o seguinte: além do fato de ele estar ajudando tanto Louise, há o modo como ele me faz sentir. Quero dizer, ele é a única pessoa na minha vida que me conheceu quando eu era tão jovem. — Posso sentir minha voz ficando embargada. — Ele se lembra de uma versão de mim que realmente não existe mais. Me disse que consegue ver através dessa coisa de coelha contra o amor romântico, que se lembra de quando eu acreditava no amor e era otimista. Não sei por que isso me toca, mas toca. Talvez ele esteja certo ao dizer que me tornei mais dura e mais cínica agora. Sabe?

— Espere aí — diz ela. — Você não é dura e cínica. Faz esse trabalho porque está ajudando as pessoas a seguir em frente. Está dizendo que acredita que essas pessoas podem seguir em frente porque *você* seguiu em frente. Sua crença nessa verdade é o que está no centro de quem você é. E isso é o oposto de cínica.

— É mesmo? Porque obviamente tenho dormido com um homem e saído com outro. Isso não parece muito alinhado com a filosofia da coelha tal como a descrevemos em nossa noite de embriaguez.

— Billie. A coelha nunca foi contra o sexo ou contra a diversão. Ela era contra ficar na fossa.

— Tá. Sim. Isso mesmo. E já decidi parar de dormir com Mason. Não posso fazer isso com ele.

— Você não fez nada errado. Talvez possa desfrutar desses dois homens pelo que eles têm a te oferecer no momento. Que tal isso? Victor te lembra de sua juventude perdida, e Mason é quem te conhece e te respeita por quem você é agora. Então, vá em frente; tenha em mente que você não precisa contar a si mesma uma história completa sobre amor e romance. Certo? Não é nisso que a coelha acredita?

— Obrigada. Talvez eu tenha que voltar e receber lembretes disso de vez em quando.

— Você entendeu. — Quando estou pronta para sair, ela me leva até a porta e me segura pelos ombros. Olhando nos meus olhos, diz:

— Sem ficar ruminando. Sem dúvidas. Me divertir. Viver. A vida é um puta presente, lembra? — Já coloquei minha chave na ignição quando ela corre até meu carro e diz: — Apesar disso, gostaria apenas de dizer que, se você acabar me contando que vai voltar para Victor Steidley, vou dissolver a Acorda pra Vida e também nunca mais vou falar com você. Não posso ter perdido trinta anos da minha vida falando sobre o vilão da sua vida, só para depois ouvir que você decidiu que ele é um super-herói.

— É justo — digo.

— Porque ele *não* é.

25

Uma semana depois, Mason liga e pergunta se eu gostaria de ir à casa dele fazer bolinhos de caranguejo para o jantar.

— Escute — digo.

— Desta vez nós *vamos fazer* os bolinhos de caranguejo, de verdade — ele me diz e pigarreia de um jeito que me faz saber o quanto essa ligação está custando a ele. — Eu não vou desabar, o que, aliás, sinto muito por ter feito da última vez.

— Não, não. Não tem problema — digo. — Mas, infelizmente, não posso hoje à noite. Leo vai jantar com a gente. E vamos conversar com ele como uma família.

Há um momento de silêncio, e então ele diz:

— Você, Victor e Louise? Essa família?

— É importante que eu esteja lá.

— Não, não. Claro que é. — Sua voz parece distante.

— Sei que parece estranho. É algo com que Louise provavelmente deveria lidar sozinha, mas não vai. Ela quer que Victor e eu a ajudemos a falar com ele, com o intuito de contribuir para descobrir o que o futuro deveria trazer em relação a essa *criança* que estão esperando. É uma loucura.

— Eu entendo — ele diz e pigarreia novamente. Depois de alguns segundos constrangedores, ele diz algo para encerrar a ligação, o equivalente masculino de *"Estou com uma panela no fogo"*.

— Está bem — digo. — Bom, vou te deixar ir.

— Adeus, Billie — ele diz.

Assim que pressiono o botão *desligar*, é como se um vento frio passasse por mim. Quase tenho que me sentar.

Odeio dizer isso, mas nós estamos meio que maravilhosos nessa noite. Victor e eu.

Sem nem mesmo planejar, percebo que estamos apresentando uma história muito interessante: os pais dedicados, agora aparentemente reunidos (embora não estejamos juntos), estendendo-nos através do tempo para encorajar um casamento vacilante que, de acordo com nossa visão otimista, poderia ser facilmente remendado. Se nos visse, pensaria que éramos uma espécie de guerreiros espirituais do amor, tendo sobrevivido ao pior dos piores e voltado.

Olhe só para nós, e você verá que as pessoas podem fazer as coisas funcionarem. O amor conquista tudo. A vida continua. Bebês curam tudo. Não cometa o erro que esse cara cometeu, de sair quando as coisas estavam ficando boas e depois esperar décadas para encontrar o caminho de volta.

Victor cumprimenta Leo tão calorosamente que eu sou lembrada mais uma vez de por que o amava, o que me atraiu nele no começo. Há algo magnético. Ele é expansivo, autodepreciativo e charmoso. Leo é o mesmo Leo — frio, cuidadoso. Está até usando o mesmo terno cor de baunilha que é sua escolha de roupa para todas os eventos envolvendo pais, aparentemente. Ele foi desarmado por Victor, percebo. Quando vou abraçá-lo, percebo que ele está um pouco menos rígido, mesmo comigo. Ele me abraça mais apertado do que nunca e até me olha nos olhos quando o abraço termina.

Ele age de modo educado e deferente com Victor no começo, mas então permite ser abraçado e receber tapinhas nas costas, ter uma cerveja colocada em suas mãos. Ri alto quando Victor o parabeniza e diz:

— Você pode pensar que isso é sobre o bebê, mas os *verdadeiros* parabéns, meu rapaz, são por você ter saído do ramo de fotografar vestidos de festa!

— Pai! — diz Louise, rindo. — Para. Nós ganhamos muito dinheiro fazendo isso!

— Sim. O que só aumenta a pena que eu sinto. O que *aconteceu* com o mundo para isso agora ser algo que transforme as pessoas em milionários? O que aconteceu com ser barões do crime, é o que eu te pergunto.

Ela balança a cabeça para ele, e ela e Leo trocam um olhar carinhoso. Ela parece jovem, animada e bonita esta noite, em um vestido florido e fluido que realça sua gravidez. Desde que foi buscar Leo no aeroporto, não para de colocar a mão na dele e sorrir para ele como se compartilhassem de um segredo delicioso. Juntos, eles examinam a foto do ultrassom — que faz o bebê parecer um simples e enrugado pedaço de camarão, é claro, mas que os faz sorrir. Ela conta a ele como foi ouvir os batimentos cardíacos — soou tão rápido, ela diz; como um pequeno metrônomo acelerado, com um ruído de chiado. E Leo a olha com espanto, como se ela tivesse inventado a vida ou algo assim.

De verdade, há tanto amor pairando no ar que o ambiente está quase florescendo. Cada gole de vinho que dou me deixa mais tonta.

Os homens cuidam do churrasco, como manda a tradição americana. Cubro os pedaços de frango com meu molho barbecue caseiro e, em seguida, levo os pratos para fora, onde Victor me sopra um beijo antes de cuidadosamente colocar os pedaços na grelha sobre a churrasqueira, tudo bem arranjado, como se estivesse fazendo uma instalação de arte. Enquanto o frango assa e borbulha, os dois homens bebem cerveja e jogam ferradura. Louise e eu voltamos para dentro, fazemos salada de batata e preparamos as espigas de milho. Nós os observamos pela janela da cozinha enquanto eles se conhecem. Isso nos obriga a nos afastarmos frequentemente da janela, já que um ou outro olha para cima e percebe que está sendo espionado. Toda vez que isso acontece, Louise ri.

— Então, ele está lidando bem com a notícia? — pergunto.

— Está.

— Estava pronto para um bebê, afinal?

— Talvez.

— Uma mudança de ideia?

Há um longo silêncio. No rádio, Aretha Franklin começa a cantar sobre respeito.

Eu rio.

— Sabe, Lou, o motivo de eu estar falando assim? Fazendo tudo soar como uma pergunta? Bem, é porque estou tentando fazer *você* me dizer o que estamos vendo aqui. Leo está feliz com o bebê ou não?

— Parece que está — ela diz. — Não tive muita chance de realmente falar com ele.

— Ele parece diferente de alguma forma — observo. — Mas você não me disse uma vez que ele não queria filhos?

— Ah... Ele disse que não queria filhos ainda. Mas talvez o "ainda" tenha acabado.

— Uma boa pergunta, e uma que deveríamos fazer a nós mesmos com mais frequência: quando o "ainda" acaba?

— Talvez o "ainda" acabe quando existe um feto real e não um teórico — ela diz.

— Mas o que *você*...? — eu começo a dizer, apenas para ser interrompida por Victor entrando, triunfante, com o prato de frango sobre a cabeça, como um homem voltando da caçada. Leo o segue, carregando as cervejas deles e sorrindo.

Ninguém está tirando fotos. Talvez seja por isso.

A noite inicia oficialmente. A magia começa a estalar ao redor das coisas, preenchendo os silêncios ao redor da mesa. Victor está expandindo sua personalidade para preencher todos os espaços vazios. Normalmente, esse é meu papel; sou eu quem absorve as experiências das pessoas e as estimula; sou a que fala demais, dá opiniões, lidera o riso. Sou eu quem serve mais bebidas, antecipa o que é necessário, entra em um tipo de fluxo. Eu vivo para isso, na verdade.

Mas Victor! Ele é Hugh Grant, Johnny Carson e George Clooney tudo de uma vez. Eu posso apenas me sentar e ficar observando — suas mãos elegantes e morenas gesticulando no ar, seus olhos brilhantes, seu espírito generoso, contando histórias e, ao mesmo tempo, deixando todos os outros brilharem também. Engraçado, eu havia esquecido esse lado dele.

Os armários, eu penso, na verdade parecem melhores sem toda aquela colagem de papel de parede descascado que Victor e Louise removeram. Louise os repintou com uma cor de amêndoa agradável e suave. Uma cor de cozinha, como se visse em um livro de decoração. De fato, o lugar inteiro parece limpo e arrumado. E não é tão ruim. Absurdo, no entanto, é que todas as espátulas apontem na mesma direção. Tão Louise. Sorrio para ela com carinho.

Levanto-me, vou ao banheiro e fico lá por um longo tempo, olhando para mim mesma no espelho. Estou bêbada? Possivelmente estou bêbada. Ou talvez seja apenas isso que o alívio parece. Um sentimento desconhecido. Eu gostaria que Calvin ainda morasse aqui. Gostaria de contar a ele sobre esse alívio.

— Não seria ótimo — Louise está dizendo quando eu volto — se as coisas acontecessem da maneira que estão destinadas a acontecer? Que tudo isso é uma história em que tivemos nossa participação e que todos nós devemos estar juntos agora, apesar de todas as forças que poderiam ter impedido esse fim?

Olho para ela. Ela está olhando para Victor, que lhe sorri de volta com olhos brilhantes.

Depois do jantar, fazemos uma fogueira do lado de fora e começamos a conversar de verdade.

Leo pergunta como estão indo os negócios da coelha, e eu digo a ele que em breve vou para a Califórnia. Estarei na televisão em Los Angeles e em Oakland, e falarei para alguns grupos de mulheres no vale de San Fernando. Há também uma palestra, que toda hora esqueço. Estou pensando em estender para uma semana, talvez fazer um pouco de turismo.

Victor se inclina para a frente, seu rosto iluminado pelo fogo.

— E não esqueça, mãe, que você vai se encontrar com uma agente — diz Louise.

— Ah, sim, isso também. — Coloco minhas mãos nas têmporas. — Está tudo acontecendo meio rápido... Eu nem mapeei tudo ainda. Sou meio desorganizada. Como sempre.

— Sabe de *uma coisa* — diz Louise. — Eu poderia ir junto e te ajudar, ser sua organizadora e guia de viagem, e a pessoa que te traz chá. E... Uau! E se todos nós formos? Papai também poderia vir. Seria muito divertido. O que acha?

Leo fica pálido.

— Ah, eu não quis dizer você, bobo! — explica ela. — Quis dizer meus pais e eu. — Ela olha de um para o outro. — O que acham, pessoal? A Primeira e Provavelmente Última Viagem em Família dos Steidley!

Victor me olha tão intensamente que parece que está fazendo um pequeno buraco na minha têmpora. Quando olho através do fogo para ele, ele sorri e dá de ombros. É um daquele encolher de ombros que diz: “Por que não?”.

— Lembra da viagem que fizemos à Califórnia logo depois de ficarmos juntos? — ele diz para mim. — Quando dirigimos pela costa? Eu até estava pensando em fazer isso de novo. Foi incrível.

Sim. Tinha sido incrível.

Mas agora?

Victor, Louise e eu?

É verdade que eu poderia me beneficiar de uma companhia.

Louise abre bem os braços, levanta-se e dá uma volta.

— Olhe para mim, Leo! Um pai e uma mãe! Quem diria que eu teria meu pai e minha mãe juntos? É o sonho realizado de toda criança de pais divorciados em todo lugar!

Eu gostaria de dizer algo, mas não consigo pensar no quê. Tipo, como ela não é mais criança. E que nós não estamos… juntos… a menos que ela esteja falando sobre estarmos *juntos neste momento à beira do fogo*. E a principal pergunta que tenho para todos nós e para o universo maquiavélico que puxa as cordinhas aqui: *isso* é a narrativa para a qual tudo está se encaminhando? Estou me movendo em direção a algo inevitável? Porque não tem absolutamente nenhuma chance de sermos reconstituídos como uma unidade familiar. Simplesmente não tem. Preciso me levantar e acabar com essa fantasia agora mesmo?

— Por favor — ela diz e olha para mim como se tivesse lido minha mente. — Eu sei, eu sei. Não somos uma família típica e intacta, mas seria demais para vocês apenas me deixarem ter essa única pequena viagem, e depois podemos todos voltar para nossos cantos e viver o resto das nossas vidas em paz?

— Ou não — diz Victor. — Quem sabe o que pode acontecer?

O celular de Louise toca. Ela para e olha para ele.

— Meu Deus, meu Deus! Hildy está em trabalho de parto! — ela exclama. Louise olha para todos nós, seu rosto iluminado pelo fogo, os olhos brilhantes. — Sinto muito, mas preciso ir! — E então em um tom cantante: — Hildy está tendo um be-bê! Hildy está tendo um be-bê! — Ela me olha enquanto calça suas sandálias. — Não sei quando volto. Bebês não costumam chegar imediatamente, ou pelo menos é o que ouvi. Mas ligarei para todos e direi o que está acontecendo. Preciso correr! Tchau!

— Espera, o quê? — diz Leo. — Assim, do nada? Você está indo embora?

— Eu prometi! — ela diz. — Ela disse que ligaria para todas assim que chegasse ao hospital, e todas nós vamos encontrá-la lá para comemorar quando o pequeno Cyril vier ao mundo. Ahhh, isso é tão emocionante! Tão épico! O primeiro bebê a chegar!

— *Todas* nós? — digo. — O hospital não vai gostar nada disso.

— Com todas nós, eu quis dizer Phoebe e eu. Acho que Miranda aparece amanhã.

— Espera. Mais uma coisa. Você disse Cereal? — diz Leo.

— Cyril! — ela diz enquanto corre para dentro da casa. — Cyril, Cyril, Cyril!

Ninguém se move. A porta dos fundos bate. Vejo-a pela janela, correndo para pegar coisas nos armários.

— Bem — digo —, isso é emocionante.

Leo encara o fogo. Então ele ri.

— Só espero que ela não deixe aquelas mulheres darem nome ao *nosso* bebê — ele diz, limpa a garganta e olha para Victor e para mim. — Então, acho que vamos fazer isso — fala com uma voz áspera. — Ter um bebê, quero dizer. Não ir para a Califórnia. Pelo menos não eu. Parece que vocês três vão…

— Talvez — diz Victor. — E parabéns, filho, por ser pai. Estou com vontade de fazer um pequeno discurso.

Ah, por favor, penso. *Não estrague tudo com um discurso desajeitado.*

Mas eu não deveria duvidar dele. Ele é bastante eloquente, como se vê.

— Como eu não estava aqui quando você e minha filha se conheceram, não tive a oportunidade de opinar, mas agora tenho. Então, aqui vai, me acompanhem. — Ele para, olha significativamente para nós dois e então diz: — Acho, observando você e Louise juntos, que têm algo que podem construir. O casamento é mais difícil do que parece... não preciso te dizer isso, Deus sabe. Mas agora vocês têm esse pequeno que pode estar chegando bem a tempo de juntá-los novamente. Ou... se não tiverem sorte, separá-los para sempre. — Ele para de falar, olha para o céu por um momento. Então continua, com uma voz rouca: — Meu conselho, seja lá o que valha, de um antigo perdedor em casamentos: faça do seu casamento algo seu. Não deixe a sociedade definir para você. Descubram conforme forem seguindo em frente. — Há uma pausa e ele olha para mim. — Eu queria muito que alguém tivesse me dito isso lá atrás. Você supera, faz isso ser seu.

Naquela noite, depois que Leo sai, subo para o meu quarto e ligo para Calvin. Supostamente para saber como Bernice está e, também, para me oferecer para levar o baú que ele deixou para trás. Está cheio de suas roupas de verão. Ele pode precisar delas, digo.

Mas, especialmente, é porque sinto falta do som da sua voz.

Ele diz que Bernice está bem, adapatando-se bem ao marca-passo. Então ele hesita.

— Ela se sente bem na maior parte do tempo, mas acho que a filha dela é uma daquelas que se preocupam demais. Está tentando fazer Bernice pensar em coisas assustadoras sobre o futuro. E qual é o sentido disso, eu pergunto. Então... é um pouco tenso às vezes.

— O que a filha dela quer que ela pense?

— Quer que Bernice se mude para Ohio, para ficar mais perto da família. É um impulso muito humano, eu sei. Mas Bernice está bem aqui, e estou cuidando dela. — Ele ri. — Não sei por quê, mas ter um namorado de noventa anos cuidando da mãe dela parece não fazer a filha da Bernice se sentir melhor.

— Rá! — digo.

— E como você está? — ele pergunta. — Me conte tudo sobre o negócio da coelha.

Então eu conto sobre a viagem para a Califórnia e sobre todas as ligações que tenho feito e ainda preciso fazer. As conferências em que estou falando. O agente que talvez queira que eu escreva um livro.

— Está tudo ótimo — digo. — Mas a vida normal anda um pouco bagunçada aqui, se quer saber a verdade. Victor parece ter se mudado para cá, Louise parou de ser influenciadora no Instagram, Leo agora está meio empolgado em ser pai *e* eu vou viajar pelo país com Louise e Victor fingindo que somos uma família normal e agradável...

Ele ri alto.

— Victor está morando na sua casa? Victor? Por favor, não me diga que ele está morando no meu antigo quarto.

— Não está. Louise está morando no seu antigo quarto.

— Como isso aconteceu?

Então explico toda a improvável cadeia de eventos, começando com a palestra no Brooklyn e terminando com a conversa ao redor do fogo com Leo. E tudo faz ele rir ainda mais. Sério, ele é a pessoa mais feliz do mundo.

— E, enquanto estou falando a verdade, devo dizer também que dormi com Mason Davis. Duas vezes. Quase três. O que acho que deu a ele a ideia errada. E Victor se revelou um ser humano totalmente diferente do cara que me deixou. Ele está cortejando Louise e sendo muito prestativo em casa, e acho que imagina todos nós como uma família outra vez, o que é, é claro, impossível. Então, obviamente, preciso de um pouco da sua sabedoria. Me diga algo sábio. Por favor. Qualquer coisa que você tenha.

— Hum. Confie no amor. O que acha disso? — Sua voz fica rouca.

— Muito genérico — digo. — O que mais você tem?

— Que tal isso? Pare de pensar tanto em você mesma e de tentar entender tudo o tempo todo — ele diz. — Apenas viva. Que tal isso? Veja onde as coisas vão parar.

— Então você acha que está tudo bem eu ir para a Califórnia com Victor e Louise e me envolver com Mason?

— Como *você* se sente? Essa é a pergunta importante.

— Sinto que não devo fazer nenhuma das duas coisas. Acho um erro deixar homens na minha vida outra vez.

— Sabe de uma coisa? Você precisa apenas viver sua vida, percebendo como é sortuda por ter tanto amor ao seu redor. Caramba, confie em si mesma, Billie! Cometa erros se for preciso. Cometa todos os malditos erros que precisar cometer. Tudo é corrigível. Amar nunca é um erro. Apenas dê um salto de fé, por que não?

— Ninguém é como você, Calvin, quando se trata de amor. Outras pessoas têm algum senso de autoproteção, mas você não tem nenhum, pelo que vejo.

— Só me diga uma coisa, Billie. Você ama Mason?

Hesito por muito tempo; tempo demais para os padrões de Calvin. Finalmente digo:

— Eu não sei bem. Ele tem muitos problemas.

— Cite um.

— Ele… sente muita falta da esposa falecida. E se esforça demais para ser perfeito. E… acho que faz manicure. E tem um bronzeado artificial.

Calvin ri. Claro que ele ri.

— Vejo que ainda é exatamente a mesma de quando saí da sua casa. Você ainda tem essa ideia maluca de que o amor é como algum predador gigante que vai te engolir inteira. Mas não é, querida. Compartilhar sua vida com alguém é algo *bom*. Entregue-se a isso. Deixe seu coração ter o que quer.

— Eu não sei o que ele quer! Ele quer estar descomprometido! Quer ser livre!

— Billie, isso é a coisa mais idiota que você já disse. Vá se sentar em um quarto escuro e converse com seu coração. Você não está prestando atenção nele de jeito nenhum.

— Não acho que meu coração esteja mais falando comigo.

Calvin solta um suspiro ruidoso.

— Quem poderia culpá-lo, da maneira como você o difama?

26

Os dias que se seguem são uma loucura. Faço as reservas de voo para Victor, Louise e eu viajarmos para Los Angeles e faço dez atendimentos de Coelhinha dos Corações Partidos e quatro entrevistas em estações de rádio. (Sou a rainha da Hora do Rush.) Confirmo os detalhes da conferência e das minhas reuniões. Alugo um carro.

Eeeeee... penso em Mason, mas não ligo para ele. Isso é ruim, mas nem mesmo retorno suas ligações. Ele deixa mensagens dizendo que gostaria de me ver, e apenas uma vez eu lhe mandei uma mensagem. E foi só para dizer:

Adoraria te ver também. Muito ocupada!

Às vezes, pratico o que eu diria se ligasse para ele, e aqui estão os competidores que estão na liderança:

Sinto muito, mas não sou a pessoa de que você precisa.

Gostaria que sua adorável falecida esposa ainda estivesse viva e que você nunca tivesse passado pelos últimos sete anos sem ela.

Eu não consigo... simplesmente não consigo.

Você pode ver por que seria um erro dizer essas coisas depois do que passamos, depois da noite em que o abracei.

Então, um dia, ele manda uma mensagem:

Surgiu um problema e preciso falar com você. Nos encontramos na lanchonete amanhã às 14h?

Então eu digo sim.

Claro que estou atrasada.

Estou atrasada, e ele já está na mesa quando chego. Devo dizer, ele está com uma aparência terrível. Seu rosto está tenso e o cabelo não está exatamente no seu estilo usual de televisão. Até mesmo seus olhos parecem opacos e sombrios. Sento-me cautelosamente do outro lado da mesa e digo "Oi". Começo uma lista confusa de motivos e desculpas esfarrapadas, mas ele levanta a mão para me interromper.

— Houve um pequeno problema — diz, sem rodeios.

— Não me diga que descontinuaram a torta de creme de coco!

Ele sorri dolorosamente.

— Não. É um problema para a Coelhinha dos Corações Partidos, uma pena. A emissora recebeu uma reclamação sobre você.

— Uh-oh. O que eu fiz?

— Você não fez nada errado. Um homem entrou em contato com a emissora dizendo que você foi à casa da ex-namorada dele e pegou algumas coisas que eram dele. Te acusou de roubo e diz que a ex-namorada nunca teria se desfeito daquelas coisas se você não tivesse insistido. Está ameaçando colocar a boca no trombone contra a emissora por endossar a Acorda pra Vida, que diz ser nada mais que um esquema de roubo. Ele disse ao gerente da estação que vai postar no x, no Instagram e em todas as redes sociais possíveis dizendo que você é instável e não é confiável, e que a emissora é responsável porque te teve no programa, o que ele chama de propaganda gratuita.

— Bem, isso é simplesmente loucura. Ele deveria ter entrado em contato comigo. Eu poderia ter ajudado a devolver as coisas a ele.

— Sim, eu disse isso quando me chamaram para falar sobre esse assunto. Aparentemente, ele não está interessado. Quer causar problemas para você. E também… — Ele olha para baixo na mesa. Eu nunca o vi parecer tão miserável.

— E também…?

— Meu envolvimento com você foi questionado. Não passou despercebido pela gerência que eu tenho… sentimentos por você. Naquele último dia que você esteve no programa… lembra quando a produtora entrou nos bastidores?

— Sim, mas nós não estávamos *fazendo* nada.

— Verdade. Nada disso é sua culpa. É minha. Fui repreendido por levar meu próprio filho no programa e por te levar duas vezes. O que eu via como um toque pessoal a uma matéria acabou sendo motivo para...

— Para o quê?

— Para uma avaliação de desempenho. Fora isso, uma possível suspensão ainda está em discussão.

Ele suspira e toma um gole de seu café. Eu olho para ele.

— Ah, Mason! Sinto muito por isso. Você está... bem?

— Estou. Na verdade, não. É estranho pensar que meus colegas estão julgando minhas intenções. Acho que ficou óbvio que eu me sentia... sabe... conectado a você. O que não era a razão de te ter no programa, mas parece ser um conflito. Então, por isso, estou um pouco envergonhado, acho. — Ele sorri. — Mas isso vai passar. Vou ficar bem.

Imediatamente começo a rasgar meu guardanapo em pequenas tiras e empilhá-los — uma tarefa meticulosa, o que significa que não preciso olhar tanto para cima.

Penny traz a torta de creme de coco; temos que parar para admirar e ouvir sobre a sobrinha dela que finalmente superou o coração partido.

Quando ela sai, volto-me para Mason. Ele ainda parece um pouco atormentado pela preocupação.

— Então, me conte o resto — peço. — Sinto que há mais aqui do que eu simplesmente não aparecer mais no programa. Você precisa que eu faça alguma coisa?

Ele olha diretamente nos meus olhos, e minha boca fica seca. Ele tem um olhar de quem está prestes a dar a pior notícia possível.

— Eu vou apenas tentar ser adulto sobre isso — ele diz. — Pensei muito desde a outra noite, e eu... quero que a gente pare de se ver.

— Você quer parar de me ver? — digo, chocada. — Isso é por causa da emissora?

— Não. Não exatamente. Bem, talvez um pouco. Mas é, sobretudo, porque enfim estou te ouvindo alto e claro sobre o amor. Você nunca vai me amar, e estou cansado de fingir que não me importo. Essa é a verdade.

— Ah — murmuro. Essa sensação se movendo no meu plexo solar parece muito com decepção, e por um momento tenho dificuldade em pensar no que uma pessoa deveria dizer nessas circunstâncias. Não acho que você deva argumentar sobre isso. Então digo, meio fracamente: — Eu entendo. — Ele faz que sim, e então continuo: — Ninguém deveria estar dependendo de mim. Você está certo em cuidar de si mesmo aqui.

Ele ri; ele, de fato, ri.

— Estou *certo* em terminar com você? É isso que você disse? — Confirmo. — Bem, você está certa — diz ele. — Você voltou com seu ex-marido, e eu não posso ficar vendo isso. Meu coração já passou por muita coisa.

— Mas, só para constar, eu realmente não voltei com ele.

— Não? É possível que você seja a única que não percebeu que voltou para ele? Quero dizer, ele está *morando* com você agora, acredito. E também com Louise. Vocês são uma família. Jantares em família, conversas em família. Está tudo lá.

— Não está!

Ele tira a carteira e coloca uma nota de dez dólares na mesa.

— Bem, seja lá o que estiver acontecendo, é demais para mim. Desculpe. Preciso que seja assim.

— Mas vou sentir sua falta — insisto. — E, como não estávamos namorando nem nada, acho que ainda podemos ser amigos.

— Vou sentir sua falta também — ele me diz, estende a mão e toca a minha. — Sabe de uma coisa? Mesmo que *não possamos* mais ser amigos, quero te contar algo que me deixa feliz. Pode parecer loucura para você, mas eu *acredito* no amor. Depois de Tish, pensei que aquela parte de mim estava completamente morta, e você me fez enxergar as coisas de maneira diferente. — Ele dá um sorriso triste. — Não que você tenha tentado. Pobrezinha, queria me convencer da sua ideia maluca de que não há um final feliz em uma história de amor, mas cada atitude sua me fez acreditar justamente no oposto. Não é engraçado quando você pensa nisso?

— É engraçado?

— Sim, é engraçado, porque estamos nos separando, e o que estou levando disso é a feliz certeza de que sei como amar de novo. — Ele olha pela janela por um tempo, tanto tempo que acho que não tem mais nada a dizer, mas então ele limpa a garganta e diz: — E talvez ambos consigamos fazer do nosso jeito, sabe? Você está voltando para Victor... e isso vai permitir que você prove que amor e romance são as coisas erradas, que eles só causam dor. — Ele olha para longe, balança a cabeça. — Enquanto, para mim, estou percebendo que não quero viver sem amor. Até quero ter comida na minha cozinha de novo. — Ele sorri. — Obrigado por me mostrar que comida anima uma cozinha. Tenho sustento real na geladeira agora, graças a você.

Ambos nos levantamos. Minhas pernas estão quase trêmulas. E, de repente, estou com raiva.

— De nada — digo —, mas não vou voltar para Victor.

— Mas você está voltando. — Ele sorri novamente. — E eu entendo. Droga, se Tish aparecesse agora e dissesse que tudo poderia ser resolvido...

— Isso é diferente. Ela morreu, não te abandonou.

— Exatamente — ele diz. — Victor te abandonou e, no entanto, bem, não é tão diferente da situação com Joey, não é? Delícia volta e ele está de novo caidinho por ela.

— É por isso que eu odeio romance! — digo de repente, alto demais. — Isso é exatamente o que tenho tentado evitar! Toda essa pressão! Toda essa culpa! Viu? Eu *sempre* estive certa sobre romance.

— Talvez para você, mas não é assim que vejo o mundo. Eu quero amor, romance, uma companheira na vida e alguém do meu lado ao acordar e jantar. Dividir pipoca no cinema, adotar um cachorro e até as discussões se devemos sair de férias em julho ou esperar até setembro, fora de temporada. Quero cada minuto disso.

— Eu só não quero drama — digo a ele, mas sinto que estou perigosamente perto de chorar.

Mason coloca o braço em volta de mim enquanto caminhamos até o meu carro.

— Não, Billie, você também não está certa sobre isso. Você ama o drama. É a pessoa mais colorida, dinâmica e dramática que conheço. É o seu superpoder. — A última coisa que ele diz enquanto estou entrando no carro é: — Sei que ele vai te fazer mudar, já vejo um pouco disso, mas não o deixe te fazer desistir de ser a Coelhinha, ok?

— Eu faço o que quero — defendo-me.

— Cuide-se. Vou sentir sua falta. — Ele bate na lateral da porta do meu carro e sorri antes de se afastar.

Gostaria apenas de dizer, senhoras e senhores, que este é exatamente o tipo de cena que eu mais odeio no mundo todo. Fico sentada no meu carro porque, por um momento, não confio em mim mesma para dirigir e ir embora. Fecho os olhos e deixo todos os sentimentos se misturarem, aparecendo para assumir seu lugar e me machucar. Primeiro vem a raiva, e depois a decepção e a tristeza se instalam. A culpa aparece para dizer "Oi".

Mas então, o pior de todos aparece por último: aquela velha sensação familiar lá no fundo do meu estômago, a sensação de estar vazia. O fechamento está acontecendo, assim como aconteceu todas as outras vezes.

Victor e eu pegamos um voo de Hartford, do Aeroporto Internacional de Bradley. Louise não veio junto. Ela ligou ontem à noite e disse que simplesmente não conseguia suportar deixar a casa de Hildy. Cyril estava com dificuldades para mamar, e Louise e Hildy estavam pesquisando sobre o assunto e se encontrando com uma especialista em lactação, e, bem, Louise queria ficar. Precisava, foi assim que ela colocou.

Pensei que talvez isso significasse que Victor não viria também, mas ele disse que estava ansioso para a viagem pela costa; até porque eu ainda precisava de alguém para me manter organizada, não é? Além disso, ele já tinha a passagem aérea e não queria perder o voo para a Califórnia.

— Vai dar tudo certo — ele disse. — Nós absolutamente podemos nos virar sem Louise.

Mas será que podemos?, pensei. Talvez precisemos dela. Não era esta viagem que ia mostrar que éramos apenas uma família comum, feliz e reconstituída?

Agora, sentada no avião, de repente, temo tudo sobre a viagem. Só quero me encolher no assento, colocar meus fones de ouvido e assistir a um filme. Quero estar sozinha com o zumbido das turbinas.

Victor, no entanto, quer conversar, esticar as pernas, abrir seu livro e depois fechá-lo novamente. Ele boceja, estala os dedos, pergunta sobre o clima em São Francisco. Pede uma cerveja para a comissária de bordo. Não consegue se controlar; começa a flertar com ela, pergunta sobre o anel de opala que ela está usando. Posso dizer pelo tom de voz que ela o acha muito encantador. Reviro os olhos; não dá para evitar.

Ele está se deleitando. Ele me disse que, em todos aqueles anos na França, Juliette nunca apreciou suas piadas como eu faço. Sentiu-se solitário pela forma como eu o amava e nem percebia.

Reviro os olhos para isso também.

Sabe aquela coisa que eu disse no começo, sobre como me fechei quando Victor me contou que estava apaixonado por outra pessoa? Eu disse que segurei meus sentimentos e superei. Acho que falei que em uma semana troquei alguns móveis e pintei a cozinha, e foi isso. Eu estava pronta.

Bem, não acho mais que isso seja verdade.

Estar com ele está me fazendo lembrar tudo de forma diferente.

Às vezes, agora, lembro o quanto sofri pelo término. Eu ficava na cama. Levava Louise comigo. Ela mamava ávida durante a noite, depois se afastava para dormir e eu cheirava sua doce cabeça de bebê, segurando-a para que não caísse no chão. Chorei rios de lágrimas em seus cabelos.

A dor durou muito tempo. Talvez nunca tenha ido embora. Talvez eu apenas a tenha reprimido.

Além disso, apeguei-me às nossas mães.

A mãe de Victor, cujo nome era Louisa, tinha problemas cardíacos. Ela morava no térreo porque não conseguia subir escadas. Parecia idosa mesmo tendo apenas cinquenta e cinco anos e, na maioria dos dias, sentava-se em uma poltrona de couro azul e assistia televisão durante o dia e fumava cigarros. Ah, e fazia panquecas. O aroma subia pelos dutos de ventilação, e Louise e eu íamos lá embaixo comer com ela.

Foi ela quem disse que eu não deveria trabalhar depois que Victor foi embora; disse que, se eu deixasse Louise aos cuidados de outras pessoas, ela teria problemas de abandono a vida toda. Lou tinha estudado Freud quando era jovem, antes de se casar. Ela acreditava que Louise provavelmente já estava arruinada. Sugeriu que eu ficasse em casa, fizesse coisas e as vendesse — pegadores de panela de crochê e aquarelas. O tipo de coisa que jamais seria suficiente para ganhar a vida.

E também havia minha mãe, que era mais jovem, ainda vivia de forma amorosa e saía com homens. Ela nunca foi muito maternal. Meu pai morreu jovem e, durante toda a minha infância, minha mãe trabalhava longas horas e me deixava com minha avó. Mesmo quando minha mãe morava no terceiro andar da minha casa, era como se ela tivesse caído ali por acidente. Ficava dizendo que estaria ali em caráter temporário. Queria se casar novamente, mas isso não aconteceu. Dizia que os homens não valiam muito e que eu era estúpida por deixar Victor me afetar. Ela falava rápido, animada, com uma espécie de loucura nos olhos. E então conheceu um capitão de navio em um baile em New Haven e se mudou com ele para as Ilhas Virgens — e eu raramente tinha notícias dela. Ela morreu com uns cinquenta e poucos anos, e senti como se nunca a tivesse conhecido de verdade.

Olho para Victor, que agora está dormindo, e observo como seus cílios varrem suas bochechas. As rugas ao redor de seus olhos só o tornam mais atraente, de alguma forma distinta.

Por muito tempo depois que ele partiu, sempre que eu via um casamento acontecendo, sentia muita pena da noiva. Quase era uma sensação física no fundo do meu estômago. Eu via a renda branca, um véu, flores, e pensava que fosse vomitar.

Ainda me sinto dessa maneira.

27

— Então, quem eu sou nesse circuito de palestras? — diz Victor. Ele desliga o rádio.

— Como assim?

Estamos indo de carro para Santa Monica, saindo do vale de San Fernando. O tráfego na Califórnia é aterrorizante; mesmo que Victor esteja indo a quase cento e trinta quilômetros por hora, estamos sendo seguidos de perto por uma caminhonete amarela, e três carros acabaram de passar rente ao nosso para-choque enquanto nos ultrapassavam.

Falei para três grupos de mulheres nos últimos dois dias, e hoje à noite é o grande evento. A palestra Criatividade Feminina na Conferência da Independência. Victor ficou contente em deixar os eventos de lado, nadar na piscina do hotel ou esboçar o início de uma nova série de poemas em que ele diz estar trabalhando: *Poemas para Louise*. Também aceitou em silêncio o fato de eu insistir que tivéssemos quartos de hotel separados. Mas hoje à noite ele insistiu em ir comigo à palestra — é um evento maior, com mais pessoas, e ele diz que quer ser meu acompanhante. Acha que parece mais atraente uma mulher dando uma palestra tendo um homem atento e orgulhoso ao seu lado. Ele até está vestindo um terno. Não tenho certeza se o quero lá. Parece que se sentiu negligenciado e que quer ser o centro das atenções. Sinto a tensão entre nós, o que significa que ele está aumentando a aposta.

E agora, aqui está ele, tentando arrumar confusão.

— Sabe. Quem eu *sou*? — diz ele. — Você está reconhecendo que eu sou seu ex-marido? Ou é muito confuso explicar por que a *Coelhinha dos Corações Partidos* estaria se encontrando e viajando com o cara que deveria ser persona non grata?

— Eu não tinha realmente pensado sobre isso, para ser sincera — digo. Reviro minha bolsa em busca dos óculos de sol.

— Meio que mina toda a premissa, eu diria. O fato de eu estar aqui. A menos... a menos que você queira contar uma história *diferente*. — Ele me lança um olhar de relance. — Você sabe, poderia ser uma história sobre reconexão, sobre como é mais significativo o amor voltar para uma segunda chance. As pessoas têm um romance, então algo acontece e elas aprendem a viver sem ele... De repente, ele retorna, e elas aprendem que o amor é real.

— Acho que, no interesse de manter as coisas um pouco normais, vou apenas seguir com o discurso que já tenho escrito. Não há necessidade de entrar em toda a história de nós dois.

— Hmm — ele diz. — Bem, está certo. Só fiquei me perguntando se precisava estar preparado, sabe. Parece um pouco mais autêntico mencionar que sua vida mudou desde que você começou essa história da Acorda pra Vida. Talvez eu possa subir ao palco e poderíamos nos abraçar e falar sobre como o amor pode crescer novamente. Sabe? Se a gente quiser? Não quero dizer como você deve conduzir o seu negócio, mas parece que poderíamos ser mensageiros da esperança.

Ajusto meus óculos de sol e olho pela janela do passageiro. Depois de termos percorrido cerca de trinta quilômetros sem falar, digo:

— Você sente que está de luto por Juliette?

— Não — ele responde, rápido demais. — Eu supero as coisas. Além disso, tenho você. Talvez eu estivesse de luto por você, e agora é essa parte de mim que está se curando. Já pensou nisso?

— Primeiro, é assustador pra caramba você dizer que superou Juliette, com quem foi casado por trinta e cinco anos, e também, só para constar... você não *tem* a mim.

— Bem — ele diz e bate as mãos no volante, e, mesmo que eu espere, não diz mais nada.

— Então, tive essa ideia maluca uma noite — digo para a plateia.

Estou em um púlpito no palco em um salão enorme com papel de parede salpicado de ouro. Cerca de duzentas mulheres de todas as idades estão sentadas em mesas com toalhas de linho, segurando cadernos e olhando para mim. Após essa palestra, elas vão se dividir em pequenos grupos. Eu sou a palestrante principal de um fim de semana que se propõe focar em "empoderamento, crescimento e nutrição do espírito criativo em pleno vapor".

Entro direto no meu discurso habitual sobre Kat e eu, e nossa amizade por meio de cinco divórcios e uma viuvez, além das duas filhas que criamos como mães solo. E como permanecemos juntas e nos confortamos, apesar de tudo isso.

Então, hesito, olhando para a plateia e vendo Victor lá atrás, sorrindo para mim.

— Eu era jovem e otimista quando me casei pela primeira vez — digo. — Transformei tudo em uma história que mostrava que éramos divertidos, impulsivos e certos um para o outro.

Arranco risadas ao contar do xarope seco no chão e como isso se tornou uma história sobre o quanto éramos não convencionais e hilariantes.

Deixo um momento de silêncio passar.

— E então ele partiu — digo. — Se apaixonou por outra pessoa, como às vezes acontece. Despedaçou tudo. — A plateia resmunga. — E, quando isso acontece, quando nossa pessoa especial nos deixa, colocamos nossos corações sob um vidro e fazemos um pequeno altar bonito para os deuses do romance fracassado. Um pequeno altar de desilusão, composto por coisas que nos lembram do que tínhamos.

As mulheres fazem sons de assentimento. Victor está sorrindo. Acho que ele gosta de ouvir sobre a parte da desilusão amorosa.

Mudo de assunto então e começo a contar sobre todas as coisas que colecionei nas minhas incursões na casa das pessoas.

— As pessoas guardam de tudo. Não são apenas o que vocês imaginam, cartas de amor, fotografias e ingressos — digo. Havia também uma escova de dentes com vestígios de batom, uma rolha de champanhe. Conto sobre a mulher que pegou o vestido que usou na noite em que fez amor pela primeira vez com seu ex e o cortou depois que ele a deixou. Ela fez uma colagem de tecido que pendurou em seu quarto, glorificando-o, mesmo que isso a deixasse infeliz todos os dias.

Elas fazem pequenos sons de murmúrio.

E então conto sobre as palavras que às vezes entoo com clientes, a música que toco, as danças da vingança que precisamos fazer de vez em quando. Digo que ninguém precisa se agarrar ao sofrimento. Somos ferozes e criativas, e podemos encontrar amor e paixão em outros lugares além do romance. Podemos decidir dizer não, obrigada, quando o amor que nos é oferecido não é o que precisamos.

— Espere um pouco — digo. — E, quando alguém te deixar, volte-se para si mesma. Fique quieta e espere. Vi que podemos nos recuperar e nos tornamos mais fortes e mais poderosas quando jogamos fora tudo o que nos mantém presas: o vestido de noiva, as mechas de cabelo dele, o cartão que ela enviou nos bons tempos. Não glorifique essas coisas com histórias que você conta sobre a importância delas. Isso é tudo uma grande mentira que te mantém presa. Não vale a pena entregar sua vida divertida e mágica para as memórias. Siga em frente!

Fico cada vez mais fervorosa, sentindo a resposta da plateia. Victor resmunga lá do fundo da sala. Consigo ouvi-lo sobre a multidão.

— Então vá viver sua vida criativa e, em vez de desperdiçar energia fazendo um santuário para um amor perdido, direcione essa energia para arte, escrita, música, dança, cortes de cabelo fantásticos, tapeçaria, cachecóis de tricô, cura para o câncer, caminhadas por pautas que importam a você. Coloque essa energia no meio ambiente, em causas que te movem, em apoiar uns aos outros! Não permita se entregar novamente a um amor que não é para você. Não parta seu próprio coração — concluo.

Victor desapareceu do fundo da sala.

Recebo uma ovação de pé. Depois, as pessoas se aproximam de mim e querem contar suas histórias e fazer perguntas.

Uma mulher me chama de lado e diz que é a agente com quem devo me encontrar em Malibu. Ela decidiu vir assistir à minha palestra em vez disso. Isso poderia *absolutamente* se tornar um livro, ela diz.

— As pessoas estão famintas por essas histórias e querem saber sobre os objetos. — Ela me dá seu cartão. — Vamos conversar mais quando você estiver de volta na Costa Leste. Você pode ir para Nova York, e vamos montar uma proposta de livro juntas.

— Sim — digo. — Sim!

Sinto minhas bochechas ficarem quentes e minha mente clarear.

Quando tudo acaba, não vejo Victor em lugar algum.

Vou ao bar com minhas novas amigas e fico até a hora de fechar, bebendo vinho, conversando e rindo. Três mulheres dizem que também querem ser Coelhinhas dos Corações Partidos, e onde eu comprei a fantasia? E talvez, elas dizem, deveríamos licenciar tudo isso!

— Poderíamos ser uma liga de coelhinhas curando corações partidos — diz uma delas.

— Vamos fazer! — encorajo.

Praticamos ser Coelhinhas dos Corações Partidos para o barman, parando para cair na gargalhada, assim como Kat e eu fizemos na noite em que tivemos a ideia para a Acorda pra Vida.

Quando volto para o meu quarto, chega uma mensagem de Louise, uma foto dela com Hildy e o novo bebê — um doce querubim de olhos azuis, embrulhado como um burrito, olhando para o nada com aquele olhar vago de recém-nascido. Hildy e Louise parecem exaustas e dominadas pela vida, sorrindo de maneira torta para a câmera.

Quando envio um emoji sorridente, ela me liga imediatamente, mesmo sendo madrugada lá. Está acordada com o bebê amarrado na frente dela, andando de um lado para o outro, para que Hildy possa dormir um pouco.

— Mamãe — ela sussurra. — Meu Deus, mamãe! Eu tenho uma nova vida. Meu trabalho é tirar o bebê do berço e entregá-lo para Hildy amamentar. Faço isso umas trinta vezes por dia. É a coisa que mais toma tempo que já fiz na vida, ainda mais do que blogar. Ele está sempre com fome!

— Ele é incrível?

— É... incrível. Ele sorri, e eu acho que é de verdade, mesmo que as pessoas digam que são gases. Além disso, acho que ele me reconhece. Ele se acalma nos meus braços, e então meu bebê o chuta por dentro, e isso nos faz sorrir. E, mamãe, preciso te contar uma coisa.

— O quê?

— Eu vou morar aqui.

— E Leo vai se juntar a você?

Há um longo silêncio.

— Acho que não.

— Ele não quer ficar com você, afinal?

— Não, ele quer. Mas eu não quero. Ele é tão frio, mamãe. É difícil conviver. Quando tivemos aquela noite, todos juntos, percebi que não o amo. Olhei para ele do outro lado do fogo, e aquilo simplesmente me atingiu. Quer dizer, parte de mim estava feliz que você e o papai estivessem se esforçando tanto para fingir que acham o casamento uma coisa boa. Sou grata a você, realmente sou, mas não quero mais essa vida com ele. Não tenho medo de ser mãe solo, e Hildy e eu decidimos que vamos fazer isso juntas. Vamos viver aqui nesta casa que ela alugou porque é grande o suficiente, e Miranda pode vir morar aqui também. Vamos dividir o trabalho e nos ajudar, os bebês vão ser amigos, e, ah, vai ser tão divertido. E talvez eu possa blogar sobre isso! Sabe?

Ela está falando tão rápido que mal consigo acompanhar.

— Lulu — chamo.

— Espera. Posso te dizer mais uma coisa?

— Pode.

— O papai é maravilhoso, mas é meio mimado, não é? Posso dizer isso? Ele me ligou hoje à noite depois da sua palestra e estava me dizendo que você insiste em ser a Coelhinha dos Corações Partidos mesmo com ele te oferecendo uma chance para toda essa felicidade. Felicidade por toda parte! Seria de pensar que está oferecendo um mar de rosas. Ele diz que, depois de todo esse tempo que ele investiu, você não fica nem no mesmo quarto que ele durante a viagem, que o trata como se fosse apenas seu motorista ou algo do tipo. — Fico em silêncio. Ouço o bebê fazendo pequenos sons perto do telefone. — Tenho que ir. Mas, só para você saber, talvez eu entenda o que você tem dito sobre ele. Você estava certa.

— Como é? — indago. — Poderia repetir? Porque eu não acho que existe som no mundo inteiro tão adorável quanto ouvir sua filha dizer que você está certa.

— Bom, não se acostume muito com isso — diz ela. — Você também disse que eu deveria considerar voltar para Leo e estava errada sobre isso.

— Você sabe, eu entendi — diz Victor depois de fazermos o checkout do hotel e estarmos de volta no carro. Esse deveria ser o dia em que partimos para a turnê Redescobrindo a Califórnia, como Victor chama. Ir para o norte para ver São Francisco e as sequoias, como fizemos há tanto tempo.

— É mesmo? — questiono. — Isso é bom, porque estou muito cansada e feliz para descobrir qualquer coisa. Conheci as mulheres mais incríveis ontem à noite e fiquei até tarde no bar ensinando todas elas a ser Coelhinhas dos Corações Partidos, e então... *então*, Louise ligou e conversamos por um tempo. Talvez eu precise dormir no carro.

Ele não dá partida no motor. Fica ali sentado olhando para mim. Coloco os óculos escuros. O céu está muito brilhante.

— É tão decepcionante te ver assim — ele diz. — Fiquei acordado a noite toda pensando nisso e tentando entender. Decidi que talvez você esteja fazendo isso pelo dinheiro. Mesmo que você e eu tenhamos essa filha e essa conexão, você quer dar as costas para tudo e lucrar com a pior coisa que já nos aconteceu. Porque, vamos encarar, problemas são lucrativos. As pessoas estão dispostas a pagar para ouvir você falar sobre eles.

— A questão não é *uma coisa* que nos aconteceu, Victor — digo. — Era a minha vida. A minha.

Ele age como se não ouvisse.

— E você... você *fala* bonito sobre criatividade! E quanto à verdadeira criatividade, a faísca que poderia ser usada para criar a vida familiar que nós três, nós quatro, até nós cinco, poderíamos precisar? E quanto a isso? — Ele engata o carro e sai do estacionamento. — Nós podemos criar uma vida que seja diferente de tudo o que já imaginamos para nós mesmos! Liberdade e respeito pela individualidade de cada pessoa. Um casamento de verdade! Louise e Leo poderiam fazer o que quisessem: jornalismo ou blogueiragem sobre parentalidade, seja lá em que isso se transformasse, e você poderia dar palestras sobre empoderamento. Eu poderia escrever poesia. Poderíamos nos mudar para uma casa maior e viver todos juntos. Criar o bebê! Ajudar em suas vidas! Isso é o que eu imaginei. Uma família! E pensei que você e eu estávamos em sintonia, mas não. Você é como aquelas pessoas que diz estar tentando salvar: presa na pior coisa que já aconteceu. Criou uma empresa que é um altar para infelicidade. E não é um choque perceber *isso*? — Ele bate no volante.

— Você se surpreenderia — digo com uma voz baixa e tranquila — o quanto tudo isso tem pouco a ver com você.

— É tudo sobre mim — diz ele, e seu lábio se curva. — Você nunca teria feito isso se eu tivesse ficado.

— Louise e Leo não vão ficar juntos — digo.

— Você não sabe. Você a está encorajando a não ficar com ele — retruca Victor.

Então, viajamos em silêncio.

Começa a chover depois de um tempo, grandes gotas espirrando contra o para-brisa. Há um acidente à frente e o trânsito está parado: oito faixas de engarrafamento em um longo estacionamento imóvel de uma rodovia. Encosto a cabeça na porta do passageiro e faço respirações profundas.

— Parece que não vamos chegar ao hotel antes do meu programa de rádio em que as pessoas ligam para falar — digo. — O que é um problema, porque preciso estar em algum lugar onde eu possa ouvir bem.

Ele franze os lábios.

— Bem, não consigo mover todos os carros sozinho, consigo? Que horas é o programa?

— Daqui uma hora.

— Nós não vamos estar em Oakland até lá. Não dá para cancelar?

— Não quero cancelar. Esse é o meu trabalho. — O ar no carro está tão pesado que é difícil respirar. — Talvez possamos pegar a próxima saída, uma vez que começarmos a avançar de novo. Podemos encontrar um estacionamento em algum lugar, garantir que haja um bom sinal, e eu posso fazer de lá.

Meu celular dá um toque, e o procuro na minha bolsa. É Calvin.

A filha de Bernice está insistindo para que Bernice vá morar com ela em Ohio.

Deixo escapar um grande suspiro. Victor olha de lado.

— O que foi? É Louise?

— É Calvin.

Eu digito:

Ai, Calvin! Fico muito triste em ler isso. Você vai com ela?

Os três pontinhos cinza ficam por um tempo muito longo. Então ele diz:

Não. Não fui convidado. É quando as famílias se fecham. Bernice não está bem.

Seu plano de dez anos.

Eu sei. Não durou nem dez meses.

Volte para nossa casa! Por favor! Você sabe que sempre será sua casa. Já que você é imortal, estou até planejando deixá-la para você no meu testamento.

Haha.

— O que está acontecendo? — pergunta Victor.

— Nada.

Ele fica em silêncio por um longo tempo, batendo no volante. O tráfego começa a se mover; alcançamos uma velocidade de trinta quilômetros por hora. Quando fala novamente, ele diz:

— Sinto que preciso dizer alguma coisa. Eu não deveria ter te deixado nem ter ficado longe. Foi uma atitude idiota, fiz por motivos estúpidos e tenho me arrependido desde então. Sei que você teve uma vida plena nos anos em que estive fora. E até sei que estou sendo horrível de novo, assim como fui antes. — Eu não digo nada. — Mas, ei, pelo menos agora estou reconhecendo antes que piore. Isso vale alguma coisa, não? — Ele move os dedos, fazendo-os marchar ao longo da minha coxa.

Eu me afasto um pouco.

— Poderíamos pegar a próxima saída? Vou fazer a participação no programa pelo telefone aqui mesmo do carro.

— Tem uma parada daqui a vinte e cinco quilômetros. Me escute. Estou tentando fazer um discurso aqui. Estou dizendo que sinto muito e que... bem, eu te amo.

— Victor, por favor. Acho que não vamos chegar tão longe antes do início da chamada. Talvez só pegue esta saída, tá? Podemos encontrar um estacionamento em algum lugar...

— Não — ele diz. — Vou seguir para a área de descanso, e, se não chegarmos lá, podemos parar no acostamento se precisarmos. Vai ser romântico sentar no acostamento com a chuva caindo e você falando sobre se curar de uma desilusão amorosa. Vou te incentivar.

Eu o encaro.

— Você poderia apenas pegar esta saída, por favor! Por favor!

Ele aperta a mandíbula. Eu fico em silêncio enquanto passamos por duas, três saídas. Dez minutos depois, meu telefone toca, e é a produtora do programa. Ela tem uma voz animada e diz:

— Nicky Mintz estará com você em alguns minutos. Só queremos garantir que o microfone esteja funcionando. Diga algo para eu testar o volume.

— Estou no carro viajando — digo para ela —, mas farei o meu melhor. Estou com você no viva-voz.

— Humm — ela diz. — Bem, parece que está funcionando. Vamos torcer para o melhor.

Victor sorri e faz um sinal de positivo.

Nicky Mintz é uma apresentadora divertida. Ela tem muito a dizer sobre relacionamentos e expectativas elevadas das pessoas e comenta com o público o quanto está animada por falar comigo, uma pessoa disposta a vestir uma fantasia para sair e combater a desilusão amorosa.

— Porque a Coelhinha dos Corações Partidos, da empresa Acorda pra Vida, sabe de uma coisa com certeza: você pode ficar preso por muito, muito tempo ou pode pegar essa única vida louca sua, com todas as suas decepções e desgostos, e vivê-la ao máximo todos os dias.

Victor faz uma leve careta.

— Como fazer isso? — ele sussurra. — O amor é a resposta. Fala isso.

Eu o silencio.

— E a Coelhinha dos Corações Partidos quer ouvir as perguntas de vocês — diz Nicky Mintz. — Liguem e perguntem qualquer coisa para ela! Ela vai dizer exatamente como fazer!

São ouvintes com quem sinto que já falei antes. As duas primeiras ligações envolvem alguém sumindo da vida de alguém e um homem que descobriu que sua esposa está tendo um caso — e, quando ele a confrontou, ela se mudou para a casa do outro cara e agora ele não consegue seguir em frente.

Sou solidária e encorajadora. Digo que todos podemos sobreviver a esses momentos. Podemos ser nossos próprios Coelhinhos dos Corações Partidos. Jogar fora lembranças. Comer vegetais manter um diário fazer coisas divertidas, criar um plano de noventa dias.

Então, uma mulher liga com uma voz tão baixa que mal consigo ouvi-la. Nicky Mintz repete algumas vezes para ela falar alto.

— Sou a vilã aqui — diz a mulher, por fim, inspirando fundo. Há muito ruído na linha.

— Senhora, poderia abaixar o volume do rádio? — diz Nicky Mintz.

— Ok. Sim, desculpe. — Ela fica fora por um momento. — Ok, estava dizendo que sou a vilã. Eu sou. Acabei de terminar com um que me ama. — Ela fica em silêncio.

— Sim? — diz Nicky Mintz.

— Ele diz que me ama. Acha que ama. Mas... sinto muito, eu simplesmente posso confiar no que ele está me dizendo. Ele... tenta demais.

Sempre entende o que estou passando e, quando não quero vê-lo, diz que está tudo bem e vai embora. E, sempre que estamos juntos, me diz o quanto me ama e todas as razões pelas quais somos ótimos juntos. — Ela limpa a garganta. — Mas o que eu acho é que ele está apenas *tentando* me amar.

— Espera. Você não o ama? — pergunto.

— Não. Eu *poderia* amá-lo — ela diz, após um momento. — Mas... não acho que quero.

— Muito assustador?

Ela ri de novo.

— Muito assustador! Meu primeiro marido me deixou sem aviso, meu pai deixou minha mãe, e minha irmã deixou o marido dela. Sabe quando as pessoas dizem que estão felizes e que tudo parece perfeito, mas depois se descobre que, na verdade, elas se odiavam o tempo todo? As pessoas estão apenas se enganando porque talvez não exista algo como amor real.

— Eu sei — digo com uma voz que nem reconheço. Minhas mãos ficaram tão suadas que mal consigo segurar o telefone. — Já tive o mesmo pensamento, mas acho que você e eu precisamos, talvez, encontrar um pouco de coragem. Acredito que exista algo como amor verdadeiro. Acho que pode funcionar. Quero dizer, eu *sei* que pode funcionar. Temos que suspender nosso cinismo. Confiar na alegria. Tenho um amigo de noventa anos e é isto que ele diz: confie em toda a alegria.

Victor me lança um olhar e bombeia o punho no ar.

— Sim! — ele sussurra.

Eu me afasto dele e digo para a ouvinte:

— Não podemos deixar nosso coração ficar tão frio por causa das coisas que outras pessoas fizeram conosco no passado. Esse cara que diz te amar não é o cara que te deixou anos atrás. É uma pessoa completamente diferente.

— Haha. É o que ele me diz também.

— E então? Acredite nele. Vá fundo e fale com aquela parte sua que pensa que não merece ser amada. Diga a ela para ser corajosa. Essa não é a maneira como quer passar o resto da sua vida, né?

— Não — diz ela, em voz baixa. — Mas, e se eu me machucar de novo? E se tudo isso for uma grande mentira e eu arriscar todo o meu coração e então...?

— Mas e se não for? — pergunto. — E se esta for a chance de felicidade que vai mudar a sua vida?

— Não sei como fazer isso.

— Você sabe. Olhe para dentro. Diga ao medo que você consegue lidar com isso e que ele pode ir embora agora.

O rosto de Mason aparece na minha frente. Calvin e minha avó parecem estar ambos no carro comigo. Sinto minha voz ficar mais forte.

Ela ri um pouco.

— Acho que você pode ser um pouco maluca.

— Talvez — digo. — Mas sabe de uma coisa? — Ouço o espanto na minha própria voz. Não posso acreditar que estou dizendo isso. — É a mesma coisa que está acontecendo comigo! Eu tenho um homem que me ama e eu não paro de afastá-lo de mim. É tudo medo! Nosso medo nos diz uma grande mentira, que somos indignos de ser amados. Mas não somos, não é?

Victor está sorrindo para mim e acenando com a cabeça.

— Isso é perfeito, o que você está dizendo — ele diz num sussurro alto. Eu o empurro para longe.

— Não somos — ela diz, devagar.

— Quando apenas nos protegemos contra a decepção, tudo o que estamos fazendo é nos machucar antes que alguém mais nos machuque. Só isso. Vamos fazer um pacto para não agirmos mais assim.

Quando desligo o telefone, não há absolutamente mais ar no carro. Olho para cima e descubro que Victor parou em uma área de descanso e está sorrindo para mim. Nem tinha percebido. Coloco a mão na maçaneta da porta. De repente, está muito claro que preciso ligar para Mason. Meu coração parece martelar dentro do peito.

E Victor está derretendo diante de mim.

— Escute — diz ele. Seus olhos estão marejados. — Nós podemos fazer isso funcionar. Nunca te vi falar assim. É mais do que eu esperava. Você esteve me afastando, mas agora vê que eu mudei. E vamos seguir em frente…

É aí que percebo. *Meu Deus. Ele pensa que eu estava falando dele.*

— Não — digo e pressiono a maçaneta da porta, mas ela não se move. — Não, Victor. Não somos nós. Você fez o melhor que pôde, mas eu não posso. Eu não te amo. Desculpe.

— Não, espere. Talvez eu pudesse ter feito melhor. Vamos tentar de novo. — Seus olhos parecem vazios e assustados. — Nós não demos uma chance justa a isso.

— Não, está tudo bem. Escute, eu preciso ir embora — insisto.

Pressiono com mais força e a porta se abre. Parou de chover. O asfalto está cheio de poças, e o sol está brilhando. Há carros e pessoas por toda parte. Minha cabeça parece girar.

— Você está indo embora agora? Neste exato momento?

— Neste exato momento. Eu tenho que ir. — Minha voz soa muito distante para os meus próprios ouvidos.

De alguma forma, saio do carro, dou a volta no banco de trás e pego minha mala. Sinto como se meus pés estivessem se movendo sem que eu lhes desse a instrução correta.

Ele sai do carro e fica ali, olhando para mim, inexpressivo, como se estivesse em choque. Sua mão repousa no teto do carro.

— O que acabou de acontecer? E como você vai andar por aí? Isso é loucura. Não deveríamos apenas terminar nossa viagem?

— Acho que vou chamar um Uber — digo. — E aí vou pegar um voo para casa.

Ele olha para baixo, depois franze a testa e olha para o tráfego na rodovia.

— Você vai voltar para aquele… aquele cara? *Mason?*

— Espero que sim.

— É porque ele vai te ajudar a ficar famosa? Porque tudo o que eu quero é que você seja feliz, sabe? É isso que eu queria desde que voltei…

— Acho que é porque ele me ama. Ele realmente me ama. — Coloco a mala no chão.

— E Louise? — ele diz. — Ela vai ficar muito decepcionada que não estamos juntos.

— Ela está bem. Não posso viver a vida de Louise por ela. Tenho feito isso por tempo demais e não deu certo nem por um único segundo. Ela precisa ver a mãe dela vivendo uma vida regular e plena, com amor, paixão e tudo a que tem direito.

— E o que acontece comigo? — pergunta ele.

Eu viro e o encaro.

— Falando como a Coelhinha dos Corações Partidos, eu gostaria de oferecer um conselho. Você está de luto, Victor. Sua esposa acabou de falecer, e você empacotou suas coisas e voltou correndo para mim. Não está em condições para o amor, para seguir em frente ou qualquer outra coisa. Você precisa escrever uns mil poemas e sentir todas as suas emoções.

— Eu acho que talvez você não saiba do que está falando.

— Adeus, Victor Steidley. Tenho que dizer que me sinto um pouco bem em estar te deixando antes que você sentisse vontade de me deixar novamente. Porque isso sempre foi insustentável.

— Eu não ia embora desta vez — ele diz. — Você está apenas se vingando por eu ter te deixado antes, mesmo que eu tenha pedido desculpas e tentado consertar as coisas. Por que está sendo tão implacável agora?

— Tchau.

O motorista do Uber chega muito depois que Victor se foi.

Naquele momento, eu já tinha ligado para Mason. Calvin me disse uma vez que o amor é como uma luz branca ofuscante, um farol que te chama adiante. Você quase não tem escolha a não ser sentir seu poder. Quando você sabe, sabe. Na verdade, é necessário um esforço monumental para afastá-lo, ele disse.

Eu não sabia do que ele estava falando, aquela luz veio lentamente para mim, espreitando pelos cantos e se infiltrando enquanto eu fechava os olhos para ela. Engraçado como agora tudo em que consigo pensar é em Mason e todos os momentos que tivemos: quando o conheci na casa de Joey enquanto fazia o mantra e abri os olhos e o vi lá; depois Mason na lanchonete com sua lábia e seus olhos gentis; Mason tão amigável e competente na emissora de televisão — e então (tenho que fechar os olhos para isso) todos os momentos em que ele se deitava ao meu lado na cama, traçando os dedos ao longo do meu quadril ou beijando minhas pálpebras. E então Mason no quarto triste e vazio que ele dividia com Tish, em prantos, arrasado pelo fato de estar se despedindo dela de uma vez por todas.

Agora eu sei que essa é a aparência que a cura tem.

— Escute — digo quando ele atende —, por favor, não desligue. Aqui quem fala é uma mulher que foi uma grande idiota, e percebo que você talvez não queira falar comigo, mas preciso te contar uma grande epifania que tive agora: eu te amo.

Ouço ele dar um suspiro brusco, então começo a falar mais rápido.

— Não sou do tipo de fazer gestos dramáticos como este, então, por favor, apenas escute e não desligue. Sinto sua falta... E não sei se você está disposto a me perdoar por tudo, mas, se estiver disposto a me ouvir, acho que poderia te mostrar onde errei no meu pensamento. E, quando eu voltar para casa, em Connecticut, posso te prometer bolinhos de caranguejo, aqueles que nós realmente comeríamos, e aí talvez possamos ir comer torta de creme de coco e depois ficar deitados em uma cama por cerca de uma semana.

Há um silêncio, durante o qual eu observo as pessoas na parada. Todas parecem tão determinadas, mesmo que estejam apenas andando apressadas para o banheiro ou estejam na fila para comprar algo na máquina de vendas. Parecem saber exatamente o que estão fazendo. Mas recentemente eu aprendi o suficiente sobre as pessoas para perceber que não posso ser a única no local com um coração que é uma grande bagunça.

— Você ainda está aí? — pergunto. — Será que caiu a ligação?

Ele ri. Talvez seja o riso que significa "Essa mulher está fora de si?" ou talvez seja o tipo de risada que aprecia a estranheza da vida.

— Onde diabos você está agora? — pergunta ele. — Parece que está em um aeroporto. É uma daquelas epifanias de aeroporto que vemos nos filmes?

— Isso é uma epifania no acostamento no meio de uma estrada, nos arredores de Watsonville, Califórnia, e um ônibus inteiro acabou de chegar e despejou cerca de um bilhão de turistas que estão todos clamando por banheiros e chicletes, e eu estou aqui sozinha sem nem mesmo um carro, mas vou chamar um Uber, ir para o aeroporto e…

— Espera. Onde está Victor?

— Ah, Mason, tanta coisa mudou. Eu o mandei embora. É uma história tão longa e tão ridícula, mesmo para os padrões de alguém como eu, que ganha a vida ouvindo epifanias malucas. Uma mulher ligou para a rádio, e então eu enxerguei coisas que não tinha visto antes, e é maravilhoso e terrível ao mesmo tempo. Alguma coisa astrológica ou astronômica deve estar acontecendo. Provavelmente deveríamos ler nossos horóscopos ou verificar a fase da lua. Algo no universo mudou, com certeza. Louise decidiu não ficar mais com Leo, mesmo que ele agora queira que eles vivam juntos de novo. Ela vai morar com a amiga Hildy, e as duas vão criar os filhos juntas. Em meio ao caos, com certeza. Teremos que ver como isso vai funcionar para ela, mas o que importa, não é mesmo? Todos nós temos que ir descobrindo as coisas.

— Ah, Billie, você está falando muito rápido. Venha para casa.

— A questão é que eu estava errada sobre muitas coisas.

— Está tudo bem. Venha para casa e vamos resolver tudo.

— Ok — digo e fecho os olhos.

— E, Billie?

— O quê?

— Eu te amo muito, loucamente.

É assim que sei que pode ser verdade: ele me encontra no aeroporto exatamente na área de retirada de bagagem. Apenas pessoas que amam alguém estariam ali, estacionando e se aventurando na área de retirada de bagagens, e ele está com flores e balões. O que é engraçado, pois, mesmo até dois dias atrás, se eu tivesse visto isso em uma área de retirada de bagagens, teria descrito como o pior e mais básico pesadelo de amor exagerado.

Esforço demais, eu teria dito.

Compensando a falta do verdadeiro sentimento.

Exibindo-se.

Mas aqui está ele, e vem e me beija, então eu o agarro e retribuo o beijo, e logo estamos em um daqueles beijos ridículos, exibidos, e as pessoas que estão por perto aplaudem, e eu nem me importo.

Estou bem com isso.

— Tenho que te avisar que provavelmente vou querer me casar com você — digo uma vez que pegamos minha mala e estamos indo para o estacionamento. — Não quero te assustar nem algo do tipo propondo casamento aqui mesmo no aeroporto. E não sou uma boa aposta, numericamente falando. Vai ser o meu quarto casamento. Dois divórcios e uma morte. Seus amigos provavelmente vão te advertir contra mim. E… ah, Mason, tenho que te dar um aviso justo: nossa casa terá muitas pessoas, então espero que tudo bem. Joey é bem-vindo para ser uma delas…

— Não, Deus, não.

— E talvez Louise, embora eu não ache isso provável. Mas Calvin tem que voltar. E nós vamos cozinhar e ter Quintas-feiras de Martíni, embora possa ser em qualquer noite. Eu amo música e fazer o jantar rodeada de outras pessoas. E artesanato. Eu talvez vá aplicar papel de parede nos armários mais uma vez. Quero dizer, a menos que você se oponha.

— Me fale uma coisa — ele diz. Parou de andar, está sorrindo para os meus olhos e me abraçando firmemente.

— O quê?

— Eles te deram café de alta octanagem no avião? — Ele me beija novamente, por mais tempo e de forma mais suave desta vez.

Ninguém aplaude. Gosto mais deste jeito silencioso; assim eu posso ouvir as batidas do meu coração. E, quando abro os olhos, vejo que o mundo parece estar jogando pequenos flocos coloridos de felicidade. A sensação é essa, como estrelas por toda parte, em uma simples tarde de terça-feira.

Posso respirar novamente, toda mergulhada em Mason enquanto ele abre a porta do carro e me ajuda a entrar.

Quando desliza para o banco do motorista, digo:

— Eu ainda sou a Coelhinha dos Corações Partidos, sabe? E vou escrever um livro. Sou a Coelhinha dos Corações Partidos que agora acredita no amor. Teremos que descobrir como explicar isso.

— Eu posso explicar — ele diz.

EPÍLOGO

Então, eu preciso contar o que aconteceu. É um ano depois, e estou pensando em Louise e em mim.

É engraçado como as mães e as filhas são. Todo esse tempo, eu pensava que éramos opostas.

Quer dizer, sempre pensei que fosse constitucional, temperamental e até *clinicamente* incapaz de manter a casa limpa ou de apreciar o que ela costumava chamar de "a alegria de ter todas as etiquetas voltadas para a frente em um armário e todos os garfos aninhados na mesma direção na gaveta". Eu não sinto paz olhando para um quarto todo bege, cinza e branco. Não suspiro por silêncio, solidão, camisas passadas, cantos quadrados e panelas sem qualquer resquício de comida grudada nelas.

E ela, quase desde que era bebê, eu vi como ansiava pelo silêncio em vez da fala e pela ordem em vez da desordem. Ela sempre teve projetos que enfrentava com todas as forças, com a cabeça baixa, os lábios cerrados e a mandíbula travada numa posição de determinação. Ela sempre gostou de listas. Gosta de dobrar coisas. Já vi a alegria pura em seu rosto enquanto empilhava sacos de papel na despensa para que nenhuma das bordas ficasse de fora. Queria amizades individuais enquanto eu ansiava por uma mesa cheia com todos falando ao mesmo tempo.

Ela gostava de impecável.

Eu amava o caos.

Mas algo estranho aconteceu no último ano.

Primeiro, eu.

Vou me casar no próximo fim de semana com Mason. É, parece que é possível se apaixonar após os sessenta e um. E existe algo chamado amor romântico que dá certo. Quem diria? Vamos nos casar em Edgerton Park, algo discreto, diferente dos meus outros casamentos, que foram grandes e exagerados, como se eu estivesse compensando uma falta de sentimento. Pelo menos é o que a vidente que estou consultando acha. Ela diz que Mason e eu estamos conectados ao longo de várias vidas e que minha avó nos conduziu um ao outro.

E, ok, estou escrevendo um livro sobre toda essa história, como você não precisa ficar infeliz quando o amor se vai e como você pode aprender a confiar em si mesmo. E estou fazendo um blog sobre isso também. As pessoas escrevem para a Coelhinha dos Corações Partidos, e eu as respondo — respostas longas, lentas e ponderadas que parecem ter sido ditadas de algum outro lugar.

E talvez tenham sido.

Kat se mudou para a Flórida, onde tem um próspero negócio como a Coelhinha dos Corações Partidos. Bob pode decidir se mudar para lá em breve, ela diz, para ficar com ela, mas ele está avaliando suas opções. Enquanto isso, ela faz muitos atendimentos todas as semanas. Acontece que um monte de pessoas na Flórida estão com o coração partido, se agarrando a itens que as entristecem.

Bernice foi viver com a filha em Ohio. Ela e Calvin falam ao telefone todos os dias.

Calvin mora conosco e permanece como responsável por decidir o cardápio e os coquetéis para as Quintas-feiras de Martíni, e ainda nos vestimos para a ocasião. Às vezes, Marisol também aparece, com o cara dela, o HM. O Homem da Marisol. E Edwin aparece; às vezes ele traz alguns dos filhos da namorada e um ou dois dos cachorros deles. Ele diz que às vezes espirra, mas nunca o vi tão feliz.

E Louise. Minha Louise.

Ela mora numa casa meio velha a apenas três quilômetros de nós, do outro lado da rua do parque. É muito parecida com a nossa casa quando ela era criança, pensando bem, cheia de amor, caos e amigos. Hildy e Cyril moram lá também, assim como Miranda e um bebê chamado Raphael, do qual ela é mãe adotiva e está no processo de tentar adotar legalmente. Phoebe está grávida — do modo natural. Ela diz que seu corpo um dia simplesmente disse: "Ah, espera. É *isso* que você queria que eu fizesse?". E então começou a gestar um bebê. Ela e o marido estão tentando comprar a casa ao lado só para dividirem a piscina de plástico do quintal e o escorregador para as crianças, acho.

A filha de Louise, Melody, está com seis meses. Tem olhos azuis gigantes como os de Louise e cabelos loiros e sedosos como os de Leo. Ela balbucia o tempo todo e ri alto quando eu brinco de esconde-esconde com ela.

E a casa — ah, essa casa! Está cheia de barulho e coisas de bebê por toda parte. Há bonecas e blocos de plástico, roupas mágicas de dormir e trens de madeira, girafas de borracha que guincham, livros de histórias, colheres de plástico, copinhos, caixinhas de música de corda, pianos de plástico que acendem, rodas de cores giratórias, moedores de comida de bebê, livros sobre parentalidade grifados, mamadeiras de todos os tamanhos, esterilizadores, aquecedores de mamadeira, banheiras de bebê infláveis, carrinhos de bebê, cadeirinhas para automóvel e carregadores de bebê, macacões, luzes noturnas, câmeras de vídeo que observam o bebê dormir, cadeirinhas de bebê que balançam e tocam músicas e um aparelho de borracha que cobre a torneira na banheira para evitar que os bebês batam a cabeça.

Você não consegue ver o chão por causa de toda essa parafernália, é o que te digo. *"Mas quem precisa ver o chão?"*, de acordo com Louise. Ela disse que eu sempre falava isso para ela, e ela não acreditava, mas, agora que é mãe, mudou completamente de ideia sobre o caos. Ou é o que ela diz. Às vezes, eu a vejo olhando para as impressões digitais pegajosas na lava-louças e sei que quer limpá-las.

Então, aqui está uma surpresa: eu faço isso por ela. Arrumar as coisas pela casa é a minha nova habilidade.

E aqui está a coisa mais surpreendente para mim: Louise está fazendo um novo blog e tem um novo perfil no Instagram. Chama-se *"Bebês comeram meu cérebro"*, e ela escreve e fotografa tudo. Sem censura. A autenticidade transparece no seu estado sonolento, de rosto inchado, desarrumada, sem maquiagem.

Autêntica, como ela mesma coloca.

Leo aparece quando está na cidade. Ele é um fotojornalista que trabalha no exterior, então não está por perto muito tempo. O ex-marido de Hildy aparece para ver o filho e relatar o quanto está infeliz com a vizinha pela qual ele deixou Hildy. Não funcionou tão bem, afinal.

Mas é o negócio do amor, não é mesmo? Ele flui e reflui. O coração vai para onde acha que deve ir e às vezes tem que voltar rapidamente para a segurança.

Victor mora em Nova York, mas vem frequentemente visitar Louise e Melody. Você pensaria que ele nunca viu um bebê antes pelo jeito que ama este. Ainda não sei se vai permanecer por muito tempo. Ele é fugidio, como sabemos, e se entedia com a vida doméstica. Mas, por enquanto, é suficiente.

Ah, e Joey tem um novo amor. Ele diz que vai ser mais cuidadoso com o coração desta vez, mas dei a ele o meu melhor conselho — nas palavras imortais de Calvin, às vezes você só tem que acreditar e se jogar.

É isso que todas as cinquenta coelhinhas na nova franquia nacional da Coelhinha dos Corações Partidos vão te dizer.

Você não precisa ficar presa. Jogue fora toda a bagagem de que não precisa. Nunca, eu digo às pessoas, deixe que um sutiã de estampa de cobra verde-neon roube sua felicidade.

AGRADECIMENTOS

O dia em que uma mulher de sessenta anos apareceu na minha cabeça, alegando que queria eliminar a dor de amor das pessoas ao se vestir de coelha e remover objetos de suas casas... Bem, digamos apenas que foi um dia muito estranho, de fato.

Fiz uma chamada de vídeo para minha amiga Beth Levine e contei a ela sobre esse desenvolvimento alarmante. Uma personagem estava me assediando com o que só poderia ser uma história de tamanha estranheza que ninguém jamais a levaria a sério. Por que eu não poderia ser visitada por uma personagem com um pouco mais de... seriedade?

Felizmente, Beth fez o que sempre faz. Ela riu e me convenceu a pelo menos ouvir o que essa personagem tinha a dizer. Ao fundo, eu vi o marido de Beth, Bill Squier, pulando para lá e para cá, com as mãos dobradas debaixo do queixo, no estilo coelho.

Escrevi o primeiro capítulo naquele dia, e então nasceu Billie, a Coelhinha dos Corações Partidos.

Minha editora na Lake Union, Jodi Warshaw, instantaneamente enxergou as possibilidades e disse que mal podia esperar para ler.

Bem! O que eu poderia fazer a não ser deixar de lado minhas dúvidas e começar a trabalhar?

Kerry Schafer, minha amiga e consultora em Todas as Coisas Relacionadas a Livros (particularmente os excêntricos), leu os rascunhos sem mais nem menos, mesmo tendo cerca de um milhão de outras coisas para cuidar, incluindo escrever seus próprios livros brilhantes.

Também preciso agradecer a Kim Steffen e Nancy Antle, por lerem versões iniciais. Kim fez uma revisão vital quando mais precisava. Leslie Connor ouviu pontos do enredo repetidas vezes. E os membros do meu grupo de escrita — Thea Guidone, Mary Ann Emswiler, Marcia Winter,

Grace Pauls-Ritchie, Sharon Wise e Robin Favello — dedicaram horas do nosso tempo de oficina para me ajudar a dar vida aos personagens.

Como sempre, tenho uma dívida de gratidão a Alice Mattison, minha amiga mais antiga em New Haven, desde os tempos em que tínhamos crianças pequenas na mesma época, e que discute enredos comigo em um restaurante japonês favorito uma vez por mês. E a Jennifer Smith Kleinsasser, a mais engraçada dos meus parentes e que compartilha comigo (e com a Coelhinha dos Corações Partidos) a ideia de que o mundo é um lugar mais estranho e excêntrico do que poderíamos suspeitar.

Agradeço também a Deborah Hare e Linda Balestracci, que ensinaram língua inglesa para os meus três filhos e se tornaram queridas amigas. Muito amor a Diane Cyr, por quarenta anos de amizade, durante os quais dirigimos juntas um jornal semanal, e a Marji Lipshez-Shapiro, por almoços nos quais dissecamos a natureza humana e não chegamos a nenhuma conclusão, exceto a de que precisamos nos divertir mais na vida. Barbara Shulman me equipa com brincos de vidro maravilhosos com poderes mágicos e me acompanha em caminhadas que sempre se revelam surpreendentemente produtivas. Corro para minha escrivaninha para escrever depois de conversar com ela!

Envio um grande obrigada a Connie Combs Fitch, produtora da emissora de TV local, que me ajudou a entender um pouco mais sobre o trabalho de Mason Davis. Ela também foi generosa em me convidar para ir ao programa do meio-dia ao longo dos anos para falar sobre escrita.

Não existem agradecimentos suficientes no mundo para a equipe da Lake Union, que ajuda a tornar meus livros uma realidade no mundo. Sua atenção aos detalhes, sua crença em mim, sua orientação gentil e sua edição cuidadosa tornam esse processo tão divertido. Obrigado a Jodi, que deu a este livro uma edição de desenvolvimento minuciosa, e à minha nova editora da Lake Union, Alicia Clancy, que adotou este livro no processo e ajudou a torná-lo seu próprio bebê também. E, como sempre, aos meus colegas autores, que criam uma comunidade tão divertida e estão sempre prontos para oferecer sugestões e ajuda.

Nancy Yost, minha agente, tem sido generosa e prestativa ao longo dos anos. Ela está sempre ao meu lado e me dá suporte em todas as fases da publicação de um livro.

Então, eu não poderia fazer esse trabalho sem o amor e o apoio da minha família, especialmente do meu marido, Jim Shelton, que com muita frequência é solicitado a atuar em cenas dos meus livros enquanto eu os estou escrevendo — e ele aceita! Meus filhos, Ben, Allie e Stephanie, me dão alegria todos os dias, assim como os parceiros que sabiamente trouxeram para nossa família: Amy, Mike e Alex. Não há palavras para as alegrias de ser avó. Charlie, Josh, Miles, Emma e Mila, vocês têm todo o meu coração.

E, por último, um enorme obrigada a todos os leitores que compraram meus livros ao longo dos anos e me enviaram notas e avaliações, dizendo como minhas palavras os tocaram. Vocês significam o mundo para mim.

SOBRE A AUTORA

Maddie Dawson cresceu no sul dos Estados Unidos, nascida em uma família de loucos contadores de histórias. Suas diversas carreiras como professora substituta de Inglês, atendente de loja de departamento, datilógrafa de relatórios médicos, garçonete, babá de gato, recepcionista de empresa de convite de casamento, babá de criança, cuidadora em creche, técnica em eletrocardiograma e preparadora de taco no Taco Bell foram suportáveis, pois lhe possibilitavam inventar histórias enquanto trabalhava.

Hoje em dia, Maddie mora em Guilford, Connecticut, com o marido. Ela é autora best-seller de dez romances já publicados: Acorda pra vida!, Aprendiz de casamenteira, Casamenteira em apuros, *Let's Pretend This Will Work*, *The Magic of Found Objects*, *The Survivor's Guide to Family Happiness*, *The Opposite of Maybe*, *The Stuff That Never Happened*, *Kissing Games of the World* e *A Piece of Normal*.

Para mais informações, visite www.maddiedawson.com.